Staread
星文文化

光芒纪

Go with the Star 2 斑斓

侧侧
轻寒
著

四川文艺出版社

图书在版编目（CIP）数据

光芒纪.2.斑斓 / 侧侧轻寒著. —成都：四川文艺
出版社，2016.8
ISBN 978-7-5411-4392-2

Ⅰ．①光… Ⅱ．①侧… Ⅲ．①长篇小说－中国－当代
Ⅳ．①I247.5

中国版本图书馆CIP数据核字（2016）第169674号

Guangmangji · Banlan

光芒纪.2.斑斓

侧侧轻寒 著

责任编辑　余　岚　奉学勤
特约监制　柯　伟
特约策划　夏　懿
特约编辑　董立君
营销编辑　钟　奕　杨亦然
封面绘图　@三乖插画
封面设计　80零·小贾

出版发行　四川文艺出版社（成都市槐树街2号）
网　　址　www.scwys.com
电　　话　028-86259285（发行部）　　028-86259303（编辑部）
传　　真　028-86259306

邮购地址　成都市槐树街2号四川文艺出版社邮购部　610031
排　　版　北京东安嘉文文化发展有限公司
印　　刷　北京毅峰迅捷印刷有限公司
成品尺寸　166mm×235mm　1/16
印　　张　19　　　　　　　　字　　数　370千字
版　　次　2016年8月第一版　　印　　次　2016年8月第一次印刷
书　　号　ISBN 978-7-5411-4392-2
定　　价　35.00元

目录

Go with the Star

目录
Go with the
Star

孔雀飞回

Go with the Star

顾成殊将一张设计图摆在沈暨的面前。

浅绿色的真丝裙，古希腊爱奥尼亚式的优雅细密褶皱，立体的白色花朵疏密有致地点缀在腰间和胸部，简单随意的同质地腰带活结自然地系在小腹前，柔软下垂。

这是他们无比熟悉的笔触。即使没有如其他设计图一样签上自己那片一笔画成的叶子，顾成殊和沈暨也可以一眼看出设计师是谁。流畅而从容，再多的细节也鲜明清晰——是叶深深的设计图。

顾成殊的目光审视着图上那些柔顺而有力的线条，仿佛被牵引一样无法移开。

她喜欢在设计中用浅浅的笔触、淡淡的颜色绘图，可她的名字，叫深深。

她沉默而安静，将所有一切深藏在心底，连他都无法衡量自己在她心中的分量。

沈暨抬头看向顾成殊，挑眉表示疑问。

"有空的话，你去接触一下季铃工作室的人。"顾成殊将手按在这张设计图上，不动声色地说，"为了这个设计。"

沈暨将设计图拿过来，再次端详着上面的裙子："这张修改后的设计图我上次看到了。你发现其中的问题了吗？"

顾成殊摇头："还没有。但如今不仅我们，连叶深深也觉得这桩设计有问题了。"

"经历了那么多，深深终于敏锐起来了。"沈暨把设计图翻来覆去地看，有点苦恼地说，"要是帮深深的话，我得想想怎么才能不伤害到那个助理茉莉，她还挺可爱的……"

顾成殊根本没有他这样的烦恼："她再可爱，也是企图对深深不利。"

"好吧，毕竟亲疏有别嘛……"沈暨叹了一口气，收好设计图，"我会把茉莉约出来谈一谈的。"

顾成殊又问："对了，你上次说自己最近要回欧洲，行程订好了吗？"

沈暨转头朝他笑一笑，说："订了，不过就待几天，看完巴斯蒂安老师的新秀就回来。"

顾成殊微微诧异，看他一眼："你上次似乎不是这个意思。"

"是啊，上次是上次嘛，我虚惊一场，不过现在警报解除了，已经安全了。"他说着，面露苦笑，"小猫咪并不想跟我回家，是我自作多情，真惭愧。"

顾成殊呼吸一窒，一时竟说不出话来，只端详着他的面容，似乎要在上面挖掘出最深的奥秘。

不久前还烦恼着小猫咪的沈暨，偷偷将沈暨的笑容作为桌面的叶深深，一夜之间忽然变成了虚惊的误会，这可真让人意想不到。

然而没等顾成殊研究出任何线索，沈暨已经避开他的目光，转身向外走去。他走得那么匆忙，只背对着顾成殊挥一挥手："好啦，总之挺丢脸的，我去季铃工作室了！"

顾成殊无奈，只在他身后提起最重要的事情："你还没有指出设计的问题所在。"

"眼见为实，一时解释不清。我建议你有时间可以逛一逛巴黎时装博物馆，或者托人帮你去看一看，一定会有惊喜的。"

忙碌了一整天之后，叶深深终于将手头的事情暂告一段落。她疲惫地趴在桌上，喝了一口已经冷掉的水。

熊萌蹦蹦跳跳兴奋地跑来："深深，你看到这一期《ONE》上面的大片了吗？就是老师那一组！"

叶深深当然记得，就是自己顶替熊萌前往监督的那一组印花裙。她翻开来看了看，调暗的灯光与PS出的明亮使得整件色彩浓烈的衣服透出了一种清新的气质，与设计图有微妙的偏差，但平衡掌握得很好，既照顾了设计师的初衷，又协调融入杂志的风格，不偏不倚，分毫不差。

"我记得当时去现场看调度的人就是深深你吧？真是了不起，第一次就能做得这么好。"陈连依靠在叶深深的椅背上看着这组图，带着神秘的笑容指指楼上，说，"方老师可是很挑剔的人，但这回看了图片，居然破天荒没有像往常那样埋怨杂志不理解他的设计哦，太难得了。"

其实这不是自己的功劳，当时是沈暨帮自己与现场的人交流的。

叶深深转头对陈连依笑一笑，目光落在案头的那盆花上。蓝色的角堇在暖气充足的屋内灿烂地开着，一朵一朵努力绽放出最美丽的模样。叶深深给它浇了两勺水，魏华爱不释手地捧起花来端详着，问："深深，哪儿买的花啊？太可爱了。"

"前几天在路边买的。"她随口敷衍。

"是吗？我怎么从来没看到过……"魏华看看花又看看叶深深，忽然笑起来，说，"深深，这花和你很配哦！不知道哪里很像。"

叶深深心口微微一悸，想起沈暨将花送给她时所说的话，又看着这盆名叫"深深"的花，连笑容也黯淡了："是吗？"

"的确有点像啊，因为深深今天穿的是蓝色衣服吗？"熊萌也八卦地过来开玩笑。

一群人正在笑闹，从后面走过的一个人却瞥了叶深深案头的花一眼，语带嘲讽地说："路边地摊上的东西和摆地摊的小妹，当然像了。"

不用回头也知道是路微。叶深深假装没听见，自顾自地收拾东西准备回家。熊萌翻路微一个白眼，说："多稀奇啊，某人家里当年要是没成暴发户，现在不也是厂妹？"

路微狠狠瞪他一眼，目光落在叶深深手边的杂志上，又冷笑了出来，说："叶深深，倒数第四页有惊喜哦，别忘了看。"

她施施然地昂首从他们身边走过，叶深深皱起眉，将那本杂志倒过来翻到第四页，正是青鸟在上面的软广。本期主推的新人设计师，是青鸟的设计副总监——孔雀。

叶深深的目光落在她的代表作上。除了三只兔子和几件她在青鸟的新作品，还有几件宋叶孔雀时期的衣服。旁边的介绍是，如今在网络大火的原创设计网店"宋叶孔雀"的创始人之一，因为出色的设计理念，很快就被青鸟网罗到旗下，成为艺术副总监。

叶深深除了无奈，心里也生起一股无名火。孔雀在网店之中并不负责设计，那里面罗列的当时网店的服装，全都是自己的作品。

可青鸟这个擦边球并没有打错，孔雀确实是她们网店的创始人之一，软文上又没有写她负责的是什么，只是大家一看见当时网店的衣服，再一看她如今在青鸟是负责设计的，自然而然就代入认为她应该是设计这几件衣服的人了。

就连熊萌也钻过来看了看，说："哇，这家店的风格我很喜欢的，可惜里面没有男装。不过幸好这个叫孔雀的设计师走了之后，她家的衣服还是这么棒，所以我还是可以去偷窥一下设计理念的。"

叶深深回头朝他笑了笑，觉得心头那种郁闷顿时消失了。

是啊，大家认为衣服是孔雀设计的有什么关系，反正对她来说并没有损失。属于自己的，终究没人夺得走。

第一章 · 孔雀飞回

003

下班的时候，大家一到门口，都不约而同地惊呼起来。

北京下了入冬后的第一场雪，细小如尘埃的雪飘飘扬扬地从天而降。"哇，真希望雪下大一点，这样明天就可以在院子里堆雪人了！"熊萌天真地欢呼着。

叶深深在自己的包里翻着折伞，正准备回家时，方圣杰在楼上推开窗子，叫她："叶深深，上来一下。"

她赶紧跑上楼："方老师，有什么事情吗？"

他把三四份设计图交给她，说："你替我整理一下最近新出的这几份设计，最好后天之前就能把面料、辅料和工艺的最终核算数据交给我，我要做成本评估。"

"好的。"叶深深将设计图接过来，小心地放入自己的包。

"辛苦了，主要是年后就要开评审会，关系着我们是否能得到安诺特集团的合作意向——顾成殊帮了我一个大忙。"方圣杰说着，对她露出一个难以捉摸的笑容，"当然，你也帮了我很多忙。"

虽然如此，可你提到顾成殊时，脸上这种诡异的笑容是什么意思啊……

叶深深有点脸红地说："好的，我一定尽快弄好。"

"对了，现在我们还有几个实习生？"

"连我在内有五个人，熊萌、魏华、路微、方遥远。"叶深深回答。

"嗯……其实这几个月，你们的能力和为人都可以看得出来，基本能留下来的人我心里也有数了。我准备在年后的评审会结束时，邀请评委们顺便给你们进行最后一次评审，相信他们一定会乐意的。"方圣杰不动声色地看着她，语调也很平静，"到时候评委会非常专业，甚至有可能是顶尖的业内人士过来。要是你拿出来的东西不好看的话，可是很丢脸的哦。"

叶深深当然明白，赶紧点头说："是，我打算到时候将给季铃设计的衣服作为自己的终审作品。"

"可以啊。这回审查我不会干涉你们，也不会加以指点，一切全靠你们自己，但我相信你自己能做好的。"

叶深深走出工作室时，外面的雪已经下大了。

她手中的伞挡不住风雪，冷风从对面吹来，她赶忙将敞开的大衣裹紧，又将自己的脸缩到领口中，挡住横飞到脸颊上的雪。

从伞沿之下，她看见站在对面的一个纤细身影。高跟的靴子与黑色超短裙拉长了她的腿，使得她娇小的身材变得修长，孔雀蓝色的围巾在雪中显出一种明亮的色调，却一点都不温暖。

叶深深望着她，一时说不出话来。细雪染到她的眼睫毛之上，冰得她眯起眼睛，无法反应。

孔雀。

在炽热的阳光下她们分别，又在如今的风雪中再次相遇。

叶深深一动不动地站在原地望着她，许久，才抬脚继续向前走去，隔着半米远的细雪望着她，微笑着说："好久不见，孔雀。"

孔雀睁大眼睛看着她，过了许久，才颤声说："深深，对不起……"

叶深深没想到她和自己重逢后的第一句话就是道歉。她心中百感交集，拉住她的手，说："别提这个了，过去了就算了吧。"

孔雀沉重地点点头，低声说："我哥过来考研，他报了北京的学校，我没来过北京，又知道你在这边，所以……想来看看你。"

"啊，是哦！考研是年底嘛，这么说快过年了！"她疲于奔命，此时看着街上的圣诞树恍然大悟。

她将自己的伞撑在她们头顶上，和她一起往前走。

雪纷纷扬扬从天而降。她们穿越了半个中国，经过了冬夏更迭，如今又在一把小伞下相互依偎，就像当初从没有过那场背叛一般。

开车经过的沈暨透过积了薄雪的车窗看着她们，觉得这一幕恍如隔世。

他下车看着她们微笑，抬手与她们打招呼："深深、孔雀。"

他穿着剪裁精良的驼色大衣，驼色是低调的颜色，但因为肩膀上拼贴着的黑、白、驼三色鹰翼，使得他好像被天使的翅膀拢在怀中一般，弥漫着上帝宠儿的气息，修长的身形在此时的雪中显得格外挺拔。

撑着同一把伞的两个女生，回头看着站在街边的他。越过雪花看清他面容的时候，两个人都恍惚了一下，然后不约而同地看向对方。

零散的雪从她们之间穿过，一两点冰凉打在她们的肌肤上。她们看到了彼此眼中那些难以言说的情绪，那深藏的秘密在相同的人面前，彻底显露，无法隐藏。

仿佛忽然清醒过来，叶深深与孔雀将自己的脸默默地转开。那种如昨日重现般围绕在她们之间的温甜气息，也在片刻间消失殆尽——那本来就只是场幻梦，早就已经被她们抛弃在时光中。若她们现在还妄想着要抓住它，只会遭到它的嘲笑和唾弃。

沈暨穿过薄薄的雪向她们走来，他脸上的笑意让此时的雪似乎温暖起来。

"好久不见了，孔雀。"他随意地与她打着招呼，然后看看叶深深，皱起眉，低声问，"都下雪了你怎么还穿得这么少，忘记自己前几天还在生病吗？"

叶深深低下头，避开他的眼睛，说："肠胃炎和穿得少有什么关系……"

"肠胃炎不是也引起发烧了吗？"他想了想，又说，"等我一下。"

他转身回到车上，从后座拿出一个盒子拆开，取出一条象牙色格子开司米围巾，快步走回来，递给她说："今天刚拿到的样品，给你吧。"

叶深深看着面前的围巾，有点迟疑地看看他，又看看孔雀，无措地问："不好吧，他们给你是干什么用的？"

"是新品，你记得帮我写一篇三百字评估就行，肤感、搭配之类的，我知道你最擅长写这个了。"他说着，见她还在犹豫，便直接抬手绕到她脖子后，帮她将围巾系好，打一个优雅又利落的结，顺手帮她将头发拨出理好。

叶深深感觉到他的手擦过自己耳边的轻微触感，顿时身体一僵，不由自主地偷眼看看孔雀。

孔雀只是低头看着路边绿化带上薄薄的积雪，仿佛没看到身边这一幕。

柔软温暖的羊绒触感与沈暨贴近她时那轻柔微温的呼吸，让叶深深一瞬间因为过分舒适而全身起了一层薄毛栗，她的睫毛不受控制地微微颤抖着，脚步也不由自主地退了一步。

"这种象牙色格子围巾男女通用，很适合你。"沈暨端详着她的围巾，转头对孔雀笑道，"深深上次被我害得生病了，我得照顾好她。"

孔雀不自然地笑笑，目光在围巾上掠过，说："这么冷，你们出去玩要注意保暖啊。"

叶深深有点尴尬地解释："不是玩生病的，其实是沈暨请我吃饭，然后我吃多了撑得引起肠胃炎了，是不是很好笑？哈哈……"

孔雀附和着笑了笑，可三个人还是有点冷场。沈暨抬头看看天空的雪和空荡荡的大街，说："孔雀来了，我当然也要请你们吃饭啊，就近找一家吧。"

沈暨记性很好，对于她们的一切更是不会有半点疏忽。他先点了孔雀最喜欢的西芹百合，又点了叶深深喜欢的糖醋里脊，甚至还笑着和她们商量了一下要不要点个剁椒鱼头遥敬宋宋。

窗外是纷飞的细雪，他们等待着上菜，一时都在沉默。叶深深托腮望着对面的孔雀，忽然想起半年之前，她们还在夜市摆摊，晚上生意好的时候，就去烧烤摊吃两串烤鱿鱼作为庆祝。

宋宋总是乐呵呵地说："好歹也是海鲜呢，咱们的小日子过得真不错！"

孔雀就鄙视地说："你也就这点出息了！"

是啊，想要飞得更高更远的，不只是叶深深，还有孔雀。每一个人都期望着能向最高的地方攀爬，只是用的方法不一样。

沈暨打破此时的沉默，对叶深深说："刚才忘了跟你说，今天我替你去过季铃工作室了，和茉莉也谈了一下，交流得还比较愉快。"

季铃，这个名字引起了孔雀的注意，她迟疑了一下，终于开口问："是那个明星季铃吗？"

"是啊，她邀请深深替她设计一款礼服，深深已经出了最后成稿了，是一件浅绿色装饰白花的礼服，绝对美得超乎你的想象。"沈暨笑着给她们倒茶，见孔雀若有所思地垂眼看着杯中的茶叶不说话，便问，"怎么啦，有什么问题？"

孔雀呆了呆，立即掩饰地摇头，说："没有，我觉得挺好的，季铃现在很有名啊。"

沈暨收回落在她身上的目光，脸上的笑容不易察觉地减淡了："对了，孔雀，你是怎么知道深深工作室地点的？"

孔雀捧着茶暖手，说："阿姨告诉我的。"

叶深深诧异又急切地问："你最近见到我妈了？"

"是啊，前几天遇到过，她很开心地告诉我说，和叔叔要复合了。她居然一点都不在意叔叔以前对她做过的事情，真是有着优良美德的人。"孔雀叹了口气，说，"听说你那个弟弟瘫痪了，将来是不是也要靠阿姨照顾了？这么一对比，我哥实在好多了。"

叶深深的眼圈顿时红了，她强忍着不让眼泪落下，默默低头喝水。

沈暨岔开话题，对孔雀说："我今天在杂志上看到你了，恭喜你啊，已经是青鸟的设计副总监了。"

孔雀尴尬又忐忑地抿住唇，低声说："我……我也没办法，是公司的人一定要拿去宣传的，他们直接就发过去了，我也没办法……"

沈暨转头看叶深深，问："深深看到那篇软文了吗？"

"看到了，我觉得也没什么啦，那上面写的都是事实……而且我也在青鸟做过，我知道有些事情，是迫不得已的。"叶深深握着手中的杯子转了一圈，对孔雀笑了笑。

孔雀轻轻咬住下唇，默然无语。

沈暨又问孔雀："在青鸟那边做得还开心吗？最新有什么新作品？我还挺想看看你的设计的。"

孔雀避开他的目光，低声说："嗯，有一组春装已经确定下来了，还算顺利。"

"是吗？那挺好的，恭喜你。"沈暨目光移到叶深深身上，笑着说，"深深最近也在设计网店的衣服呢，春装的样式也基本定下来了。我看过了主打的几款设计，真的很不错。"

"你们的春装是什么风格？面料和工艺方面呢？"孔雀眼睛中闪出一点无法抑制的亮光，立即问。

叶深深回答："春天嘛，所以我们准备走鲜艳糖果风……用半透视欧根纱。"

沈暨不动声色地看了她一眼，叶深深顿了顿，便继续喝水了。

沈暨对孔雀笑道："青鸟这么大的牌子，肯定会引领明年的一股潮流吧？而小网店的风格就随意了，所以要说正式的设计理念，倒也没有，但糖果风和欧根纱确实挺可爱的。"

孔雀望着他的笑容，咬了咬下唇，慢慢地说："哦……不过我们也准备走糖果风，好巧啊。"

"我最近还设计了三四款呢。"叶深深在旁边插上一句，随手把自己背的那个大包包打开，看了看里面那几张设计图，然后皱眉说，"哎呀，我好像落了一张在工作室，我得回去拿，说好了今晚要交给小峰的。"

说完，她赶紧摸出钥匙，把自己的大包包拉链拉上就站起身。

沈暨跟着她站起，说道："我开车送你去吧，雪好像下大了。"

叶深深点点头，回头对孔雀说："我回去拿一下，马上回来，你等我哦！"

孔雀点了一下头，朝他们摆摆手，示意他们去吧。

沈暨将车子从车库开出来，看见叶深深正站在餐厅窗外，隔着窗口装饰的花环和槲寄生往内看。

他有点诧异地按下车窗朝她挥挥手，她却示意他等一下。

沈暨下车走到她的身后，两个人站在窗外，朝着窗户里面看去。

孔雀正把叶深深包里的设计图抽出来，用手机迅速地逐一拍照，然后又立即塞回去。

沈暨那双好看的眉毛微拧起，侧头看着身旁的叶深深。

叶深深却默不作声，仿佛在她把那个包放在孔雀身边的时候，就已经知道了这样的结果。

她转过身，一声不吭地往街边他的车走去。

风很大，她在细碎的雪中一步步向前走。她仰起头，仿佛完全没有感觉到肌肤上刺骨的冰冷。她的呼吸那么用力，白色的雾气在她的脸颊旁边淡淡弥漫，又转眼消散。

沈暨帮她打开车门，在坐上车的时候，他忍不住问："其实你早就已经猜到了孔雀的来意？"

"是啊……我知道。"叶深深默然拉着安全带，一动不动地注视着外面的飞雪，说，"她并没有设计才华，在青鸟突然被提拔，自然承受着巨大的设计压力，她需要寻找到一个方向，突破目前的困境。而刚巧，路微也正面临着下个月决定性的终审，依靠她自己，并没有十足的把握，所以……她们的难题，最终都要落到我的身上。"

沈暨轻叹，说："不过我想，情况应该并没有这么严重。孔雀应该是想借鉴你的设计，但不一定会全盘照抄的，她只是要一些灵感来指引自己，希望看到下一季的设计方向而已。其实，她应该直接和你探讨的。"

"只是她已经不可能信任我了——而我，也是一样。"叶深深睁大眼睛，带着疲倦与伤感，靠在椅背上，静静地盯着前面的路。

沈暨转头看了她一眼，忍不住问："如果，孔雀把自己拍到的设计给路微了，而路微在你之前抢先用了这些设计元素呢？"

"不是我让她们去抄袭的，是她们自己偷去的。"叶深深转头看着他，轻声说，"她们想要就让她们拿去吧，如果她们小心一点、隐晦一点，可能还好，但如果她们大肆宣扬这些见不得人的东西，拿偷来的设计沾沾自喜的话，我想，她们现在越嚣张，以后一定越后悔。"

沈暨默然将车子拐进工作室的院子，叶深深下车，踏着浅浅积雪向着大门走去，步履坚定，毫不迟疑。天色很冷，她抬手在那条象牙色的围巾之前呵了呵气，让手指灵活一点，开门进去。

沈暨站在她身后，心中生出一股不知是喜悦还是难过的情绪。

她已经不再是那个因为失去孔雀的友情而在大雨中失声痛哭的女孩子了，也不是那个固执地赌上自己的未来、一意孤行地保护自己朋友的叶深深。

时光改变了一切，所有人都在艰难地脱胎换骨。

究竟是好是坏，如今谁也不知道。

沈暨跟她进了房间，开亮里面的灯，走进来看了看她案头的小花，笑着碰了碰它，和它打招呼："你好啊，深深。"

这温柔的声音，让叶深深只觉得心口轻微一震，使她的动作都顿了一下。她回头看他，沈暨朝她微微一笑："以后你叫叶深深，它叫花深深，这样就不会搞混了。"

叶深深一时无语，在这么沮丧压抑的时刻，也不由得笑了出来。她从自己的设计图中随便抽出一张春装，拿在手里说："走吧，孔雀还在等我们呢。"

沈暨拿过她那张设计图，仔细端详着，带着一丝感伤说："孔雀现在和路微的关系估计不错，刚刚我提起那件裙子的时候，看她的反应，她应该也知道季铃工作室的那件礼服有问题。"

"但她还是没有说出来，甚至没有提醒我一句，对吗？"

"对，所以我想你是真的无法挽回她了。我只有一个疑问——"沈暨将设计图塞回护套中，望着她问，"到时候路微若把孔雀偷走的你的设计用在最终评审中，和你撞了设计怎么办？"

叶深深摇摇头，说："她肯定认为不会撞的，因为很明显，我会用季铃工作室的那件礼服作为评审作品。"

"所以路微自然乐于顺手牵羊，将你的这些来不及宣布的灵感据为己有，用以通过生死攸关的最终评审。"沈暨叹息地凝视着她，问，"但我的意思是，如果路微真的凭着从你这边偷来的东西，成了方圣杰工作室的正式一员呢？你真的可以容忍孔雀偷取你的东西，帮助路微成功？"

"不，我当然不会。"叶深深将门锁好，靠在门框上轻轻出了一口气，小声地说，"其实我利用了孔雀。"

沈暨愕然看着她，不解其意。

叶深深仰头看天，长长吸了一口气，又慢慢地呼出。白色的气体消散在寒冷之中，再也不见。

"郁霏和路微要联手诬陷我，让我陷入偷窃者的绝境，那么，我也可以顺水推舟，让她们自食其果，不是吗？"

沈暨终于震惊了，他看看周围，在一片萧瑟的雪花之中，压低声音，在她耳边问："孔雀偷拍下的那几份设计图，是谁的？"

叶深深抿住唇，睫毛与嘴唇微微颤抖，许久，才用极低的声音吐出三个字："方老师。"

沈暨盯着她，目光中有震惊有迟疑，许久没有说话。

叶深深捂住自己的脸，蹲下身，呼吸颤抖，肩膀也忍不住抽动起来。

一只手轻轻地落在她的头上，如同以往的每一次，温柔地轻揉她的头发，就像抚慰一只无依无靠的流浪猫。

"深深，你没有错。"她听到沈暨的声音，略带低哑，却依然轻柔，"你曾经为了孔雀，豁出自己的前途，赌过一次。那一次的赌局，你把所有筹码都交到孔雀手里，结果，你赌输了。而这一次，只是你再赌一次，又一次将所有的一切交到孔雀手中而已。"

叶深深将脸埋在膝上，她没有哭，只是停下了身体的颤抖，一动不动。

"胜负只在于孔雀的一念之间，决定结果的人，是孔雀自己。无论是输是赢，得到怎样的后果，孔雀既然走出了这一步，她就应该愿赌服输。"

叶深深低低地"嗯"了一声，闭上了自己的眼睛。

"走吧，别忘了我之前对你说过的话，"沈暨将她拉起，"该难过的人不是你，而是孔雀。"

因为，辜负她们美好时光的人并不是叶深深。在以后的一生中，回顾青春时，感到内疚、心虚与悲伤的，也不应该是叶深深。

所有真真假假的感情，终于在这样一场小雪中，完结了。

第二章

圣诞快乐，叶深深

一场雪让今年的圣诞气息变得格外浓重。

因为方圣杰不在，工作室众人都想方设法早早溜走了。

陈连依把自己正在弄的一件衣服连带设计图丢到自己带的三个实习生面前就走了："来，厂里工人过年变动频繁，顾不上这个了，只能交给你们。这两天你们赶紧把这件衣服弄好，交给沐小雪的造型师。所谓的弄好就是完成度百分之百，一点细节都不能遗漏，知道吗？"

叶深深拿着设计图看，再对比面前的这件衣服，瞪大了双眼。

熊萌都快哭了："这……这件礼服的设计，是重工满铺钉珠啊！"

魏华更想哭："可现在这件礼服还是光版啊……"

叶深深喃喃地问："意思是我们三个人要把这件衣服给钉好吗？"

熊萌泪流满面，给她一个合十的手势："深深，咱们明天再弄好不好？今晚平安夜，我有聚会啊！"

魏华也探头看看外面，确定陈连依走了，赶紧收拾东西："对啊，深深，我们明天再弄也不迟嘛，我男朋友来了，我们约好一起过平安夜的！"

"好吧……那我先弄一点，你们千万记得明天过来一起钉哦！"叶深深去辅料间取珠子。房间很小，里面堆满了东西，她仔细地按照图纸寻找着奶棕色和浅血牙色的珠子，然后关上门，在门后的小册子上登记自己取走的东西和数量。

　　隔壁是茶水间，隐隐传来说话的声音："安诺特的人什么时候过来呀？我们不会忙得连年都过不好吧？"

　　"放心啦，他们希望在新年后及早搞定，毕竟2月份时四大时装周就轮番上了。"是莉莉丝的声音，"你担心什么呀？你又不是实习生。我听说老师只打算留一两个人，所以注定大部分实习生这个年过得会很煎熬。"

　　"啊？只留一两个呀……你觉得谁能留下来？"

　　"深深呀，那还用说？她简直是万能小天使，能力出众，性格又好，才几个月就是工作室不可缺少的人了。陈姐前几天还悄悄跟我说呢，要是走后门进来的都是深深这样的，她真想再来十个八个的！"

　　"对啊，我觉得也是，如果她不能留下来，那肯定是有黑幕。"

　　"哈哈哈，她刚来的时候，也是你说有黑幕的！"

　　在这边写字的叶深深，不由得将额头抵在门上，在辅料间昏暗的灯光下，绽放出笑容。

　　她还记得，自己刚到工作室时，也是几乎同样的情况，听到同样的对话。但那时，大家口中的她，与现在的她是完全不一样的。

　　她的心里涌起淡淡的伤感与喜悦。谁也不知道，她究竟有多么努力，才能让大家转变对她的看法，放开心怀接纳她。

　　隔壁的声音还在传来："再说了，深深要是走了，沈暨还会经常跑来吗？别忘了他前天刚给我们带过点心呢。"

　　"天啊！你也觉得沈暨在追深深，是吧是吧？"

　　"废话，有眼睛的人都看得出来呀！"

　　叶深深闭上眼睛，不由自主地苦笑出来。

　　对不起，你们都猜错了。

　　沈暨并不喜欢叶深深。

　　"不过，沈暨对谁都挺好的。上次我还在一场聚会上看见他替一个素不相识的女孩子挡酒呢，因为怕她喝醉了被大家欺负。"

　　"唉，世界上那些优质的男人都已经有主了。"

　　"还有顾成殊呀，他偶尔也来的，你可以抓住机会。"

　　"哈哈哈，别开玩笑了，郁霏都搞不定的男人，我们怎么可能妄想得到？当心死得和路微一样惨哦。"

　　"咦，路微那个事情是真的吗？快跟我八一八……"

　　叶深深听着她们走出茶水间，声音渐渐远去，最后工作室的门被关上。她靠在门后，只觉得心里涌上无法言喻的伤感。

她用力呼吸着，捂着脸，紧紧闭上双眼，将眼中那层温热抹杀掉。

等出来时，整个工作室已经只剩下她一个人。平安夜，几乎所有人都有约，只有她独在异乡，无处可去。

叶深深一个人坐在工作室内，在网上随便打开了今天热推的电影《真爱至上》，又开了自己头上的一盏灯，在灯下一边看电影，一边慢慢缝着裙子。

这两种珠子的颜色都是暖色调，又有沉稳的气质，点缀在银色的衣服上，有一种烟岚盖白雪的美。

叶深深按照图纸，将两种珠子一颗一颗缝在裙子之上。外面已经入夜，但积雪反射着光芒，依然明亮。屏幕上的人们在欢笑在拥抱，她一个人安安静静地蜷缩在椅子上，让光线笼住自己。

顾成殊过来的时候，看见的就是这样的情形。在虚幻的欢笑声中，叶深深一个人蒙在明亮的光芒之中。空荡荡的工作室大厅内，喧闹的声音，孤单的身影，隐约变化的屏幕画面在她的面容上投下一片动荡的光线，变幻不定，使她的睫毛与眼睛都似乎在微微闪烁。

他在已经打开的工作室大门上敲了两下，隔着寂静的空间问："深深，今晚有安排吗？"

正在看图纸的叶深深吓了一跳，等抬头发现是他，胸口又涌起一股莫名的欢喜与疑惑："顾先生？你……怎么会在这里？"

他向她走来，不知道是不是她的幻觉，总觉得站在暗处的顾先生，眼神中似乎有点看不出的飘忽游离，不知道在掩饰什么："我就知道你这样的人是不可能有圣诞安排的，却没想到你居然在加班。"

叶深深低头看看自己手中的衣服，笑了笑说："也不算加班啦，反正回家也没事，下班了还懒得动，就在这里再弄一会儿。"

他走到她身边，斜身倚在桌子上，貌似无意地问："吃过饭了吗？"

"还没……刚吃了点饼干。"她就像被父母抓住偷吃零食的孩子，吐吐舌头，把桌子上的一袋曲奇拿起来给他，"顾先生要吃点吗？"

出乎她的意料，顾成殊居然真的从中拿了一块饼干，咬了一口后目光又落在她的身上，见她还抱着那件衣服，终于微微皱眉，开口出声："还不收拾东西？"

叶深深下意识地"哦"了一声，赶紧站起来把手中的衣服拿去挂好。等把珠子收好时，她才回过神想一想，默默泪流满面——这没头没脑地叫别人怎么能体会到你的意思？

说一句"平安夜请你吃饭"会死啊？

叶深深将一切收拾好，锁门之时，站在她身边的他又自顾自在那里说："其实我很忙，但我的合作伙伴觉得自己孤单寂寞，前几天还闹着要回家，我只好勉为其难在这么重要的日子里不让她哀怨落单。"

叶深深在他似有所指的解释前红着脸低下头，简直服了他了——顾先生，让您这样纡尊降贵，我真是问心有愧！

勉为其难的顾先生，早已订好了位置。

两人刚刚坐下，头盘还没上来，陈连依的电话就过来了。

"深深，你们下午把那件衣服搞定了吗？"

叶深深忙说："我们弄了一部分了，不过还没完成。"

"听着，今天晚上你们三个人得加加班了，知道吗？沐小雪的经纪人刚刚跟我联系，她的行程变动了，明天早上十点半的飞机。你们一定要在十点左右把完成品送到机场知道吗？是百分之百完成！"

叶深深硬着头皮说："好的，我们加快一下速度。"

放下电话，她立即给熊萌打电话，电话响了好几声终于被人接起，却是一个醉醺醺的陌生声音："喂喂！不管你是谁，是熊萌朋友的话就赶紧来把他带走！他喝大了，现在爬到桌子上在跳脱衣舞呢！"

叶深深又给魏华打电话，她接起来就是哭腔："深深，我太倒霉了！我男朋友替我抢礼物结果腿摔骨折了！我现在正火速送他到医院……你找我有什么事吗？"

"没事……你赶紧照顾男朋友吧。"叶深深胡乱安慰了她几句，然后抱着自己的包站起来，说，"看来只能我一个人回去弄了，顾先生……我没时间吃大餐了，抱歉啊！"

顾成殊抱臂看着她，微微皱眉："我觉得，让你一个人承担三个人的工作是不公正的，所以你完全可以不回去。明天早上陈连依问起，你就说自己一个人搞不定。"

"可是我拼命一下，今晚或许能搞定的呀！"叶深深不解地看着他，"能做到的事情，为什么不去做？"

因为不是你的责任，是完全可以顺理成章推脱的事情。

看着叶深深执拗离去的背影，顾成殊只能无奈地站起，对侍应表示了抱歉，然后追上了她："我送你回去。"

替没吃到的菜买了单后，两人在外面买了些吃的，顾成殊送叶深深回到工作室，将那件裙子和珠子又取出，铺在桌上。

叶深深嘴里叼着姜饼，一边打开珠盒，一边抬头看顾成殊。

顾成殊似乎没有立即离开的意思，只随手拿过桌上那盆名叫深深的花看着。

叶深深起了一个大胆的想法，虽然觉得不太可能，但还是小心试探着问："顾先生……您今晚有空吗？"

顾成殊瞥了她一眼："饭都没得吃了，当然空。"

听起来有点火气，不过……帮帮忙应该还是可以的嘛……

"顾先生……您缝过珠子吗？"

"干吗？"顾成殊看看她脸上诡异讨好的笑，再看看她手中的珠子，顿时皱起眉，"我建议你去找个自动钉珠机之类的，你找不到我帮你找。"

"不行啊，目前的钉珠机都是高速钉泡珠机，用高速气缸冲压将珠子与铆钉固定，所以只能定点钉珠，像我们这样图案精细、全幅满铺而且还追求颜色自然过渡的，没有其他办法，只能手工的。"

顾成殊看看墙上挂钟，反问："那么，你又为什么自讨苦吃呢？"

"因为我算了算时间，觉得……只要顾先生帮帮忙的话……"她仰望着他，就像仰望一个救星一样，"当然我不敢让顾先生弄太多啦，只要您稍微帮我弄一两个小时，我应该就能在明天九点左右完成这条裙子，十点送到机场就没问题了。"

这辈子都没做过这种事情的顾成殊，不由得嘴角抽搐："叶深深，你真是异想天开。你凭什么觉得我会闲着没事，去给一条裙子缝珠子？"

"因为，从开始到现在，一直都是顾先生在帮我，我觉得您虽然外表看起来有点冷漠，但其实您的内心，一直都对别人抱着温柔的关怀。"叶深深仰望着他，轻声说，"您帮过我许多次，这次肯定也会帮我的，对不对？"

"什么时候帮过你？"他嫌弃地问，目光落在她的面容上。

叶深深的眼睛，在此时的灯光映照下一片明灿。她凝望着他，轻声说："您在机场外给我包扎伤口的时候，您陪我去找那件'奇迹之花'的时候，您帮我解决羽毛燕尾裙纠纷的时候，您为我连夜准备文件的时候……"

在这样的深夜，在寂静的空间内，她的声音轻柔得令顾成殊的心口微微震颤。他有点恍惚地望着面前的叶深深，有点诧异地想，原来他们已经共同经历过这么多的事情了。

当时可能一时兴起，或者只是无心之举，但到现在，都还清清楚楚地被她记在心上，也使他们一步步走到了现在，使得如今他们有了这样的一个夜晚，共处在这个窗外白雪皑皑的房间内。

"好吧，不就是缝珠子吗？"顾成殊终于自暴自弃地抓起了裙子下摆，"跟我说说，怎么缝？"

叶深深的脸上露出幸福的笑容，赶紧从旁边拿过一支彩色铅笔，按照图纸在银白色的裙子上画下一条条细细的痕迹："顾先生就缝奶棕色的好了，按照我给您画下的线路，一路钉上去。这边打斜线的，说明是满铺，要全部钉满，记得珠子与珠子之间不能有空隙哦。"

顾成殊默不作声，接过她穿好的针，开始钉珠子。

"在给深深打电话？"

陈连依放下电话之后，她身边的沈暨问她。

布置成以金银和红绿为主要色调的大厅内，竖立着高大的圣诞树，到处悬挂着的礼物和雪花，烘托出一片圣诞气氛。身边一群时尚杂志上的熟面孔不时走过，不时有人过来与沈暨碰一下杯。

陈连依烦恼地点点头，说："是啊，我带的这三个，也就深深靠谱点。今晚那件裙子可是满铺钉珠，希望她能催促那两人赶紧做完吧。"

"可怜的深深，本来圣诞节加班就够可怜了，这下可能还要熬通宵。"沈暨当然知道一晚上赶一件满铺钉珠的裙子需要花的工夫，同情地举杯向着工作室方向遥遥致意。

陈连依点头，说："希望他们三个人手脚快点吧。我这边也脱不开身，没办法去帮他们了。"

沈暨点了一下头，心想，深深这么固执认真的女孩子，现在肯定又在拼命了，说不定饭都还没顾上吃。

她根本就不把自己的身体当一回事。

他的目光抬起，看着那棵高大的圣诞树，微皱蹙眉转向陈连依，还没来得及说什么，手腕就被别人握住了，几个女孩子把他拖过去："快点快点，马上就要午夜了，沈暨，你熄灯的时候准备躲在哪儿？"

圣诞夜保留档——熄灯后所有人在黑暗中找个地方躲好，然后会有人在黑暗中偷偷在墙上挂一个槲寄生。按照惯例，槲寄生下的两个人，无论是男是女，无论之前是情侣还是仇人，都要亲吻对方。

槲寄生下的吻。

沈暨的笑容有点僵硬，但在明亮的灯光下，他似乎依然是那个光华璀璨的发光体，并没有任何人察觉他的眸子黯淡。

他将手中的酒杯放下，任由她们把自己拉到场内，依然淡淡笑道："我到时候呢，准备……"

他的目光在场内扫了一圈，似乎在端详着安全的地方，余光却看向大门的方向。

所有的窗帘都被拉上，保证外面的光一点也透不进来。

"好了，亲爱的各位，请赶紧找到自己身边的人和要躲藏的地方，但是——不许拉人，不许牵手，我们追求的是在同一瞬间同一反应的心有灵犀！"

电闸被拉下，灯光骤然熄灭，所有人眼前都是暂时失明。

在一片黑暗之中，周围的人兴奋地发出意义不明的喊声和笑声，混乱中无数人都在寻找自己的方向。

沈暨朝着自己选定的方向径直走去，他摸到了大门的把手，无声无息地打开门走了出去。

他的动作很快，从黑暗的室内到明亮的走廊，只用了一秒钟。只这么短短一点时间，所有的喧哗与混乱已经被他彻底摒弃在了身后。

他靠在门上长出了一口气，然后顺着旋转楼梯走下，来到门厅。

门童帮他取出大衣，又替他撑起一把伞送到车库门口。

他这才发现，原来外面已经下起了雪。

白色圣诞，街上飘荡着《铃儿响叮当》的音乐声，装饰着彩灯和星星的圣诞树在雪中更添节日气氛。

将车子停在路边，他一时竟茫然得不知自己该去往何方。

靠在方向盘上，他又下意识将自己受过伤的那只手举到面前看，看起来那么干净、漂亮的手，在车窗外透进来的灯光下，莹然生辉。以前还有人挖他去做手模，拍过一季手表的宣传——虽然很快就被撤下了。

他知道自己长得好看，所以他也带着一点微妙的自恋，对于自己的容貌与身材的保养一丝不苟。可外表再怎么平静完美，依然无法纾解他手上曾受过的伤。

怎么会痛得那么厉害，仿佛连着那个圣诞节时槲寄生下的那个吻都痛起来。

他觉得自己的胸口闷得窒息，只能将那疼痛的手紧紧地握起来，他觉得自己需要一些温暖柔软的东西。即使是一只街头的流浪猫咪，或许摸一摸那温暖的皮毛，也至少能让自己拥有一些力量，能看到她凝视自己时那深藏在眼眸之中的亮光，驱走那些围绕在他身边使他压抑窒息的东西……

他所需要的，是正常的、柔软的一个女孩子对他的关怀。

虽然知道自己的想法过于自私了，有利用她的嫌疑，但他还是将车子开向了方圣杰工作室，在小区大门口时，远远看见那盏亮着的灯。

他停了下来，沉默地望着里面的那盏灯，坐在车上想了一会儿，想着听到她说"我们是朋友"的时候，心中那种释然的轻松和轻微的惆怅，到底是为什么。

许久，他轻叹着捂住了自己的眼睛，唇角露出一丝怅然的笑意："管它为什么呢？反正，我现在需要一些温暖。"

他下车去旁边还未打烊的甜品店内买了热奶茶和蛋糕。当然，因为肠胃炎的阴影，他特意避开了上次给深深买的那种。

抱着一纸袋的东西往里面走去，看着那亮着的窗户越来越近。头顶的树上，雪簌簌地从枝条间隙落下。

隔着纷飞的雪花，他看见里面的两个身影。室内的暖气让窗户朦胧，人影模糊，但他很清楚地看出，一个剪影是叶深深，另一个，是他再熟悉不过的人。在这样寂静的午夜，他们坐在一起，俯头不知道在干什么。

沈暨慢慢地退了一步，目光看向工作室的院落，停在那里的车上已经积了一层雪。他们待在里面已经很久，无人打扰。

看来，他分享不到温暖了。

他转过身，走到车旁边，才想起自己还抱着一堆东西。他从袋子中拿了一杯奶茶，然后将其他的食品一股脑丢进了路旁垃圾桶中。

明知是高热量的不健康饮品，但他还是纵容自己喝了半杯。因为他现在急需一点暖和的东西来抵御夜风，找不到避风港，找点东西暖暖手心也好。

"深深，你应该庆幸顾先生在你身边。如果我没有及时清醒的话，肯定会用我这双有毒的手，拖你下水了……"他叹息地低语着，最后望了那亮着灯的窗户一眼，发动车子离开。

车上的广播放着一首应景又不太合时宜的歌——《Merry Christmas Mr.Lawrence》。钢琴的声音如流水般纠缠在他耳边，雪花一朵朵缓慢坠落在前方。

他忽然想起来，自己忘了说一句：圣诞快乐，深深。

天色渐亮，裙子上的珠子已经初现规模，差不多铺满了。

顾成殊将最后一个空隙填满，然后打了一个死结——仅仅一个晚上的训练，他已经俨然是个熟练工了。

叶深深还在弄最后半个肩膀。顾成殊靠在椅子上，活动了一下自己的手臂，然后问："你不累吗？"

"你这么一说的话……好像腰都快断了。"叶深深看看剩下的已经不多，便将裙子搁在椅背上，趴在桌上喝了两口水，感激地看着他，"多谢你哦，顾先生，其实你帮我弄完下摆就可以了，应该早点回去休息的。"

他漫不经心地说："万一你速度太慢，我一走就弄不完了呢？"

"我计算好时间的，不过还是感谢顾先生帮我抢了两三个小时出来，你实在太好了！"叶深深感动地看着他。

顾成殊给她一个白眼："不好能行吗？深深，你都已经列举了我那么多助人为乐的事迹了。"

叶深深讪笑着承受了他的白眼，真没想到顾先生居然还有给自己脸色的时刻。

不过再一想，顾先生是从什么时候起，已经开始叫自己为"深深"而不是"叶深深"了呢？

再一想，她更加心绪复杂——那自己又是从什么时候开始不再称呼"恶魔先生"为"您"了呢？

顾成殊见她满脸都是迟钝的笑，不由得又给她一个嫌弃的眼神。

狼狈的叶深深转头看向窗外："是不是快天亮了啊？"

"六点半了。"他看看时间，说，"我得走了，免得撞见上班的人，会有点尴尬。"

"嗯，顾先生再见……这件衣服真是太感谢你了！"叶深深捧着衣服仰望他，一脸感激。

顾成殊随手做了个挥别的手势，走向门口，而叶深深振作精神，继续穿针引线。

顾成殊走到门厅，又不由自主地回头，目光落在她低垂的面容上。她专心致志地俯头钉珠，一夜的机械工作让她的眼圈显出淡淡的黑影，夹在耳后的头发散了一两绺在脸颊上，随着她的呼吸微微颤动，让他的心里生起一种莫名欲望，很想抬手顺着她的面颊轻轻将那绺头发别到耳后去。

所以他又将手从门把上移开了，他靠在门上，开口问："下周就是元旦了，工作室应该会放几天假，你要回家吗？"

叶深深抬头向他，摇摇头说："我这边事情挺多的，要把季铃那件礼服弄出来，还要给网店上新，工作室这边也在准备迎接安诺特集团的评估，不一定有空放假了，而且……我现在回家去又能干吗呢？我妈肯定是劝我放弃自己的理想，回家安安稳稳开网店过日子，而那个人，又只要钱和他儿子……"

"真的不回家吗？"顾成殊抱臂看着她，"那么把手头事情一放吧，我让伊文替你订票。"

叶深深迷惑地抬头看他："订票？去哪儿？"

"法国。你的签证下来了。而且运气真不错，你喜欢的巴斯蒂安先生担任设计总监的一个牌子即将举行明年秋冬季成衣发布会。上次我给你的那条裙子，是他明年春夏季的高级定制款。"他说到这里，才征询了一下她的意见，"要去吗？"

"去！"叶深深激动得手足无措，一时连珠盒都打翻了，一颗颗珠子跳跃着散了满地，但她也顾不上捡了，跳起奔过来一把抓住顾成殊的袖子，感动得眼泪都漫上来了，"是真的吗？！我没有听错吧？顾先生，我、我不是在做梦吧？"

顾成殊冷静而嫌弃地将她扯着自己袖子的手拨开："我什么时候骗过你？"

"哇！我要去巴黎了！我要去观看时装发布会了！我要……我要现场坐在那里看大师的作品了！"她捂着心口又蹦又跳，欢呼雀跃。

"瞧你这点出息！"顾成殊鄙夷地说，"我让你去巴黎，是让你积累经验的。去看秀不是你的最终目的，你的目标是在巴黎开自己的品牌店，在巴黎时装周开自己的品牌秀。"

叶深深的笑容顿时没了底气："这个……好遥远啊……"

"有什么遥远的？巴黎是吸纳最多国际设计师、汇聚最多元文化风格的地方，香榭丽舍大街满满开的全是新锐设计师的店。而且近年来巴黎时装周每一季都有中国的设计师登场。别人能做得到，你为什么做不到？"

听他说得这么笃定，叶深深只觉得胸口剧烈地跳起来，激动的情绪几乎让她无法控制，连声音都颤抖了："嗯，我的前途很美好……不过道路还很曲折，是不是？"

"需要时间和磨砺。"他看着她的模样，不知受什么心情驱使，又添了一句，"不过，你的优势是，其他人一般都是普通花草的种子，而你是一颗巨杉的种子，你有长成世界上最高的树的潜力。"

叶深深吐吐舌头，蹲下身捡珠子去了："有可能长成高达百米的参天大树，但也有可能在种子时就被小动物吃掉了，可能在幼苗时被过路的黑熊一脚踩折了，更可能在长到一半的时候被伐木工人锯掉了，甚至在长成之后，被雷电劈中烧毁了……"

"是的，有无数可控及不可控的风险。"他自负地俯视她，说，"不过，你很幸运，有我在你身边。"

叶深深手中捏着一颗珠子，抬头看他。看到他脸上确切肯定的表情。她一时只能紧紧握紧手心的珠子，抑制住自己心中的热潮。

"好了，这两天收拾一下东西，我帮你请假，准备走吧。"他示意她赶快弄好裙子的肩膀。

叶深深幸福地点头："嗯！"

"请假？"

陈连依看到叶深深递上的请假条，简直悲痛欲绝："方老师那几天不在，魏华去照顾男友，熊萌这混蛋醉酒到现在还没恢复过来，你居然又请假，这日子没法过了！"

熊萌扶着宿醉后快要裂开的头，说："深深，你放心去吧！平安夜让你独自通宵加班都是我的错，这回你安心去玩，我一定会连你的份儿一起做好的！"

"呸！你先告诉我，上次把手摇花边写成水溶花边的人是谁？幸好深深看到参数之后问我，衣领上装饰手摇花边是不是更合适些，我才发现被你给搞错了！"陈连依气恨交加，扯住他的衣领喷他，"要不是我和深深帮你擦屁股，你摊上多少大事了？！"

熊萌缩着头，顾左右而言他："不过新年也没啥事啊，老师都去巴黎了，是吧？顶多我在这边留守嘛……"

莉莉丝过来给大家分棒棒糖："陈姐消消气嘛，你又不是不知道小熊就是这样的熊孩子——对了陈姐，昨天《ONE》组织的那个圣诞派对听说很热闹啊？沈暨也去了？最后在槲寄生下接吻的是谁跟谁啊？哈哈哈……"

"你想都想不到，是主编宋瑜和一个小明星，女的。"陈连依顿时笑出来，把熊萌直接丢开了，"两个女生视死如归地抱在一起，真是拼了！哈哈哈……"

叶深深想象了一下那个看起来高傲冷漠的主编在大家的起哄下痛苦不堪地亲吻另一个女生的画面，顿时也笑了出来，觉得她在一瞬间可爱起来了。

"原来是主编被捉弄了啊，我还以为大家的目标会是沈暨呢。"莉莉丝惋惜地说。

"因为沈暨中途逃脱了！不过后来我听说他近期也要去巴黎，估计和方老师一样，去看巴斯蒂安的最新发布会吧。毕竟这是时隔一年之后，大帝重新亲自操刀的一季高定。"

熊萌揉着脖子问："咦，可是大牌每年基本都有8次发布会呀，他身为品牌的设计总监，居然之前都交给别人了？"

"是啊，你也知道每年8次啊！他手中有3个牌子，全都自己来弄会不会死人？灵感从哪里来？所以他过去几年只是主导每一季的风格走向和产品设计，一年也不会出几件新衣服的，像今年春夏的海洋系列，他亲自设计的就只有6件。"

莉莉丝夸张地叫起来："说到这个，你们看到里面那件褶皱大摆的湖蓝色裙子了吗？天啊，真是太美了！"

叶深深点点头，说："是的，那件简直是梦幻之作。"

"是吧！我现在的桌面就是它！待会儿我分享大图给你。"莉莉丝捧着心口哀叹，"不知道国内会不会有人借得到这件衣服，要是我能看一看实物，最好再摸一摸，那就太好了……"

陈连依说："沈暨不是去巴黎了吗？他神通广大，或许能看到实物，你给他发条消息，拜托他给你拍张实物图拔草吧。"

"为什么是拔草啊？"

"因为我觉得那种效果很可能是光线或者PS的魔法，你看到实物就会失望的。"

不，实物比图片更震撼更美丽！叶深深想着挂在自己衣柜里的裙子，好想说出这样的话，但迟疑片刻，终于还是保持了沉默——毕竟，她怕说出来历之后，大家会一致认定顾成姝是她的金主。

虽然……现在的性质已经很像了。

莉莉丝掩面流泪，陈连依心情大好，她见叶深深一脸疲惫，便说："好啦，深深，你赶紧回去睡觉吧。请假的事我会和方老师说的，你记得准时回来上班。"

"好的，多谢陈姐！"

虽然昨晚通宵，可回去之后，叶深深还是睡不着。

要出国，并且要去看大帝的时装秀，这兴奋冲击着她的大脑，让她在床上翻来覆去，简直没法平息。

偏偏沈暨还要来火上浇油，发消息问："深深，听说你也要去法国？什么时候？"

叶深深兴奋不已，赶紧给他回复："我30号去。"

"哦，那你还可以慢慢准备，我明天就要走了。"

叶深深看到"走"这个字，顿时迟疑了。

那天晚上的寒冷似乎又慢慢逼进她的身体，让她不由自主地蜷缩起身体，死死地握着手机。许久，等到身体这一阵僵硬过去，她才艰难地抬起指尖，慢慢地输入问："那，你还回来吗？"

他那边也停了好久，没有应答。

叶深深闭着眼，觉得眼睛像针扎一样地痛。她听到自己悬空的心在轰然跳动，让她觉得自己连呼吸都要坚持不下去了。

仿佛等待了一个世纪那么漫长，手机终于轻微振动，他的回复过来了。

叶深深猛地睁开眼睛，看着上面的回复。

"会的，因为我还要亲眼看着你实现梦想呢。"后面是一个笑脸。

疼痛的眼睛中，泪水终于漫了出来。

她在模糊一片的视野中，仿佛看到他带着那种惯常的、漫不经心的笑容，随口说着亲昵而不负责任的话——我喜欢每一个女孩。

却不知道，他习以为常的那些温柔，会让别人多么痛苦。

最终，她回复了一个与他一模一样的笑脸，因为她真的不知道，除此，自己还能如何反应。

他又说："明天就要走啦，临走前不聚一聚吗？"

"不行啊，昨晚通宵在弄一件衣服，现在刚刚回来，困得要命，我得睡一会儿。"

她发出去之后，以为沈暨会顺其自然地说，那你好好休息吧。

然而他发过来的却是："谁这么残忍，平安夜还让你加班？你一个人吗？"

叶深深的眼前，浮现出顾成殊无可奈何帮她缝珠子的情形。

估计……顾先生不会让人知道他有这么一面吧，还是不要提了。

所以她回复："有件衣服今天九点多就要交付，办公室别人都有事走了，只剩我一个人弄，没办法。"

沈暨那边一直保持着"对方输入中"的状态，然而，却迟迟没有发过来什么。

叶深深看着那行字，想着他该在写一段很长的话，所以才会这么久一直在输入。

可等了太久，他依然没有回应。

手机这边的叶深深，开始怀疑他是不是在那边不停地删掉重写。他想说什么呢？

心虚的叶深深，为了避免他追问，又发了一句："你的平安夜过得怎么样？我怎么听陈姐说，你中途逃脱了？"

她握着手机等待他的回复，等了好久，终于沉沉睡去。

她真的很困，睡得很死。醒来时夕阳已将她整个房间染成灿黄色。

她下意识地先抓过手机看上面的内容。

沈暨最后发过来的只有一句话：嗯，不喜欢某个游戏。

完全无关紧要的一句话，隔了这么久，回复不回复似乎也没有什么必要了。

她坐在床上，慢慢地关了手机，撑到卫生间洗了把脸，然后麻痹的大脑渐渐清醒过来。

巴黎，巴黎……

叶深深觉得自己真是个薄情又现实的人，因为一想到顾成殊昨天说过带她去巴黎的事情，她的精神又振奋起来了。

所以她又迅速打开手机，给沈暨发消息："不好意思哦，之前睡着了。去法国要注意什么呀？带什么比较好？"

这一次他回复得很迅速："等我一下。"

不是说说就可以了吗？还要等什么？

叶深深无奈地想着，去翻了翻冰箱，找了些东西出来打算给自己做碗面条，结果面条还没煮熟，敲门声已经响起。

沈暨居然直接过来了，他靠在门框上，低头认真地看着她，问："你知道最重要的是带什么吗？"

叶深深摇摇头，迷惑地看着他。

他一脸严肃地说："带上我。我特别有用，十小时的飞机很漫长很无趣，我可以陪你说话陪你玩，累的时候当靠枕，困的时候当抱枕……"

"别开玩笑啦！"叶深深忍不住笑了，"我自己都是顾成殊带着去的，哪还能携带你这样的大件行李？"

他跟着她进门，毫无节操地说："他会同意的，顶多我咬牙让他也可以用我。"

叶深深再次笑出来："你也就是说说而已，我听说你昨天连大家最喜闻乐见的槲寄生下那个游戏都逃掉了——这就是你不喜欢的那个游戏？"

沈暨终于收敛了笑容，皱起眉说："是啊，之前有过不愉快的经历。"

"真的吗？"叶深深在心里思忖着，是亲到了他讨厌的人吗？他还有讨厌的女孩子？

"总之，我一开始还在想国内没有这样的习惯实在太好了，结果没想到，大家也开始搞这一套了，所以我只能落荒而逃。"他的目光落在她的身上，看着她眼中闪烁着好奇的光芒，知道她肯定想探究自己亲到的人究竟是谁，所以直接就把她的头按住了，"别胡思乱想，没什么好玩的！"

叶深深看他那严肃的样子，忍不住抓住他按在自己头上的手，哈哈笑出来："谁啊谁啊？告诉我一下嘛……"

话音未落，沈暨指指厨房，问："你在煮什么？"

"啊！"她听到厨房的锅在当当作响，立马跑回去把火关掉，可惜已经太迟了，面条早已经烂掉了。

"呜……饿死我了。"叶深深一边捞着勉强可吃的几根面条，一边发出可惜的呜咽声。

"那就别吃啦。"沈暨上来直接把她锅里的东西往垃圾桶里一倒，"走吧，我带你去吃好吃的。"

"虽然你带我吃好吃的，可是，我还是不能带你去巴黎。"

叶深深吃着沈暨点的菜，夹着沈暨剥的虾，面对着沈暨舀的汤，完全没有要知恩图报的模样。

"我知道，你要看成殊的脸色嘛，对不对？"沈暨的口气就跟哄小孩子似的，"可我就是担心啊。我把你一个人丢下先走，成殊会照顾女孩子吗？他能给你丢个颈枕就算温柔体贴了。"

叶深深哑然失笑："干吗要他照顾啊？我自己完全可以的。你知道不，我十五岁的时候……"

她话音未落，忽然听到有人轻敲隔间的声音。

这家店各个小房间由镂空雕花的屏风隔开，所以他们说话的声音旁边难免会听到。叶深深转头一看，旁边居然正好是郁霏，她带着一个长得挺清秀的男生在吃饭。

　　"深深、沈暨，真巧啊。"她的面容隔着镂雕的花纹，半遮半掩间笑得格外迷人，"我们也是刚坐下，可以一起吗？"

　　"好啊，欢迎之至。"沈暨看看叶深深，笑着点头。

　　服务员将他们的餐具移到一起，郁霏介绍自己身边的人："阿峰，我的助理，也是我男朋友。"

　　"你好你好。"叶深深赶紧朝他打招呼。

　　阿峰点一下头，目光全在沈暨身上。

　　沈暨漫不经心地说："我见过的，邵一峰，你的青梅竹马。"

　　"咦，什么时候啊？"郁霏笑问。

　　沈暨拿湿巾擦着手指，缓缓说："你和成殊决裂的第二天，阿峰来找成殊，我当时刚好在旁边。"

　　他的口气古怪，气氛十分尴尬，阿峰的脸顿时变得铁青。他有点畏惧地转头去看郁霏，郁霏的脸上依然挂着微笑，只是唇角的弧度有点僵硬："哦，我都不知道。"

　　叶深深看场面冷下来了，赶紧给郁霏倒茶："郁霏姐，喝茶。"

　　"谢谢哦。"她的脸上又堆起温婉笑意，轻拂耳后的头发，"对了，我刚听到了，你们要去巴黎？"

　　叶深深点头，雀跃地说："是啊，准备去看某大牌的新春发布会。"

　　"那挺好的，顾成殊也去吗？"郁霏微笑问，"准备去哪儿玩呢？"

　　"顾先生当然去的，然后我们准备去……"

　　"深深，我给你安排行程。"沈暨自然而然地就把话题带过去了，"第一天中午到达，赶紧先去看凯旋门，晚上去看铁塔，第二天去发布会，第三天你就要回国了，好惨哦，哈哈哈……"

　　叶深深气恼地撞下他的手肘，然后看向郁霏："郁霏姐去过巴黎吗？有什么景点可以推荐的？"

　　"没有呀，你的行程这么紧凑密集，还能去哪儿呢？"郁霏托着下巴微笑，"对了，你刚刚说自己十五岁的事情，还没说完呢。"

　　"没什么啦，我就是想跟沈暨说，我一个人出行是没问题的。"叶深深笑，"我十五岁那年暑假，外婆生病了，我一个人坐二十多个小时的火车硬座，去一个听都没听过的小县城，再转乡间大巴，坐四个小时的车到镇上，找到医院，照顾了她两个月。一个人，没丢掉。"

　　沈暨望着她，眼中满是疼惜："你妈妈真是心太宽了，你当时才十五岁，怎么能放心让你一个人出门！"

　　"沈暨，我们普通家庭出身的人都是这样的。"郁霏在旁边淡淡地说，"我十五岁的时候，我爸在外地出了车祸，也是我一个人连夜赶去，把重伤的他接回家的。"

　　"啊？"叶深深听她漫不经心地提起这样的事，不由得有点愕然，"那……郁霏姐，你爸没事吧？"

　　"别担心，我爸前几天还打电话来，催我赶紧结婚呢。"郁霏笑着，将目光转向阿峰，"但那时候我爸的治疗和后续康复都需要很多钱，我从小就没有妈妈，当时才十五岁，在困境中几乎崩溃绝望。幸好，阿峰父母把家里所有的钱都凑出来给我爸，他才终于渡过难关，我也终免于成为孤儿……所以我当时在心里暗暗发誓，只要我能做到的，我一定会好好报答阿峰一家人。"

　　叶深深看着她沉郁而悲苦的神情，默然点头："是啊，要是我，我也会的……"

　　郁霏勉强对她笑了笑，将目光投向若有所思的沈暨，说："我知道我欠顾成殊一个解释，但这就是我的解释。和他在一起的时候，我是真心的，但阿峰喜欢我，我就得把我的一生给他……除非，我有更好的办法可以报答。"

　　阿峰在旁边看着她倔强得几近决绝的侧面，张张口想说什么，但最终还是沉默了。

　　叶深深不知自己该说什么，只能低声叫她："郁霏姐……"

　　郁霏却反问她："深深，你觉得呢？做人不能不知恩图报，不能没有良心，对不对？"

　　叶深深赶紧点头，说："对啊，这一定的。"

　　沈暨垂眼看着杯中热气袅袅的茶水，许久，才说："好的，我知道了。"

　　听到他的回答，郁霏才露出一个黯淡的笑容，她将叶深深给她倒的茶抿了一小口，然后说："哎呀，我忽然想起来了，我的健身老师告诉我，今天中午给我做了代餐，我怎么可以来吃饭呢？"

　　阿峰默然站起身，将她的椅子往后挪了一点。

　　郁霏脸上又恢复了那种笑意盈盈的模样，说："不好意思哦，看来我没办法吃饭了。"

　　"郁霏姐，拜拜……"叶深深小幅度地挥手。

　　沈暨抬头，见郁霏还在看着自己，便说道："我想成殊会谅解的。"

　　郁霏朝他点点头，说："其实我并不奢求任何人的谅解，我只求对得起自己的心就可以了。"

　　目送她与阿峰离开，叶深深还有点难过和震撼："真没想到，郁霏姐的人生有这么一段，想想都让人觉得好难受……"

"你难过什么，又不是讲给你听的。"沈暨若无其事地给她换了个碟子。

"啊？"叶深深鼓着两腮，不解地抬头看他。

"你以为她莫名其妙地过来说这些话真的只是随便聊天吗？单纯的少女啊，要我帮你分析一下她话中的意思吗？"沈暨笑着竖起一个手指，"第一，她是善良无辜的郁霏，她背负着自己不能抗拒的命运；第二，她不是自愿离开成殊的，她有苦衷和道德枷锁；第三，成殊还是可以和她回到过去的，只要他愿意给阿峰足够的补偿。"

"沈暨，你上学时阅读理解题肯定满分啊！"叶深深对沈暨佩服得五体投地。

"不过从她的话中我倒是理解到了另一个意思。"沈暨的目光落在她的脸上，若有所思地端详着她，"成殊和她分手后，没有给她任何反悔的机会，她连和他见面的机会都没有，不然怎么会准备好说辞过来找我呢？"

叶深深觉得心口泛起一股混合着酸意的抑郁感，但她假装若无其事，迎着他的目光问："顾成殊以前和郁霏交往过，是吗？"

沈暨点头："嗯，你有兴趣听吗？"

叶深深低头剥着虾壳，假装若无其事地说："因为郁霏对我怪怪的呀，所以我必须知己知彼，免得一不留神悲剧了呢！"

沈暨默然皱眉，考虑许久，才缓缓说："成殊曾经和我谈过，有向郁霏求婚的打算。"

叶深深顿时愕然地睁大双眼，没想到他们不仅曾经交往过，甚至还谈婚论嫁了。

而沈暨不为所动，依然凝视着她的侧面，不动声色地讲下去："他准备好了鲜花与钻戒，准备在一场很重要的时装发布会后向郁霏求婚。然而他没有想到的是，在发布会的最后，郁霏携手模特们走上T台的同时，却当众对媒体宣布，自己已经不堪忍受顾成殊数年来的控制，今天就是她彻底离开顾成殊、自立门户的第一天。"

叶深深彻底蒙了，老半天反应不过来。

她知道顾成殊与郁霏的过去肯定不一般，但却没想到，居然会纠葛得这么深，而且，分手的时候又这么难堪。

她能想象出当时震惊混乱的场景，却无法想象顾成殊拿着鲜花与钻戒站在台下，听到郁霏与他决裂的消息时，会是什么心情。

所以她只是喃喃地问沈暨："那……顾先生呢？"

"他把一切都抹杀掉了。"沈暨靠在窗台上，托着下巴看着下面的车水马龙，缓缓地说，"当天发生的所有事情都变成了私底下流传的谣言，明面上报道出来的，只有顾成殊与郁霏五年合作破裂。然后这件事就这么结束了，即使此后有无数关于成殊的不利非议传言在各种小杂志和网络流传，他也完全不再加以理会，仿佛已经彻底遗忘了这件事。"

叶深深茫然地捏着手中的虾，直到那上面的刺浅浅地扎入她的指尖，她才猛然缩回手，捏着疼痛的地方，低头一看，居然沁出了细细的一粒血珠。

类似于麻痒的一种疼痛，细微却深刻地从她受伤的指尖一直蔓延上去，连着心口的一些地方都疼痛起来。

她默不作声，轻轻将自己渗血的手指贴到唇边，低声问："所以，顾先生是知道网上……关于他迫害郁霏的那些流言蜚语的？"

"当然知道了，不过，他始终不发一言，我也不知道他是怎么想的。或许，是不愿意否定自己曾经喜欢过的人吧。"沈暨看着她贴在唇边的流血的指尖，轻轻叹了口气，又说，"他对于这些变得很抵触，不再接受任何媒体的访问，所以和路微结婚时，青鸟给媒体红包发布消息，接触不到当事人的八卦网站只能将当初郁霏的采访改头换面嫁接到路微上面，出几篇通稿敷衍了事。"

叶深深捏着自己的指尖，顿时惊呆了——顾成殊渣男的确凿行径之一，那些一模一样哄骗女生的话，就是这么来的吗？

沈暨看着她，停了停又说："郁霏在与顾成殊决裂之后，真正的男友立刻浮出了水面。原来数年来她对成殊都是敷衍假意，她之前在家里，早有一个青梅竹马的男友——阿峰。"

叶深深咬住下唇，声音都不由得颤抖起来："真没想到，顾先生也会被骗这么久。"

"恋爱中的人智商都比较低，是个真理。"沈暨将目光从她身上移开，皱眉看着窗外的街道。晴朗的城市蒙着薄薄一层浮灰，明明是肮脏的东西，却显出一种迷蒙的美。

"不过郁霏很快就后悔了。因为她信心满满地将自己利用完了的顾成殊一脚踢开之后，却没想到新的合伙人很快就和她闹翻了，所有曾经许下的承诺都没实现，所以她的品牌并没有发展起来。她错过了上升势头最好的时机，也就失去了所有可能达到的锦绣前程，未来发展良好的可能性基本微乎其微。"

叶深深犹豫许久，终于还是问："和顾先生有关吗？"

沈暨对她笑一笑，神情平淡："这个，谁也不知道。不过郁霏找的那个新合伙人为什么会突然和她翻了，又为什么能在撕毁合作协议的时候钻到条款空子，以至于郁霏在合作破裂之后什么也没得到……反正大家都还是很佩服那个帮他研究合同的人的。"

叶深深默然地怔愣了许久，才长出了一口气。

郁霏显然不是个普通女生。从她如今若无其事重新接近顾成殊和对自己的态度来看，她若是能寻找到机会，那么，曾经败在她手下的顾成殊，未尝不能败第二次。

一切都还未结束，重新再来也未可知。

但这一切和自己又有什么关系呢？叶深深抬手拍拍自己的脑袋，努力咬牙把这些都强行赶出自己的大脑。

叶深深，你只是顾先生的合伙人而已，而人家真正谈恋爱的对象，是像郁霏那样的女生，漂亮，聪明，有气质，有手段，在各方面都与他旗鼓相当。

想想这两人，一个可以哄骗男人付出多年捧自己上位，一个可以报复得不动声色，令局外人根本看不清手段——这才是天生相配的一对人才，哪是你这种人可以插足的呀！

沈暨见她表情怪异，便俯头看着她，问："介意吗？"

"啊？"叶深深茫然抬头看他。

他眼中倒映着此时窗外澄澈的天空，比往日更显得明净。他凝视着她，就像整个世界在温柔注视着她一般："或许我不应该把成殊之前的事情透露给你，毕竟你与此事并无瓜葛。"

"没事，我也只是随便听听而已……"她勉强抑制自己心头涌动杂陈的复杂情绪，竭力露出一个笑容，"他们的人生可真精彩。"

他笑着揉揉她的头发，像之前无数次一样，带着温柔又令人心安的笑容："有时候，人生还是简单一点比较好。"

"嗯。"叶深深点点头，说，"我也是……这样认为的。"

"还有，看来你们是真的不会带我一起去巴黎了，对吗？"他噘起嘴不满地问。

见他又提起这事，叶深深只能无奈："你自己去和顾先生说嘛！"

"算了算了，估计我要是延迟出发，皮阿诺先生肯定会哭给我看的。"他无奈地说。

"皮阿诺先生？"

"嗯，安诺特集团的一个熟人。"

叶深深激动地问："是那个下辖很多个奢侈品牌的安诺特集团吗？这回与方老师谈合作的那个？"

"是的，全球最大。为人所熟知的大牌，有几乎一半被他家收购了。"沈暨叹了口气，喃喃地说，"资本家就是这么可恶。"

叶深深听到他这句话，不由得奇怪地看了他一眼，因为在她的印象中，这样的话应该是宋宋说的，沈暨怎么会说出这种愤世嫉俗的话？

"让我发泄一下吧，因为我对安诺特集团没好感。"沈暨说着，低头烦躁地将手指插入头发中，揉着太阳穴许久，才放缓嗓音说，"其他不提了吧，无论如何，一定要记得去巴黎时装博物馆看一看，那里有你绝对不能错过的东西。"

叶深深不解地看着他："那里有什么？"

他笑了笑，朝她眨眨眼："有一件让你绝对会庆幸自己看到了的好东西。"

第三章
发布会

　　事实证明，沈暨确实是担心过度了——十个小时其实很容易过。虽然顾成殊连个颈枕都没给她带，反正飞机上会提供的，但叶深深也就窝在飞机上画了几张设计图，睡了几个小时，再玩了几盘连连看、消消乐，一转眼就提醒他们已经到戴高乐机场了。

　　她转头看看身边的顾成殊，发现他更强悍，花几个小时看完了两本文件，然后就在玩莫名其妙的填字游戏。她看看那些黑白格子，再看看自己连连看的彩色格子，看看他那些数字，再看看自己可爱的Q版动物，觉得顾先生的人生真的很乏味。

　　她捏着手机，假装在玩游戏，用余光偷偷望着他平静的侧面。在灯光暗淡的机舱内，听着他似乎就在耳畔的呼吸声，她不由得在心里想，顾先生知不知道，他曾经是她心目中的人渣呢？

　　她曾经觉得他无比卑劣，对每个女子都随口许下承诺，所以她也从来不敢太过相信他对自己所说的话——她一直觉得，那是他随随便便拿来欺骗他人的谎言，对每个人都可以漫不经心交付。

　　然而，在沈暨对她偶尔提起真相之后，她才知道自己一直以来对他的误解。他其实，并不是她以为的那种人。

　　他的承诺，也并不是她以为的那种承诺。

　　他对她说过的每一句话，最终都实现了。

　　她原以为这个世界上最不可相信的顾先生，其实，是她人生之中最可信赖的人。

或许是周围的安静让她的心口压抑，她觉得自己眼睛热热的，不由自主地放下手机，蜷缩起身子，靠在椅背上。

不敢再看顾成殊。因为她担心自己的脆弱，会让眼泪控制不住流出来。

巴黎今天的天气并不是很好。从飞机上俯瞰，整个城市以灰白色的建筑为主，遍布绿荫的大街就像一条条绿色的带子，将大块的灰白分割成不均匀的小块，远远看起来并没有什么特殊。

戴高乐机场在市中心，漫长的降落过程中，各种商场、店铺、百货大楼从他们的窗外掠过，仿佛他们不是坐在飞机上，而是坐在公交车上一样。

但在看见埃菲尔铁塔时，叶深深还是激动得无法自抑，十个小时的飞行疲惫一扫而空，拿着手机赶紧拍照。

"宋宋肯定羡慕死我了！"她幸福地捧着手机说。

"淡定点，以后来这边的次数会多到让你厌倦的。"顾成殊说。

"真的？太好了！我可喜欢这座城市了！"叶深深更开心了。

顾成殊一边带着她往外走，一边说道："酒店已经订好了，办理完入住手续我带你去吃饭。下午我有空，刚好也想重温一下巴黎的景物，我们可以去看看凯旋门，再逛一下博物馆。"

叶深深顿时想起来，兴奋地点头："对啊对啊，一定要去逛沈暨推荐的巴黎时装博物馆，他说里面有我们可能感兴趣的东西！"

凯旋门所在的戴高乐广场，旁边不远处就是时装博物馆。这是一座高大的文艺复兴时期风格城堡，叶深深抬头看见外墙拱门上巨大的服饰图片，顿时开始激动起来。

被精心保护在玻璃展柜内的一件件时装，让叶深深看了又看，每一件都让她无法挪开脚步。华美极致的构想，精彩无匹的设计，每一件展品都仿佛是一个令人沉迷的世界，令她无法自拔。

离闭馆时间还有半小时，他们终于来到最后的20世纪展区。这里单独辟了一个房间，展览各位大师珍贵的设计手稿。

每一个设计师的图稿，都与自己的个性相关。有一丝不苟描绘细节传达理念的，也有一气呵成只求保留瞬间灵感的；有异常写实简直恨不得连指甲和睫毛都掌控在内的，也有抽象扭曲比例怪异却充满力量的……

她看得入迷，目光凝视着一张张设计图，十分缓慢。而顾成殊只是随意地瞥过，直到他的目光停在一张图纸上，停下了脚步。

他回头看向叶深深，在寂静的博物馆内，一向平静的声音也开始有了波动："深深，过来。"

叶深深依依不舍将目光从眼前的设计上转过，加快了脚步走到他身边。她的目光落在他面前这张设计图上，顿时下意识地瞪大了眼睛，不可置信地盯着这张设计图。

脑袋像被人狠狠重击，只觉得耳边嗡嗡作响，眼前一片恍惚，她的脸色都变了。

玻璃柜内，那张不大的图上画的，正是一件浅绿色的曳地长裙。细细的褶子带着一种古希腊式的优雅，胸口与腰侧点缀着石膏般的洁白花朵，腰带柔顺而随意地下垂至小腹前……

与她设计的那件衣服，一模一样。

叶深深看着这幅设计图，久久无法动弹，她的呼吸加重，却没能发出一个字音来。

闭馆时间已到，工作人员催促他们离开。

叶深深呆呆地站在玻璃展柜之前一动不动。顾成殊叹了一口气，将她的手拉住，带她出了博物馆。

她的手冰凉。窥见自己落入这么可怕的陷阱之后，她震惊而惧怕，仿佛连血液都停止了在身上的行走。

冬天的夜晚早早来到，天边已经出现了晕紫的夕光。

顾成殊拉着叶深深走出高高的石拱门，走下台阶，一直走到水池边才停住，转身看她，问："你准备怎么办？"

叶深深机械地低着头站在水池之前，望着那些被微风撩拨起的粼粼水光，咬着下唇，脸色苍白，呆若木鸡。

许久，她终于抬起头，仰望面前的顾成殊。他还以为她会惊惶无措，或者无助落泪，谁知她却深吸一口气，慢慢朝他绽放出了一个笑容。虽然有点艰涩，但那唇角的弧度确实是上扬的。

她艰难而清楚地说："没什么，我早就知道她们要搞鬼，只是不知道她们竟然会是这样算计我。如今知道了陷害的手法，反倒是好事。"

顾成殊愕然地微微睁大了眼睛，端详着面前的叶深深。他记忆中那个遇到陷阱后只能手足无措的叶深深，不知道什么时候已经消失了。如今站在他面前的，是能在不动声色保护自己的同时，给予好友反击的叶深深；也是知晓了自己正身陷危机时，依然可以对他露出笑容的叶深深。

她就这样在他的注视下成长蜕变，就像流转的岁月，无声而确切地改变了。

"不过，这张设计图能看见的人并不多，可能没几个人能留下印象，而且设计师也早已去世。就算我真的拿出了和它一模一样的衣服，很可能也只是在国内小圈子传一传，对于我来说，只要挽救及时，或许也不会有太大的威胁……"叶深深脸上震惊的神情已经逐渐淡化，她沉吟着，自言自语，"为什么季铃一定要弄这条裙子呢？"

"沈暨一定知道其中的内情。"他说着，看看时间，抬头看向埃菲尔铁塔，"走吧，我们直接问他就行了。"

埃菲尔铁塔上的儒勒凡尔纳餐厅，是法国最难订位的餐厅之一，何况现在是新年期间。

沈暨从座位上站起来迎接叶深深，笑着与她拥抱，就像周围无数久别重逢的人一样，即使他们其实前几天还见过面。

"我有特殊的订位技巧，这是深深第一次来巴黎，当然要拼了。"灿烂的灯光倒映在沈暨的眼中，使他的眼睛格外明亮，笑容也如以往一样温柔。

虽然明知道他对所有人都会展露笑意，但叶深深依然觉得自己的心脏陡然漏跳了一拍，一时忘记了自己遭遇的变故。

沈暨示意叶深深坐到靠窗的位置上，说："下午被拉去秀场帮忙了，所以没法抽空去接你，不过明天我可以带你去后台看看，你可以学点经验，毕竟将来你要自己掌控一整台秀的。"

叶深深兴奋地点头，说："嗯！希望能有这一天……不过我穿什么衣服好呢？"

"当你不知道自己穿什么的时候，就选Armani。"

"别开玩笑了，我哪有Armani？"

"会有的，你现在瘦下来了，我帮你弄一件2码的成衣。对了，你明天坐第二排怎么样，我替你找了一个特别好的位置，绝不引人注目，但视野特别好。"

叶深深简直崇拜他了："沈暨，你真是无所不能啊！"

"在这个圈内混了这么久了，就这么点用。"他见她一直在看外面，便指指窗外示意她赶紧拍照，"多拍几张，一定要记得发照片给宋宋炫耀！"

"就是嘛！这个一定要炫耀的！"之前拍照被顾成殊打击过的叶深深以为然，不但各种自拍，还让沈暨帮她和窗外夜景合照。

顾成殊对这两人的行为拒绝评价，更拒绝参与，低头点餐去了："深深，认识法文吗？"

"不认识哦。"叶深深还在找拍照姿势。

"那我直接替你点了。"

"好的，我不吃洋葱。"她心安理得地说。

给她拍照的沈暨举着手机，看着屏幕上她的笑容，虽然唇角依然上扬，只是，心里似乎有一些隐隐的滞涩，堵住了心口。

那是圣诞那天的雪，至今还积在他的心口，无法消融。

他知道他们三个人之间的关系，似乎在不为人知的地方，已经转变了。三个好友原本是一个稳固的三角形，可如今出现了一对情侣，有一个人便被屏蔽在外了。

有一种，被抛弃的感觉，真不甘心。

他用眼角的余光瞥了顾成殊一眼，想着叶深深掩饰时说过的，梦里的那个人。

虽然，他并不太相信那拙劣的掩饰，但如果是真的话，那只能是顾成殊吧，与她亲近的男人，本来就只有这么一个。

他郁闷地拿起自己的手机，也对着窗外拍了一张夜景。

取景框往旁边稍微移了一点，叶深深托腮微笑的面容，进入了他的镜头。她的眼中，倒映着整个苍穹之下的灯火。

无意识之中，他的指尖微微一颤，快门按下，这稍纵即逝的一刻便永远凝固在他的记录之中。

菜上得不快，他们刚好边吃边聊，设计图的事情当然被提起。

"这个，说起来事情可严重了，因为，今年正是这位设计师的百年诞辰。"沈暨很认真地凝望着面前的他们，睫毛上倒映的灯光隐隐约约，"业内有不少人都尊崇这位伟大的设计师，所以有好几个品牌都推出了向他致敬的系列。而这件他生前未来得及发布的裙子，如今正被顶级大牌扩充为一个系列，即将面世。"

"所以……"叶深深愕然地睁大眼睛。

"所以，在这个时候，季铃抢先穿上了一模一样的衣服，势必能吸引所有人的眼球，进而成为新闻头条，甚至还可以发一系列如'全球首位穿上本系列顶级高定服装的明星'之类自吹自捧的通稿。然后等你的设计被人揭发之后，她又可以来一次炒作，声明这是设计师欺瞒了她，她自己也是受害者。于是，在晚宴上大出风头的是她，得到了曝光率的是她，而所有的错误，都会加诸于你头上。你将会成为人人唾弃的抄袭者，被这个圈子彻底摒弃。"

叶深深脸色顿时惨白，她虽然知道这件事情后果很严重，却没想到，竟会比她想象得还要可怕这么多。

一直在旁边倾听的顾成殊，也终于对她开了口："像你这样籍籍无名的新人，如此明目张胆、分毫不差地复制大师作品，是永远不可能翻身的。如果你真的把那件衣服给弄出来了，那么你的路将就此走到尽头，背负骂名，黯淡谢幕。"

叶深深没料到这么一个小小的举动，居然可能就此断绝自己的人生，心中惊骇后怕不已，只能望着沈暨喃喃地说："幸好沈暨发现了，不然的话，我这回一定完蛋了。"

沈暨皱眉说："其实你的初稿虽然是按照她们的描述所画的，但因为每个人的构思与创意不同，所以初稿与这幅设计图区别很大，我一时也没有注意到。直到看到工作室的修改版，才想起了我在博物馆里看过的设计图——工作室的人，是按照这张图在修改你的稿子。"

"可我现在有一个很重要的问题。"叶深深捏着刀叉，迟疑地问，"郁霏……将这桩委托介绍给我，她是否知道内情？"

"这个，谁也说不准。"沈暨皱眉道，"我察觉这桩设计有问题之后，曾去查过季铃工作室之前的委托，结果发现他们之前也找过郁霏，而且也提出了想要一件绿色曳地长裙，但进展到初稿阶段，郁霏就中断了合作。"

顾成殊冷静地说："当然是她发觉真相了，所以介绍给深深。"

他们都沉默了一会儿，沈暨抬头看着外面蒙住整个大地的黑夜，轻轻叹了一口气，说："人心是难以揣测的，谁知道呢？"

叶深深摇摇头，轻声说："不，我觉得每个人的心，都在控制他的行动，只要我们去关注行动的话，就能找到心的端倪。"

沈暨认真地看着她，问："比如？"

"比如，那次我妈妈见到我的时候，为什么会要求看我最近的作品，又为什么会失态崩溃。她是不是从那幅设计上看出了什么，又不能对我说。"她一字一顿地说，"她是从哪里知道这个真相的？她见过路微，还是郁霏，或者是季铃工作室的人？"

顾成殊默然皱眉，帮她说出了判断："所以，她见的人是谁，那么，背后那个想要将你推入深渊的人，就是谁。"

叶深深点了一下头，竭力控制自己的激动，导致嗓音都有点微颤："无论如何，我不能就这么忍气吞声，一定得向对方发起反击。不然，像这样的事情再来一次，我肯定会失败，会死，会……万劫不复，下次就不一定能有这么好的运气了。"

顾成殊看着她眼中跳动的锐利光芒，心口涌起一阵混合着战栗的苦涩，仿佛她的痛苦与决绝，全都一丝不差地传到了他的心口。他的手动了一下，想要轻轻搭住叶深深的肩安慰她。

而沈暨已经如之前无数次一样，抬手轻轻地覆在叶深深的头上，揉了揉她的头发。

于是，顾成殊移开了自己的视线，投向了窗外。

第二天的发布会，在巴黎七区的罗丹美术馆举行。

时差加上对今天的期待，叶深深兴奋得一夜没睡好。顾成殊过来接她时，看她匆忙吃饭的样子，便跟她说："法国人没这么严谨，时装发布会经常延迟，你不必着急。"

"可是我真的迫不及待了！"叶深深简直都要飞起来了。

到达秀场的时候，别说看秀的人了，连模特都没到齐。

沈暨到门口来接叶深深，顾成殊对叶深深丢下一个"别一脸乡下人进城模样"的表情，直接就走了。

"有'超模'吗？"沈暨带她进入后台时，叶深深揣着小心肝问。

"有的，TOP 50中有好几个。每个品牌都有专职挑选模特的casting director（选角导演），他为这个秀联系了各家经纪公司，从几千人中挑选出一百来个合适的，最后巴斯蒂安先生的助理亲自面试挑选出四十人，加上受邀的几位名模，一共四十八人。"沈暨指指走廊墙上贴着的模特的照片，侧身避过正在搬运东西的人，带着她进入后台。

叶深深看着那些在化妆的模特，又悄悄问："挑选的条件呢？"

"主要凭感觉，看她是否与本季的风格相符，但被刷下的理由可多了。"沈暨随口说，"比如露出来的地方有刺青，可能会与服装不协调；比如统一配套的走秀鞋子只有38—40码，不符合码数穿不了；比如统一要弄鬈发可你却剃了个光头——除非你自己准备好，否则没有人会特意为你准备假发套的。"

旁边有人过来，和沈暨说话，叶深深听不懂法语，便站在那里等着。

沈暨打了个电话后，对叶深深说："你先帮我个忙，有几个穿衣工是在校生，还没有过来，我得联系一下。"

他把手中一沓资料给她，让她按照衣服贴好。

每张资料都是A3纸大小的彩印，上面印着各个模特试穿衣服时拍的照片，从整体到配饰都有。资料上的顺序号码就是模特们上台的次序，叶深深对着照片一一找到所需的配饰，然后按照顺序将模特的照片贴在龙门架上，摆上鞋子，挂上饰品。

"嗨！"有人跑到她身后，用法语大吼着，不知道在说些什么。

叶深深转头看着这个横眉竖目的半秃头男人，愕然不解。

他扯过她手中的照片，对着她摆好的一双靴子指手画脚，然后直接把靴子拿走，换了一双十分相似的摆在那里。

难道是她弄错了？叶深深诧异地对比着照片，然后坚持将靴子又换了回来。

对方顿时火冒三丈，提起靴子和照片上的作对比，一连串的法语虽然听不懂但也可以看出他的意思，就是说她弄错了。

叶深深叹了口气，直接哗哗哗地翻后面的照片，果然找到了一张极其相似的。然后她又将旁边另一双靴子拿过来，同时摆在龙门架下面，拿着两双靴子对比。

秃头中年男一看，顿时哑了。两双在照片上十分相似的靴子，都是浅色半靴带点长条形反光，其实实物一双是米色织银丝的，一双是胡粉色缀珠管的，照片比较小，又有偏色，是他看错了。

"Sorry, sorry……"他举着双手道歉，终于用上了英语，"你是沈暨找来帮忙的？干得不错。"

叶深深的英语水平勉强能够简单对话，所以随口答了一声，继续弄自己的衣服去了。

沈暨从外面带着一群女孩子进来，看见叶深深和那个男人在说话，有点诧异。他跟女孩们简单说了几句话后，便走过来跟叶深深介绍："这是巴斯蒂安先生忠诚的助手，担任了他三十二年助理的皮阿诺先生。"

叶深深赶紧向他问好，皮阿诺向她点点头，又对沈暨指了指相似的照片和靴子，朝着叶深深笑。叶深深知道他肯定是在说刚才的事情，有点不好意思地笑了笑，继续去贴资料片了。

不多久，秀场模特到齐，后台挤得满满当当。所有造型师都在加快手脚，吹风机的噪音和梳子夹子的撞击声响成一片。等到搞定发型妆容后，模特们将在穿衣工的帮助下，去临时围出来的更衣室内穿衣服。为了衣服的型格，穿着时当然要脱掉内衣，提衣服时更要小心翼翼，不合身的地方也要立即修改。

叶深深弄好了资料片，站在那里看着一个个身材高挑、气质高冷的模特，心里有个想法是，更衣室内那么多内衣，还有那么多寄存的衣服，待会儿大家怎么找回自己的？

正在她胡思乱想时，外面忽然传来一声沉闷的巨响。

所有人都被巨响震得停顿了一两秒，面面相觑。

沈暨和皮阿诺快步走到门口，外面已经有人奔进来了，对着他们指手画脚、焦急不已地说了一串话。

皮阿诺顿时急了，迈开腿就跑了出去。

叶深深赶紧问沈暨："怎么啦？"

"旁边放衣服的隔间倒下来了，本次大秀的所有衣服都在里面，要是拿不出来，这场秀就完蛋了！"沈暨疾步往外走，叶深深赶紧跟着他出了后台，到旁边存放衣服的地方看。

秀场前台为了追求空灵的气质，架子被全部撤掉了，将所有的承压力都放在了后面，导致压力点全部在后方，设计人员又偏巧在受力点设计了置衣间。提前运到这边的衣服，还有工作人员和模特们的衣服等，全都挂在这个隔间之中，由专人看管打理。目前的好消息是，管理衣服的几个人没有受伤，但坏消息是，包括秀场衣服在内的一堆衣服全都拿不出来了，它们被埋在了横七竖八的钢桁梁下面，无一幸免。

负责会场布置工作的几个人立即赶了过来，一看到这个情况，个个都露出想死的表情。

"能不能先把钢桁梁抬走？发布会就要开始了，我们要立即取出衣服！"皮阿诺都快疯了，"还有，当务之急是加固秀场，要是再塌下来砸到人，那可真的是惨剧了！"

"不，先生，请放心吧！我们在布置会场的时候是充分考虑到了物理杠杆作用的，这一部分是唯一受到作用力的地方，虽然它坍塌了，但前方除了损失了几束辅助光，绝对不会再有问题！"

"那么把这些东西都搬开！"

"这个实在搬不开，因为所有的角度都是卡死的，唯一的办法是现在立刻去找几个气割人员，把它们全部割开——当然，里面的衣服什么的，肯定会在气割时被烧掉的。"

"那你们不能调个吊车过来先把这边的衣服抢救出来吗？！"

美术馆的工作人员人立即反对："对不起，我们不会拆掉大门让吊车进来的！"

"所以你们的意思就是，我们这场秀，就这样，还没开始就结束了？"皮阿诺厉声高吼，"你们所有人，都听着！这是巴斯蒂安先生今年最看重的一场秀！这是他一年多的心血！这是……"

"皮阿诺先生，"沈暨拍了拍他的肩，说，"我理解你的心情，目前来看，我们只有两个选择：一个，是放弃这场准备了一个多月的新春发布会，延期举办；另一个办法，我向你推荐一个人。"

沈暨的手指向跟在自己身后的叶深深。

皮阿诺瞪大那双灰色的眼睛，不可置信地从她的头顶看到脚底，又从她的脚底看到头顶："她会中国功夫，能把这些钢桁梁全部搬走？"

"不，但是我认为她可以从钢桁架的间隙中伸手进去，将我们需要的衣服抽出来。"

皮阿诺一指面前倒塌的长达十五六米的置衣间，以"是你疯了还是我傻了"的神情瞪着他："别开玩笑了，Flynn，那是不可能的！你难道不知道，所有的衣服都由布罩套着保护，同时里面还有各种分隔帐幔、标记布块？这些也就算了，更多的是模特和工作人员们换下来的衣服、在秀场观摩的看秀观众的衣服、临时调来应急的其他服装……什么东西都在里面！这么多衣服混杂在一起，如今我们根本不知道本次展示的服装在哪里！我敢保证你即使翻到明天，最终拿到手的只能是一堆别人穿过的垃圾！"

"不，即使不知道、看不到也没关系，深深对所有的布料都非常精通，只要摸一下

038

就知道自己拿到的是什么。"沈暨冷静地回头，询问了放置本次秀场衣服的大致所在，然后吩咐人去拿本次发布衣装的目录。

皮阿诺根本不抱希望，但没有其他办法，只能抱着头在那里痛苦不堪。

听不懂法语的叶深深更莫名其妙了，她看着沈暨，正想开口询问，沈暨已经取过衣装目录，一手拉起她向后面走去："深深，我想时尚之神需要你的时刻到了。"

叶深深跟跄地跟着他走了七八米，迟疑地问："怎么了？"

"来，帮我们在里面摸到秀场的衣服，然后将它们取出来。"

叶深深被他匪夷所思的想法惊呆了："这……可是我不知道本次服装的质地啊！"

"你摸到什么就说出来，我对照册子看一看。"沈暨翻开册子，不由得又叹了口气，"情况不妙啊，没有详细的面料参数，我只能看着猜了，会大大降低我们的准确率。"

皮阿诺在旁边哀叫："还有半个小时就要开场了……"

沈暨头也不回，说："放心吧，皮阿诺先生，巴黎人对少于两个小时的延迟，都在可接受范围内。"

叶深深看着沈暨，还有点迟疑。沈暨朝她点了一下头，轻声说："没事，我们试一试，实在不行，今天的秀也只能放弃了。"

这怎么可以啊？为了这一场秀，这么多人付出了这么多的准备，怎么可以就这样放弃？

叶深深听着周围工作人员的议论，看着里面还在做准备的模特们，想想外面几百个看秀的座位，一咬牙一闭眼，狠下心深吸了一口气："我试试看，不就是摸衣料吗？这个我擅长！"

她小心地蹲下来，将自己那件Armani丝质衬衫袖子卷起，手臂从纵横交错的钢桁梁空隙间艰难地伸进去，在破木板后面摸到了第一件衣服的面料。

手臂被卡得有点痛，她的指尖艰难地捏住布料捻了两下："色织提花面料，微弹，高密，偏厚。"

沈暨翻到本次秀场的一件提花外套看了看，问："大约是什么花式？"

"5厘米左右佩斯利涡纹旋花纹。"

"不是的。"沈暨有点失望，"看来这边是客人的衣服，我们去旁边找一找。"

皮阿诺看着他们的样子，那双死灰色的眼睛中隐隐燃起了希望的光芒。他跟着他们转移了一米左右，正在看着，后面有人拍了拍他的肩，问："这是在干什么？"

他赶紧直起身子，回头说："努曼先生，更衣室被掉下来的钢桁架压塌了，我们所有的衣服都被压在里面了！"

站在他身后的中年人身材高瘦，灰白的头发和优雅轻柔的语调，都显示出他是个平和安静的人："我知道，暂时无法移开钢桁架了，所以你为什么还不去向看秀的观众们宣布今日的发布会取消了呢？"

"因为……因为Flynn带来的这位女孩，似乎可以帮我们找回秀场的衣服。我想如果是这样的话，或许还是有一线希望的……"

"她准备怎么找回呢？难道她有透视眼，可以透过上面杂乱的壁板和木头，看到下面的衣服吗？"他声音很低，在这样混乱的现场也没有提高，只有面前的皮阿诺听得到。他还没来得及回答，叶深深已经抬起头，对着沈暨说了一串参数。

沈暨翻着目录，还在对照，中年人已经走到他的身后，用英语对叶深深说："女士，你可以讲英语，我替你判断。"

叶深深抬头看他，一时判断不出他的身份。沈暨回头朝他打了个招呼："努曼先生。"

叶深深猜想他可能也是巴斯蒂安先生身边的助手之类的，赶紧朝他点点头，一边庆幸自己的英语虽然不好，但专业术语还比较熟悉。

"纯亚麻布，竹节纹，纱支大约为20×15，密度为55×50。"叶深深有点迟疑，然后说，"我想这应该不是衣服。"

"对，确切地说是21×14纱支的竹节亚麻布。确实不是衣服，这是我们习惯用来做保护罩的料子。"努曼先生说道，"你可以试试看下面被遮盖住的衣料。"

叶深深艰难地将亚麻布一点点扯过，却发现自己蹲着怎么都无法摸到下面了。她狠狠心，干脆趴在了地上，不顾一地的碎屑和灰尘，也不顾自己身上穿的是Armani，将手从仅有的一点空隙中探进去，摸着里面的衣料，微微皱起眉。

沈暨半跪在她面前，俯身问她："怎么样？"

"重磅桑蚕丝，缎纹，22D×2，克重……19毫米左右。"

努曼先生略微诧异地眨了一下眼，问："工艺呢？"

"紧身裙，我这个角度摸不到任何装饰，只有下摆处有三寸左右细褶，向上延伸为平直。"

"La nuit系列第四件，黑色缎纹真丝裙。"努曼先生对沈暨说。

"是的，就是这件。"沈暨翻过来匆匆看了上面的图片一眼，对叶深深说，"走秀的衣服挂了四个架子，既然找到了，这边就应该有十件左右，你看看能不能尽量将它们全部取出来。"

叶深深应了一声，趴在地上竭力伸长手臂，将手从衣物的亚麻保护罩中伸进去，把裙子从卡住的衣架上一点一点脱下来，尽量轻巧地扯出来。

黑色的细褶首先出来，然后是平滑的腰部，最后是胸部。

皮安诺匆忙拿着一个千斤顶过来，一群人尽量将空隙撑大，使得她的手也轻松起来，将这件衣服顺利地取了出来。

一件黑色的缎纹真丝裙，下摆有细褶。此时此刻从保护罩中取出，奇迹般地完整无缺，只是胸部有了明显折痕。

努曼先生拿过来看了一眼，交给身后人："立即熨烫整理。皮阿诺，这边就交给你了，你找个灵活点的人，把下面这个衣架上的衣服都取出来看一看。"

皮阿诺赶紧去找了个瘦小的男人，让他代替叶深深清理下面的衣服。

努曼先生指指前面被压住的地方，对叶深深说："来，我们去看看其他地方，挖掘宝藏。"

叶深深看着这个高瘦的男人，不由得笑了。发生了这么大的事情，全场乱哄哄的，所有人都惊慌失措，只有他还用个孩童一般的戏谑口气在开玩笑。

沈暨对叶深深耸耸肩，说："深深，这位先生就是……"

努曼先生打断沈暨的话，说："你也和大家一样，叫我努曼先生就可以了。"

"努曼先生您好，我是叶深深。"她看看自己脏兮兮的手，又看看努曼先生那双戴着手套的手，不好意思地笑笑。

努曼先生却毫不介意地脱掉手套，伸手轻轻握住她满是尘土的手，那双浅蓝色的眼睛仔细地端详着她，说："我记得你，叶深深，金色猎豹的主人。"

叶深深没想到连他都知道那件事，不由得呆了一下。不过再一想，当时设计图是错寄给了巴斯蒂安先生，努曼先生明显是巴斯蒂安的重要助手，所以知道自己那幅设计图也不足为奇。

"原来您也知道那件事了。"她有点羞怯，低头将自己的手缩回来，"那是我不成熟的设计，能令巴斯蒂安先生喜欢，是我的荣幸。"

"我想知道，你的这种能力——对服装面料如此敏锐的触感，是如何得来的？"

"因为，我妈妈是个缝纫女工，我在她的缝纫机下从小玩到大，我的玩具就是她裁剪剩下的各种边角料。"她的脸上露出一丝沉默而遥远的笑容，轻声说，"我的童年也挺美好的，不是吗？这让我拥有很多别人无法拥有的东西。"

"你的母亲一定会为你感到骄傲的。"努曼先生注视着她脸上的笑容，点了点头。

听他提到母亲，叶深深脸上的笑容不免淡了一些，说："我们还是赶紧先将衣服拿出来吧。"

找到秀场衣服大致所在地的叶深深，找起衣服来十分迅速。

"350克重羊绒，粗纺。"

"确实有几件设计用到羊绒，但模特们穿着羊绒外套来的也很多，你能摸得出面料成分吗？"

"应该是山羊绒和美利奴羊毛混纺，其中……山羊绒占30%左右。"

努曼先生轻描淡写地说："显然不是，我们只用Todd&Duncan的Cashmere。你可以找找压在下面的。"

叶深深竭力将手往下探，通过各种乱七八糟的衣服，摸到了一点类似于亚麻的东西。她立即找到边缘，用指尖试探着往里面摸索："20D、30姆米的丝缎，克重大约是130。"

"还有呢？"

她再摸索了一下，说："拼接款，拼接的是500克重纯羊毛斜纹软呢。"

"是的，Miracle系列的第七件。"努曼示意沈暨去找人，将这一块地方的衣服也尽快清理出来。

秀场的所有人都忙碌起来，抢救衣服的，清洁打理的，熨烫整修的，皱巴巴的衣服被迅速重新恢复，略有破损的也有从服装学院来的穿衣工们飞针走线，立马修复。

令叶深深惋惜的是，其中有一件衣服，即使套在保护罩中，也依然被彻底毁坏了。这是一件全透明的紧身短裙，全部用稀疏银线和银色流苏制成，只在重要部位缝缀水钻，就如清晨缀满露珠的蜘蛛网。叶深深可以想象得到，穿上这件衣服的模特，肯定会如同中世纪迷雾森林中走出的精灵。结果在重压和拉扯下，所有的水钻都散落了，银线和流苏也断裂得无法修复。

"没什么可惋惜的，我们还可以让它出现在即将到来的时装周上。"努曼先生毫不惋惜地将它丢弃掉了。

叶深深依依不舍地又看了那件衣服一眼，然后继续去试探下一批衣服："这种面料有点奇怪……应该是丝绸的质感，但是有蕾丝的感觉……是John Galliano用过的那种加蕾丝的轻丝绸吗？"

努曼先生点头道："是的，就是这种料子。Galliano设计过一系列中国风的作品，你喜欢他吗？"

"是，但我最喜欢的是Dior2010秋冬高冬的那一系列。"

努曼先生不假思索地说："我记得那一场秀，简直是完美，令人惊叹的、无可救药的浪漫主义……不过，辉煌已逝，不是吗？连他自己或许都无法再现当初的美了。"

叶深深点点头，然后说："不过，他曾经创造过这么美的作品，无论后来发生了什么，都是令人无法遗忘的。"

沈暨当然知道他们谈论的是什么，担心旁边有犹太人，便在旁边岔开了话题，说："目前已经找到了四十来件衣服，其中无法修复的有七八件，三十多件衣服，虽然少了点，但加上后备的几件，基本也可以撑起一场秀了。"

"可以，让大家做好准备吧。"努曼先生看看时间，转头对叶深深微微一笑，"迟了一个小时不到，还在正常范围内，不是吗？"

叶深深点点头，拍着自己头上和衣服上的碎屑和灰尘。她现在的样子实在非常狼狈，身上的衣服因为趴在地上而全是灰尘，因为紧张与尽力摸索，头发被汗浸湿了，粘在脸颊上，一绺一绺乱七八糟，甚至鼻子和脸颊上都蹭上了好几块灰渍。

努曼先生看了她一眼，转头对沈暨笑了笑，说："赶紧带她去整理一下吧。"

沈暨看着叶深深，也不由得笑了："来，去洗把脸。"

叶深深赶紧向努曼先生点点头，转身跟着他就往旁边走。

"哦，等一下。"努曼先生的声音又从她背后传来。

叶深深回头看他，他报了一串数字，说："我的私人邮箱，有事可以找我。"

叶深深还没来得及记下，他已经转身走到后台去了。

叶深深还想问他一遍，沈暨已经笑着拉住她往旁边的盥洗室走去："放心啦，我知道他的邮箱地址，他也知道我会给你的。"

"哦……"叶深深有点懵懂地进了盥洗室，洗了把脸，再看看镜子中自己的衣服和头发，有种想哭的冲动，"呜……平生第一次穿Armani，平生第一次来看秀，居然搞成这样……"

"好啦，你今天可拯救了整场大秀，时尚之神肯定会垂青你的，你居然还在意这个。"沈暨揉了揉她的头发，"走吧，安心看秀去。"

这是一场完美的秀。

一个多月的精心准备，上百人的辛劳成果，开秀前的曲折遭遇，最后呈现了十来分钟的华丽幻境。

作为巴斯蒂安先生一年多来亲自操刀的秀，虽然大家都知道重头放在两个月后的时装周上，但这一场秀足以让所有人窥见下一季的风向与潮流。各家媒体都激动不已地仔细观看并做记录，生怕漏过一点细节。

草草重新打理了一下自己后，坐在沈暨为她挑选的座位上的叶深深，发现这个位置确实太棒了。所有模特都要在她面前转一个90度的弯，正面、侧面、背面近得几乎触手可及，所有面料辅料、工艺细节尽收眼底——当然，她刚刚已经摸了不少。但盲人摸象只是局部，如今整体呈现在她面前，依然感到震撼无比。

唯一让叶深深觉得遗憾的是，所有模特走完，全场起立鼓掌的时候，只有模特们再次出场，巴斯蒂安先生并没有出现，她没能亲眼目睹这位传奇设计师的面容。

"1997年，Gianni Versace遭枪击死亡之后，有很多设计师因为怕遭到无妄之灾而低调从事，其中也包括巴斯蒂安先生。但不久大家纷纷忘记了此事，重新开始高调的生活，唯有巴斯蒂安先生此后一直拒绝再在媒体前露面。"沈暨在送她出美术馆时，这样回答她的疑问，甚至还促狭地朝她眨眨眼，"很多人因此认为，他可能有不愿明说的私生活，生怕遭到报复呢。"

"是吗？这么危险……"叶深深心想，大约是和Versace先生一样，爱人也是男性的原因吧，所以多年来一直小心翼翼。虽然知道时尚界十男九gay，只是不知道他的另一位究竟是谁。

叶深深打开手机上网，搜索了一下巴斯蒂安先生的照片，发现他果然只有几张二十多岁时候的年轻照片，后面的全部都没了。

"法国人是不是长得都有点像啊……"叶深深对欧美人有点脸盲，看着那面容觉得有点熟悉，又觉得应该没见过，便关掉了手机，然后兴致勃勃地坐在大厅的休息室中，和沈暨讨论起开场闭场的衣服和模特来，幸福地捧着脸表示自己一定要对宋宋炫耀看到超模的事情。

沈暨看她开心的模样，不由得也唇角上扬，说："我还以为你看到后台的混乱无序之后，会深刻体会到这是个表面光鲜实则掩藏着无数心酸的行业，从此它在你的心中光环退却，成为一份普通的工作。"

叶深深笑着靠在椅上，反手抱住椅背，说："不会啊，我可是从小就在服装工厂里混大的，熟知背后所有的东西。可以说，我一开始就是从这一行最不美好的地方走出来的，后来摆地摊，现在又开网店，我还会不适应什么呢？"

"是啊，你的心理承受能力，比我可强多了。"沈暨笑着，回头看见顾成殊已经从门口进来了，便站起来送她出去，挥手说，"我还得回去收拾后续事宜，你好好休息哦。"

"嗯，拜拜！"她说着，跟顾成殊打了个招呼，随他向外走去。

沈暨与她背对背走了两步，又不由自主地回头看她："深深。"

叶深深回头看他，偏着头微笑："哎？"

他凝视着她，刚刚一场忙乱之后，虽然她在后台简单清理了一下自己，但身上依然有些许灰渍，头发、衣服都不是特别整洁，可他还是觉得可爱。就像一道从窗外斜照进来的阳光，即使里面飞舞着尘埃，依然令人觉得温暖感动。

他的目光终究还是缓缓从她的身上，转移到了顾成殊身上，问："你们什么时候回去？”

顾成殊顺理成章地代替叶深深回答："深深元旦三天假，如今已经超出了。下午可能随便去卢浮宫逛逛，明天必须得回去。"

叶深深点点头，做了个委屈的表情。

"可怜的深深，来这边就过了两晚，连时差都没倒过来就又回去了。"沈暨笑着朝她挥了挥手，走廊有点阴暗，让他的笑容也有点模糊，不太分明，"我可能没时间去送你了，提前祝你一路平安。"

叶深深微笑挥手："嗯，回国后再见。"

"不是看秀吗？怎么把自己搞成这样？"

送她回去时，顾成殊瞥了身旁的叶深深一眼，问。

叶深深有点得意地仰头迎接他鄙视的眼神，说："你肯定想不到，我拯救了今天的这场大秀。"

"哦？"顾成殊有点诧异，"你做什么了？"

叶深深把来龙去脉说了一遍，等他把她送到酒店门口时，她刚好讲完。

"确实挺厉害的，在这个世界上，能做到和你一样的人，估计没有几个。"顾成殊难得赞扬她。

叶深深兴奋地说："是啊，努曼先生也是这样夸我的。对了，他好像是巴斯蒂安先生很重要的助手吧，我看助理皮阿诺都很敬重他，你说努曼先生会不会在巴斯蒂安先生面前提起我今天这件事？"

顾成殊带着莫名愉快的笑意，看着面前充满幸福感的叶深深，说："会的，巴斯蒂安先生肯定会牢牢记住你的。"

"真的吗？太幸福了！"叶深深捧着自己的脸，简直要飞上天去了，"啊，怎么办？好紧张！不知道他会怎么说呢？我人生中最崇高的偶像巴斯蒂安先生会怎么评价我呢？"

"他会觉得你不错的。"顾成殊认真地望着她，轻声说道。

毕竟，你是连我都觉得像个奇迹的叶深深……

但这句话，他没有说出口。他想如果是沈暨的话，一定会用更加美好的语言来赞美她，但他是顾成殊，是习惯了始终沉默地站在她的身后，在她有需要的时候才会出现的顾先生。

肌理再造

看见叶深深回来，最激动的人居然是陈连侬。

"熊萌这个混账，干啥啥不行，你看看他刚刚从厂里拿来的样布。我的天啊，染成这样的东西也敢往工作室拿，你不怕方老师把你从楼上直接丢下去？"

"方老师回来了吗？"叶深深这才想起来，似乎没有在巴斯蒂安先生的新装发布会上见到他。

熊萌冒死插上一句，说："早回来了，他第一天去和安诺特的人接洽，第二天就赶回来监督工作室新年秋冬季的设计，简直是非凡的毅力啊！"

四天从巴黎赶个来回已经痛不欲生的叶深深，深以为然地点点头。

陈连侬操起旁边的本子砸在熊萌的头上："你以为都像你啊？懒得要死！方老师都有这样的成就了，还要这么拼命，你看看自己，不去死一死吗？"

叶深深暗笑着安置自己的东西，桌子上沈暨送的那盆角堇还是开得那么好，魏华跟她说："我前天过来一看都倒下了，赶紧帮你浇水了，这不马上就站起来了。"

"多亏你了，太感谢啦！"叶深深赶紧道谢。

陈连侬将手中的样布交给叶深深，说："还是你跑一趟吧，带着熊萌去。让这小子看看到底应该怎么做事。"

"哎呀，怪冷的天气，深深都刚回来呢，让她好歹坐一会儿嘛。"莉莉丝捧着自己的大马克杯过来，眉飞色舞地问，"深深，你跟我说说，放假去哪儿啦？"

叶深深当然不敢说自己是去巴黎看秀去了，支吾着说："出去玩了一下。"

莉莉丝更兴奋了："果然出去了，跟谁去的？沈暨？"

魏华说："怎么可能啊，沈暨不是去法国了吗？"

"那就是……"众人心照不宣地对视一眼，陈连依压低声音问："顾成殊？你和他一起出去玩了？"

叶深深的脸迅速红了，羞愧又急切地辩解："没有没有！"

"没有什么？"

"没有一起玩……"她心里默默流泪，真的是去办正事的。

莉莉丝顿时抓住了重点："那就是有一起，没有玩？"

叶深深恨不得钻到自己的抽屉里去。

熊萌坚定地站在叶深深这边："你们在乱猜什么？深深说没有就绝对没有！"

叶深深无语地转头，避开熊萌坚定信任的眼神，却看见坐在那边的路微正对她投来斜视的目光。叶深深清晰地看见她眼中的恨意，但她也懒得跟路微计较，正准备移开目光，却发现她嘴角扯起一个冷笑，露出一副"你死定了"的神情。

路微幸灾乐祸的原因，她当然知道。

看来，那幅设计图，路微也是清楚的。

顾先生，你的前女友和前前女友看来是准备联手干掉我呢。

若是以前的叶深深，或许还会在心里郁闷一下，但现在的她对路微的冷笑视若无睹，压根儿不理会，只拿着熊萌那块样布看了看。

颜色确实有点问题，样布的花青底色偏红，导致玫瑰灰的花纹在映衬下尴尬地接近酱紫色。

"没什么大问题，我们让对方将色调偏蓝几度就好了。"叶深深说着，收拾东西带着熊萌赶往工厂。

在路上，叶深深接到了宋宋发来的消息："深深，你回来了吗？"

叶深深赶紧回复她："回来啦，我买了一些东西，昨晚寄给你了，红色包装的是给你的，蓝色的是给我妈妈的，你替我转交给她哦。"

信息回过去，宋宋却气急败坏地打来电话："深深，谢谢你还给我买礼物，可是，大事不好了！这回我们的店可能要倒闭了！"

叶深深愕然问："怎么啦？别急啊，慢慢说。"

宋宋激动得说话都颠三倒四的，一连串话喷下来，叶深深终于理出了整件事情的脉络……

叶父现在对她们这个网店无比热衷，每天过来查看不说，还企图插手店里的事务。

不过店长是顾成殊找来的，比较强势，所以没有干涉的余地。然而叶父前段时间给她们的店里介绍了一个布料供应商朋友，宋宋和店长被纠缠得没办法，又考虑到店里确实需要面料，于是和对方谈了一桩供应合同。谁知对方在合同上钻了空子，把一批积压许久的库存布卖给了他们——是极其、非常、特别老旧的花样，简直和八十年代的土花布一样！

叶深深听完，不由得又是愤怒又是无奈："对不起，让你们为难了……那个花色是什么样的，你拍张照片给我看看吧。"

宋宋挂了电话，然后给她发过来一张图，叶深深打开一看，确实比宋宋讲的还要严重。藏蓝色的底上，撒着一朵朵暗红色的玫瑰花，翠绿色的叶子和土黄色的花蕊，简直是无药可救的配色与印染。

坐在旁边的熊萌瞥了她的手机一眼，顿时被惊呆了："深深，这么奇葩的花色，你从哪里搞来的？"

叶深深给了他一个"求别提"的眼神，一边艰难地给宋宋发消息："我会给我妈打电话的，阻止他再去网店。他要是还想干涉店里的事务，你们可以报警。"

"现在最大的问题已经不是你那个爸了，而是我们的店，签了协议之后必须要吃下这批垃圾布料……你说我们花这么多钱进这么一大堆布料，该拿这些垃圾怎么办啊？租个仓库堆着它们发霉？"

"你让我想想，我想想……"叶深深关了聊天软件，痛苦地按着额头，盯着图像上的花色。

看多了……眼睛都会痛。

真的太丑了。

她逃避般地关掉手机，把头转向一边，拒绝再看。

"这种花色……有点奇葩啊。"

沈暨回国后，叶深深苦闷地把自己手机上收到的那种花色给他看，沈暨纠结了半天，终于给出了这样一个评价。

叶深深默默点头，问："你觉得还有抢救的机会吗？"

"我没这么乐观。"他一句话断绝了她的想法，"如果少一点的话，可以拿来作为边角料，偶尔增加一些趣味，说不定也可以。但问题是，有一仓库的布料，要用掉它们，必须要拿来作为主面料。"

"是啊，主面料……这样的主面料。"叶深深痛苦地趴在桌子上，咬着下唇控制自己颤抖的身体，"我必须要想出办法来，给店里造成巨大损失的原因，出在我身上。"

"别过分自责，深深，这不是你的主观意志。"沈暨给她倒了杯水，安慰她说，"我想宋宋她们会理解的，你也是受害者，不会怪你的。"

叶深深没说话，只瞪着手机上的那张花色图，像是要看出一个黑洞来。

"话说回来，看到这个布料，我想到了一件往事。"沈暨捏着手中杯子，俯头与她对视，"几年前，努曼先生曾经遇到过一件事。当时和他们合作的一个印染厂的机器出了问题，将他们当时委托印染的一批布给弄坏了——你知道是什么样的情况吗？是印花机的齿轮卡住了，结果上面原本形态各异的图案就变成了一条条扭曲拉长的怪物，现在我想起来，还觉得那简直是场噩梦。"

叶深深赶紧问："后来呢？你们放弃那批布料了吗？"

"不，当时那个厂的负责人拿着布料过来道歉，希望我们能给他们一次机会。结果努曼先生看到印坏的布料之后，却认为十分绝妙，结果下一季他就真的拿那种印坏的布料为主面料，设计了一款衣服。那种魔幻扭曲的花色配上荒诞又大胆的剪裁，简直让我们都惊呆了，真是绝妙的创意，不看到实物的话，根本无法想象那种冲击力。"沈暨拿手机在网上搜了一圈未果，只能放弃，说，"因为那种布料是巧合之下才出现的，所以当时那件衣服出的量很少，不过我曾收藏过一件，放在法国的家中，有机会的话我给你看看。"

叶深深点点头，心中又浮起一个念头，试探着问："既然努曼先生这么厉害的话，你觉得……如果我与他商议这批花色布料的最佳处理方法，合适吗？能得到他的帮助吗？"

沈暨愣了愣，觉得不可思议："你要拿这样的事情去问他？"

"是啊，他不是给了我邮箱地址吗？你赶紧给我一下。"她摸出手机开始写邮件。

沈暨无语："努曼先生，基本上……他很忙，不一定会有空回答你这种问题。"

叶深深思索了片刻，还是继续写下去："应该没事吧，反正也要打声招呼嘛，找点事情求教也显得不那么尴尬。"

沈暨便将邮箱地址给了她，再一看她写的信，无奈地笑了出来："居然用英语写，而且还有语法错误。"

"我不会法语嘛……努曼先生应该看得懂吧？他英语好像不错的。"叶深深改掉语法错误，又写了半天，才写出短短几句话，然后附上花色图，点击了发送。

"深深，你真有勇气。"沈暨笑容中带着崇敬。

叶深深有点迟疑："不合适吗？努曼先生是个很严厉的人？"

不会啊，看他的样子，十分平易近人，应该是个和蔼的大叔才对。

沈暨看她犹豫紧张的样子，又笑了出来："逗你的，别忐忑啦，努曼先生对你的印

第四章·肌理再造

049

象不错，说不定会回信的。"

叶深深有点沮丧地喝了半杯茶，然后说："好吧，那我就慢慢等吧，如果他不回的话，我自己再琢磨琢磨……"

话音未落，她的手机忽然振动。她拿起来一看，顿时手忙脚乱地打开邮箱——努曼先生真的给她回信了！而且回得这么快！

回信很简短，用英语写成。叶深深连猜带蒙又复制到翻译软件中看了一遍，终于把大致意思琢磨出来，大概就是说，设法再造衣料的肌理效果，或许可以彻底改变这种花色的气质，甚至因为反差而产生奇异的设计感。

肌理效果……

在绘画与雕塑中用得比较多，但在服装设计方面，肌理就相当于质感，棉布就是棉布，雪纺就是雪纺，皮草就是皮草，基本上拿到手后就是特质固定的东西，要如何才能再造肌理感呢？

叶深深还在呆滞地想着，沈暨凑头过来，带着诧异的欣喜："咦，说了什么？努曼先生对你可真不错。"

叶深深将努曼先生的回信给他看。

沈暨看了一遍，沉吟问："再造肌理？要如何再造呢？"

"是啊……怎么弄呢？凹凸处理？拼接重组？堆砌重叠？"叶深深苦恼地抓着头发思索着。

沈暨看她这模样，怜惜地揉揉她的头发，说："说到肌理，我想起一件事。以前努曼先生曾赞赏过McQueen的一款设计，认为他用两种截然不同的材质创造了一件衣服，激烈冲突但又完美融合，使得各自激发出了最强的肌理感。"

"是吗？是哪件？"叶深深赶紧问。

"是上衣长裤的套装。"他说着，在手机上搜索了一下，然后将图片放在她面前，"裸色丝缎紧身衣裤，外面衬以极薄的黑色蕾丝。光滑柔软的丝绸从黑色的纹路下透出，显得黑色蕾丝织花越发繁复，而底下的丝绸越发温柔。这两种迥异的材质经由设计师的灵感碰撞之后，极大地加强了彼此的质感。"

"对，这也是一种被再造出来的肌理感……"

叶深深拿出设计本，试着在那种难看的花色上增加一层改变气质的蕾丝，但没有奏效，本身已经颜色饱满的底花，再透过蕾丝变得极其琐碎，更加难看，无论什么颜色都难以压制底色。

她无奈地丢下笔，说："我回家慢慢想吧。"

沈暨点头，又说："不过我真觉得你太幸运了，努曼先生居然真的回复你了，而且还这么迅速。"

叶深深诧异地看他一眼,但他笑了笑,没有解释,只想,要是被方圣杰知道她有这样的待遇,他非泪流满面地上天台不可。

叶深深觉得自己一点都不幸运。

不然,为什么她老是遇到各种各样的波折。

因为她一直想着努曼先生的话,想得入了迷,所以精神恍惚地回到小区,又精神恍惚地上了电梯,再精神恍惚地出电梯的时候,猛抬头看见靠在自己门口的人,顿时呆住了,来不及缩回的脚被电梯门夹了一下。她虽然及时抽了回来,但身体已经失去平衡,结结实实地摔在了地上,痛得一时都爬不起来了。

在她家门口等着她的顾成殊,微微皱起眉,走到她的面前:"叶深深,干吗跟见了鬼似的?"

叶深深龇牙咧嘴地捂着自己摔痛的肩膀,趴在走廊上,努力地仰头看他,觉得自己的肩膀和手臂快要废掉了:"顾先生……你怎么在这里……嘶!"

因为剧痛而抽气的声音,让顾成殊蹲了下来:"摔到哪里了?"

"没事没事,只是有一点点痛而已……幸好没有被门夹住拖下去,不然肯定会像恐怖片里那样,被撕掉一条腿了,哈哈哈……"

对于她这种没心没肺的冷笑话,顾成殊显然压根儿不理会,见她还在徒劳地勉强支撑身体,他便一言不发,向她伸出手去。

叶深深迟疑了一下,才知道他是要拉自己起来,便赶紧抬起手,向他伸去。

他的手握住她的手腕,将她拉了起来。他的手臂十分有力,还在她的后背轻轻扶了一下,让她安稳地站在了自己面前。

叶深深感觉到他手掌的力度,掌心的温热从她的手腕一直传上来,直达心头,让她的脸忽然烧了起来,心跳比刚刚摔到的时候还要剧烈。

顾成殊放开她的手,问:"出个电梯都会跌倒,你到底是怎么活到这么大的?"

还不是因为被你吓了一跳吗?叶深深在心里这样想,却没说出口,只在转身背对着他开门的时候,偷偷地做了个鬼脸。

"顾先生找我有什么事吗?"

顾成殊在沙发上坐下,说:"你们那个店长打电话找我哭诉了,这回进的布料太多,可能会影响到店里的资金流,她有点慌了。"

叶深深当然知道原因,有点惭愧地低下头,说:"对不起,顾先生,是我给店里造成了麻烦……"

"不关你的事，我知道你也很为难。"顾成殊示意她不要太介意，又说，"以后店里会和他彻底撇清关系的。并且，我们已经拿到了他介绍这桩买卖后吃工厂回扣的证据，相信他也没有下次机会了。"

叶深深点点头，为自己有这样的父亲而羞愧得简直要找个地方钻下去。

"目前来说，我们需要考虑的，是如何处理那批布料。你有什么好想法吗？"

叶深深摇摇头，说："还没有，但我会努力的。努曼先生跟我说，可以用再造肌理的办法解决布料的缺陷，但我还没有头绪。"

"嗯，慢慢来吧，反正这种布料肯定也不需要考虑潮流之类的问题了。"顾成殊居然难得地笑了笑。

叶深深一直忐忑的心，在他漫不经心的笑容下也稍微淡定了一点。看来，顾先生没有为这件事责怪她的意思。

是啊，顾先生怎么会怪她呢？父母过来要逼她回家的时候，就是他为她挡下了一切。他可能是这个世界上最理解她的人了。

甚至，他们还有一个携手前行的约定，约期是——一辈子。

当时好像自然而然就说出来的承诺，现在想来却觉得那么……暧昧。

想到这里，叶深深不觉耳朵都微微热起来。为了掩饰尴尬，她向厨房走去："顾先生喝茶吗？我帮你泡杯茶。"

"水就可以了。"

为了磨蹭时间，叶深深还是在厨房里烧了热水，给自己泡了一杯菊花茶，然后拿着水和茶走出来。两人在客厅相对坐下。

菊花在热水之中重新绽放那些已经枯萎的花瓣，一片一片舒展开，现出一种吸饱了水的莹润。

叶深深盯着水中的花看着，顾成殊的目光也落在上面，说道："这也算是一种肌理再造吧，从轻飘枯萎到重现生机。"

"是啊，也算是吧……"叶深深无意识地回答着，然后因为脑中突如其来闪过的光芒，她不由得呆了一下，盯着杯中的菊花许久，眼睛越睁越大，终于"啊"的一声跳了起来。

顾成殊看向她："怎么了？"

"我有一个想法，我先试试看！"她说着，立即打开电脑，将宋宋传过来的那张布料照片调出来，开始调整，在上面描绘。

顾成殊站在她身后看着，随着画面上的布料渐渐发生变化，他也停下了喝水的动作，甚至身躯都微微前倾，专注地看着电脑屏幕。

原本俗不可耐的花色，在叶深深的调整下，完全换了面貌。

而他的目光，却并没有定在那正在发生变化的布料上，反而难以抑制地慢慢移动视线，落在她全神贯注的侧面上。

窗外的日光和屏幕的光一起照在她的面容上，她因为专注凝视而微微颤抖的睫毛上，有令人惊叹的光华流转，而更加璀璨的，则是她那双眼睛，在光亮下格外澄澈明透，仿佛打磨得最纯净的琥珀，足以令所有看见的人屏息静气。

顾成殊只觉得自己的目光像被无形的力量所吸引，久久无法移开。

叶深深的声音轻轻传来："顾先生？"

"嗯？"他立即将自己的目光转到电脑屏幕上去。

"你觉得，这种花色怎么样？"她仰头看他。

顾成殊的目光落在被她改造后的花色上，点了点头："很好，非常出色。"

然而他的目光是虚浮的。因为他知道，即使叶深深修改过的花色再美好，也抵不过他刚刚一刹那间所看到的容颜。

宋宋觉得自己孤单又寂寞。

她坐在店内，逛完了常去的十几个论坛，刷完了足有两三百人的朋友圈，把店里的流水看了一遍，又把新打版师训了一顿，让他好好学习沈暨的纸样。

新打版师程成死猪不怕开水烫："宋宋姐，你别开玩笑了，我要是能弄得出沈大神那样的，哪至于中专毕业后在服装厂混了五年学徒才出师？"

"我都大人大量收了你了，你还不给我奋发向上一点？"宋宋不客气地给他头上来个栗暴，"你看看自己的东西，跟沈暨的一比，简直不堪入目，你给我认真点啊！"

"唉，店里发生了这么重大的事情，我无心工作啊……"程成摇头叹息。

宋宋飞起一脚踹在他的电脑椅上，电脑椅下面是滚轮，顿时带着他一起旋转着冲到了墙角去："滚！这是你操心的事情吗？我家深深一定能想出好办法来挽救的！"

话音未落，就像是应验她的话一样，她的手机响起铃声。

"深深！"她一接起就是激动的吼声。

叶深深在那边被她的吼声差点没震住，愣了愣才说："对啊，是我，宋宋，你怎么了？"

"没事没事，刚好我也在想你。"宋宋丢给程成一个白眼，走到阳台趴着听她的电话。

叶深深在那边说："是这样的，我可能要将那批布再加工一下，你帮我寄一些样布过来好吗？我在电脑上演示过方法，觉得效果还可以，所以要拿实物试验一下。"

宋宋满口答应，兴奋不已地放下电话就去仓库给叶深深剪布料。谁知一开门，却发现叶母正站在门外，脸色灰黄，蔫得像没了水分的干菜。

她吓了一跳，赶紧问："阿姨，这么冷的天你怎么站在门外啊？赶紧进来坐，我先去给深深弄布料。"

叶母也不知在外面已经站了多久，始终没脸面进来。听宋宋这样说，她迟疑地说："我和你一起去吧，这事……这事我们真是对不住你们……"

宋宋一边带着她往旁边租的仓库走，一边说："这事儿就别提了吧，说实在的，要不是看深深和阿姨你的面子，我跟他拼了的心都有。"

叶母叹了口气，跟着她走了一段路，又说："他也是没办法，你知道，俊俊那件事还没完，对方整天堵着家门要钱，你叔也是真想把这事给早点了结。刚巧有人过来说有这么一批布料急于出手……"

宋宋向来心直口快，这次也不例外："阿姨，你别说了。第一吧，你和那个谁复合我管不着，反正我又不是深深，心里难受的人不是我；第二，这事深深会替你们擦屁股的，她现在琢磨出个办法，我赶紧给她寄布料过去。"

叶母沉默了半晌，才说："我知道我们对不起深深……"

"别，天下没有不是的父母，哪有对不起的？"宋宋说着，回头看看叶母那晦暗的神情，又有点不忍心，便叹了口气，说，"阿姨，你要是来道歉的，就不必了，我们有深深呢。你以后拦着点那人，别再让他来这边了，免得又给深深惹麻烦，她一个人在北京打拼，本来就够累的了，好吗？"

听她提到深深在北京，叶母的眼睛顿时湿润了，她抬手将眼角渗出的泪水擦掉，说："是啊，她一个人在北京……也不知道怎么办。"

一个人努力打拼固然辛苦，可帮助她的那个人，又心怀不轨，深深甚至有可能已经陷入绝境。而自己又在这么远的地方，无法见到女儿，联系也只能靠手机，劝她回来又被拒绝，实在无能为力。

宋宋倒是不太在意，说："不过深深身边有沈暨和顾成殊帮助，应该还好吧，阿姨你不用担心。"

叶母迟疑着，又问："宋宋，你知道顾成殊和深深，算是什么关系？"

"合伙人呀！"宋宋脱口而出，但在回过味来之后，又愕然睁大眼睛看向叶母，"阿姨，你问这个，意思是……是不是深深和他……"

"不，我随便问问……"叶母赶紧掩饰。

宋宋又想了想，肯定地摇头说："不可能！深深才不会喜欢顾成殊。深深在合作的时候就跟我们说过了，顾成殊是个绝世渣男，她只要顾成殊的钱，绝对不会对他付出感情的！毕竟，路微和郁霏都是前车之鉴呀！"

"深深是这么说的？"

"是啊！深深早就清楚明白地知道他是什么人了，才不会自毁前途喜欢他呢。何况深深还有沈暨呀！和沈暨一比，顾成殊根本除了钱一无是处！"

叶母点头："沈暨是个好孩子。"

不过，现实会侵蚀每个人的意志，她可以发誓只要他的钱，可最后他会利用金钱实现什么，又有谁知道呢？

叶母想着郁霏说的话，想着自己如今仿佛遥不可及的女儿，觉得自己又要掉眼泪了。她只能仓皇地别过头去，告别了宋宋。

宋宋看着叶母离开的身影，自言自语："奇怪，怎么提到顾成殊了？怎么都觉得，深深和沈暨的感情应该好一点呀。"

仿佛为了证明自己的猜测，她直接打开朋友圈，企图找出叶深深和沈暨在一起的照片。

然而她失望了。

她把沈暨和叶深深的朋友圈对比研究了许久，得出了一个结论——这两人，在北京，没交集。

因为叶深深的日常就是晚睡早起拼命工作，奔波在学习、工作、摸索、探究、钻研、为了设计而奋斗终生的道路上，恨不得每天上班都是奔跑的。

而沈暨的日常没有上午，他的生活从午餐开始，下午和晚上排得满满的娱乐娱乐娱乐，聚会聚会聚会，派对派对派对。

"当初怎么会被沈暨工作狂的外表给迷惑呢？其实他根本就是喜欢熬夜吧！"宋宋不可思议地翻着他朋友圈的内容，在他每天不停更换的男的女的朋友聚会照片里面寻找叶深深的面容，最后失望地放下了手机——那些与他拥抱挨头贴面合影的人，有美女有帅哥，就是没有叶深深。

早上五点起床的叶深深，每天加班的叶深深，晚上熬夜画图的叶深深，从来没出现在沈暨热闹的朋友圈里。

深深的生活中没有沈暨，那么……会是谁？

宋宋觉得有点惊骇，她拨通了叶母的电话，说："阿姨，你赶紧先回来，我……有事得向你问清楚。"

"大家应该都知道了，下周安诺特集团将有一批人访问工作室，届时对我们进行评审。这次的评审会对于工作室的重要意义不言而喻，希望到时候大家都能拿出最好的精神状态来，至少，不要让他们对工作室留下不好的印象。"

方圣杰说完，又将目光投向几个实习生："在评审会后，几位来访者也受邀参加实习生的最终审查，到时候你们拿出来的作品，会最终决定你们的去留。所有往日的成绩全都没用，只靠你们最后拿出来的作品说话。希望你们都能认真对待，全力以赴。"

五位实习生一齐点头。

"好，散会。"

一群人走出工作室，熊萌追着叶深深问："深深，你最终的设计稿已经定了吗？"

"定了，打版已经完成，我选了布料就可以制作了。"

"我的明后天也能弄出来了，是件黑白色连体裤，特别可爱特别有范儿，等评审完了我按照码子给你做一件，肯定好看！"

叶深深不由得笑了，说："谢谢哦，可惜我做的是长裙，没办法给你来一件。"

熊萌追问："是给季铃设计的那件礼服吗？"

"是啊，浅绿色的曳地长裙，装饰白色立体花朵，有希腊式的细褶。我想你会喜欢的。"叶深深说。

走在她前面的路微脸上露出似有若无的笑意，旁边的方遥远问她："路微，你的设计呢？"

"对不起，无可奉告。"路微瞟了他一眼，说，"每个人的设计都属于自己所有，不应该外泄。何况我们实习生都是彼此的对手，就这样说出自己的创意来，不是弱智吗？"

被划分为弱智的叶深深和熊萌听见了她的话，相视无语。

方遥远碰了一鼻子灰，退回来跟他们做了个无奈的神情。

魏华在旁边低声嘟囔了一句："下周就是终审了，现在谁还去管你的创意啊……"

叶深深安慰地看了魏华一眼，方遥远等路微走远了，才低声说："路微的脾气可真是的……"

熊萌哈哈哈笑着，一把卡住他的脖子："你刚来的时候是不是还想过追她？"

"饶了我吧，我那时候真觉得她长得漂亮，气质又好，何况一个富二代还能堂堂正正靠自己的努力进入工作室，真是让我觉得她是个好妹子……"

熊萌点头："不过说真的，我也觉得她之前有几件设计真的好棒，尤其是那件初试的黑衬衫，还有获奖的那件红色虞美人裙，那时候我觉得她简直是天纵奇才啊！"

叶深深郁闷地将自己的脸转向窗外，调整自己的心态，勉强不再介意这些事情。

"好啦，周末回家去最后拼搏一下吧，我们下周最终评审见。"

熊萌紧握双拳："一两个人的意思，就是除了深深，我们其他人还是有希望的！"

"虽然希望很渺茫。"魏华说。

叶深深尴尬地解释："不会啊，这次可完全只看作品的，评审们只看最后拿出来的设计。"

"反正输给你，我心服口服，输给路微可绝对不行！"熊萌说着，抬手和方遥远、魏华击掌，"你们加油，反正最后这个名额一定是我的！"

"呸！你少想入非非了！"魏华和方遥远一起唾弃他。

因为是在工作室工作的最后几天了，除了路微，四个实习生一起去吃了一顿饭。

曾经在工作室相聚半年，一起合作一起加班，虽然最终结果还没出来，大家都还在高度紧张之中，但回忆起他们一起工作的日子，大家都举杯，表示自己在这里学到了最好的东西，也遇见了最好的人，永远不会忘记这段一起拼搏的日子。

一直到晚上十点多，叶深深才回到家。她不太会喝酒，所以虽然和魏华一起只喝了点啤酒，但已经有点晕了。等一出电梯，看见站在家门口的人时，晕乎乎的她还没有看清身影，习惯性地问："顾先生？"

话一出口就呆住了，站在她家门口的人，居然是宋宋。

宋宋明显已经听到了她那句"顾先生"，顿时露出狐疑的脸："深深，你把我都看成别人了！"

"宋宋，你怎么会来这里？"叶深深激动地冲上来将她抱住，"是想我了吗？你终于舍得来看我了！"

"来给你送东西啦。"宋宋指指自己拖来的大箱子，"带了二十米布，累死我了。"

两人进屋后，宋宋将房间里看了个遍，左边右边上边下边都查看过，确定没有男人的痕迹，才松了一口气，絮絮叨叨地从自己的箱子里掏东西，"哎呀，这些棉布，二十米差点没累死我。这是给你带的好吃的，这个……嘿嘿，不好意思，是给沈暨带的，你说我现在联系他会不会太晚了？"

"应该不会吧，现在才十点多。"沈暨的夜生活说不定才刚刚开始呢。

宋宋乐呵呵地给沈暨发消息，沈暨很快就回了话："终于来找我们玩了，我们都想死你了！明天中午我去接你，带你在北京逛一逛，记得穿暖和点哦！"

"沈暨真好……"宋宋感动得把手机在自己的脸颊上磨蹭了半天。

叶深深笑着泡了她喜欢的柚子茶，两个人捧着热茶缩在沙发上，一边看电视里没头没尾的剧，一边胡乱讲着分别后的事情。

"对了，深深，你必须跟我坦白一下，刚刚你在门口看见我的时候，叫我顾先生是

第四章 · 肌理再造

057

怎么回事？"

叶深深有点羞愧："因为……前天刚被顾先生堵在门口。"

宋宋立即瞪大眼睛："他经常过来找你吗？"

"不经常吧……有事情才会来找我。像前天就是为了布料的事情。"叶深深无力地辩解着，"反正一般都是为了店里的事情。毕竟他是我们店的投资人嘛。"

"哦……"可是你妈妈很担心你和顾成殊的关系哦。宋宋心里这样想，却没说出口。

叶深深避开话题，说："你先去洗澡吧，我看一下布料。"

宋宋应了，可等她洗完澡出来时，却发现叶深深手中捏着布料，已经趴在桌子上睡着了。正对着的电脑屏幕上，是修改后的布料，她的手还握着手写板的笔，却在酒精与困倦的侵袭下，沉沉睡去。

"真是的，这么累了，还要硬撑。"宋宋嘟囔着，见两室的房间，有一个是被改造成连着客厅的开放式工作室，里面只有电脑和工作台，便将叶深深扶到唯一的卧室去，让她上床休息。宋宋比叶深深高了半个头，但喝醉的人死沉，经过一番折腾才将她送上床。

"屋内这么暖，需不需要换睡衣啊？"宋宋一边自言自语，一边打开了她的衣柜。

在挂着的一排暗色冬衣之中，她一眼就看见了那抹颜色明亮、如同夜月照亮海浪的蓝色。

宋宋不由自主地将这条裙子取出，放在眼前仔细地看着。

虽然是基本没机会穿的礼服款，可它这么美，简直让人移不开目光。

宋宋捂着怦怦跳动的少女心，转头看着沉睡的叶深深，以为是她的新设计。但看看她睡得这么死，只能把礼服拿到镜子前，在自己身前比了比，感觉自己就像变身后的灰姑娘一样，美得令人泪流满面。

"深深，你太了不起了，居然能设计出这样美的衣服！"她觉得自己全身都被这夺目的蓝给照亮了，简直让她恨不得现在就穿上去参加一场盛大的舞会。

等她恋恋不舍地把衣服挂回去的时候，她才看到衣柜中那个纸盒子，拿起来看了看，上面的标签是她一眼就看出来的大牌，侧面是订货人的资料，她看见了一个"GU"的拼音。

宋宋盯着那个盒子看了半天，蹑手蹑脚地跑到外面将电脑打开，将牌子和颜色输入图片搜索之中。

不过半秒钟，跳出来的一堆图片中，就有她看见的那条蓝色裙子。她寻觅到代购之后，不可置信将价格上的数字数了一遍又一遍，震撼地呆坐在电脑前，久久无法反应过来。

第五章

雨水倾注玻璃窗

　　宋宋一夜没睡。虽然她和叶深深睡一张床早已习惯了，以前她们还曾经三个人睡在一起，但是这回，她睡不着了。

　　她琢磨着，一个男人，给一个女生租房子、介绍工作室、开店，这些或许都勉强可以用合作来解释。但是，为什么要给她买这么贵的衣服，贵得让她一看见那个价格就觉得，要说这两人之间没有什么特殊关系，实在太荒谬了。

　　尤其是，这个男人还是个渣男，这个女生还是自己最好的朋友。

　　伤心失望加气愤郁闷，让宋宋直到天快亮了才睡着，中午十二点才醒来。

　　她穿着睡衣披头散发地要出去时，深深眼疾手快地将她拦在了室内，关上门："沈暨就在外面，你确定你要这样出去？"

　　宋宋"啊"了一声，赶紧换好衣服，理了理头发，叶深深才朝她眨眨眼，笑道："好啦，可以见人了。"

　　宋宋看着她的笑容，心里油然生起一种刻骨铭心的恨——我这么可爱的好友，居然被个渣男骗了，老娘跟那混蛋没完！

　　今天北京的天气很好，阳光灿烂地从客厅外的阳台照进来。而沈暨的笑容比这阳光还要纯净迷人："宋宋，我就知道你会想我们的！能忍到现在才来，我都对你的耐力刮目相看了。"

　　宋宋顿时把顾成殊抛在了脑后，抱住沈暨的手臂就蹭："我想死你了，沈暨！快说快说，这段时间最想念的人是谁？！"

"是钱宋宋！"他也一本正经地回答。

看着一脸满足的宋宋和逗小猫似的沈暨，叶深深无可奈何地摇头笑笑，催促宋宋快点洗漱，跟沈暨出去吃饭玩去。

宋宋愕然问："你不去啊？"

"我这边还有事情呢，下周工作室就要终审了，能不能留下来就看此一举了，所以我这个周末得把那条裙子搞定。"她一边说着一边去撕泡面的包装，"还有那个布料的事情，也是越快搞定越好。"

沈暨将泡面从她的手中抢下来，丢回厨房去："这可不行啊，深深。宋宋大老远过来，你陪吃一顿饭的时间都没有吗？赶紧给我穿好衣服，一起出去吃饭。吃完饭我送你去工厂。"

叶深深无可奈何，只能拿上外套，三个人一起出门，下楼吃饭。

结果，就在出电梯门的时候，他们遇见了顾成殊，沈暨一眼就看见了他手中提的饭盒，不由得瞟了叶深深一眼。

宋宋更是张大嘴巴，呆在那儿。

叶深深硬着头皮，叫他："顾先生，早……"

话一出口，她就恨不得咬掉自己的舌头——早个毛啊早，这没大脑的打招呼方式。

"去哪儿？"顾成殊显然没在意她说什么。

"宋宋来北京玩，我们一起出去吃顿饭。"沈暨帮叶深深回答。

"哦。我还以为深深这个周末会因为赶工而忙得没时间吃饭，看来我是多虑了。"他的目光在宋宋身上停了停，点了下头算是打招呼，然后转身向自己的车走去，"那我先回去了。"

叶深深的目光落在他手上的饭盒上，自己也闹不明白，一股莫名的冲动让她轻声喊了出来："顾先生，那个……"

顾成殊停了下，转头看她。

"我、我晚上估计没饭吃，你那个……可以留给我吗？"

顾成殊的目光落在她有点紧张的脸上，唇角微微上扬，然后将手中的饭盒递给她。

叶深深往前走了两步，接过饭盒，不好意思地低头抱住。

沈暨笑眯眯地看着她低垂的面容，帮她拉开车门。

宋宋觉得那种伤心失望加气愤郁闷的情绪又回来了。

060   顾成殊离开后，沈暨带她们去自己喜欢的店吃饭。

宋宋和叶深深坐在后座，她瞄瞄叶深深身边的饭盒，说："分量挺多啊。"

是啊，因为……是两个人的分量。

但叶深深不好意思说，所以只干咳了一声，说："对啊，可能是现在太忙了……我很能吃，一个人吃两个人的饭。"

沈暨从后视镜里看了她一眼，说："是啊，深深现在多辛苦啊，都累瘦了，应该多吃点的。"

宋宋点点头，看看叶深深无意识地放在饭盒上的手，又看看她低垂羞怯的侧面，忍了又忍，终于还是忍不住，偷偷给叶深深的妈妈发了一条消息："阿姨，你说得对，深深现在，有点危险。"

并没有觉得自己哪里危险的叶深深，在吃完饭后，单独去工厂查看自己那件给季铃定制的礼服。

这个厂子和工作室关系密切，经常合作，所以常跑这里的叶深深也与他们混得很熟。正在给礼服一片一片上立体花瓣的工人和她打招呼："深深，你来啦！这衣服做工真复杂，每一片花瓣都要弄得很小心才行啊。"

叶深深应着："是啊，麻烦你们啦，主要是这种效果如果出不来，衣服就没有那种感觉了。"

"我们也是第一次弄这样的工艺，真没想到，塔夫绸居然能这样用，而且和薄纱互搭效果会这么好。"

是啊，一种是华丽厚重的质感，一种是细致柔美的代表，她设想将这两种混搭在一起时，也曾担心会有冲突，但沈暨一听到这个设想，立即给予了她肯定，认为完全可以尝试。

而目前出来的雏形，也让她如释重负，觉得比自己设想的还要好。

"我已努力做到最好了，如果评审们不喜欢，那也没办法……"叶深深不知道熊萌和路微他们拿出的作品是什么样的，也不知道来的评委是谁，喜欢什么样的风格，但她对自己的设计还是非常有信心的。

看完礼服，她拿着自己带来的布料去找水洗师傅，和他商议加工布料的事情。

水洗师傅一看见这种布料，顿时给她一个"闪瞎我狗眼"的痛苦表情："小叶，你开玩笑吗？这种垃圾哪还有抢救的余地，唯一的用处就是在城乡结合部摆地摊的时候当垫布好吗？"

深深只能哀求他："陈师傅，您就帮我一下嘛，试着洗一下，好不好？"

水洗师傅无奈地接过她的布："好吧好吧，我帮你弄个两三米看看，不过我看你还是别抱太大希望比较好。"

她感恩地跟在师傅后头："太谢谢您啦，陈师傅！帮我洗得轻一点哦，这不是牛仔布料。"

"行，我知道，你要什么纹路？"

"就水洗纹，不用太细腻，粗糙一些，中间有断点就行。"

陈师傅嗤之以鼻："开玩笑，我这样的手艺，水洗的纹路能出现断点？"

"不不，我要断点，就要那种没洗好的感觉！"

"小叶，你什么想法啊？"陈师傅说着，又看看自己手中难看的布料，叹了一口气，"唉，会帮你洗这样的东西，我也感觉是开玩笑。"

在陈师傅的抱怨声中，机器开动，水磨砂纸轮转，两米布很快从出口送了出来。

叶深深顾不得机器还没停，赶紧把衣料拿出来看了看，兴奋至极："陈师傅您看，这布料现在的感觉，是不是不一样了？"

陈师傅瞅了一眼，也大为惊讶："哎哟，看不出来，这布料是刚刚那东西？"

用上"布料"两个字，感觉比"那东西"高级多了。叶深深兴奋地拧干，拿去给熨烫组帮自己烘干熨平，然而现实是残酷的，干掉之后的布料，虽然比之前强些，可那种洗过的痕迹，虽然使得整块布料颜色减淡，有了深浅变化和流动的纹路，却依然未能焕发出任何吸引力。

只是从一块难看的布料，变成了普通的、勉强符合审美的布料。

熨烫组的刘姐拍拍她的背安慰她："不错啊，深深，比之前好看多了，成效显著。"

"可我觉得，还是差点什么……"叶深深沮丧地举着两块布，对比着。

明明水洗之后，湿漉漉的感觉很符合自己的要求，为什么干了之后就变成这样了呢？这料子又不能做泳衣，怎么可能一直是湿的，而不是干的呢？那种带着水汽的鲜活感又从哪里来呢？

水……雾气，下雨，潮湿……

叶深深猛地跳起来，抓着布料向陈师傅跑去："陈师傅，求您了，再帮我弄一遍！我保证这回绝对能弄出好看的布！"

"来来，我等着看你的主意。"陈师傅一边嘟囔着一边重新开机器，"刚刚那效果已经不错了，我就不信，你这小丫头还能折腾出什么更好的，你以为自己会变戏法啊？"

叶深深信心十足地说："等着效果吧，陈师傅，您一定会觉得我棒棒哒！"

沈暨和宋宋回来已经是晚上九点多了。

叶深深一个人坐在客厅里，刚开始吃顾成殊中午送来的饭。两人份的饭，热好之后香气腾腾，有排骨，有西兰花，还有虾，叶深深边吃边看周六晚上的综艺节目，眼睛亮得一点都看不出来她刚刚还在外奔波。

"哇……深深你胃口真的很好哎，一个人能吃这么多。"宋宋叹为观止。

叶深深才发现自己几乎把所有饭菜都吃完了，放下筷子，有点不好意思："中午吃完之后，就一直没东西落肚了，现在真的有点饿哈……"

沈暨则问："有什么好事吗？你看起来很开心。"

"给你看个好东西。"叶深深兴奋地将自己的包打开，从里面取出一块布料，抖开给他们看。

水洗之后显出一种柔顺褶皱的棉布，颜色自然柔和。深浅不同的流水状纹路顺着衣服的褶裥流淌下来，时有断点，加上深浅不一的颜色，使得看见这块布料的人，就像隔了一层雨水淅沥的起雾玻璃窗，看见了里面的花色。那些蓝色的底色变成了有层次感的海浪，红色的花朵隐约而朦胧，黄色的花蕊似有若无，绿色的叶片恬淡地衬托着一切……

沈暨握着这块布看了许久，才将不可置信的目光转移到叶深深的脸上，轻轻问："怎么处理的？"

而宋宋早已嚷了出来："什么？这是之前那块布？不会吧？真的假的！"

叶深深带着得意与幸福的笑容，说："是的，我在泡菊花茶的时候想到的，水可以改变一个东西的肌理，而有断点的流水纹则可以充分营造雨水在玻璃上滑落的轨迹。然而如果就这样平铺着丢进去水洗的话，布料只是颜色发生了一些变化，然后加上一层流水纹而已。于是我又想了个办法，将它弄出长直皱纹之后，再进行水洗。凹凸不平的褶皱便自然地在水洗中形成了深浅变化的颜色，经过各种条件的叠加，最终达到的效果，就是这样。"

沈暨看着灯光下笑得灿烂的她，又低头看看手中这块脱胎换骨的布料，觉得心口涌起一种难以言喻的钦佩感与淡淡的伤感。真奇怪，明明是她的成功，却让他觉得，仿佛自己也做到了这么不容易的事情一样，可以深切地体会到那种兴奋与喜悦。

如果自己当初也能像她一样坚持的话，可能也会尝到这种喜悦吧。他这样想着，在灯下静静凝望着她，却只觉得什么话都无法表达自己现在的心情，只能沉默含笑。

"还有一个喜讯，我给季铃设计的那件礼服也做好了。"叶深深打开柜子，将套着包装的礼服取出来，展示在他们面前。

宋宋眼都直了："我的天啊，深深！这件太美了！这……浅绿色的裙子，白色的立体花，薄纱小褶皱……"

"你也觉得不错吧？"深深抱着宋宋倒在沙发上，开心不已，"我现在两件大事都已经完成了，明天要好好休息一天。结果怎么样都不去想了，总之我已经付出了最大的努力。"

"结果一定非常完美，相信我。"沈暨说。

宋宋也双手握拳："对啊，深深要是不成功，简直就是上帝在开玩笑！"

叶深深笑着和她在沙发上相拥着，聊了几句今天沈暨带她去哪儿玩了，然后忽然想起一件事，赶紧问沈暨："对了，现在法国是几点啊？"

沈暨看看时间，说："下午两点多。"

"我赶紧给努曼先生发个邮件，告诉他这个好消息，当然也要郑重地感谢他！"

沈暨神秘地笑了笑，说："可以啊，虽然——你可以过两天当面感谢他。"

叶深深一边拍自己改造后的布料照片，一边说："我不去法国啊，怎么当面感谢呢？"

沈暨不说话，只含笑跟她道别，又嘱咐宋宋刚来可能不习惯暖气，要多喝水多补水。

宋宋送沈暨出门，叶深深拍完照片后，便窝在沙发上发消息给努曼先生，告诉他，这是在他的指导下，自己重新再造的布料，利用了水的肌理，彻底改变了布料的质感。

显然她上次的邮件被回复那么快是个巧合，这回努曼先生回得很晚。叶深深洗了澡躺在床上又和宋宋聊到快半夜了，才看到手机提示有回信。

叶深深兴奋地打开，看到他的赞许，认为她确实彻底改变了布料的本质，而且她最后得到的成果比自己原本想象得还要出色。并且他还提到了，自己在这些年与各国时装业人士的接触中，发现中国的设计师往往很重视设计感，但与其他国家的设计师相比，在质感、肌理、细节处理上是存在差距的，这可能与各个国家的院校传授的内容不同。比如他当时读书，就几乎将一本《关于服装的一切》从头到尾背了下来，然而这本书中国并没有引进。当然同样的，中国有很多文献，国外也不可能见到，比如他曾读过沈从文的《中国服饰史》，但因为翻译的问题，所以读起来很艰难，而他也没有时间和精力学习中文，只能就此搁下了。

长得让叶深深感动的回复，最后他还告诉她，若她能将优势合并的话，必定能成为令人难忘的设计师。

借助着在线翻译，叶深深艰难地读完了这封信，辗转反侧，难以入睡，于是又借着翻译软件写回信。还没写上十个单词，睡在旁边的宋宋就忍不住了，一把扑在她的身上，问："深深，这么晚了，你还在和谁聊天啊？"再一看她写的是英语，顿时肃然起敬，"天啊……我还以为你和顾成殊在发消息呢，居然是和老外！"

"你怎么会想到顾成殊？"叶深深抢回手机，莫名其妙。

"咳咳……没什么。你在写什么啊？"

"哦，我在法国遇到了一位设计师，他人很好，也很热心地帮我，其实布料的处理方法就是他给我的灵感，所以我得感谢他。"

"长得帅吗？"宋宋第一关心的永远是这个。

叶深深都无语了："人家一个五十来岁的大爷，再帅也没意义吧？"

"哦哦，那当我没问。"宋宋迅速体会到了纯洁的师生情。

"你先跟我说说，顾成殊是怎么回事？"反正也没有睡意了，叶深深揪着她反问，"你这回过来怪怪的，莫名其妙地提了好几次顾先生了，他怎么了？是不是他又给网店加压了？"

"没有……自从他找了个店长空降我们店里之后，现在基本什么都不管了。还说什么专业的人做职业的事情，其实不就是架空我们吗？"宋宋立即在叶深深面前大说顾成殊的坏话，以求让叶深深赶紧从深渊中警醒并爬出来，"深深，我好怀念我们以前四个人的店，你、我、沈暨、孔雀……当然孔雀那个混蛋不提也罢，但是你不觉得我们那个时候过得可幸福可开心了吗？你说，要是给我们注资的人是沈暨而不是顾成殊，那该多好啊，沈暨看起来应该也有钱的，要是他能从顾成殊那边接手我们店，我们就不用受控于那个恶魔人渣顾先生了，对不对？"

"对啊……"叶深深随口应着，靠在枕头上，"不过顾先生也不错啦，至少，在我们店里出事的时候，他每次都能处理得干净利落。"

"虽然如此，但我还是不喜欢他……因为他道德败坏、人品差劲、性格恶劣，除了钱什么优点都没有！"尤其最讨厌的一点是，半年前还发誓不理这个人渣的好友，现在居然完全落入了他的手掌中，简直是可忍孰不可忍。

宋宋在这边努力吹枕边风，叶深深忍不住笑了："顾先生哪有这么差啊？"

"什么？你有没有搞错啊，深深！"宋宋瞪大眼睛，恨不得将她从床上拖起来，让她到外面的冬夜中清醒清醒，"你忘记路微了？青鸟的大小姐啊，被他结婚当天抛在教堂，留下终身笑柄！"

"路微又不是好人，顾先生看出她不适合结婚，所以才及时中断了婚礼呀……"

"那就更可怕了！他都知道她的真面目了，为什么不早点说出来？偏偏要在结婚当天把路微搞得那么难看？这个人简直是心狠手辣，睚眦必报，混蛋无耻！"

叶深深在黑暗中无语地笑了，她摸了摸宋宋的脑袋，带着倦意说："好啦，我们的宋宋是正义小天使，不放过一个坏蛋。不过跟我们又有什么关系呢？我不是早就跟你说过啦，我们店里只要顾先生的钱，其余的，和我们都没有关系。"

"真的吗？"宋宋的声音闷闷的，埋在枕头中，低声问，"深深，你真的和他没有任何其他的交往，只有金钱和事业？"

叶深深想要肯定地回答宋宋，想要告诉她，自己一点都不喜欢顾成殊，想要让她安心。

然而，只需要她一声"嗯"或者"是"的回答，她终究无法给宋宋。

她的嘴唇微微开启，所有的声音还没发出来就消失在黑暗之中。

她想着机场之外，他在暗紫色的霞光之中，给自己的膝盖上药时那低垂的面容；她想着那个工作室停电之夜，摇曳烛火下他幽微的眸光；她想着自己因为父母而躲避在小酒店中痛哭失声时，他将她拥入怀中的那一瞬；她想着在巴黎博物馆，她在面对陷害自己的诡计而惊慌失措时，他紧握住她手腕的那只手，那么坚定有力……

这一切，似乎和什么都无关，又似乎，和一切都有关。

一切，他和她生命中的一切，难以抹去，无法否认。

所以她没有回答。即使会让宋宋失望，她也只是将自己的身体慢慢地蜷缩起来，无声无息地听着自己的呼吸。

而呼吸中的一起一伏，似乎都带着顾成殊的音调，绵远悠长，无法抹去。

"为什么努曼先生没有回我的消息了呢？"

第二天醒来，叶深深趴在床上看着自己的手机，没有发现新邮件，十分失落。

宋宋理所当然地说："因为他也要睡觉的啊，笨蛋。"

"你才笨蛋呢，法国和中国时差七小时，那时候不需要睡觉呀。"

"你才是大笨蛋呢！你给他发一封，他给你回一封，你又给他发一封，他又给你回一封……就这么没完没了，是吗？"宋宋用看白痴的眼神看着她。

叶深深只好低下头，承认努曼先生很忙，不会这样一直陪着自己发下去。

两个人围着小桌子吃早饭，叶深深问："今天沈暨要带你去哪里玩啊？"

"沈暨说今天有认识的人要来，得去接机，所以我自己出去玩——哎，你不是事情搞定了吗？陪我出去玩呀！"

"我今天要去季铃工作室，把最后的成品拿给她们看。"季铃那条裙子，出了这么大的事情，她必须要和对方交涉一次。沈暨已经帮她约好了见面，但他今天刚好有急事，而裙子才拿到，事情必须赶在比赛之前商量妥当，所以叶深深只能自己前往了。

一听说去明星的工作室，宋宋顿时眼睛一亮："那我陪你去，说不定还可以看到季铃哦！"

"不知道在不在哦，见不到可别怪我呀。"

第六章
关于未来

不得不说，宋宋的运气比叶深深好多了。

叶深深去了好几次都没见到季铃，这回宋宋一来，居然正巧就碰上了。

"哇，季铃姐你比电视上还要美！"宋宋一脸狂热粉丝的模样，让季铃翻了个无奈的白眼，干笑着问茉莉："这两位就是设计师？"

"深深是设计师，这位是……"茉莉也没见过宋宋，有点迟疑。

"是我的朋友，我们都是设计学院毕业的，一直都合作的。"叶深深赶紧说。

"哦，你好。"茉莉随便打了个招呼，示意宋宋在楼下等着，然后就让深深拿着盒子，跟着她们到楼上试穿礼服。

叶深深帮季铃穿衣服的时候，看到了她的胸，觉得不容乐观——她报给自己的码子肯定是假的，胸部起码多报了一个罩杯，身高也报高了三公分左右。

幸好茉莉神通广大，硬生生给季铃挤出了乳沟，到时候再垫一下，蹬上恨天高，应该能差不多。

浅绿色长裙，白色立体花，希腊式的细褶……

闪光丝绸的光泽优雅而舒缓，加上花朵与爱奥尼亚式的褶皱裙裾，衬得肤白貌美的季铃如同油画中的希腊女神般，不染纤尘，格外明亮。

非常出色的衣服，然而季铃与茉莉的脸色都不太好看。

"叶深深，你搞错了吧？"茉莉皱起眉，甩开裙摆问她，"这好像不是我们之前商量过的那件设计？"

"对，确实不是。"叶深深淡定地看着那条裙子，缓缓地说，"因为我前段时间去了一趟巴黎，在博物馆里，看到了一张设计图。"

茉莉的脸色顿时变了，脸上那种责怪陡然转成心虚，涨出一点酡红："是……是吗？"

叶深深点头，说："说实话，我当时挺难过的。因为我是真的希望能为季铃设计一款好看的衣服，尽我自己的能力，而不是剽窃他人的东西。对我来说，这不仅是事业上受到了肯定，也是在感情上，与喜欢的明星有了亲密的接触。"

茉莉心虚地避开她的目光，看向季铃。

季铃脸上是漫不经心的神情，仿佛她对此一无所知，只轻飘飘地说："我想里面可能有什么误会吧。"

茉莉立即点头，说："其实不瞒叶小姐说，我们也是受害者。是之前季铃的粉丝给我们寄了那么一幅设计图，说希望季铃穿上她设计的礼服参加活动。我们觉得这件礼服很不错，但那个粉丝又联系不到了，所以才找了你帮忙做衣服，也按照她的设计修改了你的图，可我们不知道这幅设计图是抄袭的，还是抄袭的大师遗作……"

叶深深没有戳穿她的谎言，只注视着她，微笑着按照沈暨提点她的要点说："其实我还是希望这桩合作能成功的，毕竟之前也有人向我问起过替季铃设计礼服的事情，比如说《ONE》杂志的宋瑜主编和方圣杰老师，他们对于这件作品都很期待。如今忽然中断了合作，恐怕他们也会询问这件事。因此我立即修改了设计，拿出了面前这件衣服，希望到时候，不至于让他们知晓我们的合作出了什么问题。"

"是的，我们对于这桩合作是非常真诚的，对于我们的疏忽可能造成的后果也很抱歉，能由你及时发现，对于季铃来说也是好事。"茉莉圆场的话说得也很漂亮，毕竟她已经提到宋瑜和方圣杰，这件事要是被他们捅出去的话，从时尚杂志到服装工作室都会传开，季铃在时尚界的口碑会受到很大影响。

叶深深当然只需要露出单纯无知的笑容："没事啦，是误会，大家说开就好了。"

在茉莉再说不出什么之后，叶深深又看向季铃身上的衣服，问："那么，这件礼服，不知道季小姐满意吗？您可以提出自己的意见，我会马上修改的。"

季铃穿着衣服，在镜子前袅袅婷婷地摆着各种姿势，左看右看。

叶深深示意茉莉把灯光调暗，说："到时候晚宴，灯光会比较暗淡，但塔夫绸和这种混纺银丝的丝缎光泽度和反光度都非常高，在暗光之下，会使您成为关注焦点。"

在暗光下，裙子犹如一团淡淡光晕，将季铃笼罩在其中，朦胧而幽远。茉莉立即说："到时候可以让人多拍几张灯光变暗后的照片，保证整场晚宴会是你的专场。"

季铃那张寡淡的脸上终于露出一丝笑意，说："可以呀。"

季铃和茉莉商量着，先放出风声，给几个小媒体发一发她支持新秀设计师，要穿着新锐作品去参加晚宴的通稿，然后又对着镜子看了许久，问："腰身这里，是不是还可以小一码？"

"好的，我回去再改一改。"虽然明知道再小一码就要出横褶了，但叶深深还是很认真地记下，等待着她下面的要求——再给她缩半公分好了，反正到时候她肯定无心吃饭的。

"花朵呢，是不是上面可以再多加一点小花，能更衬托出我的肩膀和脖子？"

对于这种影响设计的要求，叶深深坚决拒绝："小花的设计最近几年很流行，但也因为太流行了，所以可能撞设计。到时候一排人站在一起，身上都是小花，那么浅绿色裙子加白色花朵的，很可能在其他鲜艳颜色面前不占优。"

"是吗？"被人艳压简直是女星魔咒，季铃立即放弃了这个想法，转头问茉莉，"我什么时候走红毯？前后是谁？"

"你是第七个走，前后是她们。"茉莉把名单给她看。

季铃看了看，十分愉快地笑了出来："呵呵呵，一个黑，一个矮，到时候我得多待一会儿，最好能拉她们过来合个影。"

叶深深在心里想，难怪娱乐圈高白瘦顶级大美女沐小雪永远都是在第一个或者压轴出场，估计大家都不愿意和她一起走。

季铃终于欣赏够了自己的美，到里面去把衣服脱下来，交还给叶深深修改尺寸。

叶深深抱着装礼服的盒子下楼，和宋宋出了工作室，终于站在阳光下时，才松了一口气。

"季铃脾气不太好哦，枉我还以为她是面对媒体时的模样。"宋宋一脸哀叹。

叶深深心想，你还不知道她们曾经给我设下多么可怕的陷阱呢，我差点就死无葬身之地了。

不过考虑到宋宋的火暴脾气，叶深深也只能把一切都吞到肚子里去了。

两人站在街边打车，看着面前的街道。北京的深冬风轻云淡，落完了叶子的树木站立在街边，显得这个季节更为疏朗。

"深深！"对街有人朝她挥手。

叶深深转头看见郁霏，她穿着米色大衣和过膝长靴，摘下墨镜朝她微笑，标准的气质美女。

叶深深朝她挥了挥手，隔着街道叫她："郁霏姐。"

宋宋不可置信地拉着叶深深的袖子，低声问她："郁霏？这就是顾成殊的前前女友？被他控制了好几年惨不忍睹的那个？"

叶深深想起那篇报道，不由得笑了，点了点头："对啊。"

"不会吧？你居然和她认识？而且看起来关系还不错的样子……"宋宋话音未落，叶深深已经牵着她的手，穿过了面前的斑马线，走到郁霏面前。

"来季铃工作室吗？你帮她设计的衣服已经搞定了？"郁霏问着，又咯咯笑出来，说，"哎呀，肯定没问题的嘛，毕竟深深你可是受到巴斯蒂安先生好评的天才呀！"

"郁霏姐，求别提这件事了……"叶深深羞愧不已。

"怎么能不提呢？你是巴斯蒂安先生赞赏的国内设计师第一人嘛。"郁霏偏头朝她一笑，"将来前途无限呢！"

路微将这件事告诉她的时候，也是这样说——郁霏，你现在知道叶深深的可怕了吧？知道她能爬到哪个地方了吧？

"我才不管她能爬得多高呢，甚至越高越好。因为我只要动一根手指头，就能让她摔下来，她爬得越高，就摔得越惨。"

她记得当时自己是这样回答路微的，所以面对着叶深深的时候，郁霏也笑得越发温柔可爱。她的目光落在叶深深手中的盒子上："这是你给季铃设计的衣服？"

叶深深点头，说："对啊，就是上次说过的那件浅绿色长裙，白色立体花的。"

说着，她将自己手中的盒子打开，露出了那种浅淡带石青的绿色和希腊式的褶皱丝缎，下面还露出一点白色花瓣。

郁霏眼睛一亮，想要仔细看一看，叶深深已经将盒子盖好了，匆匆忙忙地说："车来了，我得赶紧走了，郁霏姐，拜拜！"

她们拉开出租车的门，坐了上去。

郁霏朝她小幅度地挥手，依然带着那种温婉的笑容："拜拜哦！下次让我好好看看你的作品。"

叶深深点头，举着手中的盒子说："明天的发布会上就能看到啦，郁霏姐别急哦。"

"喔……那我等你。"郁霏满意地笑着，也上了自己的车。

出租车一路往前，宋宋揪着叶深深的袖子，恨不得扯下一块布来："深深，你的心也太大了吧？郁霏啊，她是郁霏啊！顾成殊的前前女友！我真是服了你了，你现在和顾成殊的前女友路微在同一个工作室，和顾成殊的前前女友好得跟闺蜜似的，和顾成殊又走得这么近，到底是怎么回事啊？"

叶深深还没说话，前面的司机已经说话了，一口京腔，倍儿亲切："这就叫一笑泯恩仇，管他女友前女友。"

宋宋傻了眼，几乎要用眼光杀死叶深深。

叶深深简直无语了："师傅，我和那纠缠不清的三个人不是一路人，我只是个凑巧认识这三角恋中每一个人的倒霉蛋，谢谢。"

"是啊，我看你这小姑娘的模样这么单纯，也不像那种道德败坏的人。"司机摇头说，"三角恋就够乱了，再掺一脚就四角喽。"

受不了的士司机的点评，叶深深在经过外文书店的时候赶紧喊停，带着宋宋进去买书去了。

"行啊，深深，去了一趟法国，你都要看法文原版书了？"宋宋看着她取下厚厚一册书，目瞪口呆。

叶深深又去旁边拿了法文词典和《从零开始学法语》等书，回头跟她说："我昨晚查了一下，国内有努曼先生给我提起的《关于服装的一切》，又搜索到了封面照片，应该就是这本没错。"

宋宋毛骨悚然："我的天，你不会妄想自学法语吧？"

"对，我的目标是，能有一天看懂这本书。"她晃了晃手中那本厚重的《关于服装的一切》。

"疯了吧……"宋宋自言自语。

"就是怕自己会坚持不住，所以才先花掉这一笔钱，以后心疼的时候，会认真的。"她说着，又把自己手机中的那封邮件翻出来，看了看，说，"我不想像努曼先生那样，到了五十岁的时候，才遗憾自己没有机会去学那一门外语。"

"可是自学法语有多难，你想过吗？"

"没想过……只想着法国是个好国家，是全世界设计师的梦想。"叶深深抱着手中沉重的书，把自己口中另外的话吞了下去——有一天，我会和顾成殊实现说过的梦想，在巴黎开自己的时装发布会。

我得为那一天，做好准备。

在走出书店门口时，她们看见报刊摊，便随手拿了一份报纸。

宋宋习惯性把报纸先翻到最后一版看娱乐新闻，再去副刊看都市潮流之类的讯息。扫了几眼后她脱口而出："哎哟……孔雀这女人，混得不错嘛！"

叶深深探头看去，内页的软文是青鸟的，刊登着一组青鸟今年春夏成衣的照片，颜色粉嫩，走糖果色欧根纱风潮，据说设计师是青鸟的孔雀。

"深深，今年还流行糖果色欧根纱吗？"宋宋研究了一下，抬头看她，"我记得我们店里选择的是浅色清新风啊。"

叶深深想着自己对孔雀说过的话，那时在北京的大雪中她们重逢，孔雀问起她明年店里的春夏色调时，她对孔雀说，春夏要粉嫩点，糖果色，半透明欧根纱。

还真是，居然真的相信了。

叶深深对宋宋笑了笑，说："糖果色和半透设计应该年年都流行吧。"

书很重，打车很难，两人站在路边，身后花坛里开满了三色堇。

看着这熟悉的花朵，叶深深忽然想起了被自己留在工作室中的角堇，不由得"哎呀"一声叫了出来，说："我得回工作室一趟。"

"怎么啦？不是说今天休息吗，还要去？"

"我在那边还有一盆花，周五我走的时候忘了浇水，昨天、今天，再加上明天我要直接带着衣服去酒店，我的花肯定要枯萎了！"叶深深说着，抱起书就赶紧往旁边走，"幸好工作室就在旁边不远，我们走吧。"

"什么花啊，这么要紧？"宋宋无奈地帮她抱着一摞书，两人往工作室那边走，"不过我也没看过你们的工作室呢，我跟去看看。"

走路不过十来分钟，她们已经到了工作室。

周末的工作室没有人，叶深深打开门进去，一眼就看见自己的角堇已经失水垂挂下来了。

她赶紧接了半杯水给它浇上，又把流出来的水擦干净。

宋宋在大厅内转悠了两圈，说："深深，这里挺好的哦，你工作得很愉快吧？"

"是啊，很开心。"就是经常被路微盯着，然后要时刻小心她在暗地里动手脚，不然真的挺开心的。

宋宋一抬头看顶上，"啊"了一声，说："不过这里可不太好。"

叶深深顺着她的目光看去，愕然发现吊灯上一片巴掌大的玻璃灯盏正在摇摇欲坠，三根铁丝已经少了两根，可大家居然都没注意到。

"我把它弄一下。"叶深深立即将自己的桌子拖到灯下。宋宋瞪大眼睛："别做这么危险的事情啊，深深！你等终审过了再跟他们提一提就好了，过不了就不说了！"

"这怎么可以啊？玻璃随时会掉下来伤到人的。"她说着，将自己的外套一脱，爬到了桌子上。然而高三米多的天花板，她伸长了手也够不到玻璃灯盏，只能叫宋宋再弄一把凳子过来。

"天哪，深深你还真是修得了水管打得过流氓啊！"宋宋嘟囔着，正把凳子架在桌子上时，门口传来一声轻响，有人开门进来了。

叶深深吓得差点从桌子上掉下来，她捂住自己的短裙，愕然看着从外面进来的人。

方圣杰带着三个人进来了，一个是沈暨，一个是她不认识的大块头，另一个，让她瞪大了眼睛——居然是努曼先生。

最先反应过来的是沈暨，他大步走过来，仰头看着叶深深，问："深深，你在干吗？"

叶深深蹲在桌子上，有点尴尬地指指吊灯，说："你看，有个灯盏似乎要掉下来了，我担心它会砸到人，所以想把它弄一弄……"

"你还真是万能小天使。"沈暨忍不住笑了出来，和旁边给叶深深按凳子的宋宋打了个招呼，直接把凳子拿下去了。

方圣杰回头对努曼先生解释了一句，几个人都笑了出来。

"我来吧，你先下来。"沈暨抬手，牵着她的手让她下来，然后接过她手中的撬边线，利落地上了桌子。他比叶深深高了许多，轻松地站在桌子上便将吊灯的灯盏重新弄好了。

叶深深尴尬地红着脸，去和努曼先生打招呼："努曼先生，您好！"

难怪他不回自己的邮件了呢，算算时间应该刚好是他上飞机了。而更没想到的是，沈暨今天去接机的对象，就是他。

努曼先生依然是那种温和的神情，笑着朝她点点头，说："没想到这么快就能与你重逢了。"

"是啊，能再度见到努曼先生，真是太好了。"叶深深低头朝他兴奋地微笑，有点遗憾地想，早知道能遇见他，就应该把那块布料带上，拿给他看看效果。

方圣杰在旁边有点诧异地问："叶深深，你也认识……唔，努曼先生？"

努曼先生转头朝他说："她拯救了巴斯蒂安新年大秀。"

方圣杰不知道内情，只能看看叶深深，笑着回答："是吗？那可是了不起的成就。"

努曼先生的目光越过叶深深，看到她新买来的书搁在桌子上，便走过去拿起来看了看，回头问叶深深："《关于服装的一切》？"

叶深深更不好意思了："是的，因为您昨天的邮件中提到了这本书，所以我今天早上去书店找到了，然后因为不懂法语，还买了一些学习法语的书和音像。"

努曼先生的目光落在书上，若有所思地沉默许久，又缓缓地移到她的身上。她带着拘谨与憧憬的笑容，在此时窗外斜照的日光下，纯净得如最美好的水晶，仿佛可以折射出全世界。

这是一种混合着年少无知的单纯，在前方拥有无穷无尽的未来和可能性的时候，倒映着整个世界的雏鸟的双眼。这一刻，让看见她的人心中不由自主地涌起一种希冀，希望能成为托起她双翅的翼下之风。

但努曼先生最终只是点点头，那双灰蓝色的眼睛中，露出一丝糅合了叹息与欣慰的笑意，他说："你比当年的我，强多了。"

叶深深不知道自己该说什么，正在紧张之中，沈暨已经把吊灯弄好，他跳下桌子，把它搬回原处。方圣杰示意大家上楼，又问叶深深："明日终审的衣服准备好了吗？"

叶深深点头："是的，已经准备好了。"

"那么，回去好好休息吧，期待你明天的作品。"

叶深深点头，目送他们上楼之后，赶紧把自己桌子擦干净，然后把书抱起，和宋宋离开。

宋宋回头看看楼上，朝站在窗台看着她们的沈暨挥挥手，然后说："努曼先生是什么人啊？一看就是很了不起的人物。"

叶深深想了想，说："大概是巴斯蒂安先生重要的助理之类的吧。"

"是吗？外国人就是有派头，助理还带个保镖。"

叶深深这才想起，站在努曼先生身边那个大块头，看起来确实应该是保镖，上次新年大秀的时候，似乎也见过他在努曼先生身边。

她有点茫然地说："是啊，所以说是重要的助理嘛。"

顾成殊终于给叶深深发了一条消息，问她在哪里。

叶深深正在和宋宋吃饭，看到他的消息后，赶紧回复他，半个小时后到家。

所以她回家的时候，不出意外地在楼下遇见了顾成殊。

"我来看看你明日终审的衣服。"他不容置疑地说。

叶深深自然而然地点头，说："我还以为顾先生要明天在评审时再看最终成果了。"

"虽然方圣杰确实有邀请我，但如果我太忙的话，可能就不去了。"顾成殊以一贯的冷淡模样扬着下巴说。

叶深深低头笑了笑，说："对啊，顾先生这么忙。"

才怪呢，嘴巴这么硬，可她却清楚明白地知道，他明明是想尽早看到她的设计。

宋宋看看顾成殊，再看看叶深深，告诫自己一定要淡定，绝不能露出不应该出现古怪的神情。

顾成殊将叶深深的完成品看了一遍，从细节到整体都仔细地审视过，然后一言不发地还给她，皱眉问："你知道路微的设计吗？"

叶深深摇摇头，用探究的目光看着他。

"我看到了，是一件很有特色的作品。"顾成殊的目光落在她的身上，缓慢而清晰地说，"用的理念是黑色渐变为白色，但不是均匀渐变，而是类似于颜色消融的不均匀渐变。上身的形状是纯黑蝴蝶翅翼，简洁而造型优美，腰身以蝴蝶触须状的细腰带紧束，下面是飘逸如蝶翅的雪纺裙，从黑色过渡到纯白。过渡色不是简单的黑灰白，而是各种绚烂的深紫、浅紫；深蓝、浅蓝；深绿、浅绿；深红、浅红等彩虹色的过渡，流动的姿态，水彩颜色融化般的那种韵味——你能理解吗？"

叶深深想象了一下，然后点点头，将旁边的一张纸拿过来，随手在纸上画出裙子的模样，深浅长短不一的颜色流动。她将裙子展示给顾成殊看，说："实物肯定十分漂亮。只需要一点空气的流动，雪纺就能随之飘逸轻扬，随着脚步的走动，这些绚丽的渐变色会在穿着者的周身流转，吸引所有人的目光。"

顾成殊看着她画上的裙子，目光又若有所思地转回她的面容。他仔细端详着她，然后终于问："你觉得这条裙子怎么样？"

叶深深笑了笑，把自己手中这张纸慢慢撕掉了，丢在垃圾桶中，说："不怎么样。"

顾成殊看着她胸有成竹的模样，神情也略微松弛了一些："说来听听。"

"同一件衣服，出现了三种重复的设计元素——蝴蝶，从抹胸到腰带到下摆，乍一看可能显得呼应，但真正有眼光的人一看就会觉得堆砌。"

顾成殊点点头，问："还有吗？"

"意象的使用，不分主次。她抓住了胸口、腰带、渐变色三个好灵感，这三种设计，在分开来时每一个都可以独立支撑起一件衣服，然而凑到一起之后，没有了主次之分，分散了整个衣服的亮点和关注点，最终过犹不及，变成了大杂烩。"

顾成殊抱臂靠在沙发上："还有呢？"

"还有，一只腰间长着触角的蝴蝶，简直是不可思议，对吗？"

这下就连在旁边刷网页的宋宋都忍不住了，回头哈哈大笑："深深，你的嘴巴什么时候变得这么毒了？"

顾成殊又说道："然而，你不得不承认，虽然她太过贪心了，以至于堆叠了很多元素，但每个元素，都很出色，让人过目难忘。"

"是的，过目难忘，看到就不会忘记了，这才糟糕呢。"叶深深笑着朝他眨眨眼，"还是说，顾先生觉得我会输？"

顾成殊摇摇头，说："不，其实在看见你这件设计时，我就放心了。"

叶深深忍不住又在心里暗道，明明都放心了，还摆出那副严肃的表情给我看干吗……

"何况，明天评审组的负责人，是努曼先生。无论别人的意见怎么样，他都拥有一

第六章 · 关于未来

票决定权。"

宋宋若有所思："深深你认识努曼先生的，这么说你明天赢定了！"

叶深深的脸上也不由自主地露出微笑，说："对啊，我运气真好……不过还不一定呢，还是要看熊萌和魏华他们的设计。"

"我觉得你这件裙子美得无人可及。"宋宋永远比当事人还有信心。

叶深深还想谦虚一下，顾成殊却难得地肯定了宋宋的话，说："方圣杰工作室的其他人，确实没有可能。"

叶深深开心地点头，不再说什么了。

顾成殊马上就要回去，宋宋窝在沙发上刷网页，叶深深送顾成殊出门。

在电梯口顾成殊回头看她，问："接下来，你准备怎么办呢？"

叶深深想了想，说："如果能顺利留在工作室的话，我希望还是和以前一样吧。我会跟着方老师学习，然后继续兼顾网店的事情。等我慢慢成长了，成为足以独当一面的设计师时，顾先生肯定愿意帮我发展一下网店的，对吗？"

"会的。如果你留在工作室的话，这样的发展顺理成章。"顾成殊说着，看看平稳上升的电梯数字，又忽然问，"关于你的父母呢？"

一个贪婪的希望女儿输血给儿子的父亲，一个软弱的希望女儿能回到身边支撑自己的母亲，一个自作自受而瘫痪的弟弟。

年关将近，她不可能不回家过年，一切都亟待她回去面对。

叶深深默然地靠在走廊墙壁上，仰望着头顶明亮的灯，抿住了下唇，轻声说："我可以妥协很多，但绝对不会放弃我准备走的路。"

顾成殊看着缓缓打开的电梯门，问："因为对梦想的坚持吗？"

叶深深看着他的侧面，点了点头，低声却坚定地说："也因为，我对你承诺过。承诺的有效期，是一辈子。"

顾成殊转头看她。电梯门已经打开，他却一动不动，只是侧头看着她，丝毫不去理会那即将关闭的电梯门。

叶深深微有诧异，靠在墙上抬头看他，不明白他为什么停在那里一动不动。

而他向她走来，将手撑在她耳边的墙壁上，俯下头。

被抵在墙上的叶深深，抬头看见逆光下的他，背后的灯光将他描绘得一身幽蓝，令她看见所有的颜色瞬间失真，却更加重了他深邃的轮廓，不容抗拒地冲击入她面前的世界，占据了所有的位置。

他贴得这么近，让叶深深无法再看见任何东西，只能茫然而惊愕地睁大眼睛。

"是的，一辈子……"

他微启双唇，最终却只吐出这几个字，其余的全部消失在虚无之中。然而叶深深也已经听不见任何声音了，她的大脑一片空白，唯有他的眼睛，带着攫人的力量，让她觉得背后仅存的依靠都消失了，唯有不停下坠的感觉，让她恍惚出神，一直在失重。

他的目光落在她紧张抿起的双唇上，逡巡着，暧昧的意味与近在咫尺的呼吸让她不由自主地脸颊通红。他身上的气息带着琥珀、雪松与佛手柑的味道，在清新与冰冷之中，带着一种难以抗拒的蛊惑，令叶深深的心脏涌出无数浓稠的温热，向着全身汹涌流经。

心口的悸动引发了眼前的晕眩，叶深深终于承受不住，不由自主地闭上了眼睛。

顾成殊的手，抚上她的头发，手指轻轻插入她的发丝之中。

他俯下了身，紧张无比的叶深深身体微微颤抖，她的身体下意识地绷紧，正准备挣扎之时，却感觉到额头柔软的触感，就像一片羽毛轻轻掠过，或者是一片花瓣擦过肌肤的质感，一瞬间便消失，却让她全身的汗毛都微微竖了起来。

指尖和脚趾都忍不住收紧，全身的力气却在这一刻全部消失了，荡然无存，只剩下她急促的呼吸，睁大双眼时正对上他深幽的瞳仁。

他若无其事地放开她，刚刚吻过她额头的唇角弯起一线上扬的弧度，显示出他内心的愉悦。

"祝你好运，深深。"

他进了电梯，只留下这一句话。

仿佛真的只是一个告别时的祝福之吻。

叶深深什么也没说，胸膛急剧起伏，绯红的脸还未褪色。心口涌起的不仅是紧张，还有一种被戏耍后的恼怒，让她恨恨地瞪着电梯许久，仿佛可以透过电梯门瞪到里面的顾成殊一般："混蛋！"

她站了许久，才捂着自己的脸颊，跑去蹲在了楼梯口吹风。

毕竟，她真的没办法，顶着这么一张大红脸，回去面对宋宋。

她不知道的是，在房间内久等她不回来的宋宋，已经给她的母亲发了另一条消息——

"阿姨，深深确实要拿那件裙子去参加明天的比赛，和你说的一样，浅绿色，白色的立体花，希腊式细褶。"

第二天下午两点，叶深深带着自己设计的礼服，来到努曼先生下榻的酒店。

今天下午的重头戏，是在酒店大堂的一场走秀，展示方圣杰工作室今年秋冬季的几组重点设计。因为主要是应安诺特集团一行人要求而展示的近期作品，所以只是一场小型的秀，也并不公开宣扬，请了二十来个国内的模特，到场的人除了安诺特的几位设计师和邀请的几位评论家，也就邀请了国内几位资深时尚杂志主编和设计师、明星来观摩，甚至连实习生们都没有被允许进入。

宋宋当然不能来这样的场合，所以叶深深一个人打车到达。

下车的时候，她看见蹲在酒店门口的一个女生。

居然是孔雀。

叶深深正在诧异她为什么会出现在这里，而孔雀一看见她，立即站起来，叫她："深深！"

她好像蹲太久了，脚有点麻，所以站起来的时候趔趄了一下，然后又迅速扑过来，拉住她往旁边的绿化带后走。

叶深深诧异地看着她，问："你怎么会在这里？你哥考研成功了吗？"

"深深……"孔雀拉着她，压低声音却又急促地问，"我听路董说，你们今天就是最后终审了？"

"是呀，这是我的设计。"叶深深将手中的盒子拿起来向她示意。

孔雀急了，一把将她手中的盒子按住，低声说："这个……不能拿出来！"

"哎？"叶深深故作不解地看着她。

孔雀惶急地看看绿化带那头的酒店门口，低着头急促地说："深深，我对不起你，我……我圣诞节之前去找你，是路董吩咐我的！她，她让我去试探你的设计，看是不是给季铃设计的那件绿色裙子……"

"哦……这样啊。"叶深深看着她焦急的神情，心里闪过一丝叹息——孔雀，毕竟还是在意她们曾经的友情的。

所以她微笑着，默然点点头，说："我知道了。"

"不，你不知道！"孔雀脱口而出，眼圈顿时红了，"她还让我探你的口风，最好能偷取你的设计！我当时不肯，她告诉我说，没关系的，因为你马上就要身败名裂，从此彻底被逐出设计界了！"

叶深深咬住下唇，深吸一口气，望着面前曾经的好友，心口涌动着感动与厌弃，自己也难以解释的复杂情感。许久，她才低声说："可是，你当时并没有告诉我。"

"是……是的。路微帮我哥找到了导师，只要文化课及格，我哥就能被录取了……"孔雀说着，眼中浮上来的泪终于越来越重，最后不受控制地滴落下来，"深深，路董虽然一直针对你，可她待我却很好……我现在是青鸟的设计副总监，她给了我很不错的待遇，甚至还为了我，带人去警告过我家里人。所以我父母也对我承诺，只要我哥考上了研究生，我每个月稍微资助他一些，以后家里也不再那样逼迫我了……"

叶深深没想到，她印象中一直刻薄傲慢的路微，居然也会这样帮孔雀，一时心中百感交集，也不知道该说什么。

孔雀见她不说话，只能慢慢放开叶深深的手，捂住自己的脸，哽咽着说："我知道，她可能是觉得我还有利用的价值，也可能是觉得我背叛了你站在她那边，让她有成就感……可我真的没办法，我得站在她那边，我的人生……只有这样的选择，才是最好的。"

"是啊，要是我，我可能也会这样选择。"叶深深低低地说着，抬手将她捂着眼睛的双手拉下，轻叹了一口气，凝视着她，"只要你过得好就行了，孔雀……很抱歉，我和宋宋，不能帮你脱离苦难。"

孔雀眼中的泪簌簌流下，身体颤抖不已，到最后她的双腿都无力支撑自己了，抱着自己的包慢慢地蹲了下来，竭力地挤出几句话："我偷了你的设计，深深……我把你的设计偷拍了，传给路微了……"

"是吗？那也没什么，反正我也骗了你。"叶深深蹲下来，在她耳边含糊地说。

而哭得战栗的孔雀，显然没有理解她的意思，她依然还在喃喃地说，"我还套取了你的话，把你们这一季的设计理念给用了……"

叶深深轻描淡写地说："没事的，反正全世界都在用。"

"你不怪我吗？深深……你真的不怪我吗？"孔雀抱着自己的膝盖，睁着一双没有焦距的泪眼问她。

叶深深摇摇头，然后抬起手按住她的后脑勺，轻轻以额头与她相碰。就像当初三年时光里，她们曾经无数次相依偎时一样，两个人温暖的皮肤亲密碰触。

"好啦，我知道了。无论如何，无论你做过什么，我都会原谅你的，放心吧。"

孔雀抽泣着，勉强点点头。

叶深深站起身，说："我现在要去参加终审了，等我结束评审之后，我们再见面吧。宋宋这几天也在，大家可以聚一聚。"

"深深……"孔雀猛地抬手抓住她的手腕，仰头看她。她头发散乱，眼睛通红，拼命地朝她摇头："不要去，深深……不要去！"

叶深深低头看她，感觉到孔雀的手抓得那么紧，几乎要痉挛般的力量，这让她的心中，又生起一种绝望的感伤，感觉到了孔雀最后留给自己的一点善意。

她轻轻问："为什么啊？为什么我不能去参加终审？"

"因为……因为……"孔雀的声音颤抖如被扯碎的破布，压根儿出不了喉咙，她只是拼命地摇头，继续说，"不要去，深深……"

"为什么路微断定我在这次终审后会身败名裂呢？为什么她觉得我会从此被逐出设

计界，永远也不可能翻身了呢？"叶深深声音平静，凝视着孔雀，神情淡定得仿佛在说别人的事情。

孔雀却无法说出口，她只是摇头，歇斯底里地说："深深，为了你自己，真的，你听我一句话，不要参加这个终审……"

"因为，我的设计是抄袭别人的，和别人的设计一模一样，对吗？"叶深深认真地盯着孔雀，仿佛要盯到她的瞳孔里去，"而你不能说，因为你希望路微凭借着从我这边抄袭的东西，赢得这场比赛，这样的话，你以后就能脱离苦海，从此过上幸福的生活。但你又不想看着我就此背上无法洗去的罪名，坠入深渊，再也无法在设计界待下去。所以你阻拦我，希望我赶不上这场终审，虽然失去机会，但总算能保住名声，不至于就此万劫不复，对吗？"

孔雀没想到她早已洞悉了一切，而且还能这样平静地将一切内幕诡计对自己说出，顿时彻底呆住了。

她怔怔地蹲在叶深深面前，仰头看着她，连呼吸都几乎停住了。

"谢谢你，孔雀，我知道你还记得我们的过往，你并没有抛弃我们的过往……你的心里，始终还记得我们，叶深深，钱宋宋，还有孔雀……我们是设计学院三人组——这就够了。"叶深深伸出手，紧紧握住她的手腕将她拉起来，帮她拨开脸颊上散乱的头发，轻声说，"至少，我们曾经是世界上最好的朋友。"

她后退一步，向着孔雀笑一笑，转身向着酒店大门走去。

孔雀在她的身后看着她离去，在她即将进门的时候，终于喊了出来："深深，你真的……不肯放弃吗？"

叶深深停下脚步，回头看了她一眼。孔雀清楚地看到，她的脸上扬起笑容，浅浅的，却坚定："放心吧，孔雀。我相信这个世界上，真与假，美与丑，善与恶，最终都会明明白白地呈现在所有人面前，没人可以歪曲。"

第七章

巴斯蒂安先生

叶深深找到酒店的大厅时，方圣杰新设计的秀已经结束。

模特们在临时搭建的后台修整，将所有换下的衣服打包封存。沈暨正靠在箱子上填写地址，抬头看见叶深深来了，抬手朝她打了个招呼，说："这些衣服都要送到安诺特总部去的，他们那边还要再进行一场秀，所以这边事情一结束，圣杰就要前往巴黎了。"

叶深深看着他写下的优美法文，想了想后，有点惊喜地问："这么说的意思就是……"

"对，圣杰已经通过了初审，现在只剩下总部那边还有几个高层要再度进行审查，毕竟安诺特集团要注资一个品牌还是比较慎重的。当然圣杰以后的麻烦事也多了，再也没有这么自由了。"他说着，又朝她眨眨眼，笑道，"不过，对于工作室的成员们来说，绝对是好事。"

叶深深看着他明显带有调侃的笑意，只能低头笑笑，说："那还不一定呢，也不知道我能不能最后留在工作室。"

"别担心，深深。"他将手中的单子写完，贴在箱子上，然后丢开笔，笑着揉揉她的头发，"你的才华有目共睹，无论到了哪里，你都不必担心。"

叶深深点点头，正想说什么，后面已经传来一声轻微的冷笑，说："可惜，鹿死谁手，尚未可知呢。"

她回头一看，正是路微。她手中拎着装自己衣服的箱子，唇角微微一丝冷笑："还没开始评比，就一副胜券在握的模样，待会儿输了的时候，就会显得越发可怜呢。"

叶深深笑了笑，说："是呀，现在越是扬扬自得高高在上，可能越会被人撕下不可一世的面具，露出不可见人的卑怯内幕。"

沈暨见两人针锋相对，路微从不知收敛，叶深深也不再怯弱，于是场面充满了一触即发的火药味。他无奈，在旁边开口说："好啦，深深、路微，最终评审快要开始了，你们不先去准备吗？"

"准备呀，毕竟我的前途可比有些摆地摊出身的要宽广很多，更应该抓紧时间准备。"路微笑得更森冷，她昂起头，在走过叶深深身边时，用低得只能她俩听见的声音，轻声问，"你以为，自己可以凭借那条浅绿色的裙子，获得留在工作室的资格？"

叶深深转头看她，假装若无其事地说："如果你真的不在意的话，就不会去打听我最后拿出的是什么裙子。"

路微呵呵冷笑着，一脸嘲讽的模样："还需要打听吗？谁不知道你给季铃设计的礼服？浅绿色的曳地长裙，胸口和腰间装饰白色立体花，下垂的腰带垂在小腹前，对吗？"

叶深深脸上神情平静，望着她，脸上还带着笑意："路大小姐打听得很仔细嘛。"

"不仅如此，我还知道一件事。"她带着胜利者的笑意，将自己手中的箱子放在旁边的桌子上，然后转身盯着叶深深，提高了音量，"叶深深，我记得，你曾经有一次在机场指责我，说我是小偷、强盗，抢了别人的东西据为己有，对吗？"

叶深深点点头，说："我说的，都是实话。"

"然而，今天所有人都会看到，其实你，叶深深，才是真正的小偷、强盗、可耻的剽窃者。"

她涂了樱花色唇膏的双唇，一字一顿地吐出这句话，让周围所有人都安静了下来。

正在整理自己作品的熊萌和魏华、方遥远三人面面相觑。正对着模特们说话的陈连依也转头看向这里，不知道这两人为什么在即将进行终审的时候，说这样的话。

叶深深却仿佛听不懂一般，只微笑着环顾四周，对所有人说道："好啊，大家都听到了吗？路微认为我是小偷，然而，我却认为，胡乱诬陷别人是小偷的人，或许自己才是做贼心虚吧。"

"哼，有本事，你待会儿不要哭着从这里跑出去！"

见工作室中两个人吵得这么难看，模特和工作人员都悄悄交头接耳，开始窃窃私语。

陈连依生气地走到她们中间，说道："深深、路微，你们毕竟是工作室的成员，都给我安静点！"

"对不起，陈姐。"叶深深长出了一口气，将目光从路微身上移开。

她觉得自己心中的抑郁烦躁，无论如何也无法平息。

或许，是孔雀的眼泪让她心乱如麻，或许，是苦苦忍了这么久现在终于爆发，或许，是她现在确实变了，不再是当初那个安静怯懦的叶深深。

路微扬起下巴，还不肯罢休："陈姐，我有个要求。"

陈连依没好气地看了她一眼："说吧。"

"无论待会儿我们拿出来的衣服是什么样的，无论大家看到了是惊讶还是奇怪，我希望，大家都不要说出来。"路微冷笑着，目光落在叶深深手中的盒子上，"反正是什么衣服，都要穿上走出去展示给所有人看，要丢脸就丢大点，千万不要中途而废！"

"好啊，我赞成。"叶深深若无其事地打开自己的衣服盒子，将裙子递给沈暨指定的模特，"恐怕成为笑话的衣服，不是出自我的手。"

路微翻了个白眼，目光扫过那件叠好的浅绿色带白色立体花的裙子，唇角露出讥讽的笑容，然后也将自己的衣服盒子打开，递给走到自己身边的模特。

叶深深当然也看到了黑色渐变为白色的裙子，上面是极美的流动渐变花纹。

沈暨对陈连依点点头，等确定五个实习生都将手中的衣服交到模特手中之后，他示意大家离开后台，前往台上向各位评委致意，然后各自站在台侧，等待评委们评定最后的结果。

前排的评委席上，正中间坐着的正是努曼先生。他左边的人，依次是顾成殊、《ONE》主编宋瑜、郁霏、卢思侠、方圣杰等，而右边是几个陌生面孔，显然是安诺特集团本次过来的评审。

方圣杰的春夏时装秀评审是他们的工作，如今已经结束，大家都十分轻松。实习生们的评审，只是大家在工作结束后的余兴节目，甚至有人已经开始商议晚上去哪儿玩了。

方圣杰拍拍掌示意大家都安静下来，然后才对五个实习生说道："这次服装展示顺序，是抽签决定前后的，而且，在展示的时候，没有人知道哪件衣服属于谁。而且，大部分评委也都不认识你们，所以这回的公正性，是可以肯定的，你们有什么意见吗？"

五个实习生一起摇头，表示没有意见。

"你们来了工作室快半年了，平时所做的一切，我和工作室的所有人都看在眼里，记在心上。无论今天的结果怎么样，最终留下来的人是谁，我都会祝福你们。"方圣杰的目光，在他们五人身上一一转过，最后定在叶深深的身上，看了她许久，才令人难以察觉地叹了一口气，说，"留下的，希望你们能坚持像之前一样努力，离开的，希望你们有更好的未来。我只说这么多，请大家不要辜负了自己这半年的努力。"

五人向着方圣杰一起鞠躬道谢："谢谢老师。"

"其实，看到你们的时候，我总是想起我和你们差不多大的时候，我一直很想和你们说的事情。那时我和你们一样，刚刚从设计学院毕业，却没有那么好的运气找到指点自己的人，唯有每天窝在一个小房间里不眠不休地自己对着时尚杂志摸索出路，平均每天都要画十几张设计图。有一段时间我的手经常抽搐剧痛，去看医生，说是我每天用手太频繁了，软组织发炎。可我还要画，怎么办呢？我准备了一袋冰块，在我觉得自己的手过热的时候，就把冰块垫在手肘处，用来降温——当然你们千万不要学习，因为后来我因此得了关节炎。"

可能是人逢喜事精神爽，平时不太对他们说话的方圣杰，今天居然说了挺长一段话，而且还有调侃，让大家都不由得笑了出来。

"努力还是有回报的，因为那段时间之后，我遇到了愿意接收我的巴斯蒂安先生。我一生中最好的时候，是在巴斯蒂安先生身边打杂的时候。那时候我觉得全世界都在羡慕我，因为我能得到巴斯蒂安先生的亲自指点。"他说到这里，目光转向努曼先生那边，向他致意。

叶深深有点迷惑，不知道说到巴斯蒂安先生的时候，为什么他要看向努曼先生。不过想想可能是因为努曼先生是巴斯蒂安先生身边重要的人，所以可以代为向他致敬吧。

方圣杰继续说："而你们，我必须艳羡地告诉你们，今天负责评审的人，并不是我。今天给你们指点、并决定你们去留的人，是从法国亲自来到这里的巴斯蒂安先生。这不仅是你们，也是我三生有幸，更足以令你们一生都难忘！"

顾成殊将方圣杰所说的话即时翻译成法语，低声向努曼先生说着，所以方圣杰刚刚说完，努曼先生听着顾成殊的话，便微微点了点头。

实习生们顿时都愣住了。迟疑了足有三四秒，熊萌才嗷嗷叫出来："巴斯蒂安先生！我……我……我……我不敢相信！"

就连路微都激动得眼睛亮了一下，这种传奇性的人物，居然到了国内，而且还刚好顺便要给自己的作品做评审，简直就是奇遇。

更不可置信的人，是叶深深。她瞪大眼睛看向那边的评委席，可坐在最中间的明明是努曼先生，而巴斯蒂安先生又在哪里？

方圣杰笑着，抬手向旁边示意，说："有勇气的，赶紧去向巴斯蒂安先生要签名吧，说不定你们这一生能见到他的机会只有这一次了。"

叶深深有点迷迷瞪瞪的，见熊萌和方遥远已经毫不犹豫奔向努曼先生了，她被魏华拉着跟他们走了两步，还有点不明白状态，迟疑着迈不开脚步。

直到走到顾成殊身边，她才听到顾成殊的声音，带着笑意，低声在她耳边响起："惊喜吧？"

"怎么……回事？"她茫然望着努曼先生，迟疑地问。

顾成殊站起身，俯头在她耳边轻声说："因为他全名叫居伊·巴斯蒂安·努曼。早期他的作品习惯署名巴斯蒂安，大家以为他是德国人，这是他的姓。后来他改变了生活方式深居简出，彻底摒弃了媒体，更顺水推舟将巴斯蒂安作为了自己设计时所用的名字。只有他身边亲近熟悉的人，如沈暨，才称呼他为努曼先生。"

叶深深觉得自己心都在颤抖，一种巨大的幸福感和荒诞感让她整个人昏乎乎的，连和努曼先生握手的时候，都有种强烈的不真实感了。

和她一起在塌落的废墟中寻找衣服的人，热心地和她通邮件指点她难题的人，拿着她买的书对她说"你比我当年强"的人，居然就是如今被时尚界称之为"大帝"的巴斯蒂安先生。

这个世界太虚幻了，让叶深深觉得自己脚踩棉花，狠狠咬了自己的舌头好几下，都感觉不到疼痛，以至于她开始严重怀疑起来，自己是不是在做梦呢？

然而努曼——不，巴斯蒂安先生毫无异状，连和她握手的时候，也依然是那张平淡的脸，连平时那种温和的神情都不见了，只敷衍地与她轻握了一下，目光就落在了台上，仿佛他真是不曾与她见过面的巴斯蒂安先生，压根儿不是努曼先生。

叶深深还想跟他说一说什么，好歹讲讲自己的惊喜，然而看他面无表情的样子，也只能默默地捂着自己狂跳的心口走开。

好吧……巴斯蒂安先生，其实，根本对她没有什么特殊的感觉吧。

可能在他的眼里，就是一个平凡的、什么都不懂的、初学设计的小女孩。就像万人拥戴的大明星，在遇见粉丝的时候，偶尔心情好会停下来笑着打个招呼，但随即，对方就会化成面目模糊的路人甲，以后再也不可能留在脑海之中。

叶深深这样想着，又叹了口气，敲了敲自己的脑袋。

想什么呢？叶深深，难道你还想巴斯蒂安先生握着你的手，跟所有人说这女生我认识，她很努力，大家给她多打几分吧——

人家可是"大帝"，压根儿也不可能做这种事！

在她的胡思乱想之中，台上灯光亮起，实习生们的最终评审开始了。

追光照在第一个出场的模特身上，黑白奶牛纹连体裤登场。叶深深一看就知道，这是熊萌曾提起过的，他设计的黑白连体裤。

沈暨的眼光很好，指定的模特短发，瘦削，上扬的眼角，充满时尚感，穿着这件连体裤相得益彰。

熊萌紧张地握着拳，坐立难安地弓着身子，坐在台下审视自己的衣服。

"还不错，设计感很强，选择的花纹很时尚，整体协调感也很好。"有人这样说。

"可惜，只是一件好看的衣服而已，虽然有点独特，但并不足以给人留下深刻印象。"也有人这样说。

熊萌咬着大拇指，感觉自己的心都在滴血。

布置好了后台事务的沈暨，过来示意所有评委，满分10分，可以出分数了。

最终大家很齐齿地给出了平均6.5的分数，熊萌急得把自己的指甲都咬掉半拉了，转头苦哈哈地看看叶深深和魏华，却发现她们都专注地看着台上，显然指望同样紧张的她们安慰自己是不可能的，只好苦着一张脸，坐立不安地继续看下去。

第二个模特展示的是麂皮套装，激光镂空剪纸花的长袖外套和中裙，花式端庄又严谨，一丝不苟的细节，严格平整的走线。适合任何白领女性的风格，是一件挑不出任何毛病的衣服。

叶深深一看就知道，这应该是魏华的作品，因为这风格和魏华的个性几乎一样，平实而沉静，安稳而大气。

她的分数比熊萌稍多一点，但也多得有限。她和熊萌一样，都觉得自己估计没什么希望了，只能长出了一口气，靠在椅背上，自言自语说："好歹我尽力了。"

在沈暨的示意下，追光变得闪烁，紧跟着第三个模特走出来，展示另一件衣服。跳动的灯光配合着前卫的设计，仿佛泼满油彩的斑斓长裙上，剪出一个个眼睛，随着模特的走动，那些眼睛若隐若现地窥视着面前所有人，显出一种强烈的存在感。

场上所有人都沉默了，等到模特一转身，背后硕大的亮片眼睛让众人又动弹了一下，然后不约而同地给出了极低的分数。

方遥远的脸变得很难看，熊萌则自言自语："不会吧……这个很酷炫啊，我喜欢！"

"在追求酷炫之前，请先彻底地了解结构和制作。连基本功都没有练好，就执意要突出传达自己的理念，只会传递出扭曲的审美，他人欣赏到的，也只会是扭曲的表达。"

方遥远听着评委们的点评，默然低头，一言不发。

闪烁的灯光退去，台上呈现的是一片粼粼水波。

穿着浅绿色曳地长裙的模特，缓缓在波光之中走来。

叶深深长吸了一口气，目光随着穿那件衣服的模特渐渐接近，觉得自己也开始晕眩起来。

这是她的衣服，这是她花费了多少心血，又经历了多少波折，终于设计出来的作品。

旁边的路微，目光也落在她这件裙子上。她像忽然被人踩了一脚的猫，在此时的安静中猛然叫了出来："你……这是你的裙子？"

"是啊，我为季铃设计的裙子。"叶深深一动不动地注视着那件裙子，缓缓地说。

是一件，由柔软的浅绿色闪光丝缎与白色的塔夫绸组合而成的裙子。浅绿色的丝缎中混纺了银色的丝线，行走间就像渐渐沥沥的春雨，似有若无烟雨蒙蒙。有希腊式的细褶，但没有腰带，而白色的塔夫绸簇拥在下摆，不再是点缀在胸口和腰间的小白花，而是形成硕大丰盈的花朵裙裾，在迷蒙春雨之中，一朵一朵向上绽放，完美昭示出摇曳在春日烟岚之中的蓬勃生机。

灯光渐渐暗下去，银色与浅绿色的闪光丝缎，幽幽反射着仅剩的灯光，迷蒙中光华幽暗，白色的塔夫绸却显得越发皎洁明亮，大朵的花盛开在裙裾之上，雨丝越暗，花朵越盛，模特就像从密林幽境中款款走来，令所有人屏息静气，眼睛都无法眨一下，只怕错过这美丽光彩的任何一瞬间变化，都会令自己惋惜。

已经在昨晚彻底查看过这件裙子的顾成殊，在此时的昏暗灯光中，目光落在这件美得令人心动的裙子上。反正在黑暗中谁也看不到，所以他任由自己的唇角上扬，露出与往日迥异的明朗笑容。

沈暨的目光，越过水波一样的灯光，落在角落里的叶深深身上。他看不清她的模样，但只看着她的轮廓，他也不由自主地微笑起来。

熊萌呆呆地坐在那里，看着台上，喃喃自语："我居然还妄想着要和深深竞争……实在是太自不量力了……"

郁霏瞪大眼睛，不由自主地回头去看路微，黑暗之中她找不到路微的身影，更不明白什么时候季铃的裙子变成了这样的一件礼服裙——诚然，就在昨天，叶深深还亲口对她说过，绿色曳地长裙，装饰白色立体花朵，希腊式褶皱……

可该死的，这些元素重叠在一起，出来的却不是她曾经看过的那张设计图，更不是季铃工作室修改后的那个设计！

坐在前方的郁霏被台上的灯光隐约照亮，所以她一回头，路微就看清了她的神情。这种无法掩饰的恼怒与愤恨，令她的心里也升起了混杂着愤怒的震惊。

——切不是都应该按照那张设计图来的吗？

季铃工作室不是下狠心要和她们一起毁掉叶深深，用以炒作季铃的时尚资源吗？

就在昨天，路微还看到她们发给媒体的通稿，号称新锐设计师给季铃设计了一件绿色希腊式曳地长裙，白色立体花朵绝妙美丽，一切静待慈善晚宴当晚揭晓……

然而，同样的元素，同样的料子，怎么一夜之间，变成了这样？

屏息静气的场上，所有人的目光盯在那件裙子上，却各怀心腹，极端复杂。

走到临时搭建的T台最前端之后，模特轻巧地转身，背对着众人准备走回去。

就在她一扯裙裾，优雅转身之时，塔夫绸的繁盛花朵，忽然之间全部散落。大朵大朵发着幽光的花朵，在黑暗中的坠落尤其明显，让模特都情不自禁地吓了一跳。

在众人的低呼声中，叶深深惊得反射性站了起来。

模特很专业，迅速收敛住自己的失态，转身向着里面走去。

然而，花朵的坠落仅仅只是开始，随着白色塔夫绸花朵的脱落，丝缎上绽开的线头迅速地向上缩去，然后整件裙摆迅速散开，整件衣服就在众人的注视下，完全地，彻底地毁坏掉了。

春雨繁花，却只有片刻的美好，只走得十几步，便消弭成零落的布条，悬挂在模特身上，让她只能狼狈不堪地拢住衣服，跑着下了台。

下面的评委们立即交头接耳低声议论。

叶深深脸色苍白，茫然地站在座位前，不知道发生了什么事。

在一片杂乱的低语中，郁霏的声音先柔柔地响了起来："哎呀，这可怎么评定才好呢？这么好看的一件衣服，可是好像设计上有大问题呢。"

宋瑜将自己已经打好的分数撕掉，转头看向中间："巴斯蒂安先生怎么看呢？"

灯光亮起，照亮了全场。

巴斯蒂安先生微微皱眉，显然也从未遇到过这样的事情。

顾成殊的目光盯在那些散落的花朵上，淡淡地说："不知道是谁，在她的衣服上动了手脚。"

"我倒觉得，是设计有问题吧？"郁霏笑吟吟地说。

"不是设计的问题。"巴斯蒂安先生听着顾成殊的翻译，终于开了口，声音缓慢而沉郁，"要达到这样的效果，必须是将裙裾缝纫时的每一条线都很有技巧地剪得只剩那一个点，每一个点的线都连在塔夫绸的花朵之上。这样才能在那一朵花掉落的时候，使所有缝合裙裾的线头绽开，将整件衣服毁于一旦。"

沈暨皱眉道："换而言之，这是必须十分精通裁剪缝纫的人，才能动的手脚，根本不可能是设计出了问题。"

众人一时面面相觑，说不出话来。毕竟，在这样的场合，又要这样精心设计，让叶深深当众失败出丑的人，只能是实习生中的一个，唯一的目的，必定是争夺留下来的名额。

方圣杰的脸色十分难看，他知道实习生为了争夺留下来的名额，肯定会有争斗，却没想到会在这么重要的人面前，闹得这么不可开交。

　　但无论如何，他作为工作室的主人，也只能息事宁人，无奈站起来对众人示意，说道："到底这件裙子是怎么回事，我会回去仔细调查原因，但目前我们的工作，还是作为评审组，给我工作室的几个实习生打分。你们的分数，就代表着他们每一个人的去留，请大家按照自己的想法，给叶深深的设计先打分吧。"

　　卢思侠看着自己和众人撕掉的分数，有点无奈地说："这个真打不了，我从没遇到过这种情况。"

　　郁霏则用笔杆点着自己的鼻子，自言自语："虽然我特别喜欢这件裙子，可是只能穿着走十几步的衣服，到底能不能给分呀？"

　　叶深深站在那里，一动不动，就像是等着审批的犯人。

　　就连路微的心也提到了嗓子眼儿，没空再嘲讽她了。

　　熊萌也忘记了咬手指，他伸长脖子，似乎这样就能看到每个人打的分数似的。而前面所有人都在静默，最后，巴斯蒂安先生先出示了自己的分数，展现在沈暨面前。

　　沈暨看着那个分数，不可置信，又看向叶深深，许久，才艰难地念了出来："0分。"

　　叶深深只觉得心猛地一沉，就像被人揪住头发，直接按在了冰水中一般，从头顶开始，哗啦一下，沿着脊椎一直冰下去，直到全身僵硬，连手指尖都无法动弹。

　　她听到旁边路微"咕"的一声冷笑，不，或许是开怀的笑，又或许，是嘲讽的笑。不过无论是什么，都是志得意满的笑。

　　看到可以一票决定结果的巴斯蒂安先生已经率先给出了结果，如释重负的众人，纷纷在自己的纸上写下分数。

　　叶深深听着沈暨念出一个人一个人的分数，身体摇摇欲坠，在听到方圣杰给她的分数，竟然也是0分时，她终于再也无法站立，茫然跌坐了下去。

　　连一直看着她努力奔波的方老师，最终，也没有体谅她。明知道是有人在衣服上面动手脚，明知道是有人在迫害她，可最终他拿出的态度，居然也是如此冷淡。

　　十个评委，如今已经有三个出示0分。那就是意味着，如果再有一个人给出同样分数，那么即使剩下所有人都给她10分，她的分数也依然不可能超过熊萌和魏华的6分了。

　　沈暨的目光转移到顾成殊手上，停顿了一下。

　　叶深深的胸口剧烈起伏，她拼命想看顾成殊手上的数字，但她看不见，而且，茫茫的黑暗涌上她眼前的视野，让她根本就像是坐在黑暗之中，像被弃入深渊，除了一直下坠，没有任何感觉。

她听到沈暨念出顾成殊的分数——0分。

周围所有乱糟糟的声音都在嗡的一声之后，安静了下来。

由顾成殊亲手审判的死刑，在这一瞬间到来，反倒让她清醒了过来。

他一定是不满意她的。

在这样重要的场合，在决定命运的时刻，她终于还是被人设下圈套，一败涂地。所以，就连顾成殊，也不想再挽救她了，干脆由他自己直接动手，将她的希望击溃。

叶深深抬起手，捂住自己的额头，也捂住自己的眼睛。

知道了最终结局之后，身体的颤抖反而停了下来。眼前的黑暗如同冰雪渐渐消融，世界模糊地重新呈现在她面前，轮廓依然不清晰，却让她确定地感觉到，这不是噩梦，这是真真实实发生的一切。

她并没有哭。她静静地坐在那里，想一想自己这半年多来，遇见顾成殊之后的一切。

因为遇见了他，所以她被青鸟开除，从此彻底与自己稳定而平凡的人生告别。

因为他在星空之下帮她找回那件废掉的衣服，所以她进入方圣杰工作室，开始看见了全新的世界。

因为他撕掉了她抄袭拼凑的网店衣服，强迫她回归正途，她才能成为一个合格的设计师。

因为他安排了沈暨到她身边，才让她迅速地汲取成为一个真正设计师所需要的知识，不顾一切地成长。

因为他以暴风骤雨的力度帮她扫除所有的障碍，带着她一往无前地向最高处出发，所以不管她将要面对的是什么，也毫不畏惧。

因为他举起了"0分"的评审分数，所以她彻底失去了留在方圣杰工作室的希望。

她坐在那里静静地想，为什么我会遇见这样的顾先生呢？就像一个任性的孩子，用最漂亮的积木给她堆起了高高的城堡和美丽的花园，在她因为看到这些令人惊异的美景而惊喜兴奋之时，却只用一根手指头就将一切夷为平地。

叶深深始终还是叶深深，即使她经历了这么多高高低低，坎坎坷坷，一路艰难地跋涉到现在，她依然被打回原形，落回到那个摆地摊、开网店的叶深深所处的位置。

——不，不是那个叶深深了。

她坐在角落之中，握紧自己的双拳，默然地咬紧下唇。

即使她一事无成，再度回到自己出生的地方，可叶深深也不是以前的叶深深了。

这一段旅途，她虽终究没有到达目的地，但她在艰难的跋涉中，磨砺出了锋芒，收获到了成熟。她看到了高处的壮丽风景，以后，即使身处最低谷，她也依然可以仰望着，重新再出发去跋涉——只是，跌回到起点而已，需要她重来一次。

胸口涌动的痛苦与绝望渐渐平息下来。她紧握的手松了又紧，紧了又松，最后指甲嵌入掌心，留下殷红的痕迹，她的呼吸终于平静下来，脸色虽然还依然苍白，但眼睛却活了过来，让她可以看着面前的一切，压抑住差点失控的情绪。

她强迫自己把注意力放在前面还未结束的评审上。给出高分的居然是那几个安诺特集团来的评委。有人与巴斯蒂安先生交谈，似乎在商榷是否公平，但巴斯蒂安先生坚持己见，而太多的0分冲抵掉了他们给出的高分，最终叶深深不满5分，排在倒数第一。

工作室只留一两个人，而其他人的分数都比她高，她知道自己已经注定没有希望。

她竟没有太大的反应，半年来的打拼，在她面前像幻梦一样绽开，对未来的憧憬，如今已经全部烟消云散。到了这最后一刻，所有做过的努力，终究是功亏一篑。

魏华安慰地拉了拉她的手，却被她冰凉的手指吓得一哆嗦，不由自主地扶住她的肩膀。

而叶深深却转头朝她笑了一下，虽然那笑容异常难看，但毕竟还是在笑。只是，全身的僵冻还未化开，她脸色惨白，令人心惊。

第八章
应有的结局

叶深深一败涂地。

路微看着她毫无生气的面容，带着得意的笑容，看向台上。

叶深深已经死得这么惨，其他人根本不是她的对手，如今她作为压轴出场，最后的荣耀，应该属于她。

黑色的抹胸，白色的裙摆，黑白之间是流动的渐变色，绚丽的颜色随着模特每一步的走动，在变幻，在流转，在摇曳。这么美的裙子，就像蝶翼招展，就像蝴蝶的鳞粉在撒落，就像阳光在蝶翅上照耀，令人惊叹的美。

评委们的目光，盯在衣服上，一时陷入安静，没有一个人说话。

路微的唇角，露出难以抑制的笑容。

没错，这是上次孔雀从叶深深那里偷拍来的设计。她如今小心多了，她仔细观察了叶深深的举动，发现她从没有将这系列的设计图给别人看，更没有拿去申请版权，最重要的是，她也不可能用上了——因为她已经要被工作室扫地出门，从此只能凄惨地回她那个网店去了。

本来，季铃工作室要是能搞定叶深深的话多好，让她身败名裂，一辈子背负骂名痛苦地活着。不过现在这样的结果，也还不错，因为无论从哪个方面来看，她都是失败者了。

前面的评委已经开始低声议论，看来，大家对于她这个设计，都十分感兴趣。路微笑得更开心了，她想起那一次在机场，叶深深追着她痛骂，还宣称她会超越自己，成为让自己无法赶上的人——

也不看看自己是什么身份，从哪里爬出来的东西。

身旁的熊萌和方遥远这些没见识的货色，开始发出牙痛般的吸气声。她听到熊萌喃喃地说："我天……这衣服可真不赖啊，太漂亮了。"

当然不赖了，而且，也根本没人能抓得住她的把柄。因为她并不是简单地将叶深深那三幅设计图抄袭过来，而是截取了其中最精华的部分，拼接而成的。这样的话，就算叶深深敢出来指正，那也只是撞设计而已，又不是一模一样的东西，谁敢确定？

路微愉快地想着，瞥了一眼依然呆若木鸡的叶深深，带着胜利的笑容，回头看着台上。模特已经穿着那件漂亮的礼服旋身，走回后台，评委席的人低头，开始打分。

沈暨这回速度非常快，只扫了评委团一眼，便毫不迟疑地说道："路微最终得分——0。"

0。

一文不值的分数。

路微顿时跳了起来，对着沈暨大吼："你算错了吧！"

"并没有。"沈暨示意调亮灯光，在明亮的光芒之下，他平静地展示所有人的分数，"根本不用算，因为所有人给你的分数，都是0。"

"为什么？凭什么？"狂热的血直冲向脑门，路微怒吼出来，"凭什么我这么好的设计，还不如叶深深那条烂裙子？"

"因为叶深深的裙子，是她自己的设计，而你敢说，这是你的设计吗？"方圣杰转过身看着她，犀利地问。

路微状若疯狂，连他是方圣杰都不在乎，直接冲到T台前，对着他质问："这不是我的设计，难道还是叶深深的？"

"不，这是我的。"他冷冷地看着她，示意沈暨。

沈暨向他点头，说："在看到这件衣服的时候，我已经察觉了，所以刚刚拆掉了已经打包好的衣服。"

方圣杰摊开手："那么，请路小姐看看我的设计吧。"

听着他们的对话，路微的心头忽然掠过巨大的恐惧。她不自觉地转头，看向评委们，却只看到压根儿不愿意将目光落在她身上的众人中，唯有郁霏露出讥讽而厌弃的眼神。

郁霏看的仿佛不是她，而是一条人人喊打的落水狗。

虽然还不知道发生了什么，但路微的后背，已经渗出了一片冷汗。

在沈暨的示意下，后台早已准备好的三个模特，穿着三件衣服款款走到前台。

第一件是小黑裙，简洁的裁剪，修身的设计，这么简单的小裙子，却因为胸口制作成惟妙惟肖的蝴蝶形状而顿时气质独特。

第二件是半身裙，上身是白色的丝质衬衫，半裙是墨蓝色蝴蝶形状，蝴蝶的触须正好做成腰带，完美而优雅地箍住细细的腰身上。

第三件是抹胸长裙，几何型黑色抹胸，从腰身开始是渐变色，直到裙裾化为纯白。而在黑与白之间的过渡，却是各种流动着的、长短不一、深浅各异的颜色。只是他选取的颜色要内敛许多，从深紫到浅紫，从深蓝到浅蓝，从深黄到浅黄，不那么轻盈绚丽，却更显沉稳雅致。

路微的脸色，顿时变成死灰。

她抄袭的东西，孔雀从叶深深那里拿来的，究竟是什么？

"现在，你还敢说这是你的设计吗？"方圣杰冷冷地盯着她，将手中的纸张掼到桌上，那张一贯苍白的面容，变得铁青，"你所谓的设计，就是偷取别人设计中最精彩的部分，拼凑成杂乱无章不知所云的东西，然后异想天开地在我这个原作者面前，招摇炫耀？"

"不……不可能！"路微吓得全身颤抖，她仓皇地后退了一步，后背抵上T台边缘，坚硬的板材硌着她的后背，她却仿佛一点感觉都没有，只拼命地摇头，"不可能，我看到的是……看到的是……"

"你在叶深深那里看到的，是圣杰的设计。"在一片死寂之中，沈暨缓缓地说着，打破她所有的幻想，"你设计陷害深深，认为可以将她一举赶出工作室，而她后面的设计也不可能再有人看见了。所以你让深深的好友孔雀接近她，企图从深深那里弄到她'用不着'的设计，希望借此通过终审，顺利留在工作室。然而你和孔雀都没有想到的是，她去见深深的那一天，圣杰刚好将自己的设计交给深深，让她去算面料辅料参数。而你，根本不知道孔雀帮你从深深的包中偷出拍下的设计图，其实属于圣杰，更不知道，圣杰这几件设计，就在一个小时前，刚刚展示在所有评审的面前，并且让大家都记忆深刻。"

"叶深深之前的设计都是手绘图，直到进入工作室实习，才开始学着像我一样，用手写板在电脑上作画，所以她的电脑设计稿布局走线等，与我很像。"方圣杰嘲讽而鄙夷地看着面如死灰的路微，毫不留情地说道，"之前，巴斯蒂安先生曾经将叶深深的作品误认为是我的，而现在，居然是你将我的作品误认为是叶深深的而剽窃走。"

路微的背抵在T台上，瞪大眼睛，拼命在人群中寻找叶深深的身影。

被害了，叶深深，这个混账，一定是她下手害自己……

然而大脑血管突突跳动，令路微视野凌乱，面前的世界不停收缩扭曲，竟看不清任何东西。

当着这么多业内的人，她所有的遮羞布都被扯下，无处可藏，极度的羞愤让她只能哑声大吼："是叶深深陷害我！陷害我！"

"谁敢陷害你？你可是青鸟的大小姐，为所欲为的路董！"方圣杰一点面子都不给她，厉声打断她的话，"在你刚进入工作室的时候，我就知道叶深深那件白色燕尾裙是你搞的鬼，所以一直很防备，不让你看见我的设计，免得被你剽窃。谁知现在你不但搞鬼，还敢当面糊弄到我头上来！"

他抬手一指台上的三件衣服，冷笑道："要不是你抄得那么贪婪，要把我所有灵感胡乱杂糅在一起显摆；要不是我是方圣杰，数月前就将设计图送交给巴斯蒂安先生过目，那我很怀疑，今天我是不是还要被人怀疑是我抄袭了你，像当初的深深一样，被你反泼脏水？"

路微终于明白，自己所做一起都已经无法遁形。她仓皇地捂住脸，失声哀求："方老师，我……我真不知道那是您的作品——是叶深深！叶深深她故意将您的设计拿过来骗我，她害我，让我以为那是她的设计，让我剽窃您的设计……我怎么敢抄袭您的东西？都是她故意陷害我的……"

"不是方老师的，而是叶深深的，就可以据为己有了吗？"

顾成殊终于开了口，声音冷漠而平静，一个完美的旁观者。

路微像是失去了最后一根稻草的溺水者，猛然回头瞪着他，不顾一切地尖叫出来："顾成殊，是你！都是你站在叶深深那边打压我！这一切都是你们设下的圈套，你们一定要把我逼上绝路，看着我死，是不是？"

顾成殊冷淡地端详着她疯狂的模样，声音冰凉得近乎残酷："你误会了，路微。没有人能控制一个成年人的行为，更没有人能逼你去偷窃不属于自己的东西。"

他说的话，永远这么切中肯綮，又绝不留情，让面对他的人，连丝毫辩解的余地都没有。

路微张了张嘴，就像一条蹦上岸的鱼，再怎么挣扎，也是徒劳。

"就是呀，路微，做了这么大的错事，你再抵赖哀求又有什么用呢？反正，你以后在工作室，已经是不受欢迎的人了，还是给自己留点尊严，赶快离开吧。"一个声音柔柔软软地响起，正是郁霏。她睁大一双无辜的眼睛，望着面前的路微，摇头表示无法理解。

路微瞪着她，全身寒凉彻骨。

没有任何人会再站在她的身边，即使是她的同谋。

"说真的，路大小姐，你再闹下去又有什么好处呢？这里坐着的都是业内重要人物。不为你自己想想，好歹也为你家的青鸟想想啊，别闹得太难看了。"郁霏怜惜地站起来，拉着她往外走。路微脚步踉跄，而郁霏却目光清纯，甚至唇角还带着一丝温柔笑意，"走吧，我带你出去。"

在场所有人都没有理会她们，清理掉了路微之后，剩下的几个实习生，在等待着已经明朗的最后结果。

郁霏将路微拉到酒店门口，然后松开她的手，轻轻拍了拍自己的手掌，仿佛怕她身上的气息沾染到自己似的，微笑道："路大小姐，再见了，路上小心。"

路微终于回过神来，她目眦欲裂地瞪着她，不管不顾地站在门口指着郁霏厉声吼出来："是你！是你当时找我说要借刀杀人的，是你暗示叶深深很快就要完蛋了，我可以去偷取她的设计！现在你杀了叶深深了吗？你杀的人是我！"

"你说什么呀？路大小姐你疯了吗，怎么可以这样污蔑人？什么借刀杀人呀？"郁霏的脸上露出错愕又惊慌的神情，捂着胸口睁大一双小鹿一样的眼睛望着她，"就算我要害人，也不会去害叶深深呀！冤有头债有主，顾成殊和我分手之后，企图占据我位置的人可是你。你说，我是比较讨厌叶深深呢，还是讨厌你路微呢？我借刀杀人，杀的第一个应该是谁呢？"

"所以你明明看到了方老师的设计，明明有机会提醒我的，可你却一声不吭！"路微头发散乱，跟疯了一样冲她厉声尖叫，"郁霏，你害我！你骗我，你利用我……总有一天，我会让你后悔的！"

"呵呵，以路大小姐的智商，我不看好哦。"郁霏笑着朝她挥挥手，幅度小得像在拧电灯泡似的，"不过虽然你失败了，可叶深深也败了呀，你们两败俱伤，斗得那么惨，这说明——被上帝眷顾的人，始终是我，对不对？"

路微呆呆地站在那里，脸色铁青，什么反应也无法做到。

郁霏抿嘴一笑，优雅地转身，向着里面走去，脚步轻快得像一只心满意足的猫。

路微不知道自己站了多久，直到酒店门口进出的人，撞到了呆立的她的肩膀，才让她仿佛终于醒来，木然转身，向下走去。

细高跟撑不住散乱的步伐，下台阶的时候，她一个踩空，整个人重重地跌在了台阶下，整个人都扑在了大理石地面上。

她的鞋跟断了，狼狈地站不起来。

她终于再也控制不住自己，连站起来的力气都没有，坐在那里捂着脸，眼泪无法遏制地涌了出来。

结束了，她的设计生涯结束了。

从此之后，她的名声将永远与剽窃者挂钩，而且，她剽窃的是自己的老师、在国内声名显赫的方圣杰，抄袭作品展示在号称大帝的巴斯蒂安先生面前。

从今以后，设计界所有的人，都将永远拒绝她，所有的品牌都将对她关闭大门，全世界所有人，都将嘲笑她，奚落她。她将一蹶不振，永不可能东山再起。

有人走到她的身边，似乎想要走开，但犹豫了一下，又从自己的包里拿出一包纸巾，抽了一张给她。

她用颤抖的手接过纸巾，想要擦眼泪时，一眼看到了对方的鞋子和裙子，又立即将手中纸巾狠狠捏成一团，丢了出去。

叶深深，她有什么资格来同情自己？

叶深深见她还是这么心高气傲，也没说什么，俯下身将纸巾捡起，丢在了旁边的垃圾桶中，一言不发站在她身边，等待着出租车。

路微的鞋跟折断了，无法站起来，她气恨地把鞋子脱掉，扶着柱子起身，死死地瞪着叶深深。

叶深深的脸色也很难看，但好歹是平静的。

路微忽然呵呵笑了出来，问："被所有人抛弃了？一直说要扶持你的顾成殊呢？你没能留在工作室，所以连他也不要你了，连送你回家都懒得做？"

叶深深听着她刻薄的话语，却根本不加理会。

"沈暨呢？你们看起来不是好朋友吗？怎么你现在失败了，只能灰溜溜跟条丧家之犬似的，一个人在这儿打车？"

叶深深听着她话语中的嗤笑声，终于慢慢转头看了她一眼。她开了口，声音缓慢而哑涩："路董，都是失败者，为什么不安心抚慰好你自己的情绪？"

"你才是失败者！我路微怎么会失败？！"见她终于开口说话，路微疯了一样逮着机会尖锐叫道，"我拥有青鸟，我家族的企业在国内时装业排名前十，我才不要待在这个鬼工作室里！我会自己组一个工作室，我设计的衣服依然能畅销全国，无数的人会穿我的衣服！而你呢，叶深深？你一无所有，工作室不要了，你就只能回去摆地摊，开你的破网店去！你才是彻头彻尾的失败者！"

叶深深听着她尖厉的号叫，一声不吭。

"哈哈哈，就凭你，还想嘲笑我是失败者！你，叶深深，你这种卑微的小人物，你凭什么和我相提并论！你现在什么都没有了，你太惨了，我一想到你哭着收拾东西回家，回去一辈子伺候瘫痪的弟弟和极品父亲的可怜样子，我都忍不住要可怜你了！"

她的嘶吼引得众人纷纷侧目，叶深深也终于转过了头，她盯着路微许久，面对着她疯狂的样子，缓缓地说："路微，我真同情你。"

这寥寥几个字，用平淡的语气说出，却在瞬间让路微呆住了。

所有尖刻的话语都卡在了她的喉咙口，再也出不来。

因为她知道，色厉内荏的自己，被叶深深一刀捅到了心口上。

她有什么。青鸟的董事是她，可将来接班的人只会是她的弟弟。她有从叶深深那里抢来的奖项，可那微不足道的国际小奖，将是她人生中唯一的闪光点。她名声败坏，前途断绝，她的一生只能是这样了。

拥有无限可能的人，是叶深深，而不是她。

在这个埋葬了无数前仆后继的设计师的时尚界，光辉的希望和未来，只属于真正有才华的人。无论她怎么争抢，怎么掠夺，她永远不属于这个世界，她永远是被摈弃的尘埃。

她再也发不出任何声音，只能僵直地呆站在叶深深的身边。她耳边一片寂静，唯一能听到声响，就是自己胸口绝望的哀鸣。

那是她的未来永远碎裂的声音。

沈暨从酒店大门出来，向着她们走去。

"路微，我找了这个给你。"他说着，将一双平底短靴放在她的面前。是一双栗色麂皮短靴，和她今天的衣服正搭。

他是听到郁霏嘲笑路微摔断鞋跟之后，找出来的。

路微咬着牙，抬起头看他。

他神情淡淡的，那双比常人要莹润许多的眼睛，温柔地看着她。

她眼中已经被狠狠抹掉的眼泪，似乎又要掉下来了。

沈暨蹲下来帮她将鞋子拉链拉开，她慢慢地搭着他的肩，穿上了这双短靴。

叶深深站在旁边看着那双鞋。是今天发布会用过的鞋子之一，正适合路微的36码，软底，温暖的麂皮。沈暨永远是这么体贴而包容的男人，无论面对的是哪个女生。

所有女生都是他疼惜的对象，所有人都是他的普通朋友。

她忽然觉得自己眼睛热热的。已经决定要深埋在心里的那些东西，又温热地泛出来，涌遍了她的全身。

她沉默地转过头，看见远远开过来的出租车，抬手拦住。

然而，沈暨伸手握住了她的手腕。他示意路微上车，又亲自帮她关上车门，然后拉着叶深深往回走，说："深深，你现在可不能走，你的事情还没有完结呢。"

"可是……可是老师,这是不公平的!"

叶深深和沈暨还没回到大厅之中,已经听到熊萌的声音,带着哀恳与委屈。

方圣杰的声音传来,带着疑问:"你不是最终确定留在工作室了吗?还有什么好质疑的?"

"可深深在工作室所做的事情有目共睹,我们每一个人都可以看到她的努力和才华。如果只因为这一次的评审,就把她所有过往的成绩都彻底抹杀的话,这对她太不公平了!"

叶深深心头泛起一阵感动,她默然走到门边,向内看去。

熊萌激动得脸上都泛起了红晕,染得金黄灿烂的头发配上脸蛋,真跟一只小熊似的。

方圣杰回头看他,笑了出来:"熊萌,我觉得你现在回去庆祝比较好。因为如果你再给深深一次机会的话,很可能你就会被刷下来了。"

熊萌犹豫了一下,然后用力地点头,说:"就算会被刷下来,我也想说,深深才应该是留下来的人!方老师,错过了深深,一定会是您和工作室的损失!"

沈暨侧头看了叶深深一眼,笑着在她耳边轻声道:"这个世界真好,不是吗,深深?"

深深强忍住鼻头的酸意,轻轻点了点头。

方圣杰看着熊萌,若有所思地问:"你不愿意留在工作室?"

"不!我很努力才进入工作室,而且每天一睁开眼,就想着要努力,要留在工作室,要跟着方老师成长为一个合格的设计师——可我知道,深深比我更有资格留在这里!"熊萌急得眼睛都红了,紧紧攥着双拳说,"方老师,您难道不记得了,因为我的失误,导致珠片出了问题,差点让整个工作室重新返工,是深深通宵熬夜,终于将那场风波消弭了!还有那场大暴雨,地下室满是马上要送交的衣服,要不是深深连夜赶过来把所有衣服抢救出来,相信老师您都不知道接下来要怎么办吧?平安夜那天,我和魏华跑出去玩了,也是深深一个人彻夜赶工,独自把一件满铺珠子的裙子给缝好,终于赶交成功……"

"好了,别说了。"方圣杰抬手制止他继续说下去,一脸懊恼,"我知道深深付出很多,她所有的努力我都看在眼里。但那又怎么样?她的分数已经确定,是巴斯蒂安先生亲手出示的,你敢质疑他吗?"

熊萌看看巴斯蒂安先生,又看看方圣杰,一咬牙一跺脚,居然真的冲了过去,用京郊口音的蹩脚英语结结巴巴地说:"巴斯蒂安先生,no! You can't do this to Shenshen! You…you…you have praised her, now…那个, Shenshen is a good designer..."

巴斯蒂安先生根本不知道这个突然冒出来的家伙在说些什么，他从手中的图册上抬起眼，看了熊萌一眼，微微皱起眉。

一直安坐在旁边的顾成殊，看着这只凌乱莽撞的小熊，却难得地笑了出来。他站起来，拖住熊萌的手肘，不由分说将他拉了出去。

等走出门口之后，顾成殊才说："好了，我替深深谢谢你的心意，但你可以回家收拾东西，年后正式到工作室上班了。"

"你凭什么替深深啊？你别以为我不知道你刚刚也给深深打了0分！"小熊完全挣不开他的手掌，只能怒吼，"我还以为你真是深深的朋友呢！落井下石！你英语好你去劝巴斯蒂安先生回心转意啊！"

"巴斯蒂安先生下的决定，没有人可以更改。"顾成殊说着，将他拖到门外，一抬头看见站在那里的叶深深，便向她看了一眼，将熊萌的手放开了。

熊萌抬头看了叶深深一眼，埋头不说话。

叶深深勉强朝他笑一笑，走到他身边，说："小熊，多谢你为我着想，但一切已成定局，我会接受的。"

"可……可是……"

"也没什么啦，其实我还可以回家开网店。你之前不是说自己喜欢一家叫'宋叶的年华'的店吗？其实……那就是我和朋友开的。"她脸上浮起有点僵硬的笑容，对着惊愕抬头的熊萌坦诚，"所有衣服的设计，都是出自我的手，顾先生是出资人，沈暨以前是我们店的打版师，我的好朋友宋宋是店长。"

熊萌惊得都快跳起来了："什么？居然……这太不可思议了！我就说那家店的衣服怎么这么合我心意嘛！原来……原来就是你的店！"

他大惊之下，就连看沈暨的眼神都不一样了："沈暨你居然是打版师？我一直以为你是在圈内混日子的！"

沈暨笑道："其实我还有个身份是超人，千万别告诉别人。"

眼看这两人站在走廊上聊天，已经把话题都歪到外太空了，只有顾成殊还记得正事，上下打量着面色依然不佳的叶深深，说："你还真是承受不住压力，怎么一知道自己失败，就迫不及待地要逃走？"

叶深深默然仰头望着他，赌气又沮丧地说："因为，连我以为可以在最后一刻支撑自己的那个人，都毫不留情地抛弃了我，所以我觉得，我可能无法靠自己的力量，若无其事地面对这个结果。"

"抛弃了你的……"顾成殊微微一笑，那双一贯锐利冷淡的眼睛，此时却盛满了笑意。他俯头贴在她的耳边轻声问，"是指我吗？"

被他这么轻快的语调一重复，叶深深才猛然惊觉这句话居然这么暧昧。她不由得懊恼不已，扭过头盯着另一边，不想看他。

"好啦，现在我只想知道一件事。"顾成殊直起身子，恢复了那种正直严肃的模样，"你那件设计是出了什么问题？"

叶深深站在他面前，脑中明明已经浮现了答案，但呆了足有十来秒，她还是摇了摇头，低声说："我……不知道。"

"你知道的。"顾成殊淡淡说道，"昨晚我去你那边看的时候，一切都还完好无损，而今天早上你带着它过来，直接交到了沈暨手中。所以唯一有可能动手脚的人，是宋宋。"

叶深深用力闭上眼睛，摇了摇头，说："不，宋宋不可能！"

"可能不可能，问一问不就知道了吗？"他盯着她，眼睛一瞬不瞬。

叶深深咬住下唇，艰难地说："可我……不想知道。"

顾成殊慢悠悠地问："怎么可以不知道呢？你觉得宋宋不可能害你，但她确实已经对你下手了。所以就算你不追究，你的心里也永远会存在一个死结，打不开又放不走，这样好吗？"

叶深深用力呼吸着，胸口急剧起伏，却并没有动手。

"还有，以宋宋对于服装一知半解的程度，她怎么可能会那么准确地找到破坏点，造成这么精准完美的破坏呢？"顾成殊好整以暇地垂下眼睫，唇角甚至带着一丝玩味的笑意，"你觉得，这个对缝纫和走线这么熟悉的人，会是谁？"

叶深深用力摇头，喃喃说道："不……我不信……"

"不用信了，深深，稍微想一想就知道，你妈妈迫切希望女儿回家，宋宋也时刻期望你回到店里，而你现在这件服装，她们又觉得有大问题，会让你声名狼藉，彻底完蛋。于是在爱的名义下，你妈妈出主意，宋宋执行，两个人准备动个小小的手脚，把你抄袭的罪证消灭掉的同时，也让你进入方圣杰工作室的梦想破灭，然后，你一定就能乖乖回家了。"

叶深深转头，看着已经走得不剩几个人的评审席，想着那件零落的裙子，神情晦暗地站了许久，才低声说："她们的计划成功了，我如今……真的要回家了。"

顾成殊抬手，轻轻地按在她的头上，他低头凝视着她，那眼中温柔神秘的笑意，让叶深深一时恍惚。

按在她头顶的大手缓缓地顺着她的头发往下轻轻滑落，她看见他微笑的双唇，温柔上扬的弧度："那可不一定。"

叶深深仰头看着他，心口涌动着不安惶感，但又因为他的话而燃起轻微的希冀。她有点紧张地咬咬自己的下唇，轻声说："可是……我没有通过工作室的终审。"

"没有通过又怎么样？我怎么可能会让自己看上的人，随随便便就中断自己的道路，回归到原点呢？"他不容置疑地盯着她，那目光一寸一寸地缓慢下移，仿佛要将她的全身，从额头一直到双脚，都看得清清楚楚，不肯遗漏。

她在他目光的逼视中，不由自主地脸颊发烫，近乎逃避地垂下眼，躲避他的视线。

她听见他开口对她说话，这是她第一次听见他的声音中包含着这么多情绪，愉悦的、惊喜的、欣慰的，甚至惆怅的、黯然的。他说："深深，你一定会成为，令所有人仰望的星辰。光芒万丈，无可匹敌。"

叶深深终于鼓起勇气，与他对视。即使知道自己面对的将是不可妄测的前途，她也依然坚定地说："是的，我会努力的，顾先生。"

"接下来的一段时间，你确实得努力，而且，是得拼命努力。"顾成殊的神情变得轻松起来，他转头看向沈暨，问，"沈暨，你见过学法语最快的人，用了多久？"

"两个月，基本会话。"沈暨笑着指指自己的脸颊，"就是我。"

"哦，那深深可真惨，因为可能连两个月的时间都没有。"顾成殊丢下这一句，示意叶深深跟着他穿过走廊，往前而去。

叶深深莫名其妙，跟在他身后一头雾水地问："什么法语？什么两个月？"

"一个将在法国任职的设计师，不会法语，怎么混得下去？"顾成殊头也不回，径自往前走。

叶深深呆了呆，脚步也不由自主地停了下来。

顾成殊察觉到她跟丢了，转身看她："发什么呆？"

她声音颤抖，连吸气的声音都哆哆嗦嗦的："法国……任职的……设计师？"

顾成殊心情大好，他站在走廊的落地窗前，端详着面前披满了夕阳霞光而一身光华灿烂的叶深深，毫不吝惜自己的笑意："准确地说，是巴斯蒂安先生工作室的设计师。"

仿佛是金色的夕阳眯了双眼，叶深深只觉得眼前的世界，陡然爆发出灿烂的光芒。落地窗外车水马龙的世界，走廊上的地毯和陈设，头顶天花板和灯具，全都在瞬间融化在强光之中，消失无踪。

她被眼前巨大的光芒击中，那不知是否存在的强光仿佛刺激着她的眼睛，让她的眼泪不由自主地落了下来。

眼泪无法遏制，她都忘了去擦拭。

她只看见站在面前的顾成殊，在眼前的光芒之中，他那惯常冷漠的面容，此时却是那么温柔，让她的全身都仿佛浸在了温暖之中，几乎要融化般，沉没在幸福之中。

有人轻轻揉着她头发，笑着说恭喜。她感觉到那种温柔抚慰的触感，就知道是沈暨。

"深深，你知道吗？昨天下午你走后，巴斯蒂安先生在工作室对圣杰提出，自己那边需要一个熟悉各种面料的工作人员，想带你进入他的工作室时，圣杰都快疯掉了！你真应该看看他当时那想哭又哭不出来的表情！"沈暨笑得比往常更为灿烂，他俯身看着她，笑道，"要是我，我也痛不欲生！这么出色的实习生被人抢走了不说，抢走你的人，还是当初他想留却又无法留在他身边的巴斯蒂安先生，多惨啊！"

熊萌在旁边呆呆傻傻地看着他们，此时终于回过神来，瞪大眼睛脱口而出："深深，你……你要成为巴斯蒂安先生的手下了？可是，可是巴斯蒂安先生给你的分数……"

"我想巴斯蒂安先生看到深深的裙子出问题了，肯定很开心。"沈暨笑得特别开心，特别是看着顾成殊时，有种幸灾乐祸的促狭感，"尤其是被迫跟着他打0分的人，多可怜啊！明知道巴斯蒂安先生是趁机将深深据为己有，可还是得跟着他下手！深深，我刚刚看见你那快要崩溃的表情，有多不忍心宣布得分你知道吗？"

叶深深忍不住羞愧地蹲在地上，捂住自己的脸。她脸上的眼泪还没擦干，又笑了出来。

"好啦，深深。"顾成殊俯身向她伸出手，示意她站起来，"巴斯蒂安先生会和你谈一谈去法国的事情，现在他正在房间里等你呢，我们陪你过去。"

叶深深点点头，擦擦自己脸上的泪水，握住他的手腕，慢慢站了起来，声音喑哑地说："好。"

她走过酒店门口的时候，转头看见外面灿烂无比的夕阳，不由自主地转过身，走下了台阶。

沈暨诧异地想要拉住她，但顾成殊却阻止了他。两个人站在台阶上，看着叶深深走入人群之中。

夕阳笼罩着这座古老而现代的城市，热闹的大街上，人来人往，熙熙攘攘。西斜的太阳为每个人的身躯都蒙上了一层灿烂的金光。整个世界明亮通透，美得令人诧异。

她站在来来往往的人潮人海之中，听着这喧哗而热闹的声音。

她甚至看到了有个女孩子穿着她们网店的衣服，走过她的身边。这是她设计的衣服，所以在人群之中格外鲜明，让她一眼就能看见。

她面带着幸福的微笑，在门口来来回回地走着。

过了许久，她终于拿出了手机，给妈妈拨号，那边接起，她却一时什么也说不出来。

她笑着，在金色的夕阳中，在满大街热闹的人群之中，听着妈妈在那边传来的声音，妈妈在询问："深深，你怎么不说话？"

说什么呢？好像有很多很多的话要说，又好像不知到底要说什么。她无声地笑着，望着夕阳，眼泪又漫了上来。

她轻声说："妈妈，妈妈……我要回家了，妈妈。"

回家，为了去往更遥远的地方，为了下一次起飞蓄积更大的力量。

而妈妈惊喜不已，在电话的那头急切地问："你终于要回来了？真的？什么时候？你总算知道要回家了！"

对不起，妈妈，对不起……

她握着电话，仰头望着天空，听着那边传来的声音，却终究无法再对她说出任何话，即使是拒绝的话，即使是欺骗的安慰。

可我不能留在您身边。无论您怎么热切地期待，无论您怎么样和宋宋商量着将我带回去，可我始终得奔向我的未来，奔向那光芒最盛的地方。

第九章
他在打你的主意

叶深深觉得自己好久没有睡得这么沉了。

这半年以来，她第一次在晚上十点之前上床睡觉。她没有画图，也没有整理自己今天的思路。她收好了自己那些长长短短散乱的彩色铅笔，洗了澡之后就爬到床上沉沉睡去，连宋宋什么时候回来的都不知道。

她的梦里一片平静，没有任何紊乱的气息。她一动不动地蜷缩着身体，就像是一朵花收拢着所有花瓣，还在等待开放的状态。就连醒来时，也是自然醒转，躺在床上看着窗外的天空，不自觉便露出笑意。

宋宋一大早起来熬了粥，蒸了一盘叶母托她带来的腊鸡翅和香肠，两个人坐在窗边的餐桌吃早饭，转头看这个城市，雾霭初散，天空澄净。

宋宋说："我还挺喜欢北京的，谁说北京天气不好，我过来的这几天都是大好晴天。"

叶深深点头，笑着说："因为北京喜欢你啊。"

宋宋哈哈笑着，又小心地端详她的神情，迟疑着问："深深，你昨天那个终审……后来怎么样了？"

叶深深知道妈妈肯定已经打电话和宋宋通过气了，告诉她自己要回家的事情，所以她也没有隐瞒，说："裙子出了点问题，我没能留在工作室。"

"怎么会这样啊……"宋宋忐忑地说着，紧张心虚地瞄了她一眼，见她神情平静，才放下心来，问，"那，你准备怎么办？"

叶深深看着她，勉强露出一个笑容："我今天去工作室收拾东西，过几天我们订好票，一起回家吧。"

"啊，真的？"宋宋惊喜地跳了起来，雀跃地抓着她的手，开心不已又有点心虚地望着她，"太好了，深深！跟我回去，我们一起开店，一起做衣服！我们两个人的网店终于要回来了！"

叶深深笑着看她，说："那本来就是我们的店啊。"

"以前是，可现在才不是呢！顾成殊找的那个店长，策划起网店活动来一套一套的，我压根儿插不进手！是，我承认她很强很厉害，网店现在发展得也非常好，上次那'寻找双胞胎衣服'的活动后，我们店里增加了十倍的客流量和销售量——可那又怎么样，我现在除了计算自己能赚多少钱，什么事情都没有！"

叶深深看着宋宋懊恼的样子，不由得笑了笑，伸手握住她的手腕拉她坐下来，说："太奇怪了，你以前的理想，不是每天坐着刷网页，数钱数到手抽筋吗？"

"我哪知道理想实现了之后，会是这样的啊？"她趴在桌子上，可怜兮兮又有点紧张地看着她，"不过，我真觉得，你还是回家好。你现在一个人在这里，没有朋友也没有家人，即使被很坏很坏的人欺负伤害，你也没办法反抗……可你是我最好的朋友，我不能不管你，就算有些事，以后你觉得我做得不对，但我还是想告诉你，有些人，真的彻底断绝关系比较好！"

叶深深低头用勺子搅着粥，默默地问："你说的，是顾先生吗？"

宋宋沉着头，闷声不说话。

叶深深感觉到一种无力虚弱漫上来，宋宋是她最好的朋友，她可以不理会任何人，但这是她仅有的好朋友了，所以她只能勉强打起精神问："我妈妈也是这样担心的吗？"

宋宋惊得手一颤，手中的勺子都差点掉下来。

而叶深深却只是平静地抿起唇，望着她说："所以你们不能让我留在北京，希望我做回那个单纯无知的叶深深，回到你们伸手可及的地方，是吗？"

宋宋再笨也知道她已经知晓了真相，知道那件裙子是自己动的手脚，所以她只能把勺子叮的一声丢回盘子中，不由分说地下定论："深深，说真的，我们是为了你好！"

"为我好，你们真的是为我好吗？"叶深深眼中的泪开始漫出来，再也无法忍耐自己，提高了音量，"宋宋，孔雀走了后，我们只剩下彼此了。我一直认为，朋友就应该站在我的身边，无论面对什么，我们都应该抱在一起，共同扶持，而不是……而不是在我最艰难的时候，你还要给我下绊子，差点让我永远倒在半途上！"

"我为什么给你下绊子？为什么你亲妈和我要一起反对你？你有没有想过自己现在在走的，到底是什么路？我告诉你叶深深，我们是这个世界上唯一关心你的人了，你没资格指责我们！"宋宋怒不可遏地拍着桌子，激动不已，"你现在在这边，被顾成殊控制得死死的。你和我开的店是他的，你住的房子是他的，你这个人也是他的！你是不是疯了？我一想到我的闺蜜居然变成这样，我真恨不得我当初没认识过你！"

叶深深咬紧下唇，倔强地说："别人怎么看、怎么说我不管，可你应该知道，我一直在向着我的梦想前进。"

"梦想？这就是你的梦想？他说要带你来实现理想你就真的跟他来这边，你看看你现在，忙成这样，累成这样，声名狼藉，最终呢？最终你得到什么？你看看郁霏！你看看路微！你是不是看不到自己正在走上和她们一样的那条路？"

看着怒发冲冠的宋宋，叶深深不知该怎么说，她只能摇摇头，说："顾先生并没有这么坏。"

"叶深深，你完蛋了，你知道吗？"宋宋被她这一句话燎到，简直要暴跳起来，"半年前你跟我说，你只要他的钱！那时你还提醒我们，要是有一天你被顾成殊迷惑了或者哄骗了，让我们一定要及时地阻止你！结果现在呢？现在你跟我说这样的话！你说过的话还在我耳边，你看看自己现在和他是什么关系了！"

叶深深不是第一次面对她的暴脾气，但这却是让她感到最难过的一次。她扶着额头，勉强压抑自己眼中漫上来的泪，辩解说："我和顾先生，真的没有什么。"

"没有什么，才怪吧！"宋宋指着她的房间，大声质问，"没有什么他送那么贵的衣服给你？没有什么你把晚上站在门口的我认成是他？没有什么前晚他在电梯口亲你！"

叶深深顿时呆住了，她呼吸都停了许久，才喃喃问："你看到了？"

"我什么都看到了！叶深深，我真替你感到羞耻！枉我还一直支持你，原来你是这么个王八蛋！你的极品事迹足可以上论坛翻一百页了，你知道吗？"宋宋劈头一顿痛骂，简直字字见血，"你在人家婚礼当天抢了别人老公，然后跑来北京跟他同居！你口口声声为了梦想，其实花着他的钱住着他的房穿着他买的衣服！你还……你还背叛了你自己的尊严！你说，你连大师的作品都敢抄袭，你胆子什么时候这么大了？是不是也是顾成殊教唆的？你跟路微有什么区别？"

"你们被路微骗了！"叶深深直接一句话顶回去，对于其他所有一切难以解释的问题全部回避，只举证出无可辩驳的事实，"路微和郁霏联手设计我，让我接下了季铃工作室的衣服，企图让我掉入陷阱。同时也将这个事情透露给我妈妈。这样，如果我中计了，我就成了抄袭大师作品的人，从此在设计界再也待不下去；如果我没中计，我妈也会因为对我伤心失望而阻拦我继续待在北京，无论如何，她们都会得利，达到打倒我的目的！"

宋宋呆了呆，脸上那愤怒的红潮渐渐褪去了："那……那么……"

"我早就觉察了，所以我已经及时修改了设计。然而你没有见过我之前的设计，而我妈没有看见我修改后的设计，你们只凭着大致相似，便认为我最后拿出的依然是抄袭的作品。所以为了保护我的设计道路，你们联手在我的衣服上动了手脚，可其实——你们弄坏的是我最终拿出来的，并非抄袭的作品。"

宋宋张大嘴巴，难以置信地呆望着她。

叶深深叹了口气，将手机拿出来，将那张设计图调出来给她看："看到了吗？两份设计，有相似元素，但绝不相同，你自己看。"

"所以……我们，我们把你自己的作品……毁了？"宋宋怔怔地问。

叶深深点点头，叹了一口气又望着她，轻声说："不过，也没什么，反正我也不会继续待在方圣杰工作室了。"

"路微！那个女人太歹毒了，她一定会遭报应的！"宋宋破口大骂，骂完了才抬头看叶深深，那怒火中烧的眼中，又渐渐蒙上了一层水汽。她扯着叶深深的袖子，声音有点嘶哑，"对不起，深深……我，我居然不相信你，我和那个混蛋孔雀有什么区别……"

眼看一直都火暴脾气从不示弱的宋宋居然眼圈都红了，叶深深也不由得咬住下唇流下眼泪来。

不知怎么的，两个人抱在一起，都哭了出来。

她听到宋宋哽咽着说："老娘十二岁之后就没哭过了……光辉历史还是断送在你手里了……"

"谁叫我们是最好的朋友呢……你不为我为谁？"叶深深紧紧闭上眼睛，抱紧宋宋，眼泪肆意滂沱，无法遏制。

其实她觉得自己和宋宋早就应该哭一场了。在孔雀背叛她们之后，在自己为了梦想离弃了故乡之后，她们早就应该抱头痛哭，把心里梗塞的一切都化成眼泪，而绝不应该堵到现在。

两人抱着哭了一阵，又分开看看彼此，不好意思地笑了一阵，扯着纸巾各自擦脸上的泪痕。

宋宋把碗送到厨房，然后终于想起重要的事情，又跑出来质问她："好吧，就算路微诬陷你，你还有事情没有交代清楚！你跟我说说你和顾成殊的事情！"

叶深深张张嘴，想说什么，却发现自己毫无概念。

顾成殊印在自己额头上的那个吻。

那时的她正在为第二天即将到来的那场艰难战役而忐忑，所以他这个吻，她实在来不及想太多，也不敢想太多，怕自己一旦陷进去，就会触碰到不应该知晓的一切事情。

可如今在宋宋的逼问下，叶深深却不得不去面对这里面更深层次的内容。

为什么呢？平时连一个笑容都吝惜给予别人的顾先生，为什么会忽然对自己做出这么亲密的举动？

而这么一想的话，在之前……父母过来逼迫她回家，希望她为弟弟贡献自己所有价值时，她逃避到那个小酒店中，在昏暗的灯光下对顾成殊哭诉，然后，顾成殊也在忽然之间，拥抱了她。

那时的拥抱和现在的吻，到底是什么意义？

一直奔波在设计的道路上，拼命追求着自己更高更远目标的叶深深，在之前从未认真想过的顾成殊那些一举一动。然而此时，在宋宋吼出这句话的时候，过往的一切忽然全都涌上了她的心头，然后，如同疯狂的潮水，简直连她最后一道意识都要冲垮——

这不是合伙人，不是同伴，甚至不是朋友。

这好像，真的是……

她羞愧又无措地睁大眼睛，茫然地看着宋宋。她嘴巴张了张，想说什么，但又说不出来，她真的不知道自己该说什么。

顾成殊真的是一步一步在开展他的行动吗？从帮她开店，到介入她的人生；从拥抱，到亲吻……她会成为下一个郁霏或者路微吗？如果是真的，她该如何面对？如果不是，她又是不是该释怀？

看着她脸上震惊而惶惑的神情，宋宋不可置信地"哈"了一声，她双手撑在桌上，俯下身直盯着坐在那里的叶深深问："你不要告诉我，你真的不知道他在打你的主意！"

叶深深抬头看她，艰难地从嗓子眼里挤出几个字："不会吧……"

"我的天啊……"宋宋一掌拍在她后脑勺上，"深深，你是白痴啊？！"

叶深深捂着自己的后脑勺，正在茫然无措，结果像是替她解围一般，门铃忽然响了。

她暗暗松了一口气，趁着宋宋去开门，赶紧自发自觉地去厨房洗碗。

"沈暨！"她听到宋宋雀跃的欢呼，似乎已经把想逼问自己的一切都抛到了脑后。

叶深深将那两三个盘碗冲了冲，走出来一看，沈暨正笑着靠在门上和宋宋说话。

宋宋夸张地挥着双手："沈暨，你来得正好，我正在逼问深深和顾成殊的奸情！"

沈暨脸上的笑容不变，目光却略微波动了一下，从宋宋的脸上转到了叶深深的脸上，向她凝神看了一眼，那声音依然是温柔而低沉的："哦，什么奸情啊？"

宋宋回头看着叶深深，说："我怀疑顾成殊在打深深的主意！"

"是吗？有这样的事情？"沈暨笑着将目光从叶深深的身上移开，郑重地对面前的宋宋保证，"你多心了，我想深深与他只是合作伙伴的关系。"

"真的吗？"宋宋虽然对沈暨十分信任，但还是执意追问，"可是顾成殊给她买很贵的衣服哎！这房子也是顾成殊的……"

"当然要买衣服啦，他还给我买过衣服呢。"沈暨一句话就把嫌疑轻飘飘地洗清了，"有时候若是有很好款式的话，他又刚好在那边，就会替我们买一件。"

"啊……这样。"宋宋也不知道自己是松了一口气还是八卦落空的失望，含糊地应了一声，"那房子……"

沈暨的笑容更轻松了："说实话，深深这么好的设计师，如果是我的合伙人，我替她买个房子当员工宿舍都没问题！"

"好……好吧。"宋宋无奈地低下了头，"看来我所有的怀疑都是错误的。"

沈暨笑着揉揉她头发，目光转向叶深深，向她微微而笑。

不知道是不是叶深深心理错觉，总觉得他那温柔的笑容中，眼神却不像往常那样明亮灿烂。

但也只是一瞬间而已，他已经冲着她打了个招呼，一如往常："深深，今天是不是要去工作室把你的东西收拾回来？我刚好要去那边，顺便送你过去，担心你东西太多，一个人拿不方便。"

"啊，好的，我换件衣服马上去。"她进去换衣服，隔着门都可以听到宋宋夸张的赞扬声："哇，沈暨你真是绝世好男人啊！温柔又细心，体贴又关怀，好羡慕深深哦！"

叶深深当然知道宋宋的意思，她摇头苦笑着，翻着自己的衣服。

宋宋怎么会知道，她那段已经永远只能埋藏在心里的，无望的恋慕。

这个世上，没有人会知道，她用了多大的力量控制自己，才终于用无数的时间和拥挤的生活强迫自己，将他从心中硬生生挖出来，将所有恋慕替换成了友情。

或许早在他关切地去地铁里保护孔雀的时候，她就应该懂得。

或许在偷听到他告诉别人，她只是个普通朋友的时候，她就已经悔恨自己的一厢情愿。

或许仅仅是在昨天看到他给路微换鞋的时候，一瞬间恍然大悟。

她是真的曾经喜欢过他，但也是真的不敢再喜欢他。

快要过年了，天气冷冽，晴空透明。

沈暨带着她去工作室，在车上随口问她："准备怎么开始学法语？"

"从零开始呀！"她说着，把拷在自己手机里的软件"从零开始学法语"展示给他看。

沈暨瞥了一眼，笑着说："怎么办？我觉得你这样学有点够呛。"

"要不你先告诉我，你是怎么在两个月内学好法语的？"叶深深望着他。

"那是一个很沉痛的故事，你肯定不会愿意承受的。"他严肃而认真地思索着，许久才皱眉说，"我九岁的时候，我妈把我丢到了一个法国人的家中，暑假两个月。"

叶深深点点头："原来如此。"

"不，不仅如此。本来我打算每天看中文和英语电视混过两个月就算了，然而我在那边遇见了一个比我大三岁的混蛋，每天欺负我。虽然我一看他的表情就知道他是在骂我，但我压根儿不知道他骂我什么，那种感觉真是让人崩溃。所以我一怒之下，没日没夜地蹲在家中看电影、听广播、拉身边人说话、看节目，拼命学法语——最后在我妈回来的前一天，我找那个混蛋大吵了一架，用法语，我赢了。"

叶深深目瞪口呆，喃喃说："你真厉害。"

沈暨自嘲地摇头，说道："其实也是胜之不武，因为我当时虽然法语不好，但是我中文好啊。你知道的，汉语词汇博大精深，光讽刺他长得丑就能搭配出一万种形容词，他怎么可能是我的对手？"

"但毕竟才学了两个月啊！你小时候肯定很聪明。"

沈暨依然笑着，只是神情有些黯淡："不，我现在回想，只觉得自己太蠢了。年少无知时的行为，往往需要以一生作为代价去偿还。"

"不会吧，九岁的时候谁没有和别的孩子吵过架呢？"叶深深一边随口安慰着他，一边哀叹，"估计我是不可能两个月学会了……对了，法语好学吗？"

"还行吧，就是向别人要电话号码够呛，那些数字会折磨死你。"他说着，又笑了出来，之前漫上来的感伤，似乎又被他甩到了脑后，"反正你先学会最简单的口语，把前期对付过去。放心吧，我和成殊会帮你的。"

叶深深握拳，痛下决心："嗯！我一定要努力，有一天要通读我买下的《关于服装的一切》！决不能对不起我买书的那一大笔钱！"

一到工作室，莉莉丝看见沈暨和她一起出现，就神秘兮兮地笑问："沈暨，帮深深来收拾东西呀？"

"对啊，深深的事情，我义不容辞。"沈暨毫不在意她促狭的笑，靠在前台问，

"有纸箱子吗？"

"当然有，我给你找一个。"工作室内各种箱子多的是，沈暨帮她贴好后，上楼和方圣杰打招呼去了。叶深深把自己的水杯、靠枕、整理篮、小摆设等都收进去。她抬头看了看路微的桌子，发现已经空了。

莉莉丝顺着她的目光看过去，立马压低声音，以八卦的口气说："是早上过来收走的！她自己压根儿没脸来，叫别人把她东西收好后，直接全部扔进外面垃圾桶了。"

旁边的熊萌撇撇嘴，说："敢来才怪呢！居然敢抄袭方老师的设计，现在业内都传遍了，青鸟的脸都丢光了！"

叶深深低头默然，她想着孔雀在酒店门口拦住她时，曾经说过的那些话。

她说，路微对她很不错，帮她的哥哥找到导师。甚至，路微已经教训了她的家人，让他们承诺以后再不会那么狠地剥削孔雀……

然而，现在路微是不是将一切都迁怒到孔雀头上了呢？

自己那一念之间所起的念头，容忍并误导孔雀抄袭方圣杰的作品，在揭发了路微的龌龊行径之时，会不会，也改变了孔雀的命运？

她呆呆地想着，心里升起巨大的虚弱感与负罪感。

她所做的事情，是否是对的？

在路微来窃取设计的时候，她是不是应该对孔雀明言那几份设计的来历，点醒她们这可怕的后果？

但，她终究还是苦笑着摇摇头，对自己说，叶深深，你不是早已下定决心，要为了自己的未来而狠下决心吗？难道不知道自己若不奋起反抗，必将死无葬身之地？

若她没有察觉路微与郁霏的陷害，现在，背负骂名黯然离开的人，就是她自己。如今她只不过是给了她们条件，是她们自己选择了那条不应该走的路，致使情势反转而已。

叶深深长出了一口气，对帮自己收拾的同事们微笑致谢。

魏华捧着那盆角堇，问："深深，你的花怎么办呢？要带回家去吗？"

叶深深抬手轻抚过依然开得那么灿烂的角堇，眼前闪过沈暨隔着窗台将花递给她时的笑容，他说，它叫深深花。

像是被他温柔轻唤花朵的神情所迷惑，她在半梦半醒之中，对他说，沈暨，我喜欢你。

然而他顺着楼梯渐渐往下走，对着电话那头的人说，她很好，只是，对我而言，不是特殊的那一个。

叶深深艰难地露出一个笑容。她郑重地将这一小盆花捧给魏华，说："我不带走啦，就算现在能带回住处去，过几天估计也带不回家，所以……送给你吧。"

"好呀，我可喜欢花了！"魏华欢喜地将花拿过去，摆在了桌上最醒目的地方。

叶深深的目光定在那盆花上，许久，拿着杯子给它浇了最后一次水，然后低声说："好好照顾它哦。"

因为，这是她要舍弃的，沈暨对她最好的温柔。

魏华爱不释手地摸着花朵，点头："放心吧，我会的。"

方圣杰亲自下来送叶深深，一看见她就开始夸张地摇头，说："真没想到啊，真没想到，我的工作室真是卧虎藏龙，连实习生都能被巴斯蒂安先生给抢走，心疼死我了！"

叶深深难得看见他这样的神情举动，不由得笑了出来，觉得这个看起来不太好接近的老师一下子就可亲起来了。

熊萌已经扑上去对方圣杰表忠心："别心疼，老师，你还有我！"

方圣杰按住他的头直接推开了："滚！你这三天两头出纰漏的混蛋顶什么用啊！"

在满屋笑声中，沈暨帮叶深深抱起桌上的箱子，对方圣杰笑道："不好意思啦，我要把你的深深带走了，永不奉还。"

方圣杰把脸转向一边："快走快走！"

沈暨笑着低头，看了看箱子中的东西，然后又不着痕迹地转过目光，在魏华桌上的那盆花上一掠而过。

但他什么也没说，抱着她的箱子往外走，也照旧和陈连依、莉莉丝她们打招呼告别，若无其事。

叶深深看见了他的目光，忍了又忍，终究还是忍不住，在出门的时候，低声对他说："魏华挺喜欢那盆花的，我想，你和她也是朋友嘛，这花给我和给她，都是一样的，对吗？"

他的目光落在她的身上，看着她明亮而纯净的眼睛，停了片刻，然后淡淡转开："对，没错，都是一样的。"

只是朋友而已。

可以互相关心，可以互相帮助，然而却永远不会逾越过那条敏感界线的，朋友。

叶深深做了一个英明的决定，在宋宋订票之前，她先打了个电话给顾成殊。

"顾先生，我准备明天和宋宋一起回家，你看行吗？"

其实，叶深深真的只想礼貌性地和他说一下自己回家的事情，她觉得正常人都会回一句"好的，一路平安"之类的话。

然而顾成殊回给她一句："不行。"

硬生生咽下了口中已经准备好的"谢谢顾先生这几个月对我的照顾，再见"，叶深深不可置信地握着自己的手机，一时哑口无言，不知道该怎么回复他这毫无道理的专制。

"你接下来去法国是长期签证，对方走流程中，手续非常繁杂，你得留在这边配合，如果需要回，上海大使馆面签时再说。而且我已经安排好了你接下来一段时间的日程，你没空回家了——哦，春节前一天可以走。"

叶深深嘴角抽搐，问："那么接下来我的日程是？"

"周一到周五上午，法语家教；下午，法语速成班；周末和晚上，我或许能有空去检查你的进度。"

简洁清晰，她确实没有任何时间回家了。

另外那个——"顾先生，你来检查我进度的意思？"

顾成殊停了停，然后说："意思就是，你别出门，乖乖待在家里等我。"

那边的电话已经挂了，叶深深盯着变暗的手机屏幕，不知该如何形容自己的心情。

自从宋宋明确地对她提起顾成殊对她有"特殊想法"这个可能性之后，她现在仿佛像是打开了全新的世界。如果是三天前，顾成殊对她说出这样的话，她肯定啥想法都没有就点头答应了。

可现在……虽然她还是得答应，但是她心里有了想法。

就是那种，难以言喻的，五味杂陈的，乱七八糟的，理不清头绪的，一头雾水又有点踊跃期待的想法。

不！没有期待！

叶深深及时地清醒过来，努力把这个不良念头给硬挤出去。

同伴、合伙人、承诺方，好吗？

对方的女友不是郁霏那样的，就是路微那样的，好吗？

黑历史渣男是绝对不可以碰的，不然死无葬身之地，好吗？

所以，宋宋走的时候，无比痛心又无比哀怨。

叶深深将自己法语班的课程表给她看，露出比她还痛心还哀怨的神情："宋宋，你看啊，我前段时间真的昏了头，买了法语书还报了法语班，我花了多少钱你知道吗？我本来真的想和你一起走的，可我去问了才知道，这个钱，没法退啊……"

宋宋看了看她的课程表和学习证，再去搜索了一下那个学校的学费，顿时发出类似于牙痛的吸气声："好吧，说真的，你要是放弃的话，我都会心疼得睡不着！"

她送宋宋去机场，机场大巴的电视上，刚好播放着昨晚的慈善晚宴。一个个明星穿着各式礼服，款款走过红毯，面对着镜头争奇斗艳。

季铃在其中不过是二流小明星，走红毯的镜头也只一扫而过。然而在慈善拍卖环节时，全场的镜头，却最终都落在了她的身上。

因为，她身穿着闪光丝缎和塔夫绸制作的礼服，混纺着银线的布料，在幽暗的灯光下，整件裙子就像中世纪的油画一样，发着淡淡的光辉，让所有四处捕捉动态的摄像头，都自然而然地对准了她。

宋宋赶紧用手肘撞了撞叶深深。

叶深深取下耳机，从法语中抬起头，抬头看向屏幕，看着那件从自己手中诞生的礼服。

她身边的两个女生玩着手机，偶尔一抬头看见屏幕上的季铃，随口议论着："哎，这个是季铃吗？"

"对啊，以前电视剧里好像没这么好看。"

"我喜欢这件裙子！好仙啊。"

"是哦，你看她上台了……动起来更好看，身材也好好哦！"

"我赶紧去搜一搜是啥牌子，有没有同款，我将来结婚的时候也要穿这样的裙子！她太有心机了，简直是人群中唯一的亮点啊，我喜欢！"

"哈哈哈……你这个恨嫁的女人！"

两个压低声音的女生在座位上笑成一团，叶深深和宋宋坐在她们的旁边，看着已经切换成广告的屏幕，相视而笑。

宋宋看着她的笑容，忽然叹了口气，问："深深，你会怪我们吗？"

"嗯？"叶深深有点不解地看着她。

"我是说，我们强迫你丢下这边的成就，让你回到平淡寻常的人生……"

"我知道你们是为我好，平淡的人生总是比较安稳，不是吗？"叶深深随意笑了笑，说。

"可……可我又觉得……"

宋宋迟疑着，没有将后面的话说出口。

我觉得，你看着自己设计的作品时，眼中闪烁的那种光芒，是我们和你相处了这么久的时间，也未曾见到的动人光彩。

强迫一只鸟折断自己的羽翼，回到安稳的窝中，虽然一辈子不经历风雨，可再也无法俯瞰这个世界的风景，这样，究竟好不好呢？

叶深深伸手揽住她的肩，说："放心吧，无论如何，我知道自己该走什么样的路。"

宋宋走后，叶深深一个人站在机场外，看着起落的飞机。

耳机里还在播放着法语教程，au revoir，再见。

再见。

告别自己舍不得的，告别自己必须要舍得的。放开那些自己已经拥有的，为了心中最终的企盼。

因为知道回家后必定有一场艰难的战役，所以叶深深直接将自己沉到了忙碌之中，免得去考虑太多。

如果在上个月跟叶深深说，像她这样一个英语四级都低空飞过的人，要挑战法语，而且还是在短短几个月内，她肯定会认为，不是她疯了，就是这个世界疯了。

然而，事到如今，她还是义无反顾地疯了。

即使家教老师对于她两三个月内学好法语的决心露出微妙的笑容，即使法语班的学生们上课时趴倒一片，即使晚上睡觉时总是听着翻来覆去的对话而连梦都变得混乱，但周末的时候顾成殊过来，她真的已经可以说几句普通对话了。

"也在努力学文字，免得到时候同事给我留个便笺都看不懂。"叶深深烦恼地说，"但这个真的太难了，只能打持久战，先学好简单的常用字吧。"

顾成殊看看她的状态，又问："那么，网店的事情呢？"

"啊？"她有点诧异。

"店里的每周上新呢？"他问。

"别跟我说这么残忍的事情……"叶深深痛苦地捂住脸。

"再残忍也是你的事，是你自己当初信誓旦旦地说，一定会兼顾好的，不会出问题。"顾成殊严肃地瞧着她，"说出的承诺，不允许反悔。"

"是……我知道。"她痛苦地塞上耳机，打开电脑。

过了十分钟，叶深深趴在了电脑前，泪流满面："画不出来啊，我现在大脑里全都是法语拼音，一点灵感也没有！"

即使翻出了之前涂鸦的手稿，可是也完全做不出细节，完全没有灵感。

叶深深平生第一次，对着自己的设计图目瞪口呆了。

她将自己的设计画了又改，改了又画，最终烦躁地将它们全部扫除到了回收站中。

顾成殊坐在沙发上冷眼旁观，喝完了手中的半瓶水，然后下结论："叶深深，你别挣扎了。"

叶深深趴在电脑前，像条死鱼，但心里还在挣扎着。

"我觉得，你目前最重要的事情，是给店里找设计师。"

"可这是我们的店啊！现在孔雀走了，店长是别人了，打版师是别人了，要是……要是连设计也是别人了，那就不是宋叶孔雀，不是我们的店了……"

"别天真了。"顾成殊冷冷地打断她的话，"宋叶孔雀早已被淘汰了，沈暨功成身退，宋宋也应该让更合适的人来管理这个店。你以为一成不变是为这个店好吗？一成不变的东西，全都已经被时光埋葬掉了。"

叶深深张张口，终于还是嗫嚅道："可……可如果连设计风格都变化了……"

"几乎所有的大牌，几十年来都换过设计师，也都不可能只有一个设计师，他们必然是一个团队，不然，一个人会生病、会忙碌、会缺乏灵感，如何能始终源源不断保持自己的产出，撑起一个品牌？"顾成殊站起身，看了看她面前屏幕上凌乱的线条、混乱的廓形，"当然，还有些设计师牌子，固执地不肯变化，于是随着设计师退休或者死亡，永远消失在了历史之中。"

叶深深默然低头，只有右手茫然握着鼠标。

"巴斯蒂安先生去年一年几乎都没有作品，然而他掌控的三个品牌——两个安诺特集团委托他担任设计总监的大牌，一个他自己的独立品牌，依然是世界上极赚钱的奢侈品牌之一，所有的衣服也依然是他的风格，就像诞生自他的手一般。因为他能顺利掌控一个团队，并且将这一个团队的风格，归集提炼出属于自己的东西。"他微微俯身，正对着她仰望自己的眼睛，清楚明晰地说，"这也是我希望你在他身边学到的。深深，你不缺乏灵感，不缺乏才华，而且我坚信随着你的成长，这些都能更加显著，你会更得心应手。然而在更远的未来，我希望你留下的，不仅仅是一个天才的设计师的名号，你还能留下更加令人惊叹的东西，比如说，国内第一个在世界上有巨大影响力的品牌。像法国有Hermès，英国有Burberry，意大利有Valentino，日本有三宅一生，连黎巴嫩都有Elie Saab，而中国呢，将来会出现一个品牌——你可以在心情好的时候，认真想一想它叫什么。"

叶深深觉得这个前景简直太宏大了，宏大到不可思议的程度，让她望着顾成殊的眼睛，像是被里面那些光芒吸引住了，无法移开，也无法发出任何声音。

她脑中不停地响着一个声音——真的，可能吗？

假如她只是一条毛毛虫，有一天顾成殊教她结了一个茧，告诉她你努力破茧就能变成一只蝴蝶。结果她飞出来的时候，发现自己成为一只世界上最美丽的光明女神闪蝶——

真的有这种可能吗？

"当然，我只是提出一个可能性，一切，都还要看你自身能发展到什么程度，能力是否能与野心匹配。"他当然看到了她眼中的疑惑与欣喜，直起身子，若无其事地又说，"但即使你是这样的天才，这个目标，仅靠你一个人没日没夜地努力，也是无法实现的。所以深深，我会给店里配置几个设计师，而你接下来，还要学会如何掌控他们的个人设计，将其统纳到自己的风格之下。时间紧迫，任务繁重，你自己努力吧。"

如此"伟光正"的总结语一出，叶深深立即自觉点头，乖乖地说："是。"

她在心里悲凉又无奈地想，我确实无法反抗顾成殊。

谁叫顾先生，永远站在她不曾想象的高处圣堂，指引着她前往。

顾成殊走到门口，准备帮她带上门时，又回头看了她一眼。

她端坐在桌前，认真地戴着耳机，仔细地按照教材上的内容，一边默念着，一边在抄写单词，看起来，就像是个刚上学的小朋友，认真到几乎虔诚的态度。

他望着她日渐瘦削的肩背，在离开母亲和自己熟悉的小城之后，她一路跌跌撞撞奔波煎熬，遇到那么多的艰辛，他都在旁边一一目睹。而接下来，她又要开始新的奔波，新的历程。她对自己即将面临的前途一无所知，却以最大的勇气投入其中，奋不顾身。

不由自主地，他靠在门上唤她："深深。"

"嗯？"她回过头，取下自己一边耳机。

他望着她明亮深黑的眼睛，以自己也不明白的心情停了一会儿，才说："别担心，即使你做得不好也没关系，就当只是去镀金的。回来后，会有大好前程在等你，因为我会帮你。"

他难得说出这么柔软暖和的话，这让叶深深不由自主地深吸了一口气，来压抑眼中那些涌上来的泪。那些堵塞在胸口好久好久也没人察觉的恐慌与不安，在这一刻忽然全部消弭散尽，因为他说，我会帮你。

她望着他，脸上一点一点绽放开笑容，她用力地点头，声音低哑地说："嗯，我知道。"

顾成殊点了一下头，听到她又说："不过我还是会竭尽全力的，我会让巴斯蒂安先生知道，带我去巴黎是多么正确的决定。"

他终于笑了出来，眼中含满如同春日的温柔光辉，轻声说："加油吧，傻瓜。"

漫天烟花中

除夕当天，叶深深回到故乡。

宋宋带着店里的新打版师程成过来接机，帮她把沉重的行李搬上车，问她："你要回家还是要先到店里？"

叶深深诧异地说："当然回家呀。"

宋宋用复杂的眼神看着她，说："可是深深，阿姨已经把那个小房子卖掉了，现在她跟你爸住一起。"

叶深深不可置信，声音一下子颤抖起来："她没有跟我提过！"

"是我劝她先不要跟你说的，我知道你那么忙，事情那么多，再来这些烦心事，你肯定会被压垮的。"而且，说不定知道自己回家后面临的局面，她可能都不愿意回来了。

叶深深只觉得两侧太阳穴突突地跳动，让她不得不用力按住才平息下那种剧烈的痛："所以，我妈是卖了房子，让我爸拿去还钱了？"

"是啊，你也知道，阿姨现在住在那边，天天被人堵门，也不是办法……"

那她在卖掉房子的时候，有没有想过，买那房子有一半的钱，是自己放弃署名将设计卖给了路微后，才拿到手的呢？

叶深深攥着自己的裙子，竭力抑制自己颤抖的手。

宋宋搂住她的肩，安慰她说："深深，要是你舍不得的话，我们把你家重新买回来算了。"

叶深深转头，迷惘地看着她。

"其实现在店里挺有钱的，虽然我们才开了半年，但去年销量也进入了全网站前五百呢！而且现在到了年底，我们都有一大笔分红。甚至你爸那批布做的衣服，现在销量也非常好，人家想仿冒都找不到布料，也有好处呢。所以店里流动资金足够了，到时候我们加点钱把那个小房子买下来是分分钟的事情呀！"

叶深深默然咬住下唇，许久才缓缓摇头，说："不，不要了。"

宋宋诧异地看着她。

"没有了，就是没有了，就算重新买回来了，可里面没有我妈妈了，就不是我的家了。"

宋宋看着她倔强忍着眼泪的侧面，思忖着，又小声问："那，你过年去哪儿呢？你爸那里？"

叶深深从牙缝里挤出几个字："还没想好。"

"那还是和我一起住吧，我现在在店里不远的地方租了个房子，江景房，相当不错哦！"宋宋做了个夸张的手势，"有一个房间正好空着，就等着你入住了！"

宋宋如今和叶母是联盟，通风报信的手段当然少不了，所以叶深深刚在宋宋那里放下行李，叶母就过来了。

上一次的分别并不愉快，两人见面时都想起了当时的冲突，互相打了声招呼，也不太自然。

宋宋赶紧拉着她们一起坐在沙发上，连说带笑："阿姨啊，深深是不是漂亮了哦！我觉得大首都的水土就是好，你看看她现在高白瘦的样子，哇，我都好想去那儿住一段时间了！"

"有什么好的……"母亲一看她的模样，顿时眼睛就红了，"瘦成这样，脸色苍白，这算什么样子……"

"妈……"叶深深百感交集，抱住她的胳膊情不自禁地流下眼泪来。

毕竟是相依为命二十年的母女，妈妈拍着她的背，也是红了眼睛，再看看她带回来的大包小包，确定不像是要再回北京的样子，才放心地说："回来就好了，回来就好……"

好容易弥补了那一场争执带来的伤痕，叶深深拿出给妈妈买的新手机，教她使用。宋宋一边指挥着程成给她们削水果，一边给叶深深拿房门钥匙："深深，这个给你。"

"好。"叶深深收了钥匙，母亲神情有点黯然，但终究没有提让她跟自己回家的事情。

四个人围坐在一起吃着水果，程成和宋宋抢最后一块红心火龙果，程成都快吃到嘴巴里了，结果被宋宋一脚蹬在地上，按着他的手把水果硬塞到自己嘴巴里。

叶母笑着看看程成，说："我看宋宋和程成挺好的，两人都爱玩，将来要是结婚肯定热闹。"

叶深深顿时惊得连手中的水果又都掉了。

宋宋的震惊比起叶深深不遑多让："阿姨，我喜欢的是沈暨那样完美万能的帅哥好吧？这家伙一点都不成熟，拿来结婚算次品呀！"

程成理直气壮："哗，次品这个形容词用得好，和你这样洗衣做饭样样要人伺候的废品刚好是一对！"

叶深深不由得和妈妈笑成一堆，看着那两人毫无廉耻地互相揭短，气氛也不知不觉变得融洽起来。

坐了一会儿，妈妈带着她站起身，说："我们到楼下走走吧。"

江边的年关，空气凛冽。常绿的树木站在寒风之中，也显得颓靡。

"回来了就好，以后安心经营你和宋宋的店，我听宋宋说，只要把你爸介绍的那批布给解决掉之后，店里就很好过了。"

叶深深点头，应着："嗯，应该是的。"

叶母又说："等店里资金能周转之后，你就把顾先生的钱还掉，安安心心过自己的日子。"

叶深深知道她是介意自己和顾成殊关系的，甚至，她可能和宋宋一样，怀疑自己和他有见不得人的关系。只是因为疼爱自己的女儿，所以不忍心直接说出来，只想暗地点明自己。

她低低地"嗯"了一声，沉默良久，终于还是忍不住，说："妈妈，你还记得吗？你曾经在北京看过我设计的一件衣服，非常惊讶失望，后来，还让宋宋在评审前一晚破坏掉了我那件样衣。"

叶母听她忽然提起这件事，有点不自在："我担心你误入歧途，从此之后声名狼藉，再也没办法混下去。"

"然而你却不知道，我是被人陷害的。在知道了对方的手段之后，我已经修改了衣服的样式，但你和宋宋却不知道。"

母亲愕然，不可置信地问："你是说……"

"对，是路微和郁霏设下陷阱，让我抄袭了其他衣服样式，但顾先生和我及时发觉，揭发了路微的阴谋，所以工作室也不留她了。"叶深深反问，"妈，你又是从哪里知道我那件设计有问题的？"

叶母呆在那里，悔恨不已，无言以对。

叶深深看她的模样，叹了一口气："还是郁霏和路微吧，而且她们肯定告诉你顾成殊是个特别坏的男人，她们就是例子。"

叶母埋着头，沉默半晌，才说："这件事，郁霏告诉我也担负了很大的后果，所以我本想帮她保密的……"

"真要是有后果的话，她们才不会闲着没事干去找你呢，她们会善心大发阻止我步人后尘？"叶深深不由得笑了，放开自己一直挽着的母亲的手，仰头望着天空轻轻地说，"妈妈，你误会顾先生了。"

母亲又羞又恼，只能生气道："无论如何，反正那个顾成殊不是好人，你能摆脱他回来，妈是谢天谢地。"

叶深深摇摇头，辩解说："妈妈，他并没有那么坏。"

"没有那么坏？现在你们的流言都传遍了，妈认识的人哪一个不知道……"叶母说到这里，才发觉自己失言，气恨地扭开头，只固执地看着不停息的江水。

"什么流言？"叶深深追问。

叶母不肯回答，也难以说出口。叶深深不用想也知道是什么难听话，只能叹了口气，说："算了，反正别人怎么想，与我无关。"

叶母的眼中渗出泪光，低声说："深深，妈相信你是个好孩子，但是人言可畏，你又何必让人嚼舌根呢？总算你现在回来了，和那个顾成殊断了关系，以后这些传言，自然会平息的。"

叶深深看看开始西斜的太阳，转移了话题："妈，你和他正式复婚了？领证了没有？"

"领了。"母亲有点心虚，声音也轻。

"那你肯定是要和他一起过年的吧，我估计那边没我住的地方，我就不去了。"她摆明了拒绝一家人其乐融融过年，母亲却一直抓着她的手，说，"年夜饭总是要回家吃的吧？你爸和你弟都等着你呢。这里离家已经不远了，妈带你去看一看。"

叶深深想要从她的掌中抽回自己的手，可看着她眼中几乎带着哀求的目光，她又慢慢地将手放了下来——毕竟，她和妈妈在一起的时间还有多少呢？所以，即使再不愿意，她也得多陪妈妈一会儿。

叶母是个贤惠的女人，把两室一厅打理得整整齐齐。叶深深在楼下小店买了两个红包，塞了点钱，一个给父亲，一个给弟弟。

瘫痪在床上的弟弟申俊俊支着架子玩游戏，有人进来了也没抬头，只在父亲让他叫姐姐的时候，才瞄了叶深深一眼，问："就是那个跟男人跑到北京去，现在又被抛弃了灰溜溜滚回来的人？"

父亲一巴掌甩在他脸上，母亲赶紧拦着，惶急地看了叶深深一眼，低声劝他："大过年的，怎么打孩子？"

叶深深却觉得挺有意思的，对那个瞪着她的弟弟笑了笑，说："我妈做的饭挺好吃吧，看你虽然整天躺着，气色却不错。"

申俊俊还没咂摸出意思来，她已经转身出去了，坐在客厅沙发抓了一把瓜子吃着。

里面传出父母呵斥弟弟的声音，她只当听不见，若无其事地拿着手机翻着，继续学法语。家庭，la famille，母亲，la mère，父亲，le père，兄弟，le frère。陌生的外文，甚至连中文也陌生起来。

母亲在她旁边坐下，看她专心地看着外语才放心，又说："看这些干吗呢，又不是读书的时候了。"

她将头靠在沙发背上，看着手机上的字母说："法国的时装设计业特别发达，我得去看一看。"

"有什么好看的，你都这么大了，该操心操心自己的终身大事了。"妈妈一边帮她剥橘子，一边说，"你看，宋宋和那个小男生打打闹闹，看着就挺幸福的，你也该抓紧了。"

叶深深还没说什么，父亲已经附和说："我有个工友的儿子，比深深大个五六岁吧，现在跟着他爸在厂里，转正后就稳定了，深深过几天和他见见面。"

叶深深真是除了笑没什么可说的了。这一顿年夜饭吃得也憋屈，叶母烧了一桌菜，两人把申俊俊抬出来坐在桌前吃饭，结果他嫌叶母把自己爱吃的菜摆在叶深深面前，夹不到，当场摔了筷子。

叶母赶紧对叶深深解释说："俊俊身体不好，心情也烦躁，医生说调整下就好了。"

"是啊，得多出去走动，心情才会好呀，对不对？"叶深深笑着说，"过几天我出钱给俊俊买一辆全自动的轮椅，这样他就可以自己出去大街小巷四处逛了。全自动的轮椅比有腿的人跑得还快呢，坐着又舒服，逛一天都不累，对吧？"

申俊俊顿时把手中的碗碟往她脸上砸去。

叶深深眼疾手快地站起身避过，摔了满桌子的汤水。她不动声色地抽出纸巾擦掉手背上的几点痕迹，瞧瞧弟弟，又疑惑地看着叶母："我说的都是好话，他怎么忽然生气啦？"

第十章 · 漫天烟花中

申俊俊手中捏着筷子还要往她脸上砸，叶深深直接把自己的包拎起来就往门口走："爸，妈，看来俊俊不喜欢我呢，我先走了，明天来给你们拜年。"

她拉开门就向下走去。后面传来妈妈的叫声，她却仿佛没听到，径自下了楼，脚步凌乱而飞快地走出这个小区。

也不知道走出了多久，前面已经是宽阔的主干道。天空陡然一亮，叶深深抬头看去，路边广场已经有人在燃放烟花。所有的家庭都在欢聚，所有的窗户都是通亮，所有的孩子都倚靠在父母身边欢呼。

只有她一个人站在路边仰望着烟花，满眼是泪。

包中的手机响了很久，她想肯定是母亲打来的，或许是挽留，或许是让她回去。所以她一动不动，一直等到那一轮烟花放完，她才摸出手机看了看，是顾成殊。

她深吸了一口气，把自己脸上的眼泪擦去，又用力地深吸几口气，等确定自己发出的声音不再哽咽，才接通了电话："顾先生，不好意思，刚刚在看烟花，有点吵。"

"嗯。"他似乎听出了她勉强掩饰的声音，顿了顿才问，"你回家了吗？"

"回家了……"她有点虚弱地应着。

他对于她的事情，了解得比她自己还透彻："你妈妈把那个小房子卖掉了吧？"

"是……我刚刚吃完饭，正要回宋宋那里。她父母都各自再婚了，也没地方去。"

"也好。"他说着，却忽然话题一转，平淡地问，"今天有没有荒废学习？"

叶深深愣了一下，才摇头说："没有，刚刚还在用手机学呢。"

"新年怎么说？"

叶深深诧异地下意识地回答："Le nouvel an。"

"快乐怎么说？"

"Heureux。"

"新年快乐呢？"

叶深深的唇角不由得露出一丝笑意，但眼睛却涌出薄薄一层温热的水汽："Joyeux nouvel an。"

"嗯，Joyeux nouvel an。"她听到他在那边轻轻地重复她的话。她将手机贴在耳边，沿着街道慢慢往前走，在绽放着大大小小烟花的夜空之下，听着他那边传来的鞭炮和烟花的声音。

他们都没有说话，也都没有挂断。

叶深深轻轻呼吸着，也听着电话那一端轻轻的呼吸声。

她在心里想，顾先生知不知道，他们之间的那些流言蜚语呢？

而他又为什么会在这个时候，打电话过来呢？

远隔着千山万水，两个人隔了半个中国，他又怎么会知道，她在这一刻的孤单绝望呢？

所有的父母，在对付子女时，都是行动派。

才到正月初三，叶深深的相亲历程就开始了。

父母动用了所有的人脉，将身边未婚的男青年一网打尽。从工友到七大姑八大姨，再到初中同学昔日邻居，"男的""活的"就是仅有的要求。

"这算啥呀！我当年为什么从家里跑出来了？因为我妈疯了！"店长常青青一听到"相亲"两个字就兴奋不已地分享自己的历程，"你们知道她想把我嫁出去，想到什么程度吗？她买菜的时候听卖菜的说村里有个男的考上了大学，毕业后就在这个城市工作，我妈一听到那男的二十八岁未结婚后，就急不可耐地向人家要电话，催我去和这个有志向能拼搏的青年才俊见面！"

宋宋和程成在沙发上笑得滚成一团。

叶深深一边画着店里新款的设计图，一边咬牙说："无论如何，我绝对不会去相亲的！"

然而，当天晚上，她坐在一家餐厅里，和一个男人开始相亲了。

因为妈妈哀求她的样子，让她根本无法拒绝。

她终究没有告诉母亲自己要去法国的事情，怕她阻拦，更怕她在自己面前露出悲痛欲绝的神情。所以为了安抚母亲，她选择暂时做一个乖乖女，听从她的安排，去应付那个陌生男人。

反正只是敷衍，何必让母亲多难过呢？

对方确实是个父母眼中的八十分女婿："我平常下班了一般就回家，看会儿电视逛会儿论坛就上床睡觉。我爸身体不好，我妈特别辛苦，又要伺候我爸，又要把我拉扯大，我要找个孝敬我妈的女生。老人家辛苦了大半辈子，有了儿媳妇伺候着就安逸了……"

叶深深忍不住打断他的话，问："为什么要找儿媳妇伺候她呢？你现在下班回家，就可以帮你妈妈洗碗拖地干家务呀。"

他睁大眼睛不可置信地反问："男人怎么能干家务？男主外女主内，男人当然负责赚钱养家。"

"那我嫁给你之后，就得在家做家务，不能开店了？"

他更加不敢相信了："你的店不是说很赚钱吗？不开太可惜了吧。不过反正你是在家开网店的嘛，那你可以一边开店一边收拾一下家里，洗衣做饭伺候老人什么的又不累……"

叶深深也是一脸迷惘："按你这么说的话，那你妈妈洗衣做饭伺候家人也不累啊，为啥现在要娶个儿媳妇伺候呢？"

各种悖论，这个亲没有办法相下去了。

男的丢下一句"靠，没人要的货色还挺横"，起身就要走。

叶深深眼疾手快地拦住他，反问："没人要的货色是什么意思？"

他上下打量了她一眼，嗤笑："就是你啊。我听说你以前是青鸟的员工，当路董男人的小三，结果被开除了。后来跟着路董那个男人跑到北京去，被包养了半年多，现在人家另有新欢你就被赶回来了，不过那男人给你挺多钱的，所以我来瞻仰一下是不是大美女，顺便看看那个店值不值得我接手。"

叶深深气得脸色都青了，厉声质问："是谁这么污蔑我？"

"污蔑？你家就这么点熟人，早就传遍了，谁还不知道你底细啊？这么急着找人嫁掉……"他的目光落在她的小腹上，"不会是要找接盘侠吧？"

叶深深只觉得一股灼热涌上脑门，她想也没想，一挥手就狠狠在那人的脸上甩了一巴掌。

啪的一声脆响，那男人捂着脸颊气急败坏，抓住她的手臂就将她推搡在椅子上，抡起手要打下去时，却被人在半路抓住了手腕，直接扭住往前一推。

力道并不大，却足够他趔趄着连退好几步，忙乱中他抬手拼命抓住身边经过的服务员，谁知用力太过，拉得服务员手中的盘子倾倒，上面一盆滚烫的鸽子汤直接从他脸上烫下去，沿着脖子一直灌了进去。

相亲男顿时被烫得嗷嗷叫，气急败坏地乱舞双手，揪住服务员勉强站起身，转身想要找那个推了他的人算账。

谁知抬头一看，面前穿着剪裁精良的黑色大衣的男人比他高了足有一个头，看也不看他，只过去将叶深深扶起来，问："没事吧？"

叶深深揉着自己在椅背上撞到的肩膀，抬头看他，嘴唇颤抖，却只轻轻说了一声："顾先生……"

顾成殊凝视着叶深深苍白萎败的面容，心中不由得升起一股灼热。他想要现在就拉住她的手，带着她立即离开这个城市，离开这些污浊的人，永生永世再也不要回来，再也不让她露出这样的神情。

叶深深见他抓过相亲男的那只手还嫌恶地虚悬着，便从旁边扯了一张纸巾递给他。

顾成殊接过来，皱着眉擦了擦手。

地上那个相亲男见对方身材比自己高大这么多，自己打架没有胜算，便捂着脸装腔作势地大声呻吟，哭喊着："烫死人了！哪个混蛋烫我！"

后面领班过来，一看大过年的这种混乱场面，不由得痛苦不已。

摔了汤的服务员气得恨不得在他身上踹两脚："我好好在这里走，还不是你自己撞过来的？"

"是那个人推我的！你们赶紧抓住他，找他算账！"相亲男觉得脸上脖子上被烫过的地方火辣辣地疼，便干脆躺在了地上，继续大喊，"我要报警，报警！"

顾成殊看着那个赖在地上的相亲男，伸手取出钱包。

叶深深按住他的手，冷冷看了那个男人一眼，说："顾先生，鸽子汤我们可以赔。"

言外之意，其他的她不会管。

领班照价拿了鸽子汤与盘碗的钱，相亲男还赖在地上，故意大声呻吟："我被烫伤了！我要求去医院检查！"

"只是脸皮上有点红而已！"那个摔了汤的倒霉服务员见有人帮他赔偿汤碗，对叶深深与顾成殊自然就产生了好感，对赖在地下的男人更加厌恶，"而且明明是你摔倒后朝我撞上来，我才没保住手中的汤！这么大地方你什么地方不好撞偏偏撞我身上？我们还没要你赔钱呢！"

酒店的工作人员气不打一处来，纷纷唾弃他。周围的食客也都看着他指指点点，议论他要当众打人家女孩子，结果被人见义勇为推开，如今还妄图碰瓷儿的无赖行径。

眼看一场混乱，顾成殊也不想再管这些纠纷，拉住叶深深的手，带着她走出了这家店。

街上的风吹过来，有点寒意。所以叶深深任由他牵着自己，这样，好歹他高大的身躯可以帮自己阻拦一下带着冰雪的风，他宽厚的掌心能让自己得到一点点暖意。

"我回来处理一点事情，去店里查看情况时，听宋宋说你在这边相亲。"他解释了一下自己为什么会出现。

然而叶深深一点都不在意，她只是跟着他，觉得什么都无所谓了。不管他怎么来的，不管自己怎么走的，只要他带着自己往前走，就算不知道自己的目的地，也能很安心。

而他停了下来，站在车水马龙的街头，看着满街的灯笼，年味尚未散尽的街道，说："我们走吧。"

叶深深茫然地抬头看着他："我们，走？"

"是啊，现在，立刻，收拾好东西去法国，对你学语言也有帮助。"他尽量轻松地说。

叶深深沉默着，许久，才点点头，说："走吧，我以后，永远永远不想回来了。"

顾成殊低头看她，唇角露出一丝冷笑，说："为什么不回来？你一定得回来。衣锦夜行有什么意思？总有一天，让那些看轻你的人都看一看你将来骄傲的样子，才算扬眉吐气。"

叶深深看着他脸上锋锐的傲气，压抑的心口也仿佛被锋利的薄刃劈开一般，豁然明朗起来。

"含血喷人的路微、散播流言的闲人……他们要是发现你就此消失，狼狈不堪地从他们鄙夷的目光和喷溅的口水中逃离，再也不敢出现，那才叫称心如意。"他凝视着她，坚定不移地说道，"而你，唯一对付他们的办法，只有以自己的实力和成就狠狠还击，让他们彻底了解到，你与他们之间的区别。"

她咬住下唇，点点头，强抑住心口狂涌的血潮，说："是，我会回来的。"

到那个时候——

她将自己的目光转向旁边，青鸟在本市的旗舰店内，新春大卖的人潮正在汹涌——

路微，你一定会后悔的。

第十一章

巴黎，巴黎

仓促改期的机票，是当晚零点的一个航班。这将是一个漫长的黑夜，直到十小时后他们到达巴黎，才能依稀迎来黎明。

她收拾了最简单的行李，带上了那本《关于服装的一切》，除此，身无长物。

所以在离开的时候，以为她只是短期旅行的宋宋看看在外面等她的顾成殊，小小心地问她："深深，你要去哪里玩？玩几天回来？"

叶深深笑着拥抱她，眼泪却漫了出来："尽快。"

"那……随时联系。"宋宋朝她挥挥手，"店里的事情，很多都要靠你呢。"

"放心吧，无论在哪里，我都会打开电脑和手机，等你消息。"

知道宋宋肯定会通风报信的，但在前往机场的车上，叶深深还是给母亲发了消息。毕竟，母亲是最有权利知道女儿行踪的人。

"妈妈，我会去法国，在一家著名工作室中任职。不必担心，我会回来的。"

正月初三的机场，接近凌晨的候机大厅，空荡冷清。过安检的时刻已经到来，她见母亲一直没有打电话来，便跟着顾成殊走向登机口。

就在走上登机通道时，顾成殊的目光瞥向后方，然后停下了脚步，轻轻叫她："深深。"

叶深深转过头，看见站在三四层玻璃走廊之外的母亲。叶深深在上方的登机口，而她在下方的大厅内，从一个三角形的小角中，他们看见了彼此。

129

母亲用手拍着玻璃墙，脸上满是眼泪，绝望而崩溃地朝她喊着，然而叶深深知道她并没有喊出什么实质性的话语，因为她口型一直都是重复的：深深，深深，深深……

二十多年前，她不肯舍弃的女儿，如今终究舍弃了她而去。

叶深深的眼泪顿时扑簌簌落下来，无法停止。她双手按住通道口玻璃，将头抵在面前的双层密封玻璃上，眼泪将面前的世界模糊成一片，然后渐渐地，连母亲的身影都湮没了。

顾成殊没有催促她，他静静站在她的身后，等了好久。

空乘人员开始来询问了，他才接过她手中的包，将手机拿出来，拨打了叶母的电话，塞在她的手中，同时拉着她离开了玻璃墙。

已经无法挽回，叶母只能哽咽着叮嘱她："好好照顾自己，知道吗？"

"我知道……"

"不开心的话，不要自己撑着，一定要回来。"

"好……"

"到了之后，打电话给我……"

"嗯……"

沈暨在法国过的年，按照他的说法，人世间最无聊的事莫过于此。

"烟花没有，爆竹没有，年味也没有。好不容易有个'春晚'，大白天的一个人看，有什么意思呀！"所以过来为他们接机都成了他的乐事，"对了，深深，你的年过得怎么样？怎么初三就跑来了，是不是想我啦？"

叶深深只能说："没有，在家被迫相亲呢，只能跑了。"

"相亲？"沈暨差点没把车开到人行道上去，幸好现在是凌晨，路上没人也没车。

顾成殊瞄了叶深深一眼，不动声色。

叶深深疲惫地靠在椅背上："对啊，我到了该结婚的年龄了。"

沈暨露出八卦的笑容，追问："什么样的人？相上了吗？感觉怎么样？"

顾成殊终于忍不住，问："要是成功的话，深深还会初三就跑过来吗？"

"也对。"沈暨自言自语，从后视镜中看着叶深深，"终身大事，深深你可千万要慎重。"

叶深深将自己的脸转向窗外，羞得一声不吭。

"那么深深，你想找个什么样的人？"沈暨瞄瞄顾成殊。他认定了她的梦中人就是顾成殊，所以言外有意地问，"或者说，你的那个梦中人呢？"

那是我编出来骗你的，叶深深这样想着，一回头，目光却与顾成殊相接了。两人都看见了彼此的眼睛，顾成殊眼中含着探询的幽微的光，叶深深眼中蕴着无措的羞怯的光。

但，她当然不可能对他明说，所以只能迅速垂下眼，避开顾成殊的眼睛，低声说："没有，可能我找不到了。"

沈暨了然地笑着，在后视镜里对她示意了一下顾成殊，说："这件事，你要是和成殊说一声的话，他肯定可以帮你搞定。"

顾成殊终于开口，问："什么梦中人？"

沈暨笑了笑，问叶深深："要说吗？"

"没什么好说的。"叶深深这才深刻理解了一个谎言后就要一百个谎言来掩盖的真理，为免顾成殊和沈暨在背后研讨她心底最深的秘密，她一口就把事情给定了性，"我中学一个男同学，毕业后就失去联系了，以后估计也不可能有机会见面了，我也觉得再见没意义了，就这样。"

顾成殊微微眯起眼睛看她："初恋？"

叶深深顿时毛骨悚然，不会吧，这个人不会想到了郁霏的初恋吧？简直是一失言成千古恨啊！

再一看前面的沈暨，他脸上暧昧的神情，令她心里翻涌起淡淡的酸涩无奈——要不是因为你，我有什么必要扯谎呢？

所以她唯一的办法，就是将自己的脸埋在手肘中，将一切神情与眼神，都深埋在自己的沉默中。

看来，她得找个机会，和沈暨说一说自己的那个谎言，或者至少，和他通一下气，不要再在顾成殊面前提起这件事。

因为，她真的很担心顾先生会因此疏远她。

顾成殊在欧洲常驻伦敦。虽然欧洲之星从英国到法国仅两个多小时，但毕竟隔了一条英吉利海峡，所以混在巴黎的沈暨直接揽下了所有的事情，当天便带着叶深深去见巴斯蒂安先生。

巴斯蒂安先生近期的事务非常忙碌，手中掌控的三个牌子都要在巴黎时装周开展示会，叶深深与他见面才说了两分钟的话，已经有四批人来找他商量事情。

"深深，感谢上帝你终于来了，我迫切地希望你尽快在这边投入工作。"巴斯蒂安先生一边飞快地审视被一批批送进来的样衣，一边用英语说，"可能这对你不公平，但你来得很巧，这就是我们一年中最忙碌的时刻，没办法。年初的时装周，接下去是安诺特集团三年一度的青年设计师大赛，我也得参与其中的一部分。"

叶深深开心地点点头，用法语说："没事的，努曼先生，我已经准备好了。"

埋头在检查样衣的巴斯蒂安先生愣了一下，百忙之中还是回头朝她笑了笑："法语说得不错。"

他丢下东西，走到门口拍了两下手掌，示意大家停下手中的事情安静一下。

"这位是来自中国的叶，刚刚加入我们。她在服装面料及色彩方面有非常不错的能力，皮阿诺暂时先负责替她安排工作。"

叶深深也赶紧做了简短的自我介绍，让大家叫自己"叶"就可以。她的法语其实很蹩脚，不过巴斯蒂安先生亲自发话，所以众人都朝她点了点头表示友善。

皮阿诺先生摸摸自己半秃的头，有点烦恼地用英语对叶深深说："我的英语可不太好，你看……"

"没事的，您说法语就可以。"她努力用略有生硬的法语回答。

"喔，真的可以吗？那你学得够快的。"皮阿诺记得自己上一次见她是在两个多月前。他对她招招手，示意她跟自己到仓库，尽量慢地放缓自己的话语："老实说你上次给我留下了非常深刻的印象，所以我想这个工作对你来说应该是轻而易举的事情。"

他将一沓设计图交到她的手中，指着里面满屋制作完成的衣服："确定所有衣服的面料与颜色，校对无误后送交到努曼先生那边，如果有问题的，做好标签放在那边。"

这对她来说毫无难度，叶深深朝他比了个OK的手势，开始查看。

她一手拿着设计图，一手迅速地摸过每一件衣服，在打一眼之后立即判断出衣服是否与设计图每一寸都相符，然后将衣服挂好。不到五分钟，已经看完了第一个龙门架，开始去拉下一架衣服。

从门口经过的一个男生，看见她这个样子，顿时快疯了，冲进来就按住她的手，问："你做事是否可以认真点？"

他说得很快，口气又很差，叶深深似懂非懂，迷惘地看着他。这是个皮肤微黑的男生，一头栗色鬈发，棕色眼睛，长相轮廓典型倒有点近地中海的味道。

他显然刚刚没听到巴斯蒂安先生的话，所以看了看她，又皱起眉质问："你是谁？从哪里来的？怎么出现在这里？"

"我是叶深深，今天新来的。皮阿诺先生让我在这边确认衣服。"叶深深用不熟练的法语慢慢地说。

"就算你是新来的，难道不懂怎么确认衣服吗？对比材质的话，不仅要认棉麻毛丝，而且还要看是什么棉，长毛短毛、水磨斜纹、麻纱卡其哔叽横贡……"

在他说话的期间，叶深深已经迅速翻完了半架衣服，朝他微微一笑："放心吧，我很擅长这个。"

见她根本不听话，男生真的怒了，直接去翻她翻过的衣服，企图从中找出她看漏的。

　　然而没有，被她翻过的衣服中，除了几件被她拎出来放在旁边的，其余的全部没有问题。

　　男生瞪大眼睛，又郁闷又疑惑地站在旁边看她飞快的动作，直到皮阿诺在外面看到他，问："阿方索，你在干吗？"

　　他立即一指叶深深，恼怒地说："你看她应付了事的样子！"

　　"哦，交给她好了，不会有事的。"皮阿诺笑问，"你还记得我跟你提过的，那个拯救了一场大秀的女生吗？"

　　男生愕然盯着叶深深，反问："就是她？"

　　"是的，所以你得相信她。"皮阿诺说着，又向叶深深示意，"这位是阿方索，之前在Element.C的设计师。"

　　叶深深恍然想起来，朝他伸出手说道："我记得你，你在Element.C的时候，曾经设计过一款衣服，藏蓝色的T恤，我非常喜欢。"

　　那是用一款同底布料调整方向作为装饰的T恤，巧妙地利用了面料原有的质感和光泽，不动声色地打破了原有固化的模式。沈暨穿过那件衣服，因此让她有了灵感，避免了八块钱的损失。

　　阿方索的神情略微松懈了一点，但只是随意地捏了一下她的指尖就甩开了。

　　"那么，Element.C是被安诺特收购成功了吗，所以你被调到这里来了？"

　　阿方索哼了一声，只说："是，但我之前是安诺特的青年设计师大赛亚军，所以我是被巴斯蒂安先生亲自挑选来的。"语气中满满都是掩不住的骄傲之情。

　　叶深深惊喜地看着他，说："你的设计很独特，希望我能看到你更多的设计。"

　　阿方索显然对别人的恭维已经习以为常，所以只点了一下头，就走开了，再不管那些衣服一眼。

　　皮阿诺笑着，悄悄对叶深深说："不要介意，他只是不相信我跟他说过的你的故事，之前一直都奚落我夸大其词，现在看到你确实和我描述的一样厉害，他有点失落而已。"

　　叶深深不由得笑了出来，说："但他是很厉害的人。"

　　"我可以骄傲地告诉你，能进入这里的每一个人，都很厉害，包括我在内。"皮安诺先生挺了挺胸。

　　叶深深笑着点头，觉得这个老是满脸严肃的皮阿诺先生，其实也是个挺可爱的人。

等她把这边的衣服都检查完毕之后，发现下午等待自己的是一仓库的配饰，全都是为此次大秀定制的手包鞋子和项链帽子。这些虽未超越服装范畴，但对她来说难度就大好多了。

在看到大家去楼下吃饭时，她觉得下午一定会是一场艰难的战役，所以看到一大堆食物时赶紧做好准备，拿了三个面包、一碗鸡肉沙拉，还有煎蛋。

站在她身后的阿方索冷眼旁观，等她刷了卡之后才给自己手中的一个三明治和一杯水结了账，在她的餐桌对面坐下，和她一起用餐。

叶深深吃着沙拉，有点疑惑地看着他，问："这么少，够了吗？"

"告诉你两件事，"阿方索喝着水说，"第一，Karl Lagerfeld为了穿上Dior Homme，减掉了42公斤。身在时装行业而不追求0码时装的人是可耻的。"

叶深深一边往嘴巴里塞着沙拉，一边点头："第二呢？"

"第二，下午安诺特集团有重要人物过来查看三场秀的准备情况，皮阿诺先生因此而放弃了午餐，同时暗示我最好五分钟之内回到楼上。"

叶深深愕然，抬头看看墙上的时钟，再看看自己还没动过的三个面包和煎蛋，简直呆住了。

阿方索把最后一口三明治塞入口中，拿起自己的水："再见。"

"等……等等我！"叶深深扒拉掉最后一口沙拉，把煎蛋折了一下塞进嘴巴，然后左手一个面包右手一个嘴里再叼一个，冲了出去。她的速度如此惊人，以至于在冲进电梯厅的时候，电梯门尚未彻底关闭。

最后一秒她挤了进去，并差点撞在正中间的一个男人身上。对方不动声色地往旁边避让了一下，嫌恶地微扬起头。

"抱……抱歉……"叶深深一说话，嘴巴里的小面包顿时掉了下来。她赶紧抬手接住，狼狈不堪地抬头一看，站在那男人身后，正摆出颜面抽筋模样的，正是皮阿诺先生。

叶深深心中顿时闪过震惊的光，回头再一看使劲贴着角落的幸灾乐祸的阿方索，明白这个差点被她的小面包玷污的男人，必定就是安诺特集团过来巡视的重要人物了。

运气要不要这么不好……

叶深深无法形容自己心中的感受，她战战兢兢地抬头，偷偷看看这位先生的表情。

果不其然，非常符合时尚界的审美。棕发，灰绿色眼睛，男模一样完美的身材，男模一样俊秀的面容，男模一样锐利的目光，男模一样面无表情、俾睨众生的神情，只是明显地带着一丝鄙夷。

这种可怕的气压……幸好安诺特下面的牌子够多，像这种人应该一年到头也不会来几次才对。

要是经常面对这种人，心脏病高血压全都不是事儿啊！

叶深深忽然想起沈暨曾经跟她说过的话。他说，不喜欢安诺特集团，因为，那里有讨厌的人。

像这种人，估计也是让沈暨这么好的人都会讨厌的类型吧……

在电梯上升的短短时间内，叶深深拼命地缩着身子，竭力贴着墙壁远离那个绿眼睛，然后把嘴巴里衔着的小面包努力往里面塞。

叮的一声，电梯打开，绿眼睛旁若无人地大步走出了电梯。

紧随其后的皮阿诺先生，在出电梯时看看两腮鼓鼓、双手还各攥着一个面包的叶深深，翻了个无奈的白眼，走掉了。

叶深深努力地吞下了口中的小面包，赶紧追着阿方索问："那个人是谁啊？你认识吗？"

阿方索给了她一个和皮阿诺先生一模一样的白眼，走掉了。

好吧……反正像她这样的小喽啰，也不至于因为吃个小面包就得罪了什么大人物吧。

叶深深在口中默念着顾成殊告诉她的话："我只是来镀金的，心态放宽，态度放平……"

几口干掉小面包后，她擦擦手和嘴巴，投入到了奋斗中。

龟缩在小房间里干自己的事情，一下午过得飞快，等她从堆积如山的配饰中抬起头的时候，也快到下班时间了。

她揉着酸痛的眼睛抬起头来时，刚好看见逆光的门外站着一个身影，那人走过门口，见她正在里面忙，便靠在了外面的毛玻璃上。

盯了一下午，眼前一片模糊的昏黑逆光，叶深深瞥见那人挺拔而又颀长的身材，腿长得让人感叹胸部以下就分叉的比例，既有别于模特们的纤瘦，又完全迥异于街上的普通人。脱去了外套后稍为紧身的法式衬衫，每一分寸都契合无比地勾勒出身体的利落线条，让她自然而然地觉得，这么完美的身影，只可能是沈暨才有，大约是他来接自己下班了。

所以她用中文说了一声："沈暨你真好，这么早就来接我。"

他靠在外面，没应答，也没进来。

叶深深继续埋头在衣服上装饰配件，在大脑一片混沌中忽然想起今天在车上曾经想过的事情，便低头说："对了，上次在梦里说喜欢你的事情，我们都守口如瓶好吗？就当作我们之间的秘密吧。"

透过昏暗的毛玻璃，她可以看见他靠在玻璃上的身影，黄昏的夕阳将他晕染得模模糊糊，看不清晰。

他一动不动，仿佛没听到她的话语。

叶深深见他不说话，便又说："因为……要是被别人知道了，好像有点不好意思。"

他依然没说话，叶深深有点诧异地抬头，发现玻璃门上的他听若不闻，只微微偏过头，在外面抬起手，漠然地整理自己袖子上的一点闪亮蓝色。那是法式衬衫上的金绿猫眼袖扣，在阳光的反射下，隔着毛玻璃闪出奇异的光彩。

那个男人微微偏过头后，被日光打在毛玻璃上的面容轮廓，让叶深深终于辨认出来，那不是沈暨。是一个五官轮廓比他要深邃许多的男人，并不是东方人的模样。

她顿时惊得放下手中的东西，向着门口走去。

然而他已经走开了，穿过了空荡的走廊，叶深深只看到他消失在走廊尽头的背影，那棕色微卷的头发和高大的身材让她倒吸一口冷气，心脏差点从嗓子眼里蹦出来……

看起来，好像是那个在电梯里对她的丑态不屑一顾的、安诺特集团下来视察的人啊！

为什么……为什么在一瞬间，觉得他和沈暨好像。穿衣的风格，走路的姿势，甚至体形保持得都好像。只是沈暨温柔如春水，而这个人却冷冽如寒冰。

叶深深紧张地站在门口，惊惶地回想自己刚刚所说的话。

应该没问题吧，她说的是中文，法国人应该听不懂。即使懂中文，她所说的那几句没头没脑的话，又能代表什么？

叶深深想着，庆幸中文被誉为最难懂的语言，拍着胸脯松了一口气。

所以他一声不吭地走了，估计还以为是个怪人在里面自言自语吧。

等她回过神来，目光掠过走廊另一侧时，却发现沈暨已经站在电梯口，也不知在那里看她多久了。

她不觉有些羞涩，说话也有点结巴了："沈暨，你什么时候来的，怎么不叫我？"

"舍不得叫醒你，发呆又拍胸脯的样子，像一只迷路的小猫咪，觉得好可爱。"他笑着走过来，低头看着神情略带惶惑的她，问，"第一天上班，还适应吗？"

"嗯，挺好的。"就是可能给上头检查的人留下了坏印象。

皮阿诺先生在办公室听到说话声，探头见沈暨过来接她，便说："Flynn，叶第一天来，就不需要加班。你可以带她去公寓先把东西整理好。"

沈暨答应了，又问："她见过巴斯蒂安先生了吗？"

皮阿诺先生说道："见过了，但这样忙碌的时刻，巴斯蒂安先生目前暂时还无法划分她的工作范围，只能先安排一些零碎工作，以求让她尽快融入团队。"

叶深深点头："早上巴斯蒂安先生简单向大家介绍过我了。"

"好，我带深深去公寓看看，那边我熟。"沈暨说着，和皮阿诺先生告别，带着她到两条街之外。

巴斯蒂安工作室的人都居住在附近的几栋公寓中，这样工作室临时有事时，过去也比较方便。

叶深深来得比较仓促，公寓只剩了一套房间，与一个叫伊莲娜的女生合住，共用起居室和厨房，但有各自的卧室与盥洗室，甚至还因为她们的职业，各自附带了一个衣帽间。

叶深深的东西很少，几乎所有的东西都要重新购置，沈暨自然义不容辞地带她东奔西走买日常用品。叶深深的法语还得继续学习，他还贴心地给她画去语言学校坐车的路线，买东西的路上顺便带她走了一遍。

叶深深简直感动得泪流满面："沈暨，没有你我可怎么办？"

"是啊，我也在想，要是没有你的话，我最近这么无聊的日子可怎么办？"沈暨笑着，帮她拎着东西上楼。

两人顺着旋转的楼梯往上走，叶深深看着他在灯光下含笑的眼睛，这让即将开始全新生活的叶深深觉得，其实一个人在这陌生的国度也并没有多么害怕。

不过想想今天遇见的那个人，她心里还是有点小小的心虚，她犹豫着问沈暨："那个，安诺特集团的人，会经常来工作室吗？"

沈暨愣了一下，回头看她："怎么忽然问这个？"

看着他的神情，叶深深有点迟疑地说："因为，今天有人到工作室视察了嘛，我就随便问问。"

沈暨垂下眼睫，遮住自己的目光，回过头继续往上走，轻声说："巴斯蒂安先生手中的三个牌子，两个是安诺特集团收购的，委任他为设计总监。还有一个是他自创的品牌，这个他反倒用的心最少，而且很可能在他退休之后，安诺特也会接手的。"

"那就是说……安诺特集团就是我老板的老板？"

"这个说法很正确。"沈暨终于又笑了。

"所以他们对于巴斯蒂安先生的工作，干涉得多吗？"

"几乎从不干涉，工作室拥有很大的自由度。"

不干涉就好了，叶深深松了一口气，觉得就算集团那个人再讨厌自己，应该也没啥问题。

沈暨见她神情轻松起来，便转移了话题："再说了，安诺特集团三年一度的青年设计师大赛又要开始了，他们哪有时间老在这边闲晃悠？"

"青年设计师大赛？"叶深深有点好奇。

"对，就是由安诺特集团举办的设计大赛，三年一度，只面向三十岁以下的青年设计师。"

叶深深问："报名的人多吗？"

"多到你无法想象。这个比赛三年一次，有许多默默无闻的新锐设计师都是从中脱颖而出的，自此进入各个品牌开始工作，可以说，通过比赛能迅速踏上一条快速走向成功的道路。不过你肯定是不参加了，就是不知道会不会被抽去干会务。"

"没听说呀，我们现在主要都在忙秀场的事情。不过我今天遇见阿方索了，他好像是那个大赛出来的。"

"对，那个大赛还挺好玩的，每一届都能收几千份应征稿，从津巴布韦到伊拉克，全世界都有作品过来。初审的好多惨不忍睹，但也有非常精彩的，阿方索这样通过大赛进入集团的也有好几位。有一次大家收过一张美国幼儿园小朋友的设计，哈哈哈，居然也得正经审查，挺好玩的……"沈暨笑着，又说，"不过我是来劝你不要接这个活儿的，听说今年的应征稿已经超过三千人了，审初选稿会累死人。不过当然了，一般来说初选评委都是下属集团的设计师，你可能还轮不到。"

叶深深笑着说："反正派到我头上我就去做，我是个任劳任怨的好员工。"

"工作中要有点脾气呀，深深，不然会被人欺负的。"沈暨说着，想想又问，"对了，你们这边的三场秀，你主要参与哪一场？"

"我打零工，每一场都要去。"

"好吧，那也行的，虽然辛苦，但认识的人多，可以混个脸熟。"

叶深深哑然失笑："混这个脸熟有什么用啊？"

沈暨笑道："相信我，有用的。"

沈暨果然料事如神。

前来看秀的明星，有的是品牌邀请的，有的是媒体带去的，还有的是混进去的。《ONE》杂志的主编宋瑜就带了当红明星沐小雪过来看秀，宋瑜在场下一看见叶深深，顿时惊喜不已："深深，你真的来法国了？！小雪，这就是之前在方圣杰工作室的叶深深，之前轰动了国内时尚界的那位。"

"啊，你现在在巴斯蒂安先生的工作室，对吗？我记得我穿过一件方圣杰工作室替我定制的礼服，就是满钉珠子的那件。"沐小雪兴奋地和她拥抱，她身材高挑又穿了

"恨天高"，为了抱她还特地弯下了腰，叶深深简直有点感动了。

怎么会不记得那件衣服呢？那可是她拉着顾先生一起在平安夜赶工做出来的。

"深深，现在你在巴斯蒂安先生那边加入了哪个品牌？"

"还不知道呢，毕竟我刚进工作室。"

"但你是巴斯蒂安先生亲自向方圣杰挖走的，他还曾经凌晨三点打越洋电话夸赞你的作品，你肯定会在这边大展身手的。"宋瑜朝她眨眨眼，"加油啊，以后我们杂志借衣服拉赞助就全靠你了哦！"

叶深深笑着点头，而沐小雪也很给面子地邀约说："深深，你之前给季铃设计的衣服太出色了，我蛮喜欢的，有机会能否给我设计一件呢？"

宋瑜在旁边说："好啊好啊，穿着上我们杂志，咱们拍一组特别好看的硬照！"

"这个保证效果很好，别的不敢说，深深的礼服总有令人惊叹的创意。"身后有人笑道，在叶深深身边坐下，正是沈暨。

沐小雪俯身过去，即使隔着一个叶深深，也要艰难地和他拥抱："好久不见哦，沈暨，你熟悉深深的作品不？赶紧给我介绍几件！"

"绝对要相信深深在高级定制方面的能力，每一件都堪称完美。对了，上次巴斯蒂安先生赞赏的作品，就是她的一件礼服，我看过那份设计图，太适合你了。"

"绝对要给我看！说真的，千万别忘记！"

"让深深回去给你们工作室发一份设计图吧，要是你喜欢的话，我亲自给你打版。"沈暨笑着看看叶深深，然后问，"你会给我这个机会吧？"

叶深深看着他这熟稔的拉皮条姿势，除了敬佩，真是没有别的想法了。

看看后面的情况，忙中偷闲的叶深深赶紧对前面几个人点头示意，然后跑回去。一众模特都在准备中，化妆的做头发的翻杂志的打盹儿的。巴斯蒂安先生照例只来看了看，皮阿诺跟崩溃了似的到处催促："还有十五分钟，十五分钟！造型对吗？配饰对吗？排序对吗？你赶紧再对一遍！"

站在他身后的叶深深刚好被他抓住，于是她拿着纸张立即去清点正在穿衣服的模特们。走开场的是Olivia，如今炙手可热的钱榜第一，众多蓝血代言在身，这样一场走秀当然不在话下。她正将长得惊人的双腿架在对面的椅背上，蜷缩在化妆椅上翻看着杂志，身上的衣服已经换好，脚却还是光着的。

叶深深立即走过去，因为周围实在太过嘈杂，她只能俯身在Olivia耳边说："抱歉，恐怕您得先穿好鞋子了。"

Olivia看了她一眼，抬起脚，在她面前示意。

时装周的走秀太过频繁，她几天不知道已经走了多少场，穿着太高又不太合脚的超高跟鞋，导致脚上已经全部都是青紫斑点，看起来无比骇人。

见叶深深看着她的腿怔了怔，Olivia挑起那双细长妩媚的眼睛瞥着她："再让我的脚休息十分钟，可以吗？"

叶深深微微皱眉，然后蹲下来伸手帮她揉搓着双腿，说："恐怕不行，您的裙子会露出小腿，而且是裸色的纱裙，我想我们要在您的腿上涂遮瑕膏和粉底，以免您的肤色影响到裙子的完美。"

Olivia一脸委屈，充分让叶深深体会到她才十九岁这个残酷的事实："好吧，我坐着让你们涂可以吗？"

旁边化妆师拿着遮瑕膏和粉底过来，说："为了肤色光泽自然，可能您还是站着比较好，最好还得穿上鞋子。"

"好吧。"Olivia那双漂亮的眼睛翻了个白眼，乖乖地穿好鞋子站起来，将自己的裙摆撩起来。

化妆师选好了色号，示意Olivia站到台子上去。

"这么高的跟，站台子上是有危险的。"Olivia拒绝，"而且，我非常喜欢你，这位可爱的女士，希望你亲自帮我可怜的脚上妆，可以吗？"

化妆师戏谑又同情地看向叶深深，叶深深明白自己这回估计是得罪了对方，于是一声不吭，接过化妆师手中的身体遮瑕膏，在她的腿上先来了一层。十二厘米细高跟的鞋子迫使Olivia的腿部每一寸肌肉都收紧，绷紧的线条完美得简直如同艺术品。

好吧，这也算拜倒在石榴裙下了，叶深深在心里暗自嘲弄着自己，又蹲在她面前，挤出一大坨粉底液，向化妆师询问之后，轻拍她的小腿部每一寸肌肤，然后又将她的鞋子收紧，免得在走动时泄露脚背上的痕迹。

Olivia垂眼看着她，见她站起来了，才抬起自己的脚看了看，又斜睨着叶深深说："这会是一场完美的秀。"

叶深深抓过一张湿巾擦干净自己的手，十分认真地点头："是的。"

等到Olivia走到模特前头，状态稳定地准备上台，叶深深才松了一口气。时间已经差不多了，最后检查一遍配饰，后台排好队伍，灯光聚焦，音乐响起。

混乱不堪的后台转变为飘逸华美的前台，高度紧张的工作人员们依然在为后面的模特做整理，前面的模特已经下来。Olivia这样走开场的不算，穿非重点服装的模特得去换第二身衣服，可华服与模特太多，巴黎大皇宫的后台却不够辟这么多的单独换衣间，很多模特随便一拉帘子就得立即换上下一身。

这一季的轻纱薄纱是重点，极小的码子，一不小心就会撕裂。临时充当穿衣工的叶深深帮助模特收紧腰部最后一寸，对方简直气都透不过来了。

"我的天啊，我感觉我要失业了……"那个瘦成一道闪电的黑人女生喃喃地说。

叶深深笑着安慰她："没事的，就连Gemma Ward都曾经因为发胖，到了现场穿不下准备好的衣服呢。"

"对啊，她对着设计师喊：'怪我吗？为什么你不把裤子弄大点！'至今还被人嘲笑。"那个模特用力深吸最后一口气，把仅剩的一点骨头缩进衣服去，"这可是我第一次接到高定的秀，我的生涯刚开始，看来中午的沙拉不能再加蛋白了。"

叶深深想起自己在电梯里啃着三个面包的画面，顿时产生了一种罪恶感——估计时尚界的人会觉得她简直是个魔鬼吧。

叶深深陪着黑人模特走出帘子，Olivia正坐在椅子上踢着脚，她一看见叶深深就把自己的脚抬了起来："嗨，我的遮瑕膏被蹭掉了一块。"

叶深深在心里暗暗叹了口气，取过旁边的瓶子给她补妆。

她踢着自己漂亮的脚，歪着头看着叶深深，露出神秘的笑容："色号不对哦，认真负责的女孩。"

叶深深换了一瓶，又蹲在她脚下，给她拍了一层粉底。

Olivia又把脚翘起来，说："鞋带好像松了，不紧的话不知道会不会露出里面的痕迹。"

"我给你讲个故事吧。"叶深深蹲在她面前，一边慢慢地帮她松开凉鞋的带子，在她漂亮的脚踝上绕着，一边用她那不太娴熟却缓慢而清楚的法语说，"Lily Donaldson在为D&G拍摄广告时，弄花了自己的指甲油。化妆师要帮她重新上色，然而她心情不好也懒得逗留，所以她对D&G的人说，你们可以用Photoshop。"

Olivia托着下巴，低头凝视着她。

叶深深给她绑好了鞋带，抬头看她："你知道后来发生了什么吗？"

Lily Donaldson的广告被换了头，D&G的人用Photoshop把Gemma ward的脸移到了她的身上。

Olivia抿住自己薄薄的双唇，有点不自在地看着她。

而叶深深认真地看着她，说："彼此体谅一下，好吗？"

Olivia默不作声地缩回自己的脚，坐在那儿刷手机去了。

第十二章
债权人

　　虽然有无数的大事小事杂七杂八地堆积在一起，但总的来说，这是一场成功的秀，值得所有人在结束后起立鼓掌，向所有重新走上台的模特和她们身上的衣服致敬。

　　叶深深忙着整理服装和配饰，沐小雪和宋瑜离开时，又提了一下那个设计的事情，沈暨直接帮她答应了。

　　他过来帮工作室的人将东西装箱，送交到车上。叶深深忙了三场秀，累得有点站不住，送走了车子之后，蹲在地上喘了一会儿气。

　　沈暨俯身摸摸她的头发，将手中的一瓶水递给她，两个人坐在巴黎大皇宫的玻璃穹顶之下，看着阳光从上面倾斜下来，拉成细细长长的彩色丝线，笼罩在他们两人身上。

　　叶深深屈起膝盖，将头靠在上面，转头看着沈暨。虚幻的阳光在他的脸上辗转流过，衬得他的五官那么好看。一瞬间叶深深真的很想拿出手机，将这一幕拍下来给宋宋看。

　　她看着他微微而笑，心想，人真是奇怪，以前那么喜欢的人，现在就在身边露出最好看的面容，可是为什么自己的心却无法再像以前那样为他而急促剧烈地跳动了？

　　就像一条溪流，为陡峭而高峻的深谷而激荡流连，可终究她无法有那个幸运停留在他身边，所以她只好选择沉默地流出他的世界，用渐渐平息下来的水面，埋葬所有曾经的波澜。

142　　沈暨回头看她，在她仰望自己的微笑面前，举起手指轻轻弹了一下她的眉心："看什么？"

"看天使沈暨啊。"叶深深按住自己的额头笑着，觉得身上的力量又积蓄了一点，于是摇摇晃晃地站起来，举起双臂说，"好啦，终于结束了，我得回去睡觉啦。"

沈暨跟上她，笑容明灿："不行，不能就这样回去睡觉。为了祝贺你度过了进入工作室最难的一段时间，我们得去庆祝一下。"

"哈哈哈，我发现了，沈暨你老是找借口请我吃饭。"她说着，捏捏自己的肚子，又想想自己的钱包，苦着一张脸，"还是少吃一点好。你知道吗，上次三个小面包就要了我九欧元，这在国内能买多少面包呀！我一口都舍不得浪费。"

沈暨不由得抚着她的头发笑："小富婆，你的店如今很赚钱的，好吗？而且你已经开始在国内时尚圈出名，颇有几个人打听如何找你设计衣服，名人效应都已经开始了，再也不是那个摆地摊的深深啦，别担心。"

叶深深有点不好意思："你是说沐小雪请我设计衣服的事情？但其实，我可能没有她们期待的那么好……"

"不，你绝对会比她们期待的更好，我对你有信心，因为你是叶深深啊，总是会创造奇迹的叶深深。比如说，这才两个月不到，你的法语就说得有模有样了嘛，这也是一种奇迹，对不对？"沈暨笑着带她上自己的车，随口和她商量，"待会儿我们去吃饭，你负责点餐，我假装是不懂法语的游客，一切你带着我好不好？反对无效，一二三……现在开始我不懂法语……"

叶深深简直被他逗笑了，一边系安全带一边问他："沈暨……"

"嗯？"他含笑看了她一眼。

"到这边来后，我们好像每天都能见面……你在这边做什么呢？"

"哦，我是个对社会很有贡献的人，我的工作主要是负责在各大公园闲逛，观察环境，顺便喂喂鸽子。"他睁着眼睛说瞎话，"但是看着你每天战斗的样子，我大受感动，我准备找一个你们那栋楼的公司随便上上班，这样我们就可以每天一起上下班，中午和晚上也可以一起吃饭。据说两个人搭伙上班和吃饭能省不少钱，谁叫我们都是穷人呢！"

"你才不穷……"叶深深无力地趴在前座上。在时尚圈最不缺的就是钱，何况是沈暨这样混得如鱼得水的人。

"我才穷呢，我现在失业中，压根儿没人要我。"他说着，停在空无一人的红灯路口，眼睛从后视镜里看了看，微微皱起眉。

叶深深问："怎么啦？"

"后面有辆车跟着我们。"他皱起眉。

第十二章 · 债权人

143

叶深深不以为意："这里是十字路口，跟我们走同样方向的车子当然有了。"

"也对……抓住扶手。"他说着，猛地一打方向盘，居然在红灯变化成绿灯的一刹那凶猛拐弯，上了另一条路。

叶深深下意识地抓住车顶的扶手，吓得顿时清醒了过来："哇……沈暨你开车怎么这么猛！"

沈暨默不作声，一踩油门，车速直接飙升，向前急冲。

叶深深抓紧了扶手，在惊骇中忍不住回头看向后面。

一辆黑色的车子和他们一样拐弯，紧紧咬上了他们，甚至还在加速。幸好现在是用餐时间，这边又并非主干道，路上的人车都不多，飙得再快也只是两辆车在对付。

叶深深转头看着沈暨的侧面，他双唇紧抿，一双眼睛盯着前方，额角甚至渗出了细细的汗珠。

还没等她明白是怎么回事，发动机的轰鸣已经在车外响起，那辆车超越了他们，在旁边向他们的车挤压，不断逼停。

沈暨的车轮胎在路沿上擦过，传来刺耳的声音，眼看就要驶上人行道。他无奈又懊恼地一拍方向盘，踩下了刹车。

黑色的车缓缓停在他们前面，没有任何动静。

叶深深转头看着沈暨，他脸色苍白，额头的汗水已经流了下来。她心中也有点紧张，默默地抽过一张纸巾给他。

他接过纸巾，手指与她碰上的时候，她才发觉他的手指冰凉微颤。他转头看她，低低地说："对不起……我不想让你见到他的。"

叶深深不明所以，还来不及询问，沈暨已经胡乱擦了一下额头的冷汗，打开车门，走了下去。

他走到那辆黑色的车子之前，抬手敲车玻璃，脸上甚至还挤出了一丝艰难的笑意："真巧，又见面了，艾戈。"

叶深深看见缓缓降下的车玻璃后面，露出那棕色的头发与灰绿色的眼睛。

在电梯里曾经遇到过的那个安诺特集团来视察的重要人物，倨傲而又鄙夷地看过她一眼的男人，并且，听到了她想对沈暨说的那些话的，偷听者。

他盯着沈暨，目光锋利如薄刃，傲慢的下巴微抬，却没说话，只向着车内的叶深深看了一眼。

叶深深只觉得自己的后背一凉，好像有细微的汗珠渗了出来。

144   Aigle，法语中的意思是鹰。

叶深深揣测着这个艾戈究竟找他们会有什么事，但直到三人坐下来吃饭，她在巨大的压力下，终究没能想出个所以然。

一片沉默之中，三个人吃着饭。房间内隔音效果太好，除了偶尔餐具碰击的声音，什么声响也没有。

这种寂静的感觉让叶深深心惊胆战，忍不住偷偷抬眼，看了看沈暨。他沉默地低头吃饭，唯有睫毛微微颤动。

她又悄悄地瞥了艾戈一眼。灰绿色的眼睛和棕褐色的头发，一张脸的轮廓深邃完美得跟雕塑似的，只是那种硬朗的线条，一瞬间让她觉得，顾成殊在他面前都跟春风似的温柔可亲。

实在受不了这种压抑的气氛，叶深深只好装傻地开口，用法语问："沈暨，这位先生是你朋友吗？"

沈暨艰难地点了一下头，说："艾戈，法国人。他是我……朋友。"

"债主。"艾戈冷冷地打断他的话，说的居然是中文，而且还比较标准，"别忘了你欠我多少。"

沈暨更加艰难地捏着杯子，喝着饮料沉默。

叶深深顿时傻了，他会中文！

所以她当时说的话，他肯定听到了。他明知道那些话她是想对沈暨说的，而他居然还若无其事地靠在门上听完了才走！

艾戈的目光瞥向叶深深，眼神比刀锋还冷还锋利："巴斯蒂安工作室的新人？"

叶深深勉强对他笑一笑："对，我和沈暨也是朋友……"

"巴斯蒂安工作室没有他朋友的位置。"他清楚明白地下了定论，打断她的话，"他的朋友不可能与安诺特集团有任何关系。"

试图活跃气氛的叶深深，一口气梗在喉口，上不去也下不来，只能闷声不响地低头继续吃饭去了。

这债主看起来确实像被沈暨欠了很多钱的样子。

可沈暨不是和巴斯蒂安先生十分熟悉吗？他也曾经帮忙过秀场的事情，里面所有人包括大楼前台都和他认识，怎么可能在里面没有朋友？

简直是神经兮兮，莫名其妙，叶深深在心里对他翻个白眼。

艾戈的目光从叶深深的身上，又转回到沈暨，问："所以，你跑来跑去，最后找了这么个货色？"

叶深深手中叉子都要掉了，她抬头瞪着这个绿眼睛，简直不敢相信自己的耳朵。

——什么叫"这么个货色"啊？

——以及，他是不是误会自己当时说的话了？

沈暨皱眉，无奈地看了叶深深一眼，说："深深是很出色的设计师，我爱惜她的才华。"

"喔。"他简单地发了个不明所以的语气词，不发表任何看法，"深深……你就是叶深深？"

他这三个字说得字正腔圆，叶深深简直想假装听错含糊搪塞过去也不行，点了点头，再次强调："是，我是沈暨的朋友。"

"合伙人，曾经的。"他又冷冷地打断了她的话，下了定语，"你们合伙开了一个网店，专卖一些可笑的垃圾货，沈暨替你打过版。"

叶深深错愕地眨眨眼，脸上浮起一个勉强的笑容，无话可说。

沈暨捏着手中的杯子，那漂亮的手指压在透明的玻璃上，清晰地显出凸起的骨节，退却了血液而发白泛青。

他最担心的事情，终究还是来临了。

就像看见大厦倾倒，无可挽回，避无可避。

"顾成殊出资给你开了个网店，是吗？"艾戈眯起眼，目光盯在叶深深身上。

叶深深硬着头皮，点了点头："是。"

"真看不出来。"他缓缓说着，上下打量着叶深深，却不再说话。

那种冰冷又嫌弃的眼神，不像是打量陌生人，而像是在端详一件材质低劣又剪裁失败的衣服似的。

叶深深如坐针毡，连后背都微微透出薄薄一层冷汗，又觉得一阵烦躁的抑郁，不想再被这个人盯着看。

她起身，借口去洗手，逃也似的出去了。

走出门口之后，她觉得那种压抑的气息减弱不少，便靠在门边，长长出了一口气。

不知自己该往哪儿去，她只能仰头看着天花板上的灯盏，看那种辉煌灿烂的光芒，经过无数的折射，落在自己的身上，将肌肤染成一层层暧昧而不分明的颜色。

也不知过了多久，她听到里面一片沉默被打破。

是艾戈的声音，他的声音低沉、冰冷，法语的优雅柔和荡然无存："这么说，她就是顾成殊放弃婚礼的原因？"

沈暨迟疑了一下，似乎点了一下头，没说话。

艾戈又沉默了片刻，口中吐出更为冷漠的一句话："容女士，就是死在这个叶深深的手上？"

叶深深茫然盯着自己手上那些难以分辨的模糊光芒，眼睛微微睁大，不明白这两句话是什么意思。

而沈暨迟疑了许久，没有答话。

在缄默之中，叶深深只觉得自己胸口有种沉沉的气息，一层一层压了上去。每一次呼吸，都是更重的一层东西无声压落，到最后，简直沉重到无法承受，让她的身体只能靠着背后的墙壁才支撑住，依然站立在那里。

终于，她听到沈暨的声音，轻微而低暗。

他说："这与她无关。"

艾戈冷笑的声音低低传来，与他的声音一样嘲讽："希望顾成殊也这样想。"

不知道容女士是谁，更不知道与自己有关无关的是什么。

他似乎还想说什么，但沈暨仿佛失控般尖锐地说道："你最好不要在深深面前提到这件事。"

他这样的态度，艾戈居然也没发作，只听到他冷冷"哼"了一声，两人再不说话。

叶深深靠在外面，将自己的双手紧紧握住，紧闭双眼等待自己面前的晕眩感过去。

连日来的紧张与困倦让她疲惫不堪，绷紧的神经在她的太阳穴上突突跳动。她用力呼吸终于让自己保持清醒，竭力酝酿好情绪让自己重新走到他们身边落座，她的脚步却是虚浮的。

沈暨可能是觉得她去得太久了，又见她脸色这么差，有点担心地看了她一眼。

叶深深勉强朝他笑一笑，笑得却比哭还难看："好像真的有点困了，刚刚差点在洗手间睡着。"

若有所思地打量着她的艾戈，看到她难看至极的笑容之后，便将目光从她身上轻飘飘地掠过。

叶深深艰难而用力地抓着刀叉，准备继续默默地低头吃饭。

沈暨见她神情恍惚，便抬手取过她的外套，说："别吃了，我先送你回去吧，你看起来真的很累。"

叶深深点点头，三个人出了门，艾戈看都不看他们，径自上了自己的车离开。

她犹豫着问沈暨："他放过你了吗？"

"没有……"他眼中一闪而过恐惧与忧虑，但随即又努力绽开一个笑容，说，"不过，他花了十几年时间也没干掉我，放心吧。"

叶深深点点头，心事重重地上了车，依然难以释怀他们的对话。她靠在副驾上闭目养神一会儿，却难以入睡，不由自主地睁开眼睛。

而他也终于转过头望了她一眼。

叶深深默默低头，斟酌许久才终于找到了一个看似无关紧要的切入口："那个艾戈是什么人？和顾成殊也认识吗？"

"他们当然认识，甚至可能比我和顾成殊还熟。"沈暨避开了第一个问题，却详细回答了第二个问题，"从伊顿公学到伦敦政经，成殊和他一直都是校友、同学，后来同时进入麦肯锡欧洲，然后又差不多同时离开。艾戈在安诺特集团的第一个大动作就是结束了长达八年的一桩品牌股权战，替集团将梦寐以求的一个牌子拿到了手。而当时这桩案子，与他进行共同策划的人就是成殊。"

"圈子真小……"叶深深自言自语着，拉着自己的安全带，"沈暨，你在担心什么吗？"

"没有。"他下意识地回答，但连自己都难以被说服。他沉默许久，终于艰难地笑了笑，说："担心又有什么用？当变故来临的时候，我们唯一能做的，就是全力迎击。"

第十三章
香根鸢尾

她不敢，也无法开口直接询问沈暨。

而沈暨也有意无意地避开了会涉及那个话题的内容。

所以，直等到沈暨送她回到公寓，她也没能从他口中打探到那个容女士的蛛丝马迹。

再也撑不住的叶深深趴在床上，睡了个天昏地暗。

她开始做梦，梦见自己跋涉着，前方是一片迷雾。忽然旁边似乎有声音传来，让她不由自主地驻足倾听。

那是一个幽远缥缈的声音，不知来处，也不知去向。

那声音在说："叶深深？

"顾成殊放弃那场婚礼的原因？

"容女士，就是死在她的手上？"

久久回荡的声音，让她在梦里猛烈失重下坠，几乎喘不过气来。

正在此时，一阵音乐声打破她的噩梦，让她带着淋漓大汗醒来，下意识地去抓床头的手机，迷迷糊糊地问："喂？"

声音一出口，她这才想到自己是在法国，忙又追加了一句allô。

那边传来的是顾成殊的声音："深深，我到巴黎了。"

叶深深还没反应过来，"哦"了一声，大脑一片空白。

"你们的三场秀都已经结束了，今天应该放假吧？"

"是啊。"

"我在对面咖啡馆，给你十分钟。"

叶深深顿时清醒了，跳起来跑到阳台一看，站在斜对面咖啡馆门口的人，果然是顾成殊。他正仰头向上看，等发现她出现在一步阳台上之后，便向她挥了一下手，挂了电话。

十分钟，这速度可得加快啊。叶深深赶紧洗漱打理，随便扯了件衣服套上，穿好鞋子就往下跑。等跑到咖啡馆门口时，她一看手机，刚好十分钟。

在顾成殊面前坐下，叶深深毫不客气地吃了四个羊角包，才抬头看他："顾先生来这边，是不是有什么事？"

"有些事在电话里不好沟通，我直接来找你说。"他说。

叶深深赶紧正襟危坐，看来是非常重要的事情了。

"首先是网店的事情，网络的影响已经不错，店里最近有计划要转向更广泛的宣传，寻找一两部可能会大热的影视剧，设计并赞助主角服装，看看能不能押对宝。若是能顺利得到提升，下一步我们店就可以开设实体店了。"

叶深深兴奋不已，激动地捧着胸口问："真的真的？是什么样的影视剧呢？"

"还在接洽，到时候你可以出出主意。"

言外之意就是，你缺乏这方面的眼光，没有决定权。

不过叶深深还是很兴奋，毕竟好多服装大师都设计过银幕服装的，更有许多设计师是从这里走出来的。

"沐小雪那边已经看过了那件礼服，她十分喜欢那款设计，你和她的造型师联系一下，看能不能弄出整体的效果来。如果特别惊艳的话，她希望可以穿着应付大场面，毕竟你这件确实很有特色，绝对能吸引眼球。"

叶深深拿着他递过来的名片看着，一边认真点头，一边带着美好的憧憬问："你说，她会不会穿着我的设计上戛纳红毯？"

"机会渺茫，不要多想。"顾成殊残忍地说，"她代言的那个品牌今年会不会赞助戛纳电影节都尚未可知。"

"好吧……"叶深深沮丧地低下了头，"就这些了吗？"

这些可不值得顾先生您百忙之中特地跑来一趟吧。

"还有一件事，店里已经开始招聘设计师，汇集了一部分的作品，我们就在这里尽快选一选吧。"他将厚厚一沓设计图放在她面前。

叶深深翻了翻图，发现都是打印出来的，心里不由得想，传电子版在网上讨论也一样啊，特地跑来有必要吗？

可……可是顾先生还是来了。

叶深深的脸有一点点红。她不知道顾成殊是怎么样的，但她在那样的噩梦中醒来后，看见站在楼下的顾成殊朝她招手，心中涌起的，是无法言喻的欢喜与安宁。

自私一点想的话，要是顾先生每天都可以丢下那些繁杂的事情，过来看一看她该有多好。

她埋头看着设计图，眼角的余光却一直在瞄着顾成殊。

顾成殊放下手中的咖啡杯，轻声叫她："深深。"

"啊？"她有点慌乱地抬起头，看见了他深邃平静的眼睛。

"这张设计很出色吗？你一直盯着看很久了。"

叶深深这才看清面前这张设计图，十分普通，就是将毕加索的图剪剪切切拼凑成衣服而已，色彩倒是可以的，但也不是设计师的功底。

"设计一般……我、我在猜测毕加索画的是人还是动物。"她窘迫地低头翻过那一页，去看下一组设计。

顾成殊的唇角露出了一丝笑意，他端详着面前的叶深深，看着她低垂的睫毛盖住明亮的眼眸，那里面倒映着她所看见的世界，清澈明净。

她的眼睛忽然弯起来，眉梢眼角带上了惊喜的笑意，那眼中的世界也陡然发出夺目的光，让他身不由己觉得恍惚陷入在里面。

而她抬头看他，惊喜地笑着说："顾先生你看，这个设计者是我的学弟哦，今年刚毕业，要开始找实习工作了，竟然投到我这边来了！"

顾成殊不动声色地移开目光，看着桌上鸟巢蕨簇拥的两枝天堂鸟，说："毕竟是网络时代了，大家对于网店的观念也在改变，收到的应征非常多。"

叶深深兴奋地捂着自己的胸口："好开心。"

顾成殊看看她的样子，又说："估计孔雀现在很后悔。"

叶深深迟疑了一下，然后说："她现在在青鸟当设计副总监，应该也挺好的吧？"

"可惜，路微迁怒于她，觉得自己最后的惨败是因为她的责任，所以，孔雀现在在青鸟的日子不太好过。而且现在店里的收入，比青鸟的中层都要高多了，轻松又自由。"

叶深深愕然睁大眼，迟疑地看着顾成殊，却不敢说话。

顾成殊缓缓地问："你还想把她拉回店里来？"

叶深深摇摇头，低声说："再看吧，万一又是路微安排的苦肉计呢？我不可能让身边再埋伏着一个随时会爆炸的危险人物。"

顾成殊点头："这样最好，你不可能顾及每一个与你曾经有过关系的人，无论是朋友，还是仇人。"

"不知道她的哥哥，考研成功了没有。"叶深深低低地说，"其实，她在方圣杰工作室最终评审之前，曾经过来阻拦我，她还是不希望我一败涂地，彻底断绝后路的。所以，我也希望孔雀至少能过得好一点。"

"每个人活在世界上都有苦衷，但都不能成为作恶的理由。"顾成殊轻声说着，看着她黯淡的神情，皱起眉说，"你现在和她两不相欠，别想了。"

叶深深点点头，将那沓设计图翻完，然后选出自己觉得不错的几张，递给他看："这几个你觉得怎么样？"

"宋宋和店长会面试的，到时候你和他们在网上聊聊看，如果理念一致的话，你再决定。"顾成殊将那几个作品看了看，没有异议就还给了她。

两人喝完咖啡出门，顾成殊问她："有想去玩的地方吗？"

叶深深摇头："来到法国之后就一直在忙，有点累，今天想收拾一下东西，然后随便在周围逛逛。"

"好，一起逛逛吧。"让叶深深惊讶的是，他居然顺理成章地答应了，把资料丢在自己车上，两个人真的像满街的男女一样随便走走。

春天已经到来，路边所有的七叶树都在努力舒展叶子。巴黎乱七八糟的道路横斜交错，看起来很快就会迷路的样子。

两人在路边买了一份巴黎地图，看着如同蜗牛壳一样的20个区，不由得哑然失笑："这奇妙的规划，该往哪边走呢？"

所以真的只能随便走走。从小巷穿过，看见街头卖艺的人，站在那里听了半首歌曲，顾成殊告诉她这是圣桑的《引子与幻想回旋曲》。

对面的咖啡馆上爬满了青藤，叶深深觉得窗户可能都被遮住了，顾成殊觉得应该还能看见外面，所以两个人进去坐了坐，叶深深居然赢了，开心不已地买了小蛋糕请他吃。

巴洛克式风格的小纪念馆，门口是一家花店。入口很狭窄，顾成殊在进入时，给她拿了一束香根鸢尾，递给她说："进入人家的房子，不照顾生意不好意思吧？"

叶深深把这些挨挨挤挤的蓝紫色花朵抱在怀中，有点犹豫又有点茫然地跟着他往里面走。旁边花店大叔对她说："香根鸢尾的花语是爱神使者，你知道吗？"

叶深深看看前面顾成殊的背影，又看看大叔促狭的笑容，顿时觉得脸颊和耳根热热地烧起来，恨不得把自己的脸埋在怀中的花朵里。

纪念馆的主人，是个法国小作家，连顾成殊都不知道的那种。顾成殊出来时说：

"难怪纪念馆都被开成花店了。"

叶深深看着手中的花，轻声说："但进去看一看还是有收获的。"

顾成殊送叶深深回到住处，两人分别之时，顾成殊才随意地问她："在工作室，一切还好吧？"

其实他不必问便知道她能应付得很好的。

叶深深点点头，说："挺好的。"

顾成殊顺理成章地说："那就好。"

叶深深站在街角，看着他向停车场走去。他送给她的花朵正在怀中盛放，蓝紫色的花朵映衬着她钴蓝色的大衣，气质融洽。

顾成殊回头看她的时候，就像整个天空的颜色都染进了他的眼中，一瞬间让他觉得蓝色真是种动人的颜色。

"顾先生……"叶深深轻轻叫他。

他停下了脚步，隔了三四米的距离看她："嗯？"

叶深深迟疑着，缓缓开口问："容女士……是谁？"

顾成殊的面容在一瞬间僵硬，他定定地看着她，微颤的睫毛覆住那双眼睛，竟不知自己能如何反应。

叶深深的心里泛起浓重的不安，这是她第一次看见顾成殊失态，在此之前，她从未想过，顾成殊也会有这样的神情。

顾成殊慢慢地向她走近，低头凝视着她。他们离得这么近，让她可以清晰地听到他急促的呼吸声。

他说："我母亲，她姓容。"

叶深深不由自主地"啊"了一声，想到那一句"容女士死在她手上"，只觉得心口涌起一阵巨大的恐惧，却无法言表，只能呆呆地看着他，半天说不出话来。

顾成殊垂眼看着她手中的花，声音略有喑哑："你怎么知道的？是谁对你说起的？"

"昨天……有个叫艾戈的人来找沈暨，我听他们提起的。"

顾成殊沉默地点点头。周围来往的人群在春日阳光下熙熙攘攘，自他们身边擦肩而过，但这热闹与他们无关，笼罩在他们身上的，不是此时温暖的阳光，而是说不清道不明的幽微气氛。

仿佛感觉到了低沉的气压，叶深深艰难地说："你之前曾和我提起过，你妈妈是生病去世的。"

"不，她是自杀的，在医院抢救时，精神已经紊乱，没有救回来。"顾成殊没有抬头，也没有任何动作。他只是一动不动地看着她怀中开得繁盛无比的花朵，声音哑涩："去年……"

"对不起……"叶深深低声道歉。

顾成殊的睫毛微微一颤，目光缓缓抬起来定在她的身上："你去年还在国内，从未离开过自己生活的城市，有什么对不起的？"

"我……我是指提起了你的伤心事。"她惶惑不安地说。

顾成殊稍稍停顿了一下，那双眼睛黝黯得如同深浓的夜："深深，我真羡慕你的单纯无知。"

这么莫名其妙的话，却让叶深深的心猛然收紧了，灼热的血从她的心口涌出，散向四肢百骸，让她的指尖都开始疼痛起来。

而他往后退去，看着她和怀中的花朵，轻声说："我得走了，再见。"

他离去的脚步略带迟滞，就像今天这一场相聚未曾发生过一样，徒然只增添了落寞。

而她站在他的身后，拥着开得正盛的花朵，茫然恐惧。

单纯无知的她，会在什么时候，曾与他的母亲发生过什么瓜葛？

为什么会有认识顾成殊的人认为，是她害死了他的母亲？

叶深深不知道自己是怎么回到住处的。

她将花放在桌上，整个人便倒在了床上。她想着顾成殊的母亲，想着自己与顾成殊的相遇，还想着顾成殊按住她面前的门把手，阻止她仓皇逃窜的打算，他对她说，叶深深，我们得干票大的。

凭什么呢？

一无所有、深陷困境的她，凭什么能运气这么好，忽然得到了顾成殊的青睐，让他在芸芸众生之中选择了她，扶持她走上这条通往辉煌的道路？

她的命运，原本应该像无数刚刚毕业的新人一样，上班下班，拥有的只是一份饿不死也吃不饱的薪水、一条一眼可以看到职业尽头的新人设计师之路、一个淹没在陈旧破败的服装加工厂的普通人生……

而现在，她拥有一家上升势头惊人的网店，她身在无数人仰望的世界顶尖工作室，甚至已经有了大明星来向她定制服装。

这一切的原因是什么，她竟从未想过。

叶深深捂住眼睛，挡住窗外斜照在她面容上的阳光。眼前一片茫茫的黑灰色。

"然而，叶深深，你已经来到了这里，你就一定得走下去。"

她在心里对自己一遍一遍地说。

无论来到这里的原因是什么，无论将要面对的是什么，但结局，她自己要握在手中。

她的梦想，她的路，她的光辉世纪。

没有任何人，任何事，可以打败她。

叶深深没想到的是，再次见到艾戈，居然会这么快。

时装周结束后，工作室休假两天，第三天，叶深深早早来到工作室，等待巴斯蒂安先生正式分派自己工作。

不过叶深深对于自己接下来的职务，是有准备的。巴斯蒂安先生一开始找她过来，就是因为需要一个专门负责面料的助手，她估计自己应该是主要管理这部分的事务。

果不其然，巴斯蒂安先生一过来便和她谈了关于工作室面料的事情，安诺特集团有专属的工厂，负责制造和印染面料。工作室有需要的话，可以直接前往联系，同时还有科研部门，有几十项服饰新材料的研制都在进行中。

"但我并不想将你的才华困在这个上面，你设计的精微独到之处，是别人无法比拟的。若让你的时间浪费在面料上，我也非常惋惜。"巴斯蒂安先生如往常一般的温和面容上，带着些许烦恼，"你刚来工作室，可能还要适应一段时间，要让你兼顾二者，也是不现实的，所以对于你的安排，我有点犹豫。但请你放心，不是因为我怀疑你的能力，而是太欣赏你的能力，你明白吗？"

"我明白，我非常感激先生。"叶深深凝视着他，轻声说道，"无论先生做什么安排，我都会竭尽全力去做好一切。"

"好的，那就由我来安排吧。"巴斯蒂安先生示意皮阿诺去安排晨会，皮阿诺出去之后却又立即返回，说："努曼先生，恐怕我们的晨会得取消了。"

巴斯蒂安诧异地看了他一眼。

"安诺特先生来了。"

巴斯蒂安先生问："老安诺特？"

皮阿诺先生压低声音说："不，是比较难对付的那个。"

还等在办公室内的叶深深，站起来向他们点头致意，准备先出去。

比较难对付的那个安诺特先生已经到了门口。

走出门时刚好与他打了个照面的叶深深目瞪口呆，不知该如何表达自己的惊愕。

棕色头发，灰绿眼睛，沉暨的债主，从不正眼看自己的那个人。

叶深深真的彻底体会到了巴斯蒂安先生和皮阿诺的感受——这应该是世界上最难对

付的人。

而他瞥了叶深深一眼，脚步都没有稍微缓一下，仿佛叶深深是空气一般，目光平静无波地从她的脸上掠了过去。

叶深深战战兢兢地站住，回头一看，他正将自己刚脱下来的外套交到身边人的手中，走进了巴斯蒂安先生的办公室。

叶深深呆了片刻，推想着他和顾成殊以及沈暨的关系，回过头看到了室友伊莲娜正探头往那边看。

她赶紧几步走到伊莲娜的身边，蹲下来低声问："伊莲娜，刚刚那个人，是安诺特集团的什么人？"

"天啊，你在这里上班，怎么可以不知道他是谁！"伊莲娜压低声音，神秘兮兮地说，"虽然他不经常来这里，但绝对是足以影响我们所有人的上帝啊！"

叶深深没空体会她的抒情，只追问："他是安诺特集团的什么人？"

"老板喽，因为去年底他父亲宣布退休了。"

要不是做好了心理准备，死死地按住了伊莲娜椅子的扶手，叶深深觉得自己可能要坐倒在地上。

沈暨怎么会得罪这样的人？真是太可怕了。

她不由得为沈暨担忧起来，不知道他欠了艾戈什么，看他阴沉地去追债的样子，看起来绝对很严重。沈暨是否有能力偿还，又是否能安然无恙呢？

她还在惶惑地思忖着，伊莲娜已经将她拉起来："快去啊！"

"啊？"她茫然抬头看着对方。

"皮阿诺先生叫你呢！"伊莲娜指指办公室门口招手示意的皮阿诺先生。

叶深深忐忑不安，但见皮阿诺先生一直在看着她，也只能硬着头皮走过去。皮阿诺先生将她推进去之后，自己却不肯进去面对，站在了门外。

叶深深向着巴斯蒂安先生点头示意，又乖乖向艾戈问好："您好，安诺特先生。"

巴斯蒂安先生向艾戈介绍道："叶深深，来自中国。集团委托我前往方圣杰工作室审查时，我遇见了她，觉得非常有才华，便邀请她进入工作室，如今刚来了两周。"

艾戈看都不看叶深深一眼，甚至连当着巴斯蒂安先生的面，敷衍一下的兴致都没有，只坐在沙发上，用两根手指撑着头，说道："去年你曾与我们谈过一次，提到自己萌发了引退的想法，并承诺会在接下来的几年时间内，为我们培养一支足以接替自己的队伍，好顺利为品牌造血，使它们在你离开后，更好地发展延续下去。"

巴斯蒂安先生点头，向他示意叶深深："我相信，叶深深对于此事会有帮助。"

"请恕我直言，对于此事，我的信心不足。"艾戈平淡地说，"我不认为像她这样的人能有留在这边的资格。"

巴斯蒂安先生诧异地看着他，虽然知道这个人的标志就是难对付，但却从未见过他这样的一面，这是艾戈第一次简单粗暴地出面干涉工作室的事务。

"我看过她在中国设计的服装，因为她开了一个网店。在中国的网上，无数人在卖一些格调低下的衣服，得到了一众市民阶层拥趸，她的店也不例外，顾客几乎没有任何品味可言。"艾戈旁若无人地对叶深深的设计进行彻底的打击。

叶深深简直不可置信，什么叫格调低下？她一没暴露二没恶俗三不走涂鸦路线，再说服装设计上，暴露和涂鸦本身也是一种风格，同样有人能走出一条坦途来。

但是她的法语不够用，面对这样的人也无法直接驳斥，心里虽然抗议着，却只能狼狈地承受他犀利的言辞。

"她是网店出身，而且是中国的网店，充斥了抄袭与低俗的廉价货的地方。她店里第一款引起购买热潮的裙子，价格不到3欧。如果那些人知道，这种网店的设计师，居然混入了世界上最高端的品牌，那么我相信，不仅是对于接纳她的品牌，同时也是对于我们整个集团，甚至是整个高定行业，都是一次致命的打击。"艾戈以不屑的目光望着叶深深，毫不掩饰自己对她的厌恶，"一个中国这样的品牌荒芜之地，都能有一个开低廉网店的女生跻身Chanel、Valentino、Fendi的行列，这将会使无数的人产生怀疑，我们整个高端行业与那些低端行业，是不是毫无区别？中间的壁垒是不是脆弱得一击即溃，所谓的奢侈品是不是我们营造出来的骗局？"

巴斯蒂安先生沉吟许久，终于皱起眉。

显然艾戈的话是清醒而正确的。在一定的意义上，叶深深并不仅仅代表着一个有才华有灵气的设计师，她代表的还是草根阶级，而且是最低端的拖泥带水并广为人知的草根。高端设计行业要接纳这样的一个人，就相当于要附带沾染她一身的泥泞，甚至可能这些泥水蔓延，会形成一块使整座冰雪城堡面临溃烂、坍塌危险的疮疤。

巴斯蒂安先生的脸色也难看了起来，犹豫片刻，然后说："或许她可以换一个名字，将过去掩盖。毕竟，她确实拥有其他人无法企及的才华。"

"越是掩盖，将来越容易发展成为丑闻。而且，她已经不仅仅只是网店的设计师，她已经走到了台前，在方圣杰工作室的时候，还曾经给娱乐圈的三流小明星设计过衣服，这些，都已经使她不可能从头再来。"艾戈毫不留情地说着，从始至终，没有看叶深深一眼。

叶深深脸色苍白，她的脑中一片混乱，不知自己该如何反应。

她知道艾戈不会接纳自己，但他若是说她才华不够，或者需要看到她的能力，她一定会奋起反驳，展现自己的能力给他看，甚至她相信，巴斯蒂安先生也会站在自己这边，贯彻他带她来到这里的初衷。

然而，他拿出来的武器，是整个高端时装业。

矗立峰巅的高贵壁垒，永远对普通人紧闭的城门。一旦为她开放，整个王国的根基都将轰然崩塌。

虽然不知道她的到来究竟会带来多少冲击力，但一旦接纳她，所产生的后果，谁也无法承担。关系着整个行业千万人的未来，没有任何人敢做这样的保证，艾戈不能，巴斯蒂安也不能，甚至连整个安诺特集团也不能。

艾戈的目光，终于转向了叶深深。他清楚地看见她脸上的恐惧，她已经知晓了自己将永远徘徊于这个行业最高的地方之外，永远不得而入的无望未来。

他的眼睛微微眯起，那双灰绿色的眼睛，变成深沉的暗绿，显得更加令人畏惧。

巴斯蒂安先生叹了口气，无比愧疚地看着叶深深，说："关于这件事，我们会再商量一下的，你或许可以去休息一下。"

然而他既然这样说，就已经是下了决定。而之前即将替她安排的位置，也已经被搁置，不可能再提起了。

叶深深理解他面临的难题，所以只向他鞠了一躬，转身迈着僵硬的步伐走了出去。

她知道就算巴斯蒂安先生坚持要留下她，她也已经不可能接近品牌的核心了。她只可能在这里做一个不出现姓名的打杂工，永远无法积累经验，也永远无法证明自己曾经来过。

艰难攀爬了这么久，怀着这么巨大美好的向往来到这里，然而过往就像锁在她脚上的镣铐，无论她爬得多高，多远，她都会被不可抗拒的力量扯下来，跌回原来的地方，寸步难行。

她的一生，被自己最开始出发的地方决定了。

最开始……在一开始，和自己的闺蜜商议开那个网店的时候，是否就是她做的最差的决定。

是否在那个店开起来的时候，她的人生就被决定了。

她觉得自己全身的力气都被抽走了。她无力地走到空无一人的安全楼梯，在那里坐下，在阴暗的地方，竭力让自己能想一想这些事。

可是，从云端瞬间坠落的失重感，让她的双耳嗡嗡作响，无数的刺目光点在眼前的黑暗中跳跃，大脑成了一潭污黑的泥沼，她再用力地在里面搅动，也只泛起一些疲乏的泡沫。

她想着一路上自己的努力，她这么拼命才来到这里，却如此轻易地被关在了外面。

一切，都只是因为她曾经的经历。

顾成殊曾表示对她开网店的决定不屑一顾，也与她商议过，放弃掉那个店。如果在那个时候她接受了，一切又是不是有什么不同？

然而，顾成殊曾经毫不留情地撕掉她那些可能会成为黑历史的抄袭设计，却不曾坚持让她关掉那个店铺。

他难道不知道，这会成为自己最大的阻碍，轻易地阻断她的未来？他从来不曾纵容她的任性，可那一次却容许自己走向这么绝望的境地。

不，他一定知道的，他一定知道如何才能打破这层坚不可摧的玻璃天花板，让自己顺利地进入这座城池。

否则，他一开始就会制止，不会让她戴上这条制约自己所有未来的镣铐！

叶深深用颤抖的手，将自己的手机拿出来，按下排在通话记录第一位的号码。

顾成殊总是很迅速地回应她，这次也不例外。

"深深？"

他的声音平静而从容，从遥远的那边传来，回荡在她的耳边，让她耳边那些纷乱作响的声音在瞬间烟消云散。

是，他是顾成殊，是永远会站在她身边的顾先生。

若这个世界上有一个属于她的万能的上帝，那么必然就是他。

即使在最深的绝境，她也依然可以抬头，看见他身上的光芒。

艾戈走出巴斯蒂安办公室，穿过走廊走向电梯。

电梯里的气温与外面相差了有三四度。所以他的助理悉心地将外套抖开，替他披上。

他的目光直视前方，缓慢地戴着手套，神情平静冷淡得仿佛雕塑。直到电梯门平滑无声地打开，他看见站在外面的一条身影，那大理石一样坚固的表情，才被稍微打破。

叶深深站在电梯外，不——她所站的位置和她脸上的神情，表示她并不是在等电梯，而是在堵电梯。

她仰着头，一动不动地看着面前的艾戈·安诺特，直视那双灰绿色的眼睛，深吸了一口气，说："安诺特先生，我有一个请求。"

艾戈迈了一小步，出了电梯，但没碰到她。他的目光从她身上漫不经心地滑了过去，更没有理会大堂中那些人投来的诧异眼神，他站得挺拔笔直，将自己左手薄薄的手套慢慢地拉好，遮住自己冰冷裸露的皮肤："你并没有资格向我提出请求。"

那居高临下的态度，让叶深深酝酿许久的勇气先被击溃了一大半，原本已经准备在口中的话语，也全都被堵在了喉咙中，一个字也说不出来。

他瞥了她一眼，径自越过她，向着大门走去。

叶深深情急之下，抬手抓住他的袖子，脱口而出："你不就是嫌弃我的出身吗？可世界上出身不好的设计师比比皆是，并不只有我一个！"

她的法语并不好，此时冲口说出的是中文。

艾戈的目光落在她抓着自己衣袖的手上，那浓长得过分的棕色睫毛，半遮住灰绿色的眼睛，微微眯起的眼睛从她的手上移到她的面容，锋利的目光看起来十分可怕。

叶深深只觉得心口涌起强烈的紧张惶感，但她并没有放开自己的手，她不屈不挠地说道："Christian Dior曾露宿街头甚至得了肺结核，三十多岁去当设计师还丢了工作，四十多岁才真正开始自己的服装设计事业；Donna Karan14岁谎报年龄去当服装店员，20岁为了当设计师不惜辍学，辛苦工作8个月却因对方不满意她的设计而被解雇；Alexander MacQueen甚至以自己出身中下阶层而自豪……"

助理走上来，准备将叶深深拉开。

叶深深被他揪住肩膀，被往后拉扯。她下意识地加重了自己的手指，不肯松开。

"放开她。"艾戈对助理说道。

助理松开了叶深深，他的目光又落在叶深深的手上，叶深深也只能放开了自己的手："安诺特先生，他们怀才不遇的时候也曾被各种牌子拒之门外，又有谁会介意他们是连小品牌都看不上的设计师呢？我觉得相比之下，自己并没有太大劣势。"

"你凭什么觉得自己可以与他们相比？"她天真的问话，让他终于开了口，只是表情依然冷漠，浑若无事地继续戴着自己的手套，"很遗憾，Dior出身并不差，而且他身处的是风云变幻社会大洗牌时机；Donna Karan时隔数年又回到辞退她的安克莱公司重新成为设计师，证明了自己的成长；MacQueen是圣马丁的艺术系硕士。这些都是他们搭上方舟的船票，而你——告诉我你的船票在哪里？"

"我会拥有登上方舟的票。"她咬住下唇，扬起头坚定地说，"社会阶层逐渐固化之后，我这样的底层设计师脱颖而出的机会确实很少，但我知道你们每隔三年就会有一次青年设计师大赛。如果一个最底层的设计师，凭借自己的才华和努力，得到了大赛的奖项之后，顺利被大品牌发掘接纳，那么，她就不再是冰雪城堡的污点，更不会导致城堡的坍塌，反而会成为它熠熠生辉的基座，更成为这座城堡最好的传说。"

艾戈瞳孔微微收缩，冰绿色的眼睛下移，将她从上到下地仔细打量了一遍，然后又缓缓上移，目光盯着她的眼睛："的确会是最好的传说，那些梦想期望着这个圈子的世人，一定会众口传颂你这个现实版的时尚灰姑娘。"

"所以，我会参加这个比赛，堂堂正正地赢得与巴斯蒂安先生一起工作的机会。"叶深深毫不畏惧地望着他，黑色的眼睛明亮无比，"我不会是你们的灾难，我会成为全新的血液，是你们所需要的力量。"

"或许。"他垂下眼，戴好了右手的手套，脸上又恢复了那种冷漠，"假如你真的能成就自己，成为一个传说的话。"

叶深深认真地说道："我听说截止期已经过了两天了，但初审尚未开始，但我相信你会给我这个机会。"

"我当然会给你这个机会。你有这样愚蠢的勇气，我自然乐于看你笑话。"他抬起戴着手套的右手，捏住她的下巴，那双玻璃断口一样锐利的眼睛盯着她，讥嘲而冰冷地说，"去吧，在三千四百人中，争取你自己的荣耀吧，叶深深。"

叶深深咬着牙，一声不吭，倔强地盯着他，毫不避让。

他放开她，径自向着门口已经停在那里的车走去。

"对了，告诉你一个遗憾的消息。本来努曼先生已经说服了我，让你留在工作室学习，虽不挂名，但你至少可以继续在世界顶级的工作室待着。但既然你下了这么宏大的决心，那么，如果这次比赛你一无所获的话，相信你一定会知道自己的斤两，自觉离开。"

"是，如果我无法证明我自己的能力，我会立即离开。"她的眼中跳动着灼热火焰，毫不迟疑地说。

或者让所有人心服口服，或者毫不迟疑地离开。她决不会留恋别人勉为其难的施舍。

第十四章
冰雪城堡

"我听说，你要参加青年设计师大赛？"

沈暨的消息十分灵通，当天下午就过来，在公寓找到了正在埋头画画的她。

叶深深点头，将零散的设计图收了收，让他坐在沙发上。

"现在又开始用纸质手绘了？"沈暨拿着她的图看了看问。

"有时候手绘的感觉和电脑上的不一样。"叶深深回答，看着他带来的文件盒。

沈暨点头，说："对，纸质的感觉和电子版是不一样的。但今年的比赛，只收电子版的，就算是纸质手绘的，也都扫描录入之后再投稿了。"

"你是评委吗？"叶深深问。

"怎么可能？艾戈讨厌我讨厌到死，对于安诺特集团这么重要的事情，他怎么可能让我介入？"沈暨将手边的文件盒交给她，"不过我有熟人，所以给你复印了一些往年的获奖作品。比赛有冠、亚、季军，都只取一名，从未有并列情况出现，此外有若干优胜奖，视情况定数量。每次的获奖作品都会被安诺特集团直接买走，获奖选手也会被各大品牌聘请为设计师。比如去年的亚军阿方索，先是去了Element.C，现在来到了巴斯蒂安工作室。"

他说着，将文件盒打开，取出几份设计图给她："这就是阿方索上一届比赛的设计。初赛是一组或者一系列设计，复赛是按照组委会的要求进行一组命题设计，决赛每一次都是固定的要求——高定礼服。"

162

叶深深接过阿方索的设计，仔细看着。

阿方索初赛的作品名为《贝尔蒂耶大道》，各种街头风格在他的手下调和，条纹、波点、拼接等各种元素都被他操纵自如，几乎可以透过他的设计看到各种色彩与风格被他玩于股掌之间，揉捏成属于他自己的产物。

他抽到的复赛题目是《热带雨林》，采用的是阔叶常绿植物的理念。他的廓形倒比较简单，但在印染上下了大工夫，将植物的脉络与图像通过深深浅浅的变色印染在面料上，对于布料色彩的使用和表现力令人惊叹。

叶深深抬起头看着沈暨，认真地说："他真的非常出色。"

"是的，但他只擅长男装，所以在最后的决赛中失手了，只拿了亚军。"沈暨将冠军的作品翻出来给她看，说，"冠军现在也进了安诺特集团，为一个著名女装品牌设计。所以，深深，这个比赛，每一届都是天才在争夺。全世界梦想出头的年轻设计师层出不穷，而这是能让他们一步登天的时机，所以大家都挤破了头往里面前进，今年收到的候选稿，是三千四百多份。"

是的，叶深深知道这个惊人的数字。因为艾戈嘲讽地对她说，去吧，在三千四百人中，争取你自己的荣耀。

三千四百分之一的可能性。

"能进入初赛的，一共一百人。作品征集在前几天其实已经截止了，不过艾戈既然答应你了，我会去跟组委会的人提一下，现在送过去应该没问题。为了赶时间，你可以选用你上次那组设计，就是金线猎豹的那一套，我觉得非常出色，进入复赛应该没有任何问题。而且，虽然巴斯蒂安先生见过这幅作品，但他是不参加初审的，也不会有干涉评委的嫌疑。"

叶深深点点头，开始去整理自己那组设计。

"起个好听的题目吧。"沈暨站在她的身后，看着她将六幅作品组合在一起，按照参赛规则标注面料辅料等各种参数。

叶深深看着上面黑色的裙子与金色的纹饰，缓缓地说："就叫《雨夜》吧。"

因为，这组作品的诞生，起于那个雨夜，她抬头看见了被闪电照亮的，顾成殊的侧面。

沈暨点点头，打电话联系组委会的人，得到肯定的回答之后，让叶深深给他们的邮箱发送作品，并提醒对方，参赛作品是《雨夜》。

对方接收文件之后，将隐藏所有的设计者信息，然后将三千多份作品打乱次序，分发给五十位专业设计师，邀请他们为作品评判，每位设计师将评审三百份作品。这样每份作品都将被五位设计师看到，给予1–5分的评审，然后根据平均分数，取前一百名进入复赛。

讲解了评分规则之后，沈暨朝叶深深摊开手："所以，彻底堵死了动手脚的可能性，我们并不知道你的作品会被送到哪个设计师手中。复赛和决赛也都是匿名评审，除非你的设计外泄，否则艾戈就算想压你的分数也没有办法，他也不会知道你的设计。"

叶深深松了一口气，靠在椅背上，望着桌上那些开得艳烈的香根鸢尾，说："他这么讨厌我，如果知道是我的设计图的话，一定会故意打压我的。"

沈暨的目光也落在那束香根鸢尾上。叶深深没有花瓶，所以鸢尾花插在一个玻璃水杯中，满满的水漫过长长的叶子，花朵开在玻璃水面上，带着一种波光潋滟的凉意。

沈暨抬起手，轻轻抚摸着鸢尾花娇嫩易损的蓝紫色花瓣，轻声说："对不起，深深……"

叶深深抬头看着他，目光平静而清澈。

他的脸上露出艰难而迟疑的神情，但终究还是说："是我连累了你。"

"我知道，艾戈这么讨厌我，可能有一部分是因为你。"叶深深顿了顿，说，"可是沈暨，如果没有你，我走不到这里。"

沈暨一时说不出话。

仿佛为了宽慰他，叶深深又笑了出来，说道："而且，结局怎么样还不知道呢，难道你对我的设计没信心吗？"

沈暨看着她微笑的神情，一瞬间心里闪过一阵诧异，那个遇见事情之后，会紧张慌乱地仰望自己的叶深深，到哪里去了呢？那个记忆中迷迷糊糊呢喃着"沈暨，我喜欢你"的叶深深，又去了哪里？

如今在他面前的，是遇到了这么大的挫折后依然用平静微笑看着自己的叶深深。

那个曾经在他面前慌乱紧张、脸红惶惑的叶深深，不见了。

就像心里某一个地方，被剜去了一块，突兀而清楚，令他茫然若失之际，又不知道自己究竟失去的是什么。

叶深深坐在沙发上望着他，给他塞了一个靠枕，说："沈暨，跟我说一下你当初欠了艾戈什么吧。知己知彼才能打一场胜仗，你得先让我知道我面对的究竟是什么样的敌人。"

沈暨默然靠在沙发上，一言不发。

许久，他终于站起来，带着仓皇逃避的神情，说："我该走了……对不起。"

"我说真的，无论有没有你，这些高高在上的品牌都不会轻易接纳我的。"既然他不肯说，叶深深也只能摇摇头，轻抚他的后背安慰他说。

沈暨看着她，露出一个艰难的笑容："那，加油。"

"嗯，我会连你的份儿一起努力，让那个艾戈尝尝我们的厉害！"叶深深握紧拳头说。

沈暨低头望着她的面容，在他最无力也最彷徨的时候，她站在他的面前，用明亮的眼睛望着他，告诉他，自己与他站在一起。

因为心口颤抖的悸动，他俯下身，用力地抱紧了她。

叶深深诧异地睁大眼睛，想告诉他他抱得太紧了，自己有点喘不过气来。可是他的身体微微颤抖，那凌乱而沉重的呼吸就回响在她的耳畔，她在一瞬间只觉得全身无力。她用唯一的一丝清醒，支撑着自己站在他的面前，就像他的依靠一样。

因为如果她都不能站定自己，她真的怕失控的沈暨，会无法站立在她的面前而摔在地上。

她犹豫着，轻轻抬手抱住了沈暨的背。

她的手落在他的脊背上，带着安抚的意味。就像受到鼓励的孩童，沈暨越发收紧了双臂，他俯下头，将自己的面容深埋在她的发间，竭力地汲取她身上的气息，仿佛这样能让自己重获平静，忘却一切该有的与不该有的东西。

他呓语般喃喃说："我不会让你跟我一样的，深深，决不会……"

叶深深闭上眼睛，因为窒息而感觉到身体的下坠，仿佛沉没在沈暨的怀抱中。杉木与安息香的隐约气息，甚至带一点电石的奇异气质，和顾成殊截然不同的味道。

好奇怪，在自己曾梦寐以求的怀抱中，她却想起了顾成殊。

此时拥抱着她的人，是她在迷醉中呓语着"我喜欢你"的人，也是曾经亲口说出她"并不特殊"的人。

于是，那些还来不及开始的情感，就这样轰然崩塌。时间过去了，感情错过了，那一瞬间闪出的火光落在了冰冷的海面上，微妙的火星就此熄灭，再也不可能燃起火焰。

叶深深的手，慢慢地垂了下去。

沈暨隐约感觉到她身体的僵硬。他终于回过神来，双臂缓缓松开，直起了身躯，眼神也渐渐有了焦点，仿佛终于认出了她是谁。

他有点茫然地说："深深，对不起，我可能有点失态了……"

她微微笑了笑，神情平静而温柔，轻轻地说："再见，沈暨。"

送走沈暨之后，叶深深靠在门上，恍惚地沉默了一会儿，然后回头看楼梯上的人，问："顾先生……你什么时候来的？"

"刚刚，看见你和沈暨正在告别，觉得不应该打扰。"

叶深深转头看着顾成殊，垂下眼睫："嗯，他在责怪自己，觉得艾戈为难我都是他的错。"

顾成殊没有回答，两人一起顺着旋转楼梯慢慢走上去。

叶深深回头看见他面容一片沉静，在昏暗的楼梯灯光下笼罩着朦胧而温暖的晕黄光芒，一片安宁恬淡。

她感觉他应该没有误会自己与沈暨，但心口还是有点茫然的紧张，不知道他看见刚刚自己与沈暨的拥抱之后，是不是有什么想法，有点心虚，于是她解释说："沈暨他特别伤心，所以我……安慰了一下他。"

顾成殊端详着她急切解释的神情，唇角露出了淡淡一丝笑意，说："我知道。"

叶深深低下头，避开他颇有深意的笑容，脚步的节奏也乱了一拍。

幸好已经来到门口，她推开门，室内一片安静，香根鸢尾还在门厅的花瓶中盛放。

她去打开厨房的柜子："喝茶还是咖啡？"

"水就可以了。"他握着她递过来的水杯，又问，"接下来，你准备怎么办？"

"我觉得我应该为民除害，狠狠地给艾戈一顿反击。"叶深深在他对面坐下，有点郁闷地说，"像沈暨这样个性温和的人，究竟当初会做错什么事情，让艾戈到现在还记恨在心，念念不忘？"

"不，不是记恨，其实是迁怒。"顾成殊摇了摇头，说，"对不起艾戈的，是沈暨的母亲。"

叶深深更不敢置信："就因为沈暨母亲做过对不起他的事情，所以沈暨就得背上这个道德枷锁吗？都什么年代了，还讲究父债子偿这一套？"

顾成殊微微皱眉，说："是啊，这借口确实难以服众。但作为私下仇恨沈暨的理由，艾戈自己信服就足够了，我们并非他们的家人，有什么办法劝解？"

"可是沈暨是我们的好朋友啊，他难道真的无法再实现自己的理想了吗？"

"所以沈暨才会回国，他想尝试在国内寻找到摆脱艾戈的方法，或许自己能重获自由。"顾成殊说。

叶深深回想着沈暨在国内的行踪，问："那他找到了吗？"

"这个，得看你。"顾成殊倚在柜子上，抬手随意地轻抚香根鸢尾的叶子，那尖尖的叶子向上延伸，如同剑刃，在他的指尖微动，"你们如今是同一阵线的战友，都是被艾戈盯上的人。可以说你的未来就是沈暨的未来，若你能在艾戈手下杀出一条血路来，那么，沈暨也能看见自己人生的另一条路，找到属于自己的未来。"

叶深深蜷缩在沙发上，抱着沈暨之前抱过的靠枕，低声问："沈暨对于艾戈，不仅仅只是恨吧？"

"当然不是。你以为艾戈找沈暨做自己的助理是为了什么？他先毁掉沈暨所有的一切，再轻而易举给他建立一切，在这样的人身边两年多，时时刻刻都被影响着，对于沈暨来说，艾戈已经是无法反抗的绝对存在，从潜意识到骨子里都像被他改造了一样，根本就不敢相信自己能做出任何背离他的事情。"顾成殊微微皱眉，说，"这种心理上的潜移默化最为可怕，能直接改造对方的人生观。沈暨心里已经有个固定的认识，认为他人生中所有的幸福与不幸，都是艾戈带来的，所以他就是无法抗拒的力量，自己没有任何办法对抗他。"

叶深深点头，轻声却坚定地说："那么，如果我这回赢了，或许沈暨就能振作希望，认识到艾戈并不是万能的主宰，他或许也能走出阴影，重拾自己的梦想，继续走那条被中断了的设计师之路。"

顾成殊凝视着她，说："对，所以，你面临的这个比赛，非常重要，它不仅关系着你的未来，也可能影响着沈暨的人生。"

"无论如何，我都要击败艾戈，让他收回对我的不屑与诋毁，乖乖承认我有留在巴斯蒂安先生身边的资格。"叶深深倔强地说着，用力抿着嘴唇，一脸要向人类暴政宣战的表情。

顾成殊反而笑了，说："好啊，努力吧，你会达成目标的。"

叶深深抬头看着他，这才想起一件重要的事情还没有问。

"顾先生今天……怎么忽然到这里来了？"

他随口说："我已经把伦敦那边的事情基本处理了一下，接下来的一段时间，我会待在这边。"

叶深深眼睛亮了起来，忙问："是为了帮我吗？"

顾成殊若无其事地将头转向一边，看窗外的风景去了："不，是来度假的。"

"哦……"

顾先生，你就直接说你是来这边帮我度过最艰难的时刻怎么样？承认你关心我会怎么样？泄露一点关怀会怎么样？

叶深深在心里想着，但也不打算戳穿这个口是心非的男人。她笑着瞥他一眼，坐下来打开自己的电脑，继续绘图去了。

顾成殊看着她一点点精心描绘裙子上的细节，设置详细参数，便问："这件裙子要制作了吗？"

她一边输入数据，一边说："是的，我与沐小雪的造型师已经商议过很多次了，敲定了所有细节。"

顾成殊双手支在椅背上看着，说："所以，就算你比赛失败了，也没有关系，回国依然有大好前程等着你。我们可以帮你做好宣传工作，没有人会知道你在这边遭受的待

第十四章 · 冰雪城堡

遇，你能获得媒体与明星的追捧，俨然成为镀金回国的著名设计师。"

"或许吧，或许你们确实能把我打造成这样的明星设计师，或许我确实能因此成为国内顶尖的设计师之一，就像郁霏一样。"叶深深仰起头看他，长长地出了一口气，说，"可是顾先生，你曾对我说过，我拥有长成世界上最高的巨杉的潜力。所以我的野心就变大了，我不想成为一棵60米、70米，或者八九十米的树，哪怕只差一厘米，那也离我的理想，差了太多。"

顾成殊低头看着她，四目相望间，他忍不住抬起手，将纠缠在她眼角的一绺头发给拨开，轻声说："是，我相信你一定会长成百米巨杉。"

虽然得罪了艾戈，虽然要参加比赛，但工作还是要继续。

"我才没那么傻呢，能在国际顶尖的工作室学习，我为什么不去？不但要去，而且还要每一秒都过得有意义才行。"叶深深一边穿衣服，一边对着镜子里的自己自言自语，握拳做了个加油的手势。

她照常过去上班，皮阿诺先生也照常给她分派任务。虽然都是整理配饰、缝制加工等普通的杂活儿，但叶深深依然干得津津有味，觉得自己大有收获。

顾成殊现在常在巴黎，晚上有时候他会过来，偶尔沈暨这个夜店咖有空，也会跑过来，带着叶深深喜欢的甜点给她当夜宵，看一看她的设计。但大部分时间，都是顾成殊和她两个人一起吃饭，然后他尽量拉着叶深深这个热爱工作的人在街上散个步。有时候叶深深把衣服带回家加班，专心致志地缝缀配饰不肯出门，顾成殊这样的人也会有点无奈。

"为什么你对缝贝壳片这种机械工作，都能做得这么兴致勃勃呢？"

叶深深抬头，不管顾成殊微皱的眉头，笑着举起自己手中两件几乎一模一样的衣服："你看，我得同时弄两件，一件是走秀用的，一件是某位好莱坞明星抢先定制的。"

顾成殊眉头皱得更紧了："所以就会更无聊，是不是？"

"不啊，一点都不会。"叶深深将两件初步弄好的衣服摆在他面前，"来，猜一猜哪件是走秀用的，哪件是定制的。"

顾成殊无可奈何看了两件衣服一眼。一样的面料，一样的线条，一样的大小，甚至连上面缝缀的贝壳片都是同样规格的东西，几乎是一个模子出来的。

他将目光转到叶深深脸上，问："区别在哪儿？随便哪件，不是都一样？"

叶深深将衣服拎起来展示在他面前："现在呢？"

他看了一眼，指向左边的一件："这件应该是走秀的。"

叶深深笑着点头："答对了。"

顾成殊端详着两件衣服，也有了点兴趣："为什么同样的衣服，感觉上却是左边这件更适合走秀呢？"

"区别在于，左边这件衣服的贝壳，是逆钉的，也就是说，是从下往上钉，而右边这件，则是从上往下顺着钉的，这样造成的效果是——"叶深深将手中的衣服拿起来，在自己身上比了比，"逆钉的贝壳片，会在走动时倒下张开，呈现出一种微妙的俯仰角度，在秀场看来，贝壳在灯光下光泽立体而引人注目。但定制的话是要生活中实际接触的，所以顺着钉有一种垂顺的、层层叠叠的感觉，显得柔美华贵又妥帖。"

他微微扬眉，目光中流露出赞赏的神情："所以，完全一样的面料与辅料，完全一样的设计，就因为这一点贝壳片的钉法，就呈现出了完全不一样的气质。"

叶深深笑着点头，脸上写满成就感。

他又问："你自己摸索出来的？"

"是呀。巴斯蒂安先生和我商量，他认为走秀的效果应该要追求夺目，而日常的效果要符合着装者气质。我就试着在配饰上做了这样的技巧，这样不会改变任何设计，但是能有所区别，是不是？"

他看着她兴高采烈的样子，不由得唇角微弯："难怪你打杂都能做得兴味盎然。"

"是啊，我觉得只要用心的话，无论做什么事情都是可以学到东西的。"叶深深将弄好的两件衣服小心翼翼地用特殊处理过的亚麻布罩套好，挂在衣帽间内，"但我也不想一直这样打杂，我的理想还是做设计师。"

"说到设计，工作室中三个牌子，这一季的服装设计据说都要出了，你有参与吗？"

叶深深点头："我设计了几套，也交上去了，但会不会被采用就不知道了。"

"是吗？我看看。"顾成殊示意她。

叶深深赶紧打开电脑，调出来给他看："是一组日常的女式冬装，灵感来自上次我们一起去看的印象派画展。"

这一组冬装简直大胆又华丽，令人赞叹。用印染的皮革为主要面料，绚丽的皮草为辅料。皮革上印染莫奈画中的花园和睡莲池，并以激光凹凸印花的形式做出油画的质感，而絮乱的笔触则由皮草来构建，染色的柔软毛皮精细剪裁，手工缝制在最能体现画家涂抹痕迹的地方，营造出无与伦比的立体感。

在冬日中，这一组包括了内衫、外套、裙装、裤装的作品，在基本由黑白灰及棕米褐等冷色或中性色调的衣服中，绝对令人眼前一亮。而且，衣服本身的质感又使得鲜艳斑斓的颜色与季节并不违和，反而强调出了油画般厚重细腻的感觉，既特立独行又实用易穿，简直是一组令人惊艳的设计。

"非常不错。"顾成殊扫了几眼，颇为赞赏，"很适合巴斯蒂安先生自己的品牌，你给他用以冬装或者早春系列都可以。而且这独特又具备记忆点的衣服，相信一经推出，你这个设计师便会引起关注的。"

"顾先生也这样觉得吗？"叶深深望着屏幕上自己的这组作品，也有些兴奋，"我就是投给老师自己的个人品牌的。他手中其他两个品牌都是创立六七十年的老牌子了，风格比较固定，而且今年冬装与明年早春的创意也早已定好，与我的创意并不符合。"

顾成殊点头，说："与其为了大品牌削足适履，修改自己完美的设计，还不如先从巴斯蒂安这个品牌开始吧，毕竟这个牌子不算顶尖的，但也是广受一批名流欢迎的。"

叶深深见他对自己的决定持以肯定态度，心中欣喜之余，也不由得泛起一丝忐忑："顾先生觉得，我这设计……真的能被采用，没问题吗？"

"放心吧，努曼先生近年不怎么出设计了，他自己的牌子有时候宁可空缺一季，也不愿意拿工作室中其他牌子淘汰下来的作品替补。他缺设计，而你这组又这么出色，我不觉得他有什么理由不将你这组优秀的作品推出来，这对于他的品牌，实在是一件难得的好事。"他端详衣服许久，转头朝她微笑，"其实你早就知道这套衣服是无人可拒绝的，还需要我给你信心吗？"

叶深深也不由得笑了出来，捂住自己的脸不好意思地说："顾先生，别这样轻易拆穿别人嘛，我喜欢听你赞扬我。"

"还需要赞扬吗？"他望着她，微微上扬的唇角泄露了他心里的愉悦，"深深，你是我这辈子来，带给过我最多惊喜的人。"

然而顾成殊第一次猜错了。

他本以为没有人能拒绝叶深深的这套设计，可巴斯蒂安这个品牌，已经在努曼先生萌生退意的时候，卖给了安诺特集团。所以，在他定下了那套设计之后，这组设计连同其他品牌的几组设计一起，送到了艾戈的面前，接受他最后的审查。

以往一年都不来巴斯蒂安工作室一次的艾戈，一个月内第三次到访，亲自过来探讨他们拿出的当季服装。这罕见的行动让整个工作室的人既激动又忐忑，也令所有人都在心底暗暗诧异，集团是不是准备对工作室进行什么大动作。

巴斯蒂安先生通知本季服装的几个主要设计师过来开会，叶深深的室友伊莲娜端着茶水点心送进去之后，带着错愕的神情跑到仓库找叶深深，小声地说："努曼先生让你过去。"

叶深深放下手中的衣服，说："好的。"

她想了想，艾戈既然是为了本季服装来的，那么他肯定也看到了自己给巴斯蒂安品牌设计的那一组冬装，她身为设计师，当然要过去解说一下自己的设计理念。

　　会议室内一片沉闷，艾戈一边翻看着阿方索的设计图，一边听取他对面向顾客人群的分析。

　　皮阿诺先生看见她进来了，默不作声地指指身旁的位置，继续烦闷地摸着自己都快退到后脑勺的发际线。叶深深仿佛可以感觉得到，艾戈要是多来几次，皮阿诺先生的地中海可能要彻底变成汪洋了。

　　阿方索说完之后，目光投向艾戈，期待着他的意见，然而他什么也没说，翻过了这一组，示意下一组。

　　跟在巴斯蒂安先生身边已经有十来年的助手莫妮卡，详细论述自己的设计理念。

　　叶深深仔细倾听着，听到自己觉得有启发的内容，还赶紧记在带来的本子上。这里的每一个人都在行业内打滚了很久，许多经验与习惯都让她觉得珍贵无比，深有启发。她甚至在心里想，要是经常能有这样的会议，那么艾戈就算一天来一次，她也可以忍了……

　　两个大牌的设计探讨完毕，艾戈没有发表任何意见，议程推进到Bastien。

　　"这个品牌，已经有一段时间没有出冬装了，而且还是皮草与皮革结合的奢华形制。"巴斯蒂安先生示意叶深深，"设计者是新来到工作室的叶。这一组设计新颖而充满生机，在冬日中又不会显得肤浅，相信若推出之后，不但会受到市场欢迎，而且还会因为其开创性设计，吸引不小的关注。"

　　会议开始以来，巴斯蒂安先生一直都只作为倾听者，而在叶深深介绍自己这组设计之前，却难得开口称赞了她的作品，令众人诧异。唯有艾戈与叶深深知道，他是唯一知道两人之间有芥蒂的人，这是帮叶深深先拦下艾戈可能会有的偏见。

　　叶深深感激地向他点头致谢，然后开始详细地讲解自己的设计理念。

　　她的法语不好，所以讲得比较慢，言辞也简单，但从灵感来源、面料，到配饰，都尽量一一讲解了一遍，然后看向艾戈。

　　艾戈缓缓抬起眼皮，将目光从设计图转移到她的身上，然后将那一组设计图抽出，薄薄的十来页内容，被他全部抛回到叶深深的面前："这种垃圾，以后不必拿给我看。"

　　散落的设计图，散落在她的面前，飘飞的纸张之后，是他倨傲、鄙夷的神情，就像看着卑微的蝼蚁一般。

　　会议室内所有人都错愕不已，艾戈虽然出名的难应付，但像这样不由分说地面斥一个女生，他们还是第一次看见。而且，这组设计非常出色，连巴斯蒂安先生都亲口称赞，他为什么会如此强烈厌弃？

一盆冷水从头泼落，心口却有灼热的火焰猛地冲上来。叶深深竭力控制住自己，不让自己胸口的气息松懈。她将桌上散落的设计图整理好，仰起下巴直视着艾戈："请您给我一个确切的指示，告诉我为什么我的设计是垃圾？"

"因为你根本就不了解整个行业的情况。在还没有弄清楚自己所处位置的时候，就妄自揣测你将要面对的这个世界，以致产生了巨大的偏差。"艾戈神情冷漠地示意她看看自己设置的参数，"拿你那件外套举例，面料幅数、皮草损耗、单开印染线、新研发皮革凹凸面工艺、实验测试、特殊缝纫，你计算过一件衣服的成本是多少吗？"

如此一针见血的回答，几乎不可反抗的因素，完全不是叶深深引以为傲的设计，却真实而致命。她那准备与他奋战的倔强神情，在一瞬间黯淡了下来。

"如果这是名家的高定设计，那么所有都可以接受，高定本来就可以不计成本，然而你做的是成衣，即使是高级成衣，也是商品，拿来赚钱的东西。而你这组设计本身独创性较大，面向人群的限制很大，销量绝对不会太多，不可能抵消我们的投入。所以你告诉我，一组不但不能为我们带来利润，反而会赔本的东西，那不是垃圾，又是什么？"

在场的所有人都面面相觑，无言以对。

叶深深默然捏紧自己手中的设计图，巨大的打击与对自己考虑不周的羞愧，让她怔怔地坐下来，几乎连呼吸都停滞在胸口，无法再继续下去。

艾戈将目光从她的身上收回，冷冷地下了结论："成本测评通不过。打回修改，或者，放弃。"

然而谁都知道，这组设计是没有修改可能性的。所有一切工艺与主辅料，都围绕着设计中心进行，只要改动了一个地方，这组设计都将黯然失色，设计的初衷将就此荡然无存，不复存在。

叶深深不知道自己是怎么熬到下班的。

接连的打击，在她刚踏上这个孤单的异国便到来，而且，几乎无一不是致命的重击。

办公室离住宿的公寓很近，她下班后走出大楼，却茫然走向了另一个方向。

下班的人潮之中，她看见金色的夕阳在高耸的大楼后面透出来。这让她想起自己知道巴斯蒂安先生要带她来法国时的那个黄昏。

那时她幸福得快要飞起来，她在人群之中笑着流泪，觉得自己的人生即将迎来圆满的结局。

然而，并不是结局，这是一段新旅程的开端。荆棘密布的道路，四周悬崖的处境，黑暗而未知的终点，还有狂风呼啸在身边，一个不留神就要将她卷入深渊。

在这样的处境之下，她不但希望能到达自己的目的地，还妄想着拯救沈暨，真的可能吗？

她真的有办法对抗艾戈的重压，真的能实现自己的誓言吗？

誓言，从她在机场对着路微吼出的那些话，到她与顾成殊承诺的一辈子，再到她拦住艾戈宣战时所说的一切，她真的能实现吗？

在这个繁华而拥挤、热闹而孤独的城市，她跋涉千里而来，真的能触摸到自己的梦想吗？

不知不觉，被巨大的力量击溃的叶深深，坐在路边长椅上，呆呆地不知坐了多久。

天色渐暗，路灯亮起，浓稠的夜色淹没了她的周身。

在黑暗中，一个小小的身影蹦蹦跳跳地来到她身边，清脆稚气的声音传来："你好！"

叶深深抬头看着面前这个抱着一大束香根鸢尾的小女孩，有点诧异："和我说吗？"

"对，这个给你，希望你能开心振作一点。"小女孩将怀中开得绚烂的花束递到她的怀中，露出灿烂的笑容望着她。

叶深深没想到在自己这么低落的时候，竟会在这样的街头措手不及地面临着这可爱的关怀。

她眼中抑制了许久的泪一下子涌了上来，哽咽着接过她手中的花，低声说："谢谢你……你是天使吗？"

"我是呀。"小女孩笑得甜甜的，看着她感动落泪的模样，又爬上长椅亲了一下她的脸颊，然后指指街口，"不过那位先生说，如果我帮他送花的话，就可以拿走里面最漂亮的一朵作为邮费。我现在可以挑了吗？"

叶深深迟疑了一下，转头看向前方。

顾成殊站在路灯下，身影被昏黄的灯光拉长。他的面容在她的泪眼中略有模糊，却依稀带着笑意。

叶深深从怀中的花束里抽出开得最好的一枝递给那个小女孩，她开心地拿着花跑回父母的身边炫耀去了。

叶深深抱着花束慢慢站起，看着顾成殊向自己走来。

他的目光落在她怀中的花朵上，似乎有点不自然："我不太知道怎么安慰人，所以让那个可爱的孩子帮我一下。"

叶深深将脸埋在花束中，声音有些喑哑："谢谢你，顾先生……"

顾成殊凝视着她低垂的面容，说："回去吧。"

"嗯。"她跟在他的身后，沿着来时的路向自己的住处走去。

在走到街心公园时，顾成殊见她脚步放慢，便停下来回头看她："听说艾戈今天去你们那边了？"

叶深深点点头。

顾成殊一眼就看穿了问题的所在，又问："你上交的设计，被他驳回了？"

叶深深又点点头，她将手中的花束放在身后喷泉的池沿上，然后从包里取出那十来页设计。

多日的心血，殚精竭虑拿出的作品，最终在艾戈的评判下，只是一堆垃圾。

叶深深垂眼盯着上面的内容，明亮的颜色，流动的线条，密密麻麻的参数，细致到位的标注，她以为每个人都会肯定自己的努力，谁知到最后，却变得毫无意义。

她拿着设计图朝垃圾桶走去，想要将它们丢进去。

顾成殊拦住她，将差点被她丢进垃圾桶的设计图夺了过来，低头将一张张看过，皱眉说："我不信艾戈会挑得出你这份设计的毛病。"

"他没有挑，他直接否定了全部。"叶深深咬紧下唇，声音颤抖。

顾成殊抬头看她："理由呢？"

"通不过成本测评。"叶深深垂下头，挤出这几个字。

顾成殊又翻了翻参数，微微皱眉："合情合理。"

"所以，就算我想反抗他，驳斥他，也毫无还击的办法。"叶深深说着，只觉得一阵绝望从心口涌出，本来已经告诫自己再也不要流下来的眼泪，在此时又让眼睛变得湿热，"我没有办法待下去了，顾先生……我已经成为工作室的笑柄，我会受到所有人的排挤，即使努曼先生站在我这边也无济于事，因为我没有任何办法对抗他！"

巨大的绝望仿佛击垮了她，让她在疯狂的悲恸中，抡起手臂将手中那些设计图全都抛了出去。

夜风呼啸，迅疾地自他们身边刮过，将那些散落的设计图全都卷走，抛撒在他们身后的喷泉之中。

繁急的水珠，迅速击打在图纸上面，让它们半沉半浮，浸没在水中。

叶深深的胸口急促起伏，咬紧下唇，看着那些图纸，一动不动，竭力不让自己倒下。

而顾成殊只沉默地看了她一眼，就脱下鞋子，走进喷泉之中，将那些浸在水中的设计图一张一张捞了起来。

初春的夜间，寒意料峭，冰凉的水珠溅在他的头发、脸颊和脖子上，从他的衣服上渗进去，就像极细的针在刺着他。寒气从湿透的脚上透进来，膝盖有点发麻。

但他还是在喷泉之中跋涉着，最后全身湿透，才将设计图全都捞了出来。

叶深深呆呆地望着他，直到他全身湿漉漉地从池中出来，她才如梦初醒，将自己包中的纸巾拆开递给他。

顾成殊稍微擦了擦滴水的眼睫毛，便用纸巾去吸手中的设计图。

打印的效果不错，纸张也足够厚重，在水中浸泡的时间不长，吸走表面的水之后，下面的内容还是清晰的。

叶深深嗫嚅着，轻声说："对不起，顾先生……"

"为什么要说对不起？"顾成殊头也不抬，只查看着手中的图纸，"我知道你电脑里还有存档，这份设计图，没了就没了，其实并没有非拿回来不可的必要。"

叶深深的双唇动了一下，却什么也没能说出口。

"我只是想告诉你，不要放弃自己。你的设计，你的才华，你的努力，全都在你的作品之中，每一个人都能清清楚楚地看见，没有人能够忽视它，抛弃它——哪怕是你自己，也不行。"

他的声音如此坚决，望着她的眼神如此深邃，让叶深深的喉咙仿佛被人紧紧扼住，无法出声。

而他将稍微干了一点的设计图拿在手中，抬头看着面前的叶深深，说："艾戈是强人所难。你毕竟是一个设计师，在设计师的职责中，从来没有成本测评这一条。"

叶深深的目光落在他手中的设计图上，咬住下唇没说话。

"别担心，这个事情，可以解决。你好好吃点东西，洗个热水澡，睡一觉，什么都不要想。"他拿起旁边的花递给她，"所有的事情，交给我。"

高悬在半空的心，轰然落地。茫然的前路，也不再那么令人畏惧。

叶深深点点头，紧紧地抱住他递给自己的那束花。

第十五章
十字路口

沈暨觉得自己真是忙得不得了。

回到巴黎快两个月了，邀约还是排得满满的。每天晚上都被人拉出去玩，然而翻来覆去又都是那些花样，寂寞得他只能顶着重金属摇滚的狂轰滥炸，躲在沙发后面消灭星星。

正在两个色块之间犹豫不定时，顾成殊的电话来了。

"你在哪儿？"

这种口气，听起来好像是有事上门的感觉。沈暨精神一振，在一片嘈杂的乐声中对着那边说："Le Scopitone，你要来吗？"

顾成殊直接就说："太吵了，我去你家找你。"

"今天好像是个重金属摇滚的特邀场。"沈暨收起手机，对朋友说了句，"摇滚综合征犯了，我得去医院吸氧，先走了。"

他才不管摇滚综合征是什么呢，总之，先走人，其余的下次再说了。

趁着路上人少狂飙到家，一看到门口顾成殊全身滴水的造型，沈暨就疯了："脱光再进来！我玄关铺着刚从伊朗拍回来的纯丝绸地毯！"

顾成殊指指走廊的监控："如果不怕传出绯闻的话。"

沈暨无可奈何，一把拉开门，第一时间先用脚尖把地毯拨到一边去。

顾成殊将手中的设计图塞给他，说："先吹干。"自己直接走到他的衣帽间去，

176

问，"有没穿过的衣服吗？"

"左边那个更衣室，黑色衣柜里有。浴巾在浴室柜子，阿司匹林在镜柜后面。"沈暨低头看着湿漉漉的设计图，一眼就认出了那上面的线条构图，"深深的设计图？怎么了？谁把它弄湿的？"

顾成姝没有回答，浴室里传来花洒的声音。

沈暨只能将设计图铺在茶几上，拿起吹风机将它们吹干。

顾成姝出来时，看见沈暨拿着已经半干的设计图感叹："深深真是天才，去年刚看见她的时候，真没想到她能在短短不到一年的时间里成长到这样的地步。"

顾成姝看了一眼，说："可惜，这套设计被驳回了。"

沈暨错愕地转头看他："被谁驳回了？是没有眼光还是没有智商？"

"是艾戈。"

这三个字让沈暨顿时变了脸色，他将设计图慢慢地放下来，垂下了手臂："这样。"

顾成姝点头："是，所以你得帮助她挽回这一局。"

"可是……"沈暨迟疑而畏惧地看着他，"艾戈是确定将她的设计打回了吗？据我所知，他已经决定的事情，世上没有人能够挽回。"

顾成姝没有回应，只将一张设计拿起来看了看，问："你知道被驳回的原因是什么吗？"

沈暨的目光从叶深深的设计图上一一扫过，然后说："深深的设计，是完美的，没有任何问题。"

"对，所以他从另一个角度驳斥了这组设计——成本评测。"

沈暨仔细地看着参数与数据，无力地说："很犀利，正中要害。"

"嗯，你觉得按照这个要求来的话，成本与利润比会怎么样？"

沈暨微微皱眉，说道："主面料皮革不但需要印染，还需要进行凹凸花纹处理，这样的话，很可能要为了这种特殊的油画质感特地单开一条印染与花纹压制线。而且，辅料皮草是一体多色立体上色，也需要单独开皮草染色线。但这种衣服的销量必定不会太多，为了一组设计而单独开三条线，成本投入确实不划算。"

顾成姝却平静地去打他的咖啡机，问："但有办法解决的，对吗？"

"很难。"沈暨将设计图上的参数又研究了一遍，说，"除了主面料处理，版型原因使得主面料印染好之后，能进行拼接利用的地方并不太多，皮草也是一样。同时，皮草与皮革的拼接也需要用到特殊缝纫工艺，这么一算的话，成本简直完全不可能收回的。"

"你以前和深深一起开网店的时候，最擅长的就是压缩成本，不是吗？"顾成殊淡定地煮好咖啡，给他倒了一杯放在面前。

沈暨盯着面前的咖啡，有点迟疑："可是，艾戈已经决定的事情，我觉得我们推翻的可能性真的很少。或许，深深可以等下一次机会，下次再注意一些……"

"没有下一次了，如今深深在工作室的处境，已经非常艰难。因为艾戈的阻拦，她拿不到正式的职位，只能在那边做杂务。后路被断绝之后，以后被接纳的机会也是渺茫。她唯一的希望就是能在大赛中获胜，彻底扭转局势，可问题是，比赛总有意外，她就算再努力，又如何能左右结局？"顾成殊直接将他所有的迟疑与犹豫都堵了回去，"这一局，我们若不能帮她扳回来，她要怎么在那边继续待下去？"

沈暨默然垂眼，呼吸也渐渐地深重起来。

对艾戈的畏惧依然横亘在心头，似乎永远不能抹除，但深深……

蜷缩在他的车后座，喃喃着"我喜欢你"的轻柔呓语。

藏在他手机相册里的，埃菲尔铁塔上那偷拍的侧面。

在旋转楼梯上紧紧拥抱的身躯，他的唇触到她的发丝时的柔软。

…………

他曾经在叶深深的身上，看到自己当年的影子。朝气蓬勃的，对未来充满憧憬的，无知无畏的莽撞坚定。他也曾对顾成殊说，他会全力帮助深深，因为他想试试看，自己如果没有遭受那些事情，到底能走到哪一步。

她不仅仅是他的朋友，还是他的梦想。

沈暨紧紧地闭上眼睛，试图将那些长久以来养成的恐惧随着自己竭力的呼吸排出胸口。他的手握着叶深深的设计图，微微颤抖。

许久，他终于轻微地点了一下头。

顾成殊如释重负地嘘了一口气，将咖啡往他面前推了推，说："看来，今天晚上我们得熬夜了。"

沈暨茫然地端起杯子喝了一口咖啡，顿时喷了出来，整个大脑都清醒了过来："给我加八块……不，十块糖好吗？为了逼我熬夜，也不需要浓成半固体吧？"

日光熹微时，叶深深被门外室友伊莲娜的声音吵醒。

她收拾好自己，看到水杯中已经枯萎的香根鸢尾，不舍地将它丢弃，换上昨晚新拿回来的花。

开门出去，客厅内的伊莲娜看见她出来，有点诧异地问："你要去工作室了？"

叶深深点点头，看看墙上的日历，今天是周四，是工作日没错。

伊莲娜对着门厅的镜子打理着自己的鬈发，说："我还以为你会在家休息一下，听说安诺特先生对你很不满意。"

她没有明说，但叶深深知道，上司的上司打回她的设计并当众驳斥，这对一个刚刚进来的新人简直是致命打击，尤其这个新人连自己的固定岗位都没有，每天只是在工作室做一些杂活，随时面临着被无条件遣走的局面。

伊莲娜的暗示叶深深怎么会不懂，她是在建议，与其再徒劳无功地觍着脸混在工作室，不如现在给自己找个台阶下，及早消失吧。

但叶深深沉默了片刻，艰难地扯起一个笑容，说："不，我还是想去看看，工作室里是否有需要我的地方。"

伊莲娜同情又无奈地看了她一眼，拿起自己的包："走吧。"

叶深深进来时，几乎受到了所有人的侧目而视。

显然所有人都对她居然还死皮赖脸地过来上班有点诧异。她迎着混杂惊讶、轻蔑、疑惑的眼神，走到皮阿诺先生的办公室门口，深吸一口气，然后轻轻敲了敲敞开着的门，对着他露出笑容："皮阿诺先生，今天有什么需要我做的吗？"

作为给她分派任务的皮阿诺先生，在看见她的时候也有些迟疑，翻了翻自己手边的册子，说："今天比较悠闲，或许你可以看看我们各个品牌之前的作品，学习并休息一下。"

"好的，如果有事的话，请尽管吩咐我。"她朝他点点头，走到旁边自己常待的仓库中，坐下来静静地看着面前的那些成衣。

按照年份与季节，每年八个五米宽的大龙门架，挨挨挤挤地挂满了之前的样衣。她早已熟悉的这些美好作品包围着她，空荡荡的仓库内，只有她孤零零一个人，安静得几乎所有一切都已经死去。

叶深深觉得自己真的无法再忍耐下去了，心口仿佛被什么东西咬噬掉一块，无法忍受地感到空洞。

她打开手机，看着妈妈的头像，想给她发一条消息，说一说自己在这边的生活，说一说如今的艰难处境。然而她终究还是沉默地关掉了。她想着离开那一晚妈妈拍着玻璃时痛哭的面容，要是让她知道自己现在的日子，她肯定会伤心得不得了。

她的目光，在通讯名单上渐渐滑下，看着顾先生的号码。

这个世上她最坚强的后盾，无论她遇见什么，都能帮她彻底解决一切的顾先生——

然而她的手指虚悬在他的名字上，许久许久，却始终没有按下去。

"放心吧，顾先生，我不会再一出事就找你了。我会坚持的，也会努力的。我会用尽一切办法证明自己的能力，让艾戈承认我的那一天尽早到来。"

叶深深仿佛发誓般地说着，凝视着"顾先生"三个字许久，默默地关了手机，曲起双膝，闭上双眼将自己的脸贴在膝盖上。

"睡着了吗？"有个声音在门口响起。

叶深深睁开眼，看见阿方索站在那里，面带嘲讽地看着她："整天没事做，你倒是很悠闲嘛。"

叶深深将头转了过去，不想多说话。

阿方索走了进来，说："巴斯蒂安先生要找一件03年的成衣，紫色麻质宽松上衣，上面有山茶花纹饰。"

叶深深站起身，穿过层层高大的龙门架，找到03年的八个大架子，顺利地找到了那件衣服。她拿出来交给阿方索，他看着她挑一下眉，说："不错的仓管员。"

叶深深没好气地回瞪他一眼："不错的跑腿工。"

阿方索被她顶了一句，却根本不在乎，嘲笑说："很遗憾，跑腿工也是你，巴斯蒂安先生吩咐我，让你亲手送过去给他。"

叶深深不理会他的嘲弄，默然拎过衣服，向着巴斯蒂安先生的办公室走去。

"努曼先生，您要的衣服找到了。"叶深深轻敲了两下门，等到回应之后，再打开送进去。

办公室内有另外一个人在，年纪有三十多岁了，却在巴斯蒂安先生面前跟个小孩子一样坐没坐相，半躺在沙发上神情散漫，叶深深进来了他也没变动下姿势，只抬手捞过她手中的衣服，说："来，我先看看。"

麻质的衣服轻薄，叶深深怕被扯坏，只能赶紧松开手。那人用力一扯，衣服正落下来，蒙在了他的脸上。

他却大声笑起来，隔着薄薄的细麻望着她，问："别人要你东西，你不坚持一下吗？"

叶深深无语地转头看巴斯蒂安先生，问："努曼先生，还有什么吩咐吗？"

巴斯蒂安先生没回答，先看了沙发上的那个男人一眼。那男人这才慢吞吞地坐直了一点，将衣服从自己的头上扯下来，举在面前端详着："时尚果然十年一个轮回，原来我的概念十几年前你已经玩过了。但我不会修改设计的，放心吧，当我向你致敬好了。"

巴斯蒂安先生笑道："只是撞理念而已，廓形、细节与效果截然不同，无论什么人都不可能将之定性为抄袭。我只是想给你这目中无人的家伙一个打击。"

叶深深对努曼先生点了一下头，准备带上门出去。谁知巴斯蒂安先生犹豫了一下，叫她："叶深深，等一下。"

叶深深回头看他，他斟酌道："这件衣服当时有个配饰，你去配饰仓库帮我拿过来。"

叶深深点头，问："是怎么样的呢？"

"忘记了，但颜色是一样的。"巴斯蒂安先生说。

那个男人顿时笑出来："简直是不可能的任务。"

叶深深却说："好的，我马上去找。"

那男人诧异地看了巴斯蒂安先生一眼，见他点点头，便跳了起来，说："好吧，我倒要看看你怎么找。"

拉开配饰仓库大门，里面上百平米的空间，全部都是落地柜。所有的东西不是按照年份，而是按照材质分列，从帽子、手包、鞋到头饰、胸针、花朵，包罗万象，蔚为壮观。

叶深深回忆着那件衣服的颜色，走了进去。

那个男人带着看好戏的笑容，掏出打火机，点燃了一根烟，靠在门上看着她。

叶深深直接将刚刚点燃的烟从他指间抽了出来，按熄在门边的垃圾桶上，丢了进去："对不起，里面都是易燃物，按照工作室规定，不能在里面抽烟。"

"好吧……"他一副吊儿郎当的模样，脾气倒是不坏，举着手一脸无辜地笑着，"那我在这里静静观摩好了。"

叶深深沿着所有的柜子走了一圈，每到一个柜子前，她就上下迅速打量柜子上陈列的东西。各种颜色在她面前一一掠过。

紫色，淡紫，蓝紫，烟灰紫，珠光紫，青莲紫，暮色紫，月晕紫……

即使是一种淡紫色，因为色相与饱和度的不同，也有各种浓淡深浅之分。

但叶深深走到三分之二处之后，搬了旁边一个凳子，去上面取了一条细麻与绸缎制成的腰带下来。

那男人诧异地走过来，看了看她手中的腰带，细麻的颜色确实是淡紫色没错，但在白色绸缎的映衬下，似乎比那件衣服的颜色要浅一点。

"我敢保证你拿错了。"他的目光在上面左看右看，指了指斜对面一个头饰，"你不觉得那个颜色与衣服几乎一模一样吗？而且很巧，它也是麻质的。"

"是挺像的。"叶深深点头，说，"但那是因为光线不足，给它加深了一点色度。如果拿回去对比的话，会比那件衣服的颜色浅一些。"

"我才不信呢。"他笑嘻嘻地瞥着她眼中的腰带。

叶深深不跟他解释了，径自关了门，带着他往回走。

他将手插在裤兜中，走路像装了弹簧一样轻快，还带着年轻人的那种步伐，加上蓬松的头发随着他走路的节奏一抖一抖的，看起来就跟个顽童一样。

叶深深看着他的模样，在心里想，要不是自己现在情绪低落中，她肯定会被他带得朝气蓬勃起来。

叶深深拿回来的腰带，放在那件衣服上，紫色严丝合缝，一样的面料融合在一起，完美无缺。

"喔噢……"男人瞪大了眼睛，不可置信地看着叶深深，又转头去看巴斯蒂安先生，"努曼先生，你知道她是怎么找东西的吗？从上到下看一眼，只一眼，就把这东西拿下来了！其余的配饰她看都不看，直接就回来了！"

巴斯蒂安先生点头："是的，这是她天赋的能力，无人可及。"

"学过设计吗？"他看向叶深深，又问。

叶深深点点头，不太清楚面前这个人的身份，便又说："不过我的作品还没有被品牌采用。"

"但你肯定看过她的设计。"巴斯蒂安先生向他说道，难得地带上了愉快得意的神情，"你今天来找我炫耀的两件事情，我都可以答复你。第一，你引以为傲的新作，我当年有过同样的构思；第二，你想挖到手的那个参赛者，已经站在我的办公室内。"

男人瞪大了眼睛，目光不可置信地落在叶深深的身上："她？她就是那组《雨夜》的设计者？"

"是的，没错，很遗憾你挖掘人才的动作也比我慢了一点点。"

"可她是你工作室的人，为什么还需要去参加青年设计师大赛？"

男人崩溃又不甘地跳起来，叶深深莫名其妙地看着巴斯蒂安先生，不知道发生了什么自己不知道的事情。

巴斯蒂安先生见她一头雾水，便示意她先坐下，然后指着那个男人说："这是莫滕森，你或许知道他的名字。"

叶深深惊讶地睁大眼睛，看着面前的男人点头："是，但我以为……莫滕森先生年纪比较大了。"

Mortensen被誉为最年轻的顶尖品牌，实际也有六十来年的历史了，如今总部在纽约，是所有超模趋之若鹜的品牌，一是因为这家广告投入量最大，搭上线了就不愁曝光率和排行名次，其次是他家的广告永远离经叛道，游走在危险线上，和他家那全世界人手一条的内裤一样，热辣得臭名昭著。

"那是他的父亲，我的好友。如今执掌Mortensen的就是这个家伙。"巴斯蒂安先生介绍说，"他接手有五六年了，当年他父亲将他送到我这边学习时，他比你还小呢。如今时尚杂志已经说他创造纽约一半的时尚了，也算对得起他父亲当年开创的庞大帝国。"

　　莫滕森却直接对叶深深说："先说说你为什么一边在这里任职一边去参加比赛吧，难道你不安心待在巴斯蒂安工作室？"

　　在知道这个不正经的人来历这么大后，叶深深开始有点紧张了："我……还没有正式在这里任职。"

　　莫滕森立即回头看巴斯蒂安先生："什么眼光？这样的设计师在你这边还是打杂的，没有正式职务？"

　　巴斯蒂安先生几不可闻地叹了一声，没有理会他的问话，也并不在意他的态度，只对叶深深说："你或许还不知道，今天早上，青年设计师大赛的初赛结果已经出来了，你的作品就在入选的一百名之中。"

　　莫滕森话很多，又歪在沙发上开始抢话："我手下有设计师被友情拉来做评判，刚好审查到了你的作品。因为是匿名作品，所以他当然不知道你是谁，但对我说，有一组名为《雨夜》的作品，非常出色。所以早上我就看了看，你猜怎么的……"

　　他说到这里，故意停顿了一下，见叶深深和巴斯蒂安先生都没有接他的话茬儿，简直遗憾极了，只能自己又捡起来，却毫不气馁，径自眉飞色舞地说："一百组入围作品，全部没有排名，没有顺序，我直接凭感觉拉下来，在飞快滚动的时候觉得眼前一亮，潜意识中停了手一看，就是你的《雨夜》。"

　　有没有这么玄乎啊……叶深深艰难地笑了笑，实在不知道自己该怎么回答，是荣幸还是惶恐。

　　"总之，所以我就跑过来打听了一下你的事情，看努曼先生今年是不是会做评审，能不能先把你这一组设计买下来。"他的目光上下打量了她两次，然后说，"现在看来，直接买下你也可以的。"

　　叶深深好像被他那目光看得尴尬无比，只能苦笑："我参加这个比赛，就是为了取得名次之后，有望留在努曼先生身边工作。"

　　"是吗？"莫滕森漫不经心地应着，却完全没有听进去，不假思索地说，"我建议你可以直接退赛，到我身边来，给你三个月实习期，然后转为Mortensen正式设计师，怎么样？"

　　叶深深顿时傻了。被巨大的幸运击中之后，除了惊愕，竟没有其他的反应，她张了张嘴巴，勉强想要说什么，却最终说不出来，只茫然失措地将目光转向巴斯蒂安先生。

"好吧，莫滕森，你别吓到她，无论什么好事，总是需要考虑的，对吗？"巴斯蒂安先生出面说道，"你给叶深深留下名片吧，我相信以后来找她的人，不会只有你一个。"

"然而我是第一个，对吗？"他笑着朝叶深深眨了一下眼，用食指和中指夹着名片递给她，"看看你眼中巨大的惊喜我就知道答案了，最终你会来找我的。我随时期待你联系我的助理。"

叶深深双手接过名片，向他低头致意。

把莫滕森送走之后，巴斯蒂安先生回头看着沉默地站在办公室中的她，脸上的笑容也消去了。

他示意叶深深坐下，问："你明白我让你过来帮我找配饰的原因吗？"

叶深深点了一下头，轻声说："是的，多谢努曼先生。"

他是在帮她寻找出路，给她介绍一条更便捷的阳光大道。

他叹了口气，声音迟缓地说："我想对你说句抱歉。是我不负责任地将你带到这里，却没想到让你的处境变得如此艰难。"

叶深深立即摇头，说："不，我该谢谢您，因为能得到您的指导，是我这辈子经历过的最好的事情。"

他笑了笑，说："很遗憾，到现在也只和你零散交流过几个想法。"

"我已经受益匪浅了，只是我……不够好，也不够幸运。"叶深深说着，眼中涌上薄薄一层水汽，她凝望着巴斯蒂安先生，轻声说，"我永远记得，在我受困于眼界与经验，毫无办法的时候，发了一封邮件向您求教，得到了您的回答。我后来才知道，原来您是在长途奔波转机的途中，抽出仅有的空闲给我写的。而且，英文也并不是您的母语，为了给我回信，想必您也是查找着生疏的单词所写下的……"

巴斯蒂安先生闭上眼，轻轻点点头。他长长出了一口气，像是要把一切都随着呼吸排出自己的身体："好好考虑一下莫滕森的要求吧，世界顶级的品牌，虽然高定方面逊色于其他牌子，但高级成衣方向，还是很适合你的。"

"是……我会慎重考虑的。"叶深深紧紧捏着那张名片，慢慢站了起来，"但是努曼先生，在那之前，我还可以，继续来这里，听候您的指教吗？"

因为你是我的理想，是我梦寐以求成长的方向，是第一次想要不顾一切跟随的偶像，她在心里默默自语。

巴斯蒂安先生听到她这类似于哀求的话，不由自主地抬起头，看向站在自己面前的她。

她眼中是全然的仰慕与信赖，仿佛他就是她的信仰般，可以让她投入全身心来膜拜。

他听到自己心中无声的叹息，只能点头说："可以的，无论何时，你尽可以来，帮我做一些事情。"

叶深深强忍着眼中即将掉下来的泪，向他深深鞠躬，转身退出他的办公室。

他望着她背影消失的地方，在办公桌前坐了许久，然后打开抽屉，将里面那张设计图拿出来。

黑色的丝绒长裙，上面用金线绣成矫健的猎豹，电光石火的凌厉，一触即发的凛冽。

让长途跋涉后凌晨三点疲惫回到家的他，瞬间激动不已的作品，无论他看了多少次，都惊叹这深藏在黑色与金色之后的张力。

他将设计图放回抽屉，站起身走到窗口，看着走出大楼的叶深深低头沿着街道慢慢地走着，眼看就要走出他的视野。

他忽然在心里想，如果现在向她喊一声，她是否能听到，是否还能露出初次见面时一样的笑容，即使全身汗水灰渍，还能明亮地照耀着身边所有人。

叶深深回到住处，将莫滕森给自己的名片看了许久，然后将它放进了抽屉中。

仿佛是上帝给予她的特大馅饼，就这么向她砸了下来，在她最艰难最绝望的时候。

可是，为什么这么大好的事情，无数人梦寐以求的邀约，她却并不觉得欣喜。

她蜷缩在沙发上，一遍又一遍地想着，这是否就是自己应该选择的道路。成为一个商业上无比成功品牌的成衣设计师，改变自己的风格，去适应那个品牌的风格，然后延续它的商业道路，成为那个品牌一长串的设计师中的一个。

成功的话，慢慢熬资历到品牌总监，若在多年后依然能挖掘出自己的潜力，跳槽去另外的大牌，或者创立自己的品牌。

失败的话，像方老师一样，所有的才华与精力被压榨干净，然后与对方一拍两散，艰难地再度探索自己的道路，却不知道还能否捡拾起当年的灵感。

就像徘徊在十字路口，每一个方向都会彻底改变以后的人生。何去何从，简直是最难的选择。

就在她一动不动地躺着，盯着天空觉得脑子都要炸了的时候，电话忽然响起。

她看见上面显示的是顾成殊，便立即接起电话，想和他商量这件事："顾先生……"

"下来吧，我在你门口。"显然他去工作室找过她了。

第十五章 · 十字路口

185

叶深深起身，把头发和衣服匆匆理了理，下楼就看见他的车刚好开过来停在门口。

她上车系好安全带，问："我们去哪儿？"

"去找沈暨。"他只简短地说。

叶深深就不再问了，回头看他，认真地说："顾先生，我有件事情要和你商量一下。"

顾成殊瞥了她一眼："嗯？"

"我今天遇见了莫滕森，就是纽约那个。他邀请我去当设计师。"

"那很好啊，这说明你的才华众人有目共睹，并且已经引起了关注。"顾成殊平淡地说。

叶深深继续望着他："你觉得这个机会……好吗？"

"还不错，但我建议你不要去。"

他的语气轻描淡写，却极其坚决，让本来犹豫的叶深深立即下定了决心："嗯，我也是这样想的。我想即使我转到纽约，借此而站住脚，可给大牌服务过的设计师比比皆是，不多我一个，也不少我一个。"

顾成殊点点头，车子拐了个弯，开上一条空旷的道路："Mortensen的美国血统，使它天生就以强烈的商业性来占领市场，大量带logo的基本款，就算是高级成衣也带有快消品的气质，压根儿不需要什么特殊的设计。你能舍弃自己现在的风格，去勉强自己适应他们吗？如果不行，就算再顶尖，你过去又有什么用？"

叶深深心口的犹疑被他如此准确地说中，只能点点头："是，我就是这样担心。"只是她隐隐觉得不可行，而顾先生却能一针见血，立即就分清利弊。

"而且，Mortensen并没有努曼先生，而你当初敢于离开中国，奋不顾身来到异国他乡，就是因为憧憬努曼先生，不是吗？"

叶深深抬手按住自己的心口，感受着那里急剧的跳动，默然说："是……但我现在似乎已经走到了绝境，我得好好选择，才能继续向我的梦想进发。"

"嗯，你没有失去斗志，这很好。"似乎感觉到了她的不安，他的话语也难得柔和起来，"放心吧，你不会走上错误的道路。"

叶深深转头看他，想着自己面前似乎一片灰暗的前途，喃喃地问："万一我走错了呢？"

"那么，我会改变你走的那条路。"

叶深深觉得心口微微一跳，她屈起膝盖，将头靠在膝上转头凝望着他，唇角不由自主地上扬。

悄然无声之中，似乎有种暧昧的幽微气氛笼罩了他们周身。

他在开车空隙瞥了她一眼："看什么？"

她当然不敢说自己在看无所不能的顾先生，只能窘迫地将面容转向窗外，轻声说："我在看我面前的路，是不是需要顾先生力挽狂澜。"

"不需要，只有一点点偏差，很快就能修正的。"他凝视着前方，声音温柔，"别担心，你不是已经通过青年大赛的初审了吗？这场比赛足以保送你进入这个圈子。等你成功之后，你的出身反而会成为传奇，成为你身上最辉煌的光彩。"

叶深深支起下巴望着他："那艾戈呢？"

他转头望了她一眼，口吻平淡而确切："只要你和我站在一起，我们就足以击败他。"

看着他肯定的神情，叶深深觉得深压在自己胸口的大石，似乎也落了地。她不由得靠在自己膝盖上，望着他的侧面，微微笑出来。

车子在郊区的道路上匀速前进，她看见阳光与树荫交替掠过顾成殊的面容，让他长长睫毛下的眼睛时而明亮，时而朦胧。挺直的鼻梁与优美的双唇，下巴的线条比出现在无数油画上的巴黎的远山近水还要令人心动。

他侧面的轮廓这么好看，让叶深深几乎移不开目光，于是干脆凝望了许久，任由自己沉沦其中。

虽然，感觉艾戈是不可战胜的高山，可既然顾先生这样说，那么就一定能做到的。

第十六章

扭转乾坤

　　车子在一座工厂面前停下，叶深深下车后，抬头看见安诺特集团的标志，正在诧异，沈暨正从里面走出来，看见她后朝她挥手："深深，来这边，给你看个好东西。"

　　叶深深快走几步，问："沈暨，你在这边干什么？"

　　"做苦工。"他说着，抬起下巴示意顾成殊，向她告状，"你知道吗？昨晚通宵被他押着赶工，喝他煮的夺命咖啡，太没人性了！要不是为你的作品打版，我才不会理他呢。"

　　叶深深被他的表情逗笑，低落的情绪也觉得恢复了一点："打版？哪件衣服？"

　　沈暨露出带着些许疲惫的笑容："当然是那组莫奈呀，昨晚一夜的成果，你一定会惊喜的！"

　　叶深深迟疑又惊讶："可那组……没通过。"

　　"通不通过，可不仅仅是说说而已，来，给你看最终的测评。"沈暨朝她眨眨眼，示意她进来。

　　叶深深一进工厂，就看见站在里面的一个人——

　　艾戈，这种高高在上转得要命的人怎么会出现在嘈杂工厂里，而且还一副不耐烦的死板脸？

　　他瞄了叶深深一眼，继续面无表情地去看那边传过来的印染皮革。

　　"说真的，我有时候真的很佩服成殊，能把艾戈从开会路上拉到这种地方的，这世上可能就只有他了。"沈暨一边对着设计图看自己电脑上的纸样，一边对叶深深说。

叶深深看看沈暨手中被水浸过之后又重新处理干净的设计图，愕然看了顾成殊一眼。

顾成殊若无其事地回望她一眼，说道："对，早上沈暨已经初步出了纸样，目前我们正在探讨如何在不改动设计的前提下，再度简化打样和裁剪。"

"嗯，化繁为简这些工序，我最擅长了——当初开网店的时候，我们的成本压缩得多惊人啊，现在想想还让我感到激动。"沈暨说着，将自己在电脑上打好的纸样又审视了一遍，顺手又改了两个地方，将版面调整了几处，然后说，"好了，开始制作样衣吧。"

主面料为印染皮革，靠近巴黎的工厂，皮革印染这种重污染工作只能采用超临界co2流体染色，幸好这种方法的成本并没有提高，完全可以接受。主辅料为皮草，若要呈现油画般的色泽变化，一般来说只能采用一毛多色与平面立体结合染色，对工艺要求极高。

"而且整张皮子多贵啊，所以我直接采用了点分法，将多色皮革裁分开各自染色。"沈暨审视着裁剪印染好的皮革，说，"这样还有另一个好处，那就是，这边的皮草不需要用整块的了，直接用其他冬装的下脚料染色就可以了。小块定点缝纫，机器就能完成，完全避开了特殊缝纫。"

顾成殊问："所以也就是说，不需要单开皮草印染线了？"

"对，然后我将外套的版面进行了调整，如今的拼版方式你们绝对想不到，我将衣幅片聚集在了所有重要的图案之上，虽然相比之下会浪费一些皮革，但经过我的超级拼版法之后，损耗并没有增加多少，却完美解决了特殊印染的问题，所以皮革印染线也可以直接用普通线，完全避免了单开的损耗。"

艾戈听他骄傲地介绍自己的成就，冷冷地出声问："不开单独线的话，皮革的凹凸立体花纹如何处理？"

沈暨的音量略微低了一点："在印染之前先过一道压制。"

"若出现染色与立体面移位情况呢？"

沈暨乖乖回答："以目前的技术，移位可以精准控制在0.3毫米—0.5毫米。"

艾戈的眼睛微微眯起，犀利挑剔的话语果然如约而至："0.3毫米偏差，足以成为残次品。"

在他尖锐的言辞下，叶深深终于再也忍不住，出声说："其他人的，或许会，但我这批绝对不会。"

艾戈转过目光，瞥了她一眼："为什么？"

叶深深直视着他，清清楚楚地说："因为我选取的图案是莫奈，他的作品本身就带着油画晕染的效果，笔刷的凹凸纹只是强调那种意思，颜色位移控制在1毫米之内，完全没有任何问题，因为画面根本没有具体清晰的线条和形状。"

她的声音清晰而平稳，早已没有了当初面对艰难险阻时的犹疑与畏惧。这让顾成殊凝望她的目光变得温柔起来，唇角也露出了轻微的笑意。

艾戈将自己目光从她身上收回，落在那些皮革与皮草上，不再说话，只微抬下巴，冷眼旁观他们制作第一件样衣。

看见叶深深抱着盒子出现在餐厅门口，颇有几个人的眼神出现了诡异的嘲讽神情。

有人低声问伊莲娜："你那个室友真有勇气，现在还死皮赖脸地待在这边？"

"是啊，我也不知道她每天过来干什么。"伊莲娜压低音量说，"我挺佩服她的，待在仓库看看衣服也能混过一天。"

对方传来了压低的"咻咻"笑声。

叶深深没有理会这些人，挑了自己要吃的东西，找了一个角落坐下。她吃得很快，准备尽快结束走人。

一个托盘在她面前放下，阿方索在她面前坐下，看了看她吃的东西，说："又吃这么多？"

叶深深看着他，虽然是嘲讽的口气，但是因为他居然过来理会自己，所以她还是冲他笑了笑，说："我没吃早饭。"今天上午过得实在太精彩太忙碌了，人生的大起大落，让她简直喘不过气来。

阿方索做了一个惊吓的表情："你平时居然吃早饭？"

好吧……这个行业太可怕了，叶深深默默地埋头继续吃自己的鸡肉沙拉。

阿方索看着大口吃饭的她，问："你准备去Mortensen吗？"

叶深深摸不着头脑地抬头看他："咦？"

"昨天，我看到莫滕森给你名片了。"

这强大的联想力，而且，猜得这么准……叶深深简直无语了："嗯，他提了一下。"

"恭喜你啊，看来这会是你最后一次来这里了。"他又问，一点都没有诚意的模样。

叶深深吃完了沙拉开始啃三明治："我还在考虑。"

他冷笑："考虑？就你现在这样的处境，还是赶紧兴奋地飞扑过去吧。"

这人到底什么意思啊，是来关怀的还是来嘲讽的？叶深深只能沉默地低头，继续吃饭。

他吃完了自己的东西，目光落在那个盒子上："那是什么？我看看。"

叶深深将盒子递给他，他打开来看了看，顿时诧异地瞪大眼睛，问："这不是你被打回来的那件衣服吗？"

叶深深点点头。

"你还真是疯了，为了测评成本，你去开三条单线弄这件衣服出来？"他的眼中全都是"看不出你还是个土豪"的惊愕神情。

叶深深对他笑一笑，还没说话，皮阿诺先生已经大步走进来，在餐厅扫了一眼，疾步向着叶深深走来，劈头就问："你做什么了？"

叶深深不明白状况地抬头看他："什么？"

"安诺特先生的助理过来了，特地来找你，就是之前那组衣服，确定作为Bastien今年冬季主打制作上市，让你立即开始跟进流程！"皮阿诺先生一句话就让餐厅所有人都面面相觑，伊莲娜手中的勺子都掉到桌子上了，不可置信地转头看叶深深。

皮阿诺先生见周围人都静下来了，只能皱眉俯下身，压低音量问："助理说安诺特先生吩咐他来通知你的时候，满脸都是怒气，做了他两年多助理都没见他这么失态过！"

叶深深心想，你还没见到他铁青着脸一言不发地离开工厂时候的模样呢，想想那吃瘪的样子，我就能多吃三碗饭。

皮阿诺先生看她笑笑不说话的样子，只能敲敲桌子，说："赶紧跟我走吧，你是第一次有设计被采用，而且还不是工作室的正式员工，我们需要签订一系列的合同。另外后期跟进和制作工作，你都得参与，流程我们会给你安排。"

叶深深低头看了看自己托盘中的东西，赶紧一手拿起一个小面包，阿方索直接将最后一个小面包拿起来塞在她的口中，帮她把衣服盒子带走了。

叶深深跟着他们进电梯的时候，心里有点伤感地想，每次点三个小面包的时候，好像都不能好好吃啊。

签了合同之后，工作室指定了伊莲娜辅助她进行后续跟进工作。

"恭喜叶小姐，除了设计被采用，听说你参加青年设计师大赛，还进入了复赛？"专门负责法律事务的助理马拉鲁埃都知道了这些八卦，显然她的事情在总部都已经被人传遍了。

叶深深开心地按着胸口，点头："是的，今天是我最幸运的一天！"

"加油，别忘了去官网抽取你的复赛题目。"马拉鲁埃要走的时候，又回头朝她眨

第十六章 · 扭转乾坤

眨眼，笑道，"替我向沈暨问好，我们好久没见了。"

叶深深有点茫然地点头："好的……"

所以，晚上他们一起吃饭庆祝的时候，叶深深跟他说了马拉鲁埃托她向他问好的事情。

顾成殊将目光转向沈暨，说："可能大家都知道了，是你帮深深的忙。"

"之前我担任艾戈助理的时候与马拉鲁埃经常见面的，艾戈有四个助理两个秘书，我是最惨最累的生活助理，他是最繁琐最危险的法务助理，我们见面时都能彻底感觉到对方的痛苦。"沈暨笑笑说，"其实大家都很八卦，集团内这么多品牌这么多人，但什么事情都传得很快。比如说我就知道，深深你是不是被莫滕森邀请了？"

叶深深有点佩服："果然传得好快啊……"

"不过你可千万别去他那边，他家的营销手段，万一你妈妈看到了，说不定会晕过去。"沈暨心有余悸地说道，"你知道吗？之前我走投无路兼职模特的时候，他还找过我拍广告，我一看那广告尺度，觉得我要是拍了，我爹非和我断绝关系不可。"

居然还有沈暨都接受不了的，叶深深顿时好奇了："什么尺度？"

"举个例子吧，之前Tom Ford在Gucci时，出了个广告大片，是情侣亲热时扯下对方内裤，发现耻毛被剃成一个G字母形状的，你见过吗？"

叶深深顿时脸红了："呃……好像是有这么一张图。"

"尺度比那个还要稍微严重一点。"

叶深深觉得别说她妈妈了，她听听就要晕过去了。

顾成殊瞥了脸红不已的叶深深一眼，转移了话题："复赛的题目是在官网上抽取吧？深深你抽了吗？"

"还没有，我先登陆一下。"她拿着通过初赛之后发放的账号密码，登上安诺特集团官网，寻找到比赛页面。

沈暨问："要不要我帮你抽？我运气不错的哦！"

叶深深将手机递给他："千万要抽一个容易设计的。"

顾成殊则说："我倒觉得要独特才好。"

"好吧，来一个好设计又独特的。"沈暨向自己的手指吹了口气，然后戳向"选取题目"的按钮。

黑白页面散去，出现了一个单词——珍珠。

叶深深默默地盯着这个题目，思索着。

顾成殊则看向沈暨："这个题目，似乎既不独特，又不容易设计。"

沈暨辩解："我觉得很好，总比热带雨林之类的要具体多了。而且对于深深来说，什么题目都不在话下，对吧？"

"我尽力吧。"叶深深苦恼地说着，收起了手机，又向他打听，"对了，复赛的评委是谁啊？"

"复赛只有一百名选手了，所以是集团的人自行评审，但努曼先生好像没有参加，艾戈是评委会主席，不过你别担心，他那么忙，只是挂名而已。"

叶深深点头，又有点担心地问他："对了，上午艾戈走后，有找你麻烦吗？"

"当然没有了，他虽然阴险，但是在事实面前，从来不会耍赖。"沈暨一边帮她的牛排浇松露汁，一边说，"而且，我们测评后的成本并不比其他服装的成本高，按照高定中皮革皮草服装目前的常规定价，利润在900％以上，他这种人怎么可能会因为讨厌你而放过赚钱机会。"

叶深深有点吃惊："900％？"

沈暨随意说："奢侈品行业必须要维持这个利润，毕竟这只是成本而已，配饰、营销、广告投入另外占了巨大的成本，而且这行业的目标客户很少。按我说，我还是比较喜欢和你一起开网店，轻松多了。"

顾成殊则说："网店不利于树立品牌，别人提起来会有廉价的印象。等时机成熟后，深深可以创立自己的品牌，到时候沈暨你要负责所有一切。"

"行业我倒是熟，可问题是……这行真的好累啊，尤其是草创期。"悠闲惯了的沈暨一脸的痛不欲生。

顾成殊视若无睹地举杯："为了深深。"

深深开心地举杯："为了万能的沈暨！"

沈暨泪流满面地举杯："为了你们两个人贩子……"

珍珠……

叶深深对着空白设计图，陷入烦恼。

有命题要求的设计，她如今又没有灵感，确实不知道如何下手。

勉强自己画了几张，觉得不对头，她只能搁下笔，在网上找了些珍珠的图片看看，却根本没什么感觉。

巴斯蒂安先生踱步过来，看到她痛苦的样子，便敲了敲门，问："可以进来吗？"

她现在为了督促那组冬装，被安置在一个闲弃的办公室内。见巴斯蒂安先生进来，她忙起身将椅子搬给他，又把周围乱七八糟的东西收了收。

巴斯蒂安先生却先看了看她桌子上的设计图，然后又看了看屏幕上的图片，问："抽到的题目是珍珠？"

叶深深点点头，她知道巴斯蒂安先生不负责本次评审，便将自己刚刚画的几张设计交给他过目。

他仔细地翻着这几张图，没有发表任何意见，只轻轻放回桌子上，说："很美，但只拥有温和柔美的东西，永远不会在别人的心中留下深刻印象。"

叶深深点了点头，低头看着那些设计，默然无声。

"你是个有才华的孩子，灵气和努力都有，甚至还有一往无前的勇气，但你的基础真的不好。"巴斯蒂安先生用那双柔和而深远的眼睛望着她，说，"我所说的基础，并不是像艾戈说的那样，指你是网店出身，而是你接受的培养，是不成功的。你的设计很美，很有亮点，但是你没有自己的风格，换而言之，其实就是你并不知道自己存在的必要性，你不知道自己该走什么路。"

叶深深只觉得脑中一阵冰凉，像是被无上的判决硬生生地击打在所有神经之上，让她整个身体都僵住了。

"所以，可以说你之前设计出了很多成功的作品，但也可以说，你走到目前为止，一无所有。因为你所有的作品都是零散的，非系统非整体，如一盘散沙。一个成功的设计师，从他的作品中可以清晰地看出他整个人的存在，你可以看到他的人生、经历和灵魂，那些势不可挡的东西会从他的设计中活生生地跃出来，让每个人都感受到张力。如果你关注一个顶级设计师够长久的时间，你可以将他的作品集合起来，拼出他整个人的轮廓。然而，你还不行。"

他的话，让叶深深身体猛然一颤，感觉灵魂深处有个东西要破茧而出一般。

长久以来，她凭借着自己的灵感与天赋的才气，将它们乱洒在自己狂奔的路途之上，也偶尔沾沾自喜，以为自己的设计人生，能一直这样纵情地继续下去。然而，巴斯蒂安先生却用残酷的言语，两三句就推翻了她过往所有的成就。

"所以，莫滕森来挖人的时候，我觉得自己可以放手的，因为说不定你能在他们那边培养出系统的商业气质，成为一个成功的规范化设计师，你偶尔闪现的灵感，在首要卖品牌而不是首要卖设计的公司中，是够用的。"巴斯蒂安先生看着她苍白的面容与摇摇欲坠的身体，放缓了语速，但还是继续说着，而且更加清晰了，"现在，看了你的命题设计之后，我更肯定了这一点，你是个灵感型设计师。有灵感的时候，你可以拿出令人惊喜的设计，但给你要求的话，你就只能拿出平庸的、仅仅只是好看的东西了。你极度依赖一瞬间的感觉，而无法自己创造一个世界，更无法驾驭自己的才华，成为自己灵感的上帝。"

"我……知道自己的弱点……"叶深深嗫嚅着，苍白无血色的嘴唇微颤着，挤不出后面的话。

"几乎是致命的弱点，不是吗？"巴斯蒂安先生点头，说道，"也许会决定了，你不可能成为一个顶级的设计师。"

叶深深紧咬下唇，轻微地"嗯"了一声。

巴斯蒂安先生看她的模样，却又笑了，说："然而，你昨天对我所说的话，让我很感动。在你走后，我拿出你之前打动过我的那款刺绣金线猎豹的黑色长裙又看了一遍，想了想你未来的路。"

叶深深一动不动地站着，抬头望着巴斯蒂安先生温柔的面容。

而他俯下头，慎重而认真地看着她："我想，或许你的才华会有难以为继的时候，或许你的状态会有低潮的时候，但你一直以来，不屈不挠地奋力向着更高的地方进发，这种精神，或许是能够支撑你几十年的设计人生的东西吧。"

叶深深只觉得心口涌上不知是难过还是欢喜的酸楚，交织在胸臆，让她只能定定地望着他，无法动弹。

"在邀请你来法国的时候，我曾想过收你做我的弟子，无论你现在的想法如何，无论你会不会留在我这边，以后会去哪里，我始终都秉持这个想法。我希望自己能帮助你，将你杂乱的基础修整成真正能建筑起殿堂的基石，也会竭尽我所能，帮助你成为所有人都心悦诚服的大师。"

他停顿了一下，看着叶深深眼中涌起惊愕与狂喜的眼泪，脸上也露出了笑容："不知道你对我这个想法，意下如何？"

叶深深激动不已，声音开始哽咽："老师……"

"不过最要紧还是你自己努力，先把眼前这一关过去吧。"他说着，又拍拍她的头，笑了出来，"当然了，比赛我是不会给你指导的，否则传出去就会成为集团赛事不公正的丑闻。这一次，你得先自己跨过去。"

"是……我会努力的，老师。"

第十七章
珍珠

复赛收稿结束的时间一天天逼近了。

叶深深有时候有点绝望，感觉自己可能过不了这一关了。

她要跑工厂，去查看自己那一组冬装的进程，也要弄国内网店的设计，但在所有忙碌之中，对她而言最重要的，还是珍珠。

她一次又一次把自己的设计全部撕掉，然后再度从头开始构思。

顾成殊和沈暨周末时也会过来看她，沈暨将她撕掉的设计图拼凑起来看看，偶尔也会说："深深，这套设计还挺好看的嘛，或许可以保留一下。"

"除了好看呢？"叶深深问他。

他审视半天，沉默无言。

"仅仅只是好看，有什么用呢？"叶深深痛苦地将自己蜷缩在沙发上，喃喃地念叨着，"珍珠，珍珠……"

无数的设计上都用过的东西。可以直接在衣服上使用珍珠，可以在配饰上使用珍珠，可以像之前顾成殊帮自己铺钉的那条裙子一样，缀满珍珠……

然而，别人使用过的创意，她得竭力避开。

珍珠是被用烂了的设计元素，成千上万的设计师都在上面动过自己的脑筋，她得在被万千人踏过的沙地上，寻找到没有被践踏过的地方，而且，她要走得漂亮。

如何落脚，如何表现，如何让人从乌泱泱的设计之中，一眼看到她的存在……

毫无头绪。

叶深深趴在沙发上，绝望地长出一口气。

沈暨看着她的模样，心疼地帮她将散乱的头发捋顺，说："你看看，不就是一组设计吗？把自己折腾成这个样子。你这样绞尽脑汁，头发都要掉光了！"

叶深深喃喃道："不行，我一定要想出全新的设计来，主题……主旨……表现手法……"

她的头剧痛起来，跑到洗手间一阵干呕，然后无奈地出来翻止痛片，希望能将痛苦镇压下去。

沈暨不可置信地说："深深，别这样逼自己了！难道除了赢得比赛，你就没有别的路了？"

"我一定得拿到名次，我想留下来。"叶深深咬紧牙关，低声说。

沈暨回头看看沉默不语地在那里处理公文的顾成殊，无奈地说："成殊，你给她下个命令，让深深别再这样逼自己了。"

顾成殊终于抬起头，看看心疼怜惜的他，又看看面容惨白的叶深深，然后扫扫地上散落的设计图，轻描淡写地问："你觉得，她这些设计怎么样？"

沈暨微微皱眉，许久才说："有几张，勉强可用的。"

顾成殊无动于衷地又低下头："那还是让她逼一逼自己吧。"

沈暨简直不敢相信自己的耳朵："怎么可以这样？"

叶深深觉得一阵恐慌，几天几夜殚精竭虑，最后却一无所获，眼看着截止日期就要到来，最后的成稿还没有概念。她一点力气都没有了，脱力地坐在椅子上，按住自己又开始剧痛的头，低声说："我再想想吧……实在不行，明天我怎么都得凑几张设计图出来。"

沈暨自责地蹲在她面前，仰头担忧地望着她："对不起，深深，都是我手气不好。"

叶深深摇头："这不关你的事，是我自己实力不够。"

"而且，她自己上的话，可能抽到个更难的。"顾成殊毫不留情地说道。

沈暨叹了口气，看看叶深深晕黑的眼圈，只能安慰她说："没事，今年初审的稿件我也看见了一部分，说不定大家最后交上来的，也都很一般，甚至还不如你之前放弃的那些设计呢。"

叶深深垂下眼，勉强点点头，又强迫症般拿起笔开始竭力画设计图。

沈暨百般无奈，走到门边穿衣服："我下去给深深买点吃的和药，她现在吃的那种止痛药对身体的副作用较大。"

刚一开门，伊莲娜正好上来了，和他打了个招呼："Flynn，走了吗？"

"不，下去买点东西。你要吃什么，我帮你带个小蛋糕怎么样？"

"天啊，晚上哪敢吃蛋糕！谢谢你啦。"

眼看伊莲娜要进来了，顾成殊合上了电脑，说："别逼自己了，跟我出去走走。"

叶深深有点诧异："可沈暨出去买东西了……"

"他和你室友这么熟，怕他会被锁在门外吗？"他问。

叶深深不明就里，不过他既然这样说了，便点点头，摇摇晃晃地无奈站了起来。

系好安全带，叶深深看着车子一路向着商业中心开去，有点迷糊："顾先生，我们去哪儿？"

顾成殊回答："去一家店里。"

"可是现在都快十点了，店铺一般都打烊了吧？"

"打烊了才好，没有人。"

叶深深在心里想，为什么要趁着没人的时候去呢？不会是去抢劫吧……

当然，这么异想天开的话，她只是在心里想想而已，才不敢和顾先生讨论呢。

最终他们在市中心一家珠宝店门口停下，里面已经没有客人了，店员们正在进行今天的盘点，将贵重的珠宝送到后面锁入保险箱。

门口有人正在等着他们，看见顾成殊的车子停下，便上来一边替叶深深开了门，一边向顾成殊打招呼："顾先生要看什么？"

"珍珠。"他言简意赅地说。

叶深深愕然地看向顾成殊，顾成殊向她点头示意，带她上了二楼。这里有单独的大厅，灯光打开，灿烂的光芒遍照上下，将所有陈列着的珍珠饰品照亮。珍珠特有的晕彩光芒在一瞬间弥漫在他们的面前，温润细腻的光泽，是其他所有珠宝都无法比拟的，神秘而含蓄，优雅而柔和，显得格外平和静谧。

迎面陈列在单独玻璃柜内的，是一串渐变色珠串。来迎接他们的店长见她仔细打量那串珠子，便介绍说："这是Akoya珍珠制成，产自南日本沿海港湾，由54颗珍珠组成，从脖颈到胸部的珠子依次是纯白色、乳白色、米白色、淡黄色、浅黄色、米黄色、金黄色、橙黄色，形成由白到黄的渐变的颜色，每一颗珠子都是正圆形，光泽度为A，照物清晰，光洁度为无瑕。"

颜色的挑选异常精准，从白到黄的过渡极其自然，使得每一颗珠子的颜色都仿佛在缓慢的变化中徐徐流动，令人几乎要融化在那种氤氲朦胧的光华之中。

叶深深看了许久，又将目光转向旁边另一个单独展示的玻璃柜，那里面是一顶黑色的珍珠皇冠。

店长又殷勤介绍说："这是Tahitian黑珍珠，产自南太平洋法属波利尼希亚群岛。"

顾成殊给她解释："中国人一般叫大溪地。"

大溪地的黑珍珠，黑色之上透着各种奇异的色彩，从孔雀绿到烟灰紫，再到深湖蓝，明明是矿物，却随着角度变化而幻化出各种金属光泽，迷人眼目。这个皇冠底座上，镶嵌着一簇簇墨绿色、浓紫色、海蓝色的黑珍珠，就像绽放着朵朵晕彩奇异的深色花朵。花瓣的形状因珍珠的形状而不同，圆形，梨形，水滴形，环带形，各式幽暗花朵流转着彩虹色泽，肆意绽放，惊心动魄。

那幽暗奇异的光彩，瞬间在叶深深的眼中晕开，直传到她的脑中，让她几乎脱力般呼吸急促，脑中那一直迷迷糊糊无法捕捉的意念，在瞬间成形，让她在这一刻呆住了，盯着面前的珍珠皇冠许久，才急切地说："我要看大溪地黑珍珠。"

店长开心地说："好的，请问您要看多少？"

"所有的。"顾成殊帮她回答。

店长将她引到旁边柜台，拉过头顶射灯，将面前大批的黑珍珠照亮。

从纯黑到灰黑，从褐黑到紫黑，从棕黑到蓝黑，甚至还有铁青色、铅灰色、玫瑰色、古铜色，全部呈现在她的面前。奇异的炫目晕光交织成一片晶莹璀璨，强烈的光彩让叶深深在这一刻充分理解了什么叫珠光宝气，知道了为什么会有人为了这些珠宝不惜流血杀戮。

这颜色和光泽……可真熟悉啊。

叶深深的脑中，忽然闪过一片朦胧的晕光。

仿佛旧日在面前徐徐展开。她看见一片白雪茫茫之中，灯光洒下来。顾成殊在光晕之中侧头看她，灯光与珠光映照着他的面容，朦朦胧胧，令她整个人仿佛浸在温暖的热水中，一片融冶。

那是那一个平安夜，她拉着他，在工作室中钉珠子时的光辉。

明明是幻象，明明那些珠子都在灯光和记忆中失去了具体的形状，但那些璀璨的光芒，却仿佛永远不会磨灭，直到十年二十年后，依然能在她的脑海之中熠熠生辉。

有时候，铭记一个场景、一个人，只需要一点微光而已。

重要的，不是珠子，不是它的价值，而是那一瞬间闪现的光辉。

她的心口充溢着难以言喻的激动，里面有些东西似乎在呼啸着，就要冲破胸口飞舞出来了。

她抓住顾成殊的手臂，急促地说："顾先生，我得回去了，我……我知道自己应该怎么做了！"

说完，她转身就要向着楼梯口奔去。

顾成殊眼疾手快，反手将她的手臂拉住，说："先别走。"

叶深深迟疑地回头看他，不明所以。

他示意后面珍珠展示区，轻声说："辛苦店长这一趟，怎么可以什么都不买就离开？"

叶深深有点迟疑地看着他："可……我没有想要的。"

"并不珍贵，你可以随便戴着玩。"他没有理睬，将她拉到柜台前，说，"或许没有灵感的时候，也可以拿出来看看。"

叶深深低头看着柜子内的那些炫目珍珠，此时才忽然明白过来，心口也猛烈地跳起来。

珍珠，和他送给自己的那些花朵，可不一样。

她心慌意乱，强行抑制自己胸口的悸动，抬手指了指一颗不起眼的水滴状链坠。那上面只有一颗黑珍珠，并不太大，但烟紫色的光泽十分漂亮。

店长让人给她搭配了细细的锁骨链，并笑着问她："戴上吗？"

叶深深立即摇头，看见了店长对顾成殊揶揄的笑。她只能装作看不见。

顾成殊将叶深深送到楼下就走了。

叶深深一个人上楼来，发现沈暨拎着药和蛋糕在门口等她。

"成殊走了，你去送他？"沈暨问。

叶深深不好意思说他送自己珍珠的事情，便点了点头，然后问："怎么不敲门？伊莲娜在里面的。"

他说："我和她并不算特别熟悉的朋友，或许会让她尴尬。"

沈暨总是这么替女孩子着想，叶深深也习惯了。

开门进去后，叶深深立即跑到内间去画图，沈暨去敲了敲伊莲娜的门，在她开门之后，将手中的小蛋糕递给她："恭喜你，刚好还有个无糖而且是低脂奶油的蛋糕，相信我，绝对不会损害到你身材的曲线。"

伊莲娜愣了愣，开心地接过他手中的蛋糕："你实在太好了！"

"不好意思，我们经常过来，肯定打扰到你了。"

伊莲娜靠在门上笑道："放心吧，Flynn你的话，24小时待在这里我都没意见。"

沈暨笑着向她举起手中的杯子："来一杯茶吗？"

他们在客厅内开始喝茶聊天，大半夜的兴致勃勃。叶深深则在自己房间里画着设计图。

这么久以来，她第一次明白了什么叫灵魂出窍式的设计。

连日的疲惫，隐隐作痛的头，让她在深夜的案前设计时，画下的每一根线条都是恍惚的。那些颜色与轮廓，从她潜意识中喷涌而出，在她的大脑还没有清晰想法的时候，手已经自然而然地移动着，画下了那些应该出现的东西。

外间说话的声音远去，头顶的灯光也隐淡，整个天地间，万籁俱寂。所有的东西都已不存在，所有的人也不复存在，连她自己也消失在了寂静之中。

只有渐渐成形的那些图，每一丝，每一寸，天生便是这样，没有任何办法能改动转换分毫，没有任何东西能替换代替些许，没有任何神灵能减淡这光彩与辉煌。

困倦至极的时候，叶深深就趴在桌上，稍微合一会儿眼，但心中那些翻涌的思绪，很快又让她惊醒。在半梦半醒之间，她拿着笔，继续那未曾完成的设计图。

那支笔仿佛不是她在控制，而是冥冥中应该要存在这个世界的东西，在引导她画下她应该要画出的东西，让它以最美好的姿态，呈现在这个世界。

午夜的巴黎，不夜的城市。

交织着远远近近的灯光，弥漫着浓浓淡淡的夜色，行走着疾疾徐徐的夜风。

但这一切，都与叶深深没有关系。

她创造着自己手下的全新世界，将自己所有的过往与未来，投入在其中，只为了那一缕光华灿烂，让所有人惊叹。

沈暨感觉到里间的寂静，走到门口看见了趴在桌前沉睡的她，无奈地对伊莲娜笑了笑，进去俯身去轻唤叶深深："深深，困了吗？要去床上睡哦，在这里不舒服。"

叶深深迷迷糊糊地"唔"了一声，稍微动弹了一下，又再度睡过去了。

沈暨无奈摇头，轻手轻脚地抱起她，将她放到床上。

他动作这么轻柔，叶深深的后背触到床时，才恍惚地睁开眼，有点迟疑地看着他："我睡着了吗……？"

"嗯，早点休息吧，你最近太累了。"他俯身注视着她，唇角浮起温柔笑意，"晚安。"

叶深深睡眼蒙眬地看着他，点点头，闭上了眼睛。

等他把门轻轻带上出来，伊莲娜看看屋内，抱臂靠在门上笑问："经常这样吗？看你这么熟练。"

沈暨笑着摇摇头："并没有那么多机会。"

"我有个疑问哦。"伊莲娜端详着他，问，"你和顾先生，谁是她男友？"

沈暨的呼吸微微一滞，默然转头看着她关闭的房门。

许久，他才低声说："顾先生我不知道，但对我而言，深深是我最重要的朋友。"

伊莲娜挑起眉，说："这还真让人意想不到。"

沈暨笑了笑，朝她挥挥手，示意告别。

顾成殊没想到，自己回家已经这么晚了，居然还有客人在等待。

而这个客人竟会是艾戈，则更让他意想不到。

等坐下后知道他的来意，顾成殊更加诧异了。

"关于沈暨在国内与人的交往？"顾成殊皱起眉，"据我所知，他早已不是你的助理，你如今是以什么立场过问他的事情？"

艾戈脸上的神情模糊黯淡，说道："从一定意义上来说，他也是我弟弟。"

"那在你伤害他的时候，怎么没想过这件事？"顾成殊毫不留情地问。十年的同学兼三年同事，他认为艾戈这些鬼话完全没必要对自己说，毕竟大家的时间都很宝贵。

艾戈避开他的质问，完全不介意他的态度，依然询问："他在中国，与什么人交往比较多？"

顾成殊不带半点情绪波动地数着："我，方圣杰，宋瑜，卢思侠……"

"叶深深呢？"

这名字终于让顾成殊的睫毛微微颤动了一下："沈暨回国后漫无目的，我当时找叶深深开网店，所以把沈暨拉过去做了打版师。"

"只是这一层关系？"艾戈又问。

顾成殊端起面前的杯子喝水，垂下眼睫掩盖住自己的双眼："你觉得还有什么？"

"我没有关注过他在中国的详细情况，但你肯定是知道的，沈暨与叶深深，是情侣关系吗？"

这突如其来的问话，让顾成殊的手缓缓收紧。他捏着手中的水杯，沉思片刻，才缓缓说："我想应该不是吧。"

艾戈皱眉问："如果未曾公开的话，是叶深深暗恋沈暨，还是沈暨对叶深深单恋？"

他一再的追问，让顾成殊终于抬起头看他，声音略有迟疑："为什么会有这样的疑问？"

在他心里，曾经盘旋过千遍万遍的问题，为什么会是面前这个人先提了出来。

艾戈紧盯着顾成殊，像是不愿错过他脸上任何一丝表情："我第一次去巴斯蒂安工作室的时候，叶深深曾经将我的背影误认成了沈暨，对我谈起了一些要对沈暨说的话。

我清楚地记得她当时的原话，她说，'上次在梦里说喜欢你的事情，我们都守口如瓶好吗？就当作我们之间的秘密吧。'"

短短几句话，重击在顾成殊心口上，令他身体顿时僵直了。

而艾戈显然对于自己看到的顾成殊的反应很满意，继续说下去，那些答案顺理成章，显然在他的心中，早已猜测了千万次："她话中的意思你必定明白，第一，叶深深喜欢沈暨；第二，叶深深睡着做梦的时候，沈暨与她在一起；第三，两个人选择将恋情隐瞒所有人，包括你。"

顾成殊没有理会他最后嘲讽的口气。他将自己的目光转向窗外，窗外灯光照着春日葱茏的碧树，暗夜中一枚枚新叶在灯光下颜色通透。然而这么可爱的景致，在昏黄的灯下却全都蒙上了晦暗不明的迷雾。

在迷雾之中，有些东西又豁然散开。那是他曾看见过的，叶深深的电脑屏幕。被她红着脸急切挡住的那张面容，唇角有着温柔弧度，耳朵下面小小一颗雀斑，泄露了她竭力想隐藏的秘密。

沈暨说，我只是觉得可爱，所以逗了一下，结果那只小猫咪想要跟我回家。

他们在旋转楼梯上紧紧相拥，沈暨将面容埋入她的发间，那亲密的温柔，几乎像一层肉眼可见的光芒，从他们的身上像水波一样荡漾开来。

叶深深的秘密，被他刻意忽视、企图深埋在最底下的那不愿触碰的东西，终于还是泛了上来，他不得不直面这一切。

艾戈盯着他的表情，见他一直不说话，顿时也明白了一切。

"所以，在初次见到叶深深时我就知道了，他们是未曾公开的恋人。"艾戈缓缓说道，"而且，叶深深不是单恋。沈暨因为担心我会将对他的报复加诸在叶深深的头上，所以两人一直选择不公开。"

然而，顾成殊已经明白了他想要说的话。

他静静地看着面前的艾戈，看着他眼中那些幸灾乐祸的情绪，心想，如果被别人知道了，这个难对付的安诺特先生有这样的一面，大家会不会都很惊讶。

但他忽然之间无法回击对方。因为他知道，自己眼中泄露的情绪，也未必会比他好看。

他想到一开始是自己将沈暨介绍给叶深深的，就觉得这件事简直是荒诞又可笑。是他对沈暨提起自己寻找到母亲想要的孩子；是他将叶深深的作品拿给沈暨看，让他对叶深深充满好奇；是他让沈暨来到叶深深的身边，帮助她开始最艰难的历程……

所有的一切都在他的安排与注视下，就这么开始了。

只是那个时候，他以为自己不会在乎叶深深，以为他们之间终不过是合伙关系而已。他以为叶深深只不过是母亲的一个遗愿，他对她好奇而嫉妒，羡慕而痛恨，所以他帮助她，企图能让母亲的在天之灵欣慰，而每次看见她遇到挫折几乎崩溃的时候，他又有一种让母亲看看自己想要的孩子到底能不能比得上自己的快感。

然而，在什么时候开始，他与叶深深之间的关系，已经不一样了呢？

只是单纯想拉一把母亲看上的人的心态，到底是什么时候开始转变的。

从那个停电的雨夜，他们对着蜡烛开始讲述自己的人生开始的吗？

从机场里，看见狼狈不堪的她对着路微吼出自己的理想开始的吗？

抑或是，早在路微与他争执，他随口说出自己要娶叶深深的时候，或许一切就已经不一样了。

这一路以来，很漫长，很艰难，叶深深的转变也很缓慢。

总算她对他的态度，从"人渣"进化到了"伙伴"。

总算她对他的称呼，从"您"消退成了"你"。

总算她在他面前说话不再结巴拘谨，笑容也变得开朗灿烂。

然而事到如今，似乎一切都是他的幻觉。他永远只能走到她身后、朋友的那个范围内。她身边更近处，有另一个人已经存在了，那是可以牵她的手、吻她的唇，与她一起走到最后的人。

那个位置，不属于他。

她已经将那个独一无二的地方，留给了沈暨。

他说不出任何话，只觉得一股黏稠的血液从心口涌出，注入四肢百骸，让他全身的热气都停止了行走，身体僵直得连动弹一下手指的办法都没有。

只这一瞬间的失态，艾戈便了然地微笑了出来，已经得到了他想要的信息，所以他站起身向顾成殊告辞，说："我走了，或许还要处理一些事情。"

"或许你猜对了，"顾成殊抬头看着起身的他，长长出了一口气，说，"他们是一对恋人。"

所有的蛛丝马迹，在他面前清清楚楚地呈现。只是他一直没有察觉，或者是，强迫自己不去察觉。

艾戈微微眯起眼睛看他，而顾成殊盯着他，声音低沉而又清晰："但是，我希望你在处理沈暨的事情时，不要影响到深深。"

他说到这里，停顿了片刻，然后才吐出最后几个字："因为，她是我看上的人。"

沈暨沿着旋转楼梯一步步走下去，出门顺着街道走向停车场。

巴黎沿街的店铺关门很早，但霓虹灯是不会关闭的，整个城市始终明亮通透。他踏着迷离的灯光向前走去，却发现有辆车子不紧不慢地跟着自己，在这样的夜晚，给他打了一盏近光灯，照亮面前的路。

他转过头，看向驾驶座上的人。

在看见那熟悉无比的面容轮廓之后，他立即加快了脚步，向着停车场迅速走去。

艾戈没有阻拦，等着他的车子从停车场出来，才跟了上去。

沈暨拐了一个街口，又拐了一个街口，到第三个街口的时候，他终于再也忍不住，狠狠一脚刹车，停在了路边。

艾戈也停下来，刚好与他并排。

沈暨摇下车窗，勉强抑制自己心口涌上来的烦躁与愤怒，对着他问："上次的划伤刚修好，这次又准备让我的车进修理厂？"

"紧张什么？"艾戈慢条斯理地问，"上次你的车上有叶深深在，你担心我看见你们亲密的样子，可现在你只身一人，为什么还是要躲避我？"

"我已经辞职了。"沈暨一句话顶回去。

"可你欠我的，并未还清。我刚从知情人那里过来，迫不及待要与你清算债务。"他侧过头，暗绿色的眼睛在橘黄色的路灯光芒下，中和出一种奇异的蓝紫色，"你帮叶深深打版，推翻我的决定的时候，难道就没想过，自己这样做会得罪我到什么程度？"

沈暨默然停顿了一下，然后下车走过去，拉开艾戈副驾驶座的车门坐了进去。他深吸了一口气，然后郑重地说道："深深是无辜的，你不该为了和我的宿怨，把她拖下水。"

艾戈斜了他一眼，缓缓说："和你走得近的人，就是我的敌人，没有无辜一说。"

沈暨气得都笑了："那好啊，我崇拜努曼先生，我和顾成殊是好友，我当过你两年半的助理，这个世界上我最亲密的人算这么三个，你先全部对付一遍？"

艾戈没理会他，一言不发地盯着前面空荡荡的街道。

"不可能对吗？"沈暨盯着他，一字一顿地问，"那么，你去欺负一个无力反抗你的女孩子，又算什么？"

"因为，"他的质问，让艾戈缓缓转过头盯着他，目光越发森冷，"我认为，她对你有特殊意义。"

仿若脊椎被刺入冰冷钢针，透骨的冰凉直接传到大脑，让沈暨手脚僵硬，无法动弹。

他的神情让艾戈露出一丝冷笑，仔细端详着他的神情，不肯放过他脸上一丝复杂的情绪："你喜欢她。"

整个身体都僵直的沈暨，全身上下唯有睫毛，在微微颤动。从窗外斜射进来的灯光，打在他的睫毛上，转而在他的面容上投下动荡不安的阴影，彻底泄露了他自己都尚且不清楚的心意。

"不……"他喉口干涩，艰难地想要反驳，然而，脑中一片空白，被骤然戳穿的事实，让他茫然失措，不知如何才好。许久，他才哑声说："不，她有喜欢的人，不是我。"

"是吗？我不这样认为。"艾戈若有所思地看着他，缓缓说，"我记得，我们之前制定的健身方案是完全一样的，所以我们的身材可能比较相似。她不该将我的背影认成了你，泄露了你们之间的秘密。"

沈暨紧咬下唇，没有出声。

"她提到她梦见你并向你表白的事情，而且还想求你不要再提起这件事。"艾戈冷冷地说道，"你们在中国已经同居了吧？"

沈暨悚然一惊，立即否认："那只是她生病了，在昏睡中不小心说的呓语。她所说的喜欢我，只是代表朋友的意思。"

"别以为我会相信这种蠢话！"他厉声打断沈暨的话，目光凶狠地盯着他，如同尖锐的钉子深深扎进他的眼中，"人类在无意识时所说的一切，才是真实的，谁会在梦里对一个普通朋友吐露自己心意？"

沈暨一言不发，脸色苍白地坐在车座上，仿佛被他的话震住，无法再动弹。

他脑中轰然作响，来来回回都是她恍恍惚惚的呓语，她说，沈暨，我喜欢你。

还有，她抬手挡住车窗外刺目的阳光，艰难地说，沈暨，我们是朋友吧。

这一句话，让他放弃了逃回法国的打算，让心里那些恐惧烟消云散。

是的，恐惧。他明知道，自己若与深深太过接近，那么她的设计师之路，也会和自己的一样，被艾戈彻底摧毁。所以，在听见她对他说出那句话的时候，他恐惧不已。

那时他逃避般地下了车，扶着旁边的树拼命地呼吸冷冽的空气，企图让自己清醒过来，然而深入潜意识的对艾戈的畏惧，让他终于还是选择了逃离。

所以在她解释时，他几乎是半强迫半催眠地接受了深深的解释，执意让自己相信她是真的只当自己是普通朋友。

即使内心深处并不相信，但那又怎么样，对他，对她，这都是最好的方式。

他不用再被迫离开，可以继续以朋友的名义待在她的身边。

然而现在，所有竭力维持的平静被戳穿，艾戈的报复，如期而至，无可避免。

他寄托了所有希望的深深，终究要面临最巨大的阻碍，成为别人疯狂报复他的一个牺牲品。

车内一片寂静。

沈暨的双唇微微开启，又随即紧紧抿住，将一切想说的话都埋葬在自己的口中。

最终，他推开车门，头也不回地下了车。

艾戈无法控制自己，终于对他吼出一句话："你的解释呢？你和叶深深的关系是什么？"

他缄口不言，上了旁边自己的车，随即发动，向前方疾驰。

艾戈跟了上去，巨大的愤怒让他如影随形，始终紧咬着前方沈暨的车。

沈暨加快了速度，赶在红灯之前穿越前方的街道。

空荡荡的人行横道上，忽然一只流浪的野猫蹿出，黑影在车灯前方一晃而过，让沈暨下意识地一脚踩向刹车。

高速行驶中的车子，在尖锐的轮胎摩擦声中，失控地撞向了路边的花坛。

野猫发出了凄厉的惨叫，但随即淹没在巨大的撞击声中。

艾戈猛打方向盘避开迎面而来的碎片，因为车速而往前冲了几十米才停下。他在空无一人的十字路口，只觉得巨大的恐惧紧紧扼住了自己的喉咙，让他的呼吸急促，太阳穴剧烈跳动，简直无法遏制眼前涌上来的绝望昏黑。

他下了车，无法抑制自己的狂奔，冲到沈暨的车旁边。

在已经变形的车头上，蹲着一只黑猫，看见他来了，立即钻入了旁边的灌木丛。

隔着震裂的车窗，他看见一动不动昏迷在座位上的沈暨，额头的血缓缓流下来。

第十八章
天地难容

凌晨一点半，电话铃声急促响起。

在画设计图的时候昏睡过去，被沈暨抱上床后才睡了不到两个小时的叶深深，大脑完全没反应过来。抓过电话看见上面显示的是沈暨，她才下意识地接通，低低地对着那边"喂"了一声。

传来的，却不是沈暨的声音，而是另一个男人僵硬的中文，语气冰冷："叶深深，沈暨在叫你。"

叶深深在黑暗中茫然不知所以然，还没有回答，对方将手机拿开，让她听见了极低极低，如同梦呓般的沈暨的声音："深深……深深……"

她猛地坐了起来，这细若游丝的呢喃，也让她听出沈暨虚弱而急促的呼吸。

"他在……哪里？"她惊惶地问。

她终于听清楚了对方的声音，是艾戈，他说了一个医院的名字及病房的号码。

叶深深立即开了灯，刺目的光线让她眼睛剧痛闭上，但也让她迅速清醒了过来。她一边趔趄地抵着墙穿衣服，一边打电话给出租车无线电台和招呼站。然而深夜根本无车可叫，她穿好衣服在楼下等着，夜风将她的脸吹得发木，膝盖冷得站不住，她还是不肯放弃，蹲在地上，一遍一遍地拨着号码。

直到终于有司机应了单子，过来接她，她报了医院的地址之后，便缩在后座上，无力地任由恐惧与担忧将自己淹没。

深更半夜时分，只有医院急诊室永远灯火通明。

她狂奔进门，顺着急诊室跑进去，寻找单独的房间。按照艾戈给的号码，终于找到地方，却发现里面空无一人。

她吓得后背冷汗都出来了，在确定房间的号码是艾戈告诉自己的没错之后，立即转身，去其他房间一一看过，焦急地寻找着沈暨，却依然是一无所获。

在混乱的急诊室走廊之中，她呆呆站着，只觉得脑袋轰然作响，吓得不知所措。

"叶深深。"有人在后面叫她。

她回头看见艾戈，那灰绿的眼睛在此时的走廊中，失去了往常的犀利，脸色在白炽灯下显得苍白，甚至连棕色的头发也有几分凌乱。

叶深深只觉得脚下一软，竭力扶住墙，用嘶哑的声音问："沈暨呢？"

艾戈盯着她，缓缓开口说："他走了。"

叶深深只觉得脊椎像被人抽走了，全身瘫软，不由自主便坐倒在地，眼睛木然瞪大，眼前却什么也看不到了，只有耳朵嗡嗡作响，世界一片昏黑喧嚣。

有人抓住她的手臂将她拉扯起来，她知道肯定是艾戈，但她也没有力气反抗了，他将她提起，让她坐在走廊的长椅上。许久，叶深深的胸口才开始起伏，眼前渐渐呈现出艾戈的几近狰狞吼叫的面容，他的声音也在她的耳边开始响起："是离开医院了，懂吗？他醒来后看见我在旁边，拔掉自己的针头就走了！"

叶深深这才感觉到害怕，在知道了沈暨没有死，而且还可以自己支撑着走出去的时候，她的眼泪才涌了出来。

她伸出颤抖的手揪住面前俯下身的艾戈的衣领，对着他失控地吼出来："你为什么不跟上他？他去了哪里？"

"他不让我跟着！而你这个时候跑来了！"他咬牙切齿地说。

叶深深张大口呼吸着，不想和面前这个人多说，猛地站起来，踉跄地向外面跑去。

艾戈几步就跟上了她，两个人追出急诊室，站在医院门口，向着四周看去。

高楼在四周如同幢幢黑林，被路灯照亮的街道上，空无一人。

叶深深握紧自己的双拳，根本顾不了艾戈是什么人了，劈头就问："沈暨怎么了？他怎么会被你送到医院？"

艾戈可能是平生第一次遇到这样质问自己的人，但他的倨傲在此时仿佛全被慌乱冲散了，只愣了一下，便说："他出了车祸，我送他过来检查过了，有不算太严重的脑震荡与外伤，但内脏没有问题。"

叶深深在愤怒与惊惶之中，只觉得血气狂涌上自己的大脑，无法控制地冲着他大吼："你又开车追他！是你害了他，是你！"

艾戈无法辩驳，呼吸沉重地将头扭向一边。

叶深深不想理他，转身向着旁边跑去："我去找沈暨，你要是想帮忙的话，去另外一边！"

艾戈从出生以来，就没有被人这么呼喝过，所以竟一时无法反应。直到看见她跑进了旁边的小巷，他才紧抿住双唇，大步向着反方向的街道寻去。

深夜的巴黎，一片死寂。

街旁的七叶树在静夜中一动不动地立着，略带阴森。

叶深深在巷子中奔过，看着左右的街道。

巴黎的深夜，很难打到车子，左右主干道没有人影，他肯定走到旁边的小巷子去了。

她从第一条巷子从头跑到尾，又返回来，寻找第二条巷子。蜘蛛网般的城市，乱七八糟的岔路，狭窄的巷子，仿佛要在黑暗中倾倒的老房子，不知躲着什么生物的幽暗角落，让她毛骨悚然。

可是不行啊，她必须要找到沈暨，就算再难，再累，再可怕，她不能让他受着伤迷失在这样的黑暗街头。

找到第四条巷子时，她已经几乎迷失了方向。疲惫让她靠在墙上喘了一会儿气，然后才忽然想起什么，掏出自己的手机，给沈暨打电话。

响了好久，接起来的人却是艾戈："手机在我这儿。"

她没有回答，掐掉了电话，疲惫不堪地直起身子，继续往周围寻找。

前方有一条熟悉的人影出现，让她的心几乎跳到嗓子眼，差点奔过去抱住他的手臂。然而对方在灯下回过头，四处寻找时，她才认出那是艾戈。原来这些弯弯曲曲的路，纵横交错，他们竟找到同一处来了。

叶深深看见他脸上无法掩饰的焦急与茫然，在无人的黑暗角落，看见这个不可一世的人露出这样脆弱的模样，让叶深深的心里涌起难以遏制的疑惑和伤感。

她没有上去跟他说话，她想自己脸上肯定也是这样的表情，所以她转过身，往后面走去了。

她想着始终带着温柔微笑的沈暨，想着他轻揉自己头发时那温暖的手，想着他那双比其他人永远含着更多水光的潋滟双眼，眼睛不觉开始热热地烧起来，眼前的事物都化成模糊，难以辨认。

所以，在她看见站在河道边的那条身影时，盯了许久脑中还是不太真切，自己看见的是真实的，还是大脑中臆想出来的影像。

她抬起手掌，将眼中的泪擦拭掉，然后轻轻地走近他。

一直伫立在河堤上的身影，终于动了一下。他的脚似乎是想要后退，但在空中凝滞了一下，整个身体又似乎要向前倾倒，趔趄着向河中倒去。

叶深深猛扑上去，将他的腰一把抱住。

两个人都失去了重心，一起重重摔在河堤上的草坪上。

叶深深比较惨，整个人被沈暨压在了地上，成了他的肉垫，但沈暨也情况不妙，额头上的纱布又再度渗出鲜红的血迹来。

叶深深不顾自己胯骨与肩膀的痛，躺在地上便赶紧抬起手，用力按压住他的额头："沈暨，没事吧？"

沈暨勉强从她身上挪出来，仿佛完全没察觉到自己身体的疼痛，只一动不动地躺在那里。过了许久，他才转过头看向叶深深，看向她那满是担忧与欢喜的眼睛，那竭力克制自己不要痛哭失声的容颜。

明明气虚力竭，明明在这么狼狈艰难的处境，可沈暨却笑了出来。他纵容自己抽离了全身的力气，顺其自然地躺在她的身边，在细茸茸的春草之中，轻不可闻地吐出一声叹息。

他说："深深，你完蛋了，艾戈认为我们在恋爱，他要狠狠报复你了。"

叶深深撑起身子，看着他脸上那揶揄的笑容，简直不知道该生气还是郁闷："你还好吗？脑壳被摔坏了？"

他居然很愉快地承认了："医生好像是这样说的……"

叶深深跪坐在他身旁，用力拉他起来："既然这样，为什么还要跑出医院，到这里来？"

"我还以为没什么大问题，你也知道和艾戈待在一起多可怕，所以我就跑了……"沈暨一手紧握住她的手，一手竭力撑起身子站起来，"谁知道大脑好像出了点问题，分不清方向了，还有点晕。刚才我明明想转身回去的，结果不知怎么的，差点就摔下河去了。"

"你脑震荡了，当然不能乱跑啊！"叶深深太生气了，可对着他这个样子又无法发作，只能拼命扶住他还有点摇晃的身体，搀扶着他往医院走去，"好好回去休息，知道吗？"

他沉默地看着她，眼睛湿润而蒙眬，可是却固执地说："不，我不要回去……那个人在医院……"

"他在又怎么样，有什么可怕的？"叶深深低头看着他低垂的睫毛，她面容上的神情，坚定而沉静，"艾戈打压我们又怎么样？我们和时尚界最顶层对上又怎么样？我会证明给你看的，只要我们竭尽全力，不顾一切地向着自己的目标进发，我们总能冲破所有艰难险阻！让那个混蛋见鬼去吧！"

第十八章 · 天地难容

211

　　沈暨看着她明亮得如有两团火在燃烧的双眼，像被攫住了心脉一般，竟连心跳都停止了片刻。许久，他才从失语之中渐渐恢复过来，低低地以暗哑的声音说："可是深深……这条路，太难了。我当初也曾经想过要抗争到底，然而最终，我还是不得不放弃了……"

　　"不，我一定会打败他给你看。"叶深深执拗地望着他，不肯移开目光，"我会让你看到，艾戈并没有那么可怕，就算是我这样一无所有的人，也能奋力对抗他。尽管我不知道胜利到底会不会到来，但只要我努力过了，就算落败，我也无怨无悔！"

　　她说着，拖着沈暨往前走，又努力挤出一个笑容来安慰他："顶多，我们回中国继续去开我们的网店嘛，把它做成全国乃至全世界最大的网店。他们的奢侈品虽然卖得贵，但我们卖得多呀！全世界穿我们衣服的人，将来会比穿他家衣服的人还多！"

　　"深深，你这话可真幼稚……"沈暨说着，想维持自己脸上的笑容，可最终，眼中却涌上了一层晶莹泪膜。怕眼中那些东西会不受控制地落下，所以他忽然张开双臂，狠狠地抱住了叶深深，将她紧紧地抱在怀中。

　　叶深深猝不及防，下意识地挣扎了一下。

　　然而他的身体在微微颤抖中，双臂越发用力地收紧，几乎要将她箍入自己的身体中。

　　"深深……深深……"

　　她听到他呢喃的声音，在她的耳边响起，低不可闻："要是我，能在顾成殊之前遇见你该有多好……我真想，喜欢上你。"

　　这黯淡模糊的声音，让叶深深默然怔愣，呆站着任由他拥抱自己。

　　他紧紧抱着她，急促的气息弥漫在她的耳畔，喘息一般沉重地回响，让叶深深的脸颊起了一层轻微的毛栗子，身体也不由自主地随着他的气息而微微颤抖起来。

　　在寂静的暗夜之中，许久，他身体的颤抖才渐渐停了下来。

　　神志渐复清明，他深深吸气，终于缓缓放了她，低声自嘲般地说："可我不能喜欢你。"

　　叶深深默然看着他，一言不发。

　　"我害怕自己会毁了你，害怕我若真的与你在一起，你的梦想、你的人生、你的未来，会像我所有的一切一样，被艾戈毫不留情地摧毁掉……成殊曾说过，我的手是有毒的，让我不要轻易去触碰任何人，我想他说得对……"

　　他举起自己的手，涣散的目光落在上面，慢慢地，一寸一寸地审视着："可能确实是这样。我不应该再喜欢什么人，也不应该再妄想什么了……"

　　叶深深默默地看着他，觉得心里难受极了。

这是温柔的，最善解人意的沈暨，是帮助她一路走来的巨大力量。他喜欢每一个人，可是，又无法喜欢任何一个人。

所以她只能绝望地强迫自己，将对他的喜欢一点一点从心上剥离。如今她胸口那块地方已经只剩了模糊的血肉和新填补上的名叫友情的假体。因为，在她最绝望的时候，她没有办法任由自己的心疼痛那么久，更没有办法眼睁睁看着它腐烂殆尽，所以只能勉强自己用其他东西来修补那些伤口。

现在，关于沈暨修补好的那一块，那上面的名字叫朋友。

她抹除了旧日的痕迹，重新在心里开出了另一朵花。

那朵动一动便牵连到她所有血脉的、独一无二的花，已经不属于沈暨了。

然而此时，她才知道，沈暨也是强迫着他自己，艰难地将一切都以友情为名义彻底埋藏掉。

那一朵原本可以开出的花，他们都把它连根拔除了。

再也找不回来。

就算找回来，也已经没有地方可以栽种了。

叶深深扶着沈暨回医院，他那高大的身躯压在她身上，简直让叶深深都走不动了，虽然他努力支撑着，两个人也走得十分缓慢。

在快要走到医院门口的时候，叶深深偶尔一转头，看见沉默地从另一边巷子口出来的艾戈。

他站在他们不远处，看着沈暨的模样，却没有过来，只静静地在黑暗中盯着他们从自己面前走过。在背光的地方，他的眸子几乎变成墨绿色，没有一丝光亮。

叶深深没有跟他说话，只是搀扶着沈暨，艰难地回到了医院。

逃跑的患者被护士好好训了一顿，直到沈暨诚恳地赔礼道歉又真诚地夸奖她的唇形适合微笑之后，护士才止息了自己的怒气，站在病床前给了他一个笑容："明天早上检查之后才能确定你是否可以出院。"

等护士走了，叶深深才觉得自己的手腕有些不对劲。她将衣袖撩起来一看，肿了一大块，袖口都快拉不上去了。

"是刚刚扭到了吗？"沈暨担心又焦急，抬手想握住看一看。

叶深深把他的手按在床上，示意他上面还扎着针呢，然后站起身，说："我去急诊看看，没什么，开点药抹一抹就好了。"

走出门的时候，她才捧着自己猪蹄一样的手吸了两口冷气。

"怎么了？"一个惯常冷漠的声音在她前面响起。

她抬头一看，艾戈靠在医院的白墙上，居然没有离开。他的目光落在她的手腕上，显然也看到了那惨状。

叶深深垂下手，没好气地说："刚刚摔倒了。"

这种不善的口气，让艾戈看向她的目光又转为冷冽。

但叶深深也不在乎了，她从他面前走过去，而他也没再理会她。

走到拐弯处，她回头看了看，艾戈只一动不动地靠在沈暨病房门口，没有进去，也没有离开。

腕关节扭伤，医生给她开了支喷剂。

叶深深打听了一下，在医院外找到了一个24小时营业的快餐店，给沈暨买了点吃的拎回来。

经过门口的艾戈身边时，她犹豫了一下，取出一小杯咖啡递给他。

艾戈垂下眼看了看，不屑地将自己脸的转向旁边去了。

叶深深才不勉强他呢，将杯子收回袋子中，转身就要进病房去。

然而，艾戈的声音在她身后低低响起："有茶吗？"

眼睛真尖，一下子就看见她袋子中还有一杯红茶了。

叶深深闷声不响地将茶拿出来递给他。他打开盖子喝了一小口，顿时皱起眉，想必这种品质的茶远远超出了他的接受下限。

叶深深没理他，走到病房中的时候，听到后面传来纸杯落在垃圾桶中的声音。她有点心疼地在心中狠狠翻了艾戈好几个白眼，这可是她花钱买的。

沈暨躺在床上，还乖乖地等着她。叶深深看了看，点滴还有一段时间才能打完，便在旁边坐下，取出剩下的咖啡和牛奶看了看，想想还是把牛奶留给沈暨，自己给咖啡加了两包糖进去。

热饮都还很烫，难以入口。

沈暨捧着饮料，暖着自己的掌心，叶深深坐在他的旁边，轻声问："你们之间，到底发生了什么，以至于闹到这样的程度，可以对我说一说了吗？"

沈暨抬眼看她，沉默地咬住下唇。

"肯定是很重要的东西吧，而且我猜他学中文可能也和你有关？"所以，艾戈听清楚了她对沈暨说的话，并因此将她和沈暨连在了一起报复。

"我欠他的……太多了。"沈暨紧紧地捏着手中的杯子，声音艰涩得几乎无法吐出，"他的母亲，他的童年，他的家……全都被我毁掉了。所以，无论他现在对我做什么，我都没话说，只是，他不应该波及你。"

叶深深紧抿住下唇，说："我才不信呢……你比他还要小，怎么可能毁掉他这些东西？"

沈暨抬眼看她，那双一向璀璨温柔的目光，此时却蒙着一层枯败的灰色，而他的脸色，则比他的目光还要绝望。他说："因为我妈妈，曾经不道德地抢了他的父亲，带着我登堂入室。"

叶深深揣测着，沈暨不是混血儿，所以他母亲应该是与沈暨的华裔父亲离婚之后，又嫁入安诺特这样的豪门。沈暨这样的美貌，肯定是继承自他那个厉害的母亲。

"但是，大人们之间的感情出现了裂缝，分手或者再婚，也是常事啊。而且，就算是父母再婚，那也不是孩子可以选择的，不是吗？"叶深深知道法国人对于这些并不在意，艾戈的反应不应该这么激烈，更不应该迁怒在沈暨身上。

然而她的话，丝毫未曾安慰到沈暨，他深埋着头，胸口急剧起伏，声音也几乎不成句："可是，他的母亲在离婚之后，乘坐飞机离开时，遇到空难……至今连遗体都没有找回。"

年幼的沈暨根本不知道，艾戈将母亲的死全都归罪于他母亲。而沈暨母亲却与再婚的父亲抛下他们度蜜月去了，所以艾戈在伤心愤恨之中，唯一能做的就是抓着住进自己家的沈暨痛骂。沈暨用两个月的时间学会了法语，找他复仇对骂时才知道，原来自己的到来，是这么不受欢迎。年幼的他赢了骂架，但最终在艾戈的绝望痛哭面前知道了自己与母亲给他造成了多么大的伤害。

对自己母亲失望透顶的沈暨，回到了伦敦亲生父亲的身边。他从小就是个很讨人喜欢的孩子，继母与他感情非常好，所以他生母认为儿子背弃了自己，也生气得不再来看他了。他跟着继母在顾家做客时，遇见了顾夫人容虞，他帮她在花园中偷偷地染出了自己的第一块布，从此对服装发生了浓厚的兴趣，也认识了容虞的儿子顾成殊。长大后的沈暨放弃了父亲的殷切希望，放弃了名校，前往法国学习服装设计。还没有毕业，他的设计已经被时尚界的人所关注，甚至还有人预定了他的毕业设计，更有许多大牌向身为在校生的他发起邀约，就像当年许多大师的待遇一样。

如果一切就这样顺理成章地发展的话，沈暨将拥有一个完美的人生。他相信自己的才华与对服装持续的热爱，他在圈内左右逢源，成为著名设计师指日可待，然后随着年龄增长成为大师，步入殿堂只需要时间。

然而，一切结束在他回伦敦参加的一个圣诞聚会。

他是广受欢迎到处有朋友的沈暨，跟着顾成殊混进了他们学校的聚会。生性好静的顾成殊早早离去，而他与毕业的学长、刚入学的学妹等各种人混在一起，在平安夜的酒精与舞蹈的催促下，迎来了十二点熄灯游戏。

灯亮之后，槲寄生出现在他和旁边一个陌生男生之间。

沈暨已经很高了，但那个男生比他还要稍微高个一二厘米，棕发隐约遮住他灰绿色的眼睛，在灯光下两人对视，有点尴尬。

槲寄生之下，该有一个吻。

周围响起了鼓掌声，人们吹起了口哨，热切期待他们之间的吻。

所以在那个男生眼中出现犹豫动摇，似乎要转身逃走时，沈暨抓住他的衣领，在他微微侧身之际，吻在他的唇上。

和那个男生的面容一样，微带冰凉的触感，就像一片雪花落在双唇上的感觉，转瞬之间就融化了，消失不见。

在周围热烈的掌声和欢呼声中，沈暨放开了他，笑着说："Merry Christmas。"

而那个男生一言不发，后退着靠在墙上，一脸恼怒的神情，一看就开不起玩笑。

沈暨没有再理他，汇入人群中继续玩得如鱼得水。

直到天将破晓，场内躺了一地被酒精催眠的男女。沈暨走到门口，一边穿大衣一边看着外面的大雪，考虑着酒后驾车和这个时间打到车的可能性。他听到有人在旁边问："名字？"

沈暨回头看去，正是那个被迫与他在槲寄生下亲吻的男生。

他笑了笑，毫无诚意地说："没有这个必要吧。"

那个男生用可怕的灰绿色眼睛盯着他，说："这么说，我不知道我初吻是和谁？"

"当然是小时候和你妈妈。"他说着，也不管外面的雪了，穿好大衣就冒雪走了出去。

走到十几步，依然觉得芒刺在背，沈暨回头看了看那个要用目光将他千刀万剐的男生，无赖地笑着朝他挥了一下手，"叫我圣诞老人吧，满意你今年的圣诞礼物吗？"

那个男生一言不发，依然站在门口狠狠瞪着他。

沈暨感觉冷得要命，赶紧回头，跑到门口看到一辆车就拉开门钻了上去，躲开了大雪，也躲开了那寒刀般的目光。

世界这么大，人这么多，玩过游戏之后，再会无期。

他离开了伦敦，回到法国，几天就把圣诞游戏的事情遗忘了。他觉得自己这辈子应该都不会再遇见那个男生了，因为他身边介意这种事情的人实在一个都没有。

他依然混在男男女女中，模特们长得好看的应有尽有。那时他年轻未发育好，全身骨骼纤长消瘦，没有一点厚度，所以许多风格冷峭的品牌拉他去走秀。他毫不在意地混在后台，随随便便当众脱得只剩一条内裤，有时候因为衣服的限制什么都不穿的情况也比比皆是，这一行就是这样的情况，事到临头哪有什么可介意的？若是去女装后台帮忙，模特换衣服时他会尽量回避一下，但女模当众脱掉了内衣只剩内裤的也不乏少数，后台就那么大，换衣服的时候必须快速，有时候他还搭把手，习惯了。

就在那年夏天，他母亲得急病过世了，他才感觉到懊悔悲伤。即使这几年两人都在法国，但因为种种心结，只偶尔见个面喝个咖啡，却并未真正有过母子间的相处。

他抱了满怀的百合花去送她最后一程，在墓地看见了站在墓穴边的男生，棕发，碧眼，冷峻到几乎成为寒刃的目光，落在他身上时，不可置信地微微睁大。

他手中的百合花散落，全部覆盖在母亲的棺木上，和落下的泥土一样凌乱。

新仇旧恨，就这么一层叠加在一层之上。

他母亲当年所做的一切罪孽，也都被转移到了他的身上。

沈暨的人生遭到了毁灭性的打击，他在设计这条路上所有的可能性都被摧毁。原本力邀他的品牌，不声不响就不再提这件事了。他的毕业设计也没有了买主，他投出去的简历如泥牛入海。仿佛一夜之间他失去了所有设计的能力，最终唯一接纳他的居然是秀场，然而他永远接不到大牌的走秀，大多数时间只能在后台帮忙，沦为打杂。他也曾经与几个朋友一起商议创设自己的牌子，然而在被所有展会拒绝入场之后，朋友也一个个散了，没有人再与他站在一起。

沈暨猜测过这一切都是艾戈做的，然而他的手段这么厉害，根基又这么庞大，而沈暨只是个根本接触不到内幕的新人，他彻底地，毫无痕迹地便被排挤在了圈子之外。

一直不喜欢他投入服装行业的父亲倒是乐见他如今的处境，劝他放弃自己困顿的梦想，回家学习接手自己的事业。然而沈暨回到伦敦之后，依然是混在萨维尔街，宁可当个打版工，也不肯回到正道上来。

父亲无奈地劝他去米兰，实在不行的话去纽约，米兰华人多，纽约在地球另一边，或许艾戈的恨蔓延不到那么远。就在他认真考虑的时候，艾戈却出现在他打工的店里，指定他为自己量尺寸。

沈暨忍辱负重，用皮尺测量他的臂长、肩宽和胸围。在皮尺绕过他脖颈的时候，沈暨用半秒钟考虑了一下收紧皮尺勒死他的可能性。

然而他问，来当我的助理吗？

沈暨一开始想在他的脸上狠狠砸一拳，但后来他抬头朝他笑一笑说，好啊。

为什么要拒绝呢？他当初的梦想是进安诺特集团下面的任意一个品牌当设计师，到如今一下子就能进管理层，简直是实现梦想不费吹灰之力。

那时艾戈的父亲因为妻子的死而日渐封闭自己，安诺特集团的事情几乎全部转移到了艾戈的手中。从他接任的第一天开始，业界人人都知道这个新的当权者很难对付，然而只有沈暨知道他到底有多难对付。没有人知道艾戈那顶级的刁难、挑剔、鄙视、讥讽究竟会在何时发动，也没人知道该怎么对付。半夜两点一通电话让沈暨给自己送一份甜点这种事情也只有他做得出来，直到艾戈的多年同学兼朋友顾成殊告诉沈暨，对付神经病就得有精神病，建议他最好的办法是乖乖答应马上起床去帮他弄，然后电话关机继续睡大觉。沈暨从此才真正抓住了与艾戈的相处之道。

其实沈暨作为他的助理很有优势，因为沈暨不怕他扣工资，更不怕他开了自己，简直是无欲则刚。

那段时间是沈暨人生中最开心的时光。他每天接触的都是服装，从面料到设计，从实物到理念，他深深沉浸在其中，简直无法自拔。他对于每一天的到来都欢欣无比，觉得自己的每一刻都在闪闪发亮。他和每个品牌的设计师、总监、打杂小妹全都混得跟上辈子就认识似的，而且还是唯一能帮忙对付艾戈的人，所以各家都恨不得直接把沈暨抢过去坐镇。

沈暨当了艾戈两年半的助理，期间闹过无数次。沈暨记得的，有次他准备趁着假期去维密后台帮忙，而艾戈却直接取消了他的假，让他去中东某沙漠小国考察服装风格，足足看了一周全身包裹得严严实实的女人。艾戈记得的，有次沈暨将一个品牌当季设计稿不交给他过目就直接丢垃圾桶去了，原因是他觉得设计太丑简直是亵渎了那个牌子，根本没有看的必要，导致他坐在会议室中却无法对议题发表任何看法。

然而最终导致他们闹翻的，却是一件小事。

努曼先生偶尔翻出了自己多年前称赞过的沈暨学生时期的设计图，他拿给沈暨看，说你要是还想当设计师的话，来我这边。

沈暨呆站在那里，看着自己多年前留下的图样，连呼吸都觉得艰难。他不声不响地一个人待在洗手间，将水泼在脸上让自己清醒下来，可他没有办法让自己燃烧起来的大脑平静。他看着镜子中的自己，俊美的容貌，完美的身材，优渥的家世，热闹的人生，所有人艳羡的一切。除了他真正想要的，他十几岁逃学去找容老师时萌生的那些对未来的期待。

他去找艾戈，说自己不当助理了，他要去巴斯蒂安工作室打杂。很简单的一句话，没人知道艾戈为什么发那么大的火。他抄起旁边的一本精装书砸在了沈暨的手背上。沈暨抱着手，痛得额头上冷汗如雨落下，而艾戈清清楚楚地说，沈暨，你得替你母亲偿还欠我的东西。你们毁了我的童年和家庭，所以，我也得毁了你的梦想，不然这个世界太不公平。

手指骨折痊愈的那一天，沈暨回来收拾自己的东西，离开了安诺特集团。

艾戈与沈暨的办公室只隔了一层玻璃，他没有拉百叶窗也没有假装办公，就那样坐在里面看着沈暨收拾东西。沈暨的人生需要无数绚烂颜色，所以他桌上的各式杯子、便笺夹、小盆栽与摆件颜色鲜艳、造型各异，他收拾了足有十几分钟，将满满一纸箱的东西抱在怀中，与众人一一话别离开。

十几分钟，一窗之隔，沈暨并没有抬头看艾戈一眼，即使艾戈看了他十几分钟未曾移开目光。

或许是大家都知道，债务人与债权人没有话别的必要。

漫长的过往讲完，杯中的饮料尚未冷却。

叶深深的目光落在沈暨那漂亮的手上，心里涌起的，是浓浓的愤怒与淡淡的伤感。

她轻轻地将手覆在他的手上，沈暨激动的喘息渐渐停了下来。

疲惫加上受伤，他握着她的手，不觉沉沉地合眼，似乎睡去。

药水已经见底，叶深深按铃让护士来拔针，却发现艾戈也进来了。

他居然一直都在外面，守候到现在，也不知道他听见了沈暨对她所说的一切没有。

他脸上的神情依然冰冷，一言不发地将沈暨的手机递给她。他的目光落在沉睡中的沈暨脸上，从微皱的眉心，慢慢下移到轻抿的唇、修长白皙的脖颈，最后定在他插着针头的手背上。

曾经在他的激愤中，被他伤成骨折的手掌，如今依然匀称漂亮，微凸的骨节包裹在薄薄的皮肤下，谁也不知道曾受过什么伤害。

他觉得自己再看下去，就要泄露心中那不可见人的秘密了，只能强迫自己紧闭上眼，转身向外走去。

叶深深没有叫住他，只坐在床边静静地看着沈暨。

艾戈没有告诉她，沈暨的手机相册中，藏着一张偷拍的侧面，隐藏在埃菲尔铁塔上的暗处。远处无数的灯光照亮了她的眼眸，仿佛拍照者的全世界都落在了她的笑容之中。

"我要出院……我要出院……我要出院……"

第二天早上，沈暨就开始念叨，到下午的时候叶深深终于忍不住了，跑去找护士问："可以出院吗？"

护士过来给沈暨检查了一遍，问沈暨："理由是什么？"

沈暨拿着手机委屈地看着她："信号不好，上网太慢。"

护士给他开了张单子，说："去拿药，走吧。"

叶深深目瞪口呆："那，他可以自己独自回家了吗？"

"独自当然不可以。"护士的目光落在她的身上，"但是你不是他女友吗？反正他除了脑震荡没有其他问题，回家去随时照看着也可以，有什么异常情况立即回来急诊。"

第十九章
暗夜灯火

照顾病人沈暨的责任，光荣地落到了叶深深的身上。

其实照顾沈暨是件很艰难的事情。

他喝粥吃饭倒是很乖，但是他受伤的消息不知道怎么就传开了，几乎是三分钟一个电话，五分钟一条消息，全都是慰问的。电话尚且可以关机，可门铃也没停过，最后连对面楼十岁的小姑娘都带着自己烤的曲奇来探望他并且用好奇的眼神打量审视她的时候，叶深深真的有点欲哭无泪了。

沈暨见她坐下站起一笔都画不出来，徒留满脸懊恼的样子，不由得抚着额头笑得很开心："深深，你好笨，门铃声是可以关掉的，我来吧。"

门铃一关，手机再一关，果然整个世界清静了。

叶深深看看时间，已经是晚上十一点了，赶紧让沈暨这个病人去睡觉。

"再等等嘛，我怕你深夜一个人在客厅里坐着会害怕。"沈暨说。

叶深深简直无语地看着他："我又不是给你送曲奇的那个十岁小姑娘。"

沈暨端详着她的神情，笑得越发开心了："深深，你对我受十岁小姑娘欢迎有什么看法？"

"才没有！"叶深深无语，只能悲愤地把头埋在自己的设计图上，管他在沙发上玩游戏到几点呢！

静夜无声，叶深深盘腿坐在茶几前，在自己的本本上绘图。

昨夜在忘我情况下绘出的这组珍珠，因为太过仓促，所以细节还十分潦草，今天她得将所有的细微局部慢慢完善。

沈暨蜷缩在沙发上，心不在焉地抱着平板玩游戏，然而大脑不给力，每盘都玩得一塌糊涂，让他懊丧不已。

凌晨一点直奔医院之后，叶深深就一刻不停地忙碌到现在，就算她再厉害，也确实有点撑不住了，一开始是闭着眼睛，头在电脑前一点一点的，然后屈膝趴在了茶几上。

"深深？"沈暨从沙发上下来，过去轻轻拍了拍她的肩，"困了吗？我扶你……"

话音未落，叶深深已经软软地从茶几上滑下来，靠在了他的腿上。

他慢慢蹲下来，将她轻轻抱住。本想让她依偎在自己怀里的，结果他自己也重心不稳坐倒在了地上，只能竭力扶着她，让她缓慢地趴在了地毯上。

客厅铺的是白色纯羊毛地毯，地面倒是不冷。沈暨轻叹了口气，帮她合上了本本，俯身下去想要和之前一样抱她去睡觉。谁知刚刚受伤的人没办法做这样高难度的动作，刚一弯腰，他就再度头晕眼花地坐倒在了她身旁。

"好吧……没办法了。"他将屋内暖气开大，又从柜子中抱出一条薄被，盖在她的身上。然而再看看旁边茶几的棱角分明，他又担心她的头磕到坚硬的地方，便抬手挡在她的头和茶几之间。

挡了许久，手臂和腰都酸得不行，趁着叶深深翻了一个身，他尽力将茶几往旁边挪了挪，然后疲惫地躺在了她和茶几之间，才安心地闭上眼睛，不用再担心她撞到了。

头顶水晶灯光芒灿烂，但沈暨也懒得去关了。躺在柔软的羊毛毯上，脱离了医院的嘈杂喧嚣，他只觉得整个人都仿佛融化在这些柔软温暖之中。他闭上眼睛，只放松了一会儿，就在这柔软的地方，下意识地贴近温暖的叶深深，沉沉睡去，悄无声息。

顾成殊的生活习惯很好，如果没有特殊事情，晚上十一点，是他休息的时间。

但有些人就是喜欢掐着这个点，打乱他的睡眠。

敢这样做的，当然是熟人。

顾成殊看着艾戈的来电，本想不加理会，但对方不屈不挠，他终究还是接了起来。

"沈暨失联了。"艾戈在那边说。

顾成殊简直觉得好笑。上次叶深深失联，沈暨过来找他；现在沈暨失联，艾戈过来找他。难道他是地球警察，全世界都该他去管？

以为沈暨只是躲起来不见艾戈的顾成殊，对着电话那头心平气和地说："艾戈，我给你个建议，沈暨是成年人，他想不见你就不见你。何况他如今已经不是你的助理，和你失去联系，并无一点怪异之处。"

"他昨晚出车祸了。"艾戈仿佛没听到他的话，继续说。

顾成殊停了一下，终于开始认真倾听他的话。

"从你家中离开之后，我去叶深深家楼下，堵住了午夜十二点从她住处出来的沈暨。"

顾成殊冷冷地说："叶深深有室友同居，你想多了。"

"但他承认了自己与叶深深的关系。"艾戈并不讲理。

"然后你打电话给叶深深？"顾成殊挤出这句话。

"对，知道沈暨车祸之后，她疯了一样跑来了。你没看见她当时那种天地崩塌的神情，她拼命地在暗夜的街巷中寻找沈暨，两个人相拥倒在草坪上，她甚至连自己的手腕严重扭伤都没有感觉。我当时……就在旁边，看见沈暨在受伤之后还对着她露出那样的幸福微笑，我知道一切都完了，从始至终，注定是……"他说到这里，凌乱的语句破碎不堪，也终于悚然惊觉，将自己后面的话硬生生卡在了喉咙中。

顾成殊也没有接话，两个人都沉默了许久，他那边才又慢慢地说："然后，今天下午我去查看，他们已经出院离开了。"

顾成殊无法抑制自己，狠狠地问："这叫什么失联？他出院了当然是回家了。"

"可他现在电话关机，门铃也没人应。不可能是为了躲避我，因为我叫别人去试过了，一样没有回应。"

"既然电话没开，门铃没人应，凭什么你认为我就可以找得到他呢？"

艾戈在那头沉默了片刻，终于说："因为你母亲的关系，所以你和沈暨，从小关系就非常密切。而且，你们都是伦敦那边的华裔家庭，两家的来往必定不会少。在父母有需要的时候，你们应该是彼此的紧急联系人，对吗？"

顾成殊情绪不佳地长出一口气，说："对，我想起来了。"

其实根本不需要想。沈暨在巴黎的房子是他父亲购买的，当时沈父就将钥匙给了顾成殊一把，以备不时之需。而这次回巴黎时，他不知道自己要陪着叶深深在这边多久，所以收拾东西的时候，顺便将那把钥匙也收进来了。

挂断了艾戈的电话之后，顾成殊迟疑了许久，终于拉开抽屉，将钥匙拿起，出了门。

来到沈暨住处门口，顾成殊按下门铃，发现果然毫无响动。门太过厚实，敲上去根本没响声，他只能拿出钥匙，打开了大门。

出乎他的意料，里面灯光灿烂，一片安静。

门厅铺着沈暨那条心爱的丝绸地毯，地毯很厚重，他踏在上面，无声无息。

门厅后就是客厅，他站在古董玄关柜之后，一览无遗。

白色纯羊毛地毯上，两个人亲密地睡在那里，安安静静。

从他的角度看去，叶深深安静蜷缩在薄被之下，放松得如同婴儿一般。散乱的头发遮住了她的下巴，只露出弧度可爱的脸颊，以及在睡梦中无意识微噘的双唇。

在她的身后亲昵贴近她的人，将脸埋在她的发间，亲密无比的姿势，在灿烂交织的灯光下却抹去了一切阴影，显得纯净无瑕。

顾成殊不知道自己在门厅站了多久，或许是一瞬间，又或许是很久很久。

长到他一片空白的大脑渐渐苏醒时，双腿已经有些乏力，整个人都如同虚脱了一般，简直无法站立。

他靠在门厅的玄关柜上，耳边听到有人喘息的声音，急促而沉重。他一开始还惊愕地寻找究竟谁在自己身边，后来却发现，原来那是自己无法抑制的气息。

他又忽然觉得可笑，低下头露出一个仓皇而凄凉的笑容，来压制自己失控的呼吸。

他的脚步有些凌乱，但并未阻碍他逃离现场，甚至在关门出去的时候，他还记得拔回了那把钥匙，放回了口袋。

就好像自己从来没有来过一样。

就好像自己从来没有看见过什么一样。

他不敢开车回去，因为他知道自己现在肯定没有办法控制好自己。所以午夜十二点，他坐在楼下的树丛边，听春虫鸣叫了许久。

天快亮的时候他离开了他们，抬头看一看那个窗口，依然亮着灿烂的灯。

地毯再软，暖气再足，总是睡不安稳的。

叶深深醒来的时候，眼睛被亮着的灯光刺得有点不适。

她抬起手臂捂住自己的眼睛，然后觉察到脖颈上轻微的气息。她呆了两秒，然后猛地坐起转头去看，发现蜷缩在自己身后安静睡着的人，是沈暨。

她的动作幅度太大了，让沈暨从迷梦中惊醒，搭在她身上的手也滑落了下来。

叶深深抱着被子，不知所措地坐在地毯上看着沈暨。

沈暨穿着睡衣，睁着一双尚带着惺忪的迷蒙眼睛望着她，含糊地说：“你昨晚躺在这里睡着了，我抱不动你。”

叶深深这才慢慢回忆起昨晚的事情，看看自己还搁在茶几上的本本，担心地责怪道：“那你怎么不自己去房间里睡？本来就受伤了，万一又感冒了，那可怎么办？”

“感冒了就传染给你好了，两个人一起请个长假养病吧。”沈暨满不在乎地笑着，趴在地毯上看着他，一脸孩子般无知无畏的笑容。

　　叶深深无奈地将被子丢给他："我可没时间生病，我还要努力和大魔王艾戈战斗呢！"

　　"大魔王……这个形容词真不错。"沈暨笑道。

　　是啊，跟他一比的话，顾成殊这个恶魔先生简直算得上温柔了。

　　叶深深站起身，走到窗边看着外面天空，即将破晓的黎明，天空墨蓝，晨曦初露。

　　这深沉而又隐含明亮的颜色，让她想到了顾成殊。她迎着晨风，托着腮看着渐渐出现的鱼肚白，心里想，那被第一缕晨曦照亮的云朵颜色，像顾先生。

　　其实她自己也没有发觉，现在无论看见什么美好的事物，都能联想到顾先生。

　　沈暨站起身走到她身边，和她一起望着朝阳，又侧头看看她，含着甜蜜的笑意。

　　叶深深转过头，看见他的瞳仁倒映着金色的霞光，璀璨得令她几乎多看了一两秒，才问："今天身体还舒服吗？"

　　他点点头，依靠在栏杆上："嗯，我还做了个梦。"

　　叶深深笑着，习惯性就接下去了："梦见了什么？"

　　他用那双异常灿烂的眼睛望着初晨雾气笼罩的巴黎，轻声说："我梦见，我经历了九九八十一难，终于把大魔王踩在脚下，登上时尚巅峰了……然而在脱离梦境时回头一看，其实站在最高处的人，是你。"

　　叶深深大脑转不过弯来，茫然地看着他许久，才迟疑地说："有点奇怪的梦啊……"

　　他笑着揉揉她早上还蓬乱的头发，与她一起看着前方。

　　金色的日光蒙在他们身上，春日逐渐苏醒。

　　他轻声说："深深，你就是我那个中断的梦想。我已经没有可能，但请你代替无能为力的我，继续走下去，让全世界都看到你最美的光彩。"

　　叶深深眼睛明亮地望着他，比此时的阳光还要夺目："那可能还要走很久，你就看着我一个人走吗？"

　　"哪是一个人，你不是还有顾先生吗？如果说，你是一个奇迹的话，那么，成殊就是挖掘奇迹的人。"他支着下巴侧头看她，笑容平静而温柔，就如第一次初见时含笑望着她一样，暗夜霓虹，流光无声。

　　"而我呢，希望能作为见证者，仰望着你走到我目光难及之处……"

　　叶深深打断了他的话："不行，你不能是见证者。"

　　沈暨眼中露出微微诧异，睁大眼睛看着她。

　　她笃定地望着他，眼神坚定得如亘古以来就在那里的星辰："你得是那个与我携手同行、一起登上巅峰的人。"

他避开她明亮的目光，低垂下头轻声说："可我会是你的绊脚石——就像现在一样……"

"无论我们前面有什么阻碍，我只知道一件事，阻碍是可以清除的，可我的梦想缺少不了你，而你也需要我的梦想。"她的手伸向他，目光灼灼，信心满满，"将来，我会成为最好的设计师，而你也会成为最好的打版师，我们两个相辅相成，制作出世界上最出色的服装——别的人，永远无法代替我，更永远无法代替你。"

沈暨默然抬头，在远天初阳的背景下看着她。

她握住了他的手，清晨的阳光照在她的面容上，熹微而灿烂。她被阳光晒得眯起眼睛，因此笑得更为动人心魄："别忘记了我们三个人的约定哦，沈暨，你已经是我的战友了！"

沈暨怔怔地望着她，仿佛自己也不明白，与她一路走来都占主导地位的自己，为什么现在只想跟随着她，去实现她的一切愿望。

喉口被什么东西哽住，他想起自己那些已经抛弃在久远时空中的梦想，那些年少无知时的追寻，低头看着自己被她紧紧握在手中的，曾经受过伤的那只手。

曾经被撕裂的梦想，是否真的能再度出发。

面前这个纤瘦苍白的女生，又是否真的可以给他另一次人生。

浮现在地平线上的太阳，在城市的尘埃与厚重的云层之后，渐渐上升。在彻底显露出形状的那一刻，它散发出淡淡的光芒，不够耀眼，却照亮了整个世界。

似乎是被太过绚烂的阳光所迷惑，他缓缓地，却是确切无疑地点了点头。

"那么深深，你得对我们的梦想，负责任。"

复赛截止日期如期来临，叶深深过去上班的时候，巴斯蒂安先生想起她前几日请假，便关切地问她是否已经将设计送去了。

"是的，已经扫描送交给官网了。"因为参赛者和入围者来自全球，邮寄纸质作品明显滞后，所以组委会一律要求在网上寄送电子版。

叶深深脸色苍白，气色十分不好，让人一眼就看出她这几日的疲惫，但她笑容轻快，又让巴斯蒂安先生放了心："你应该拿出了不错的作品。"

"是的，我自己非常满意。"叶深深朝他点头，请他放心。

巴斯蒂安先生笑道："那么，就该将重心先转移到你的冬装上了。还有不到一个月就得决定明年的早春系列，若你还有什么好设计的话，也可以试着交上来。"

"好的，我会努力的。"叶深深算了算时间，一个月后正是青年设计师大赛决赛的时候。

这可真是决定性的一个月。

她在库房整理着配饰，小心注意着手下3D打印的轻瓷小树杈。像这种新技术在服装工业上的运用，国内还只在T台出现少许，但在这边已经投入使用，成品样衣很快就要上市。

她轻手轻脚地将配饰整理好时，有人敲了敲大开的门，问："有空吗？"

叶深深抬头看见阿方索，将柜门关好，点了一下头。

阿方索走过来，拖把椅子坐下问她："有个女设计师，名叫路微，听说之前和你在同一个工作室待过，你认识吗？"

叶深深没想到他竟然是来问路微的，十分诧异地看了他一眼，点了点头："认识。"

"她去年初获过国际上的一个小奖，你知道吗？"

叶深深又点点头："知道。"

"是个很厉害的人，对吗？"他又问。

叶深深想了想，继续点头："厉害。"

"既然如此，她现在在哪儿？为什么巴斯蒂安先生去你们那个工作室审查时，会带你来到这边？"

叶深深终于不再点头，只笑了笑说："当然是因为我比她更厉害。"

阿方索抬眼看了她片刻，撇撇嘴，将手中一本宣传册翻开给她看："Element.C今年春秋季的宣传册，主打款虞美人，首推的这件红裙，就是路微当时获奖的作品。你比她厉害的话，为什么你没有这样的作品？"

叶深深低头看了看这件熟悉的裙子，默然露出了笑容："是啊，这件裙子真好看。"

阿方索对她这不争不辩的态度十分不满，将宣传册啪的一声摔在她面前："我在Element.C的时候，就对这组设计十分不满！明明我才是他们的设计师，结果设计总监却认为我的风格不适合，总是忽视我的作品，反而去力推这种从外面买来的设计！"

叶深深将宣传册拿起来，慢慢翻看着，说："你的风格本来就和Element.C有出入，但你的才华有目共睹，所以在集团收购Element.C之后，巴斯蒂安先生才特地将你挖掘到这里来，这说明他觉得你的才华在那边是浪费了。"

阿方索听她这样说，脸色才和缓下来，"嗯"了一声。

叶深深看着画册上的裙子，又问："这套衣服订货情况怎么样？"

阿方索抓抓自己的栗色鬈发，说："我怎么知道？我根本没兴趣去理会。"

叶深深给了他一个"那你还特地跑来找我"的眼神，把画册还给了他。

"不过，听说亚洲区的人在推荐她，如果这套销量好的话，也许Element.C会邀请这个路微加入设计师队伍也不一定。"阿方索又说。

叶深深记得Element.C亚洲区的负责人，就是那个曾经帮路微给了自己0分的卢思侠，两人的关系很好，推荐她也不奇怪。不过现在Element.C已经是安诺特下属的品牌了，连巴斯蒂安先生在内的整个评审组的人当时都亲眼看见路微出丑，恐怕她要进入Element.C，有点难。

所以叶深深只笑了笑，轻松地说："希望这套裙子能卖得好吧。"

毕竟，这可是她当初引以为傲的作品。

阿方索拿着画册要走时，叶深深想想又问："我能向你打听一件事吗？"

阿方索回头看她："什么？"

"之前我和路微待过的那个方圣杰工作室，安诺特集团最后的评审出来了吗？有没有意向投资呢？"

阿方索嘴角一抽："问我？你应该去问沈暨吧？他以前做过安诺特先生的助理，他们之间的关系好像不一般。"

"好吧……"叶深深随口应了。

然而，叶深深才不去问沈暨呢，她当然去问顾先生。

毕竟，她能有个机会找顾先生八卦，是多么难得啊。

电话一向只响两声就接起的顾先生，这回出乎意料地，响了足有十来下，才终于接通。

而且，没有说话。

要不是叶深深明确地听见了他的呼吸声，她会觉得是没有接通。

"顾先生？"叶深深对着那边的沉默，不确定地叫了好几次，"顾先生……"

她的声音仿佛落入没有回音的深潭，但这殷切的呼唤，让彼方的顾成殊一时恍惚，终于还是轻轻地"嗯"了一声。

其实，他本来真的不想回应的。

终究得到一点点轻微的反应，叶深深晒到一点阳光就想开花，马上就开心地说："顾先生，你知道方老师的情况吗？"

"方圣杰？"顾成殊的声音从电话彼端传来，波澜不惊中带着一丝刻意的冷淡，"他也找你了吗？"

"也？"叶深深抓住了话题中的重点，赶紧追问。

"就在昨天，他还向我打听安诺特集团的动静，还暗示我，若你在安诺特混得好的话，可以适当地帮他跟领导通通气，走走上层关系——不过以你现在的处境来看，他真是太乐观了。"

虽然他的语气中带着许久不见的嘲讽意味，但听到他声音的叶深深还是心满意足，也不管他说什么便胡乱点头："希望这事能成吧，如果方老师得到安诺特的投资，他未来的发展必定能迅速提升，那不是好事吗？"

他想迅速结束这场对话，只简短地说："我想应该没有什么问题，他所有的账目我都看过了，拿出来审查的作品也不错，集团做决策只是时间问题吧。"

"但愿如此了。"叶深深捏着手机，绞尽脑汁想方设法和他多说几句话，"毕竟方老师提携我许多，我一直感激他，希望他能如愿以偿。"

"唔……"他在那边沉默了片刻，忽然问，"沈暨怎么说？"

"啊？我没问过他……"叶深深下意识地回答。

他缓缓地"哦"了一声，说："舍近求远？"

沈暨常在巴斯蒂安工作室出入，对安诺特集团更为了解，她却偏偏要打电话来问他而不是问沈暨。

即使隔了那么远，被说中了心事的叶深深的脸也腾的一下红了。她捂着脸，讷讷地说："我……我想先听听顾先生的意见。"

他反问："这种事，需要我的意见吗？"

叶深深大脑一热，脱口而出："就算……只是听听顾先生的声音，我也挺开心的。"

话一出口，她就恨不得咬掉自己的舌头。

这种赤裸裸的表白，顾先生肯定会在心里嘲笑她花痴的。

然而顾成殊没有任何反应。仿佛她说的只是今天天气一般无关紧要的东西，他沉默了片刻，以寥寥数语草草结束了他们这一场对话。

"叶深深，别随意说些不负责任的话。"

叶深深握着被顾成殊挂断的电话，站在那里莫名其妙地眨着眼。

不负责任的话，是什么意思？

明明应该是她失言后悔，为什么反倒像是顾先生老羞成怒？

怀着自己也厌弃的心情，顾成殊约了艾戈，前往安诺特集团总部。

不是为了叶深深。顾成殊站在电梯里想，好歹，方圣杰曾经帮过自己的忙，他关心一下是理所当然的。

电梯内一个妆容精致的女子正捧着一沓设计稿，在深呼吸调整自己时，一看见他进来，顿时惊讶地手一松，手中的设计稿一倾，散了好几张下来。

顾成殊抬手帮她扶好，又俯身捡起地上的几张。

电梯门已经关上，向上升去。

"你是Emma，对吧？"Emma是艾戈的助理之一，他见过几次。

Emma赶紧点头，然后小心翼翼地说："希望顾先生能带来Flynn的好消息，听说他出了车祸……安诺特先生最近心情也不太好。"

顾成殊看她的模样也知道，估计传说中顶难伺候的安诺特先生现在更难伺候了。

他点点头，没说话，只将捡起的设计图递还给她，问："是复赛的设计图吗？"

"是的，有几份设计真的不错，比如最受好评的那组《珍珠》，评审组的人传阅了好几次。这个设计者初赛时也取得了最高的分数，我们是按照初赛分差排列的。"

珍珠，这两个字让顾成殊的手略微一顿。

他的目光落在手中的设计图上，翻到最先捡起来所以放在最下面的那组《珍珠》，将其横过来，低头端详着。

电梯叮的一声打开，已经到了最高层。

"对不起，让我再看一看好吗？"他的目光还定在这份设计图上，难以移开。

Emma与他一起出了电梯，笑道："请随意。这几组设计经安诺特先生最终甄选之后，预计今晚就能公布了。"

他点点头，看了许久，目光还舍不得移开。

而Emma已经略微紧张地站直了身体，向着前方走来的人微微低头："安诺特先生。"

顾成殊已经到了他所在的这一层，这里只有一个办公室，助理们的隔间是玻璃，他一出电梯，艾戈自然就会看见他。

所以他将手中的几幅设计图随意塞入了Emma那一沓设计图之中，打乱了前后顺序，然后才看向后面向他走过来的艾戈，说："今年的大赛，有几组设计不错。"

这样，百来份匿名的设计被混淆，艾戈也不可能再知道哪份是初赛排名第一的叶深深的作品了，没有了动手脚的机会。

艾戈并未在意他随意的举动，抬手拿过那沓设计图，说："希望如此，毕竟我很相信你的审美品位。"

Emma轻舒了一口气，然后赶紧捧着设计图跟着艾戈步入办公室，说："今晚所有复赛作品会公布，接受业内评判与剽窃监督。另外评审组正在进行复赛评判，采用投票制度，结果会在十天之内出来。初赛选手有六位因为缺赛或者不符合赛制而不予复赛资格，最终入围决赛的将有三十人，这是参与复赛的全部九十四份作品，送交组委会主席过目存档。"

在十天之内，如果有特别不喜欢的作品，身为组委会主席的艾戈可以一票否决，如果有特别喜欢的作品，也可以将设计者保送入决赛。但最重要的，是这个大赛的优秀选手会引起各个公司的注意，比赛作品被买走的也比比皆是，安诺特集团作为大赛的主办方，自然有权第一时间择取最好的作品，买断作品或者设计师。

艾戈低头翻着手中的设计图，"嗯"了一声。

Emma紧张地向顾成殊点点头，飞也似的闪进电梯，逃离了。

等到室内只剩下他们两人，艾戈才抬头问顾成殊："约我谈叶深深？"

"不。"顾成殊在他对面坐下，平静缓慢地说，"谈方圣杰。"

他倒是愕然，手都停了一下，然后才低头避开顾成殊的目光，继续看那些设计稿："他的工作室？"

"对，他工作室的评审，距现在也有两三个月了，当时集团派遣了努曼先生过去审查，应该也是十分重视的，怎么现在还没有出结果？"

艾戈避重就轻地说："工作室的账目没问题，甚至还非常好看，这种事对你来说是小事一桩。"

顾成殊继续问："作品呢？"

"还不错，各种手法玩得出神入化，他是个很熟练也很懂这个行业的设计师。"艾戈将手中的设计图一张张翻过，话语十分缓慢，并未呈现出漫不经心的态度。

顾成殊没有打断他，只等待着他下面的话。

"然而，看不到前途。"他终于说出了最重要的话，冰冷而残酷，"一个被榨干的橙子，外表再好看，里面已经没有自己的东西了。他被之前的东家抛弃，不是没有理由的。"

"但他的东西，支撑一个工作室或者品牌，已经足够了。"

"是足够了，但对我而言没有意义。如果一个东西不能带给我一定分量的发展前景，只具备维持现状的能力，那么我何必浪费时间与精力？"他说到这里，一直在翻动的手终于停了下来，目光在手中那张图上停了片刻，然后将它拿起来，展示在顾成殊面前，"如果他能拿给我这样的东西，那么，我肯定会毫不犹豫。"

顾成殊的目光落在那张设计图上。

《珍珠》。

一组六套名为珍珠的设计，却全部摒弃了珍珠的利用，全套没有一个地方使用到珠子。设计者只用特殊处理的闪光丝缎来模拟珍珠的光泽与质地，使极简的处理与几何廓形转身为华丽梦幻。

摒弃了一般人心目中白色的珍珠，设计者选择了黑色为底色，以布料的质地纹理来体现闪光，幽暗的渐变色极其内敛，几乎难以分辨便由墨绿色过渡到了海蓝色又转换为浓紫色。明明是如此含蓄简洁的线条，却因为设计者对每一个细节完美的处理，焕发出迷人眼目的奇异晕彩，那氤氲幽暗的气质，夺魄勾魂，光泽流转，令人几乎可以想见，它们转变成样衣之后，应该是怎样令人窒息，无法忘却。

顾成殊的目光定在这组作品上，默不作声地看了片刻，然后说："这组设计，确实不错。"

"仅仅只是不错而已？"艾戈瞥了他一眼，见他不动声色，便在上面写了句批注，将它拿出放在另一边，说，"我已经好久没有看见过这样的作品了，不仅仅是美而已，它有一种力量，肆意盛放，不可遏制。"

"嗯，确实。"顾成殊说着，又看了那张设计图一眼，然后站起身，毫不留恋地说，"再见，希望你好好考虑方圣杰的事情。"

"这么快？"艾戈看看时间，有点诧异。

"我只是来道个别而已，顺便说说方圣杰工作室。反正你的意见我无法左右，何必多费唇舌？"

第二十章
告别式

"深深，来，请我吃饭。"

沈暨的消息总是这么突如其来又让人惊喜。

正收拾东西准备下班回家的叶深深看到消息之后，看看外面的天色，认真地给他回复："我上班的时候，身上不会带超过一百块。"

"好吧，来，我请你吃饭。"

对于这样的人，还有什么办法拒绝呢？

尤其他已经等在她的公寓下面，在她一抬头时，就看见他笑容灿烂地靠在行道树下朝她招手。栗色长外套搭配上藏青色帽子，在略带暗紫的春日夕阳中，简直是个发光体，让人移不开目光。

与她同行的伊莲娜给了她一个了然的神情，对沈暨挥挥手便走了。

叶深深走到沈暨身边，抬手去碰沈暨的帽檐："今天的帽子不错哦。"

这种额部前沿突出的贝雷帽，结合了鸭舌帽的元素，如今正在风行。

沈暨抬手挡住她的动作，苦着一张脸说："帽子不能脱你知道吗？我额头的伤口要靠它呢。"

叶深深看看他那还贴着的创可贴的额头，知道他宁死都不会让人看到他不完美的一面，只能笑着放下手，问："你不是疤痕体质吧？"

"但愿不是。"他看看时间，说，"成殊还没到，我们先找个地方坐下吧。"

两人在就近的咖啡馆，沈暨刚坐下就兴奋地问她："知道我为什么请你吃饭吗？"

叶深深翻着菜单，问："庆祝你痊愈？"

他笑意盈盈地摇头："不，是庆祝我今天好开心。"

叶深深默然："你哪天不开心啊？"

"但今天特别开心。"他唇角上扬，甚至有点雀跃地期待着。

他刚刚从安诺特集团的旧友那里知道，艾戈十分赞赏参赛作品中一组《珍珠》的设计，已经在设计图上做批示，直接保送它进决赛。

所以现在沈暨真的很想知道，当艾戈发现这组设计属于叶深深时，脸上会是怎么样的表情。

真是想想都让人觉得场面太精彩。

叶深深则想歪到了其他事情上，赶紧问："是不是方圣杰工作室的事情已经有眉目了？"

沈暨这才想起这件事，微微皱起眉，说："这个事情，目前可能有点问题，看怎么发展吧。"

他忽然想起，方圣杰给努曼先生寄了几年的作品，持续不断，却从未得到回应。而唯一一次引起他注意的设计，却是寄错了的，叶深深的作品。

有时候，人生真的残酷。

有些人天生就没有这方面的才华，比如顾成殊；有些人是曾经拥有却走错了路，比如方圣杰；而还有些人，是生来拥有却被残酷剥夺的，比如他自己。

他的神情黯淡了片刻，但见叶深深也有点低落，便又浮起一丝笑容，说："其实圣杰的工作室现在发展得也不错，宁为鸡头不为凤尾嘛，他是国内公认顶级的工作室，这个名号已经够响了，再进一步会有点难。"

叶深深点点头，但因此有点沉默。

沈暨又问："对了，你决赛的礼服设计，有概念了吗？"

叶深深转头看着他，说："复赛结果还没出来呢。"

"复赛而已，你怎么可能有问题呢？"

叶深深眨眨眼："说得好像你看过我复赛的设计似的。"

沈暨凝望着她，微笑说："猜也猜得到，肯定是全天下最好的《珍珠》。"

叶深深也笑了，问："对了，决赛是什么时候来着？"

"下个月二十八日……咦，这个日子有点凑巧，是成殊生日后一周嘛。"

叶深深顿时有点惊讶："原来顾先生是下月二十一日生日？"

"嗯。"沈暨现在的表情真的很像小狗摇尾巴，"而我是七月六日。"

第二十章 · 告别式

"七月六日……"叶深深打开手机开始输入。

沈暨开心地问："是不是赶紧设了个提醒？"

她头也没抬："不，我先告诉宋宋。"

沈暨做了个想哭的表情，然后又开心起来："告诉宋宋，我想要的生日礼物很简单，在国内的话帮我买小禾家的手工牛轧糖给我寄过来就好了，在我身边的话……"

他转头飞快地看了她一眼，继续微笑："那得亲手给我设计一套服装才行哦。"

叶深深故作不解地问："如果不会打版呢？"

"好巧，我习惯在生日那天替自己打版。"

叶深深真是服了他这扯七扯八的本事，她只能正色，从自己的包里拿出一份礼服设计图，摆在他的面前。

《香根鸢尾》。

沈暨拿起设计图，眼睛一亮："决赛的礼服？"

叶深深点点头，指着设计图给他解释："其实，这套设计我早就想好了。灵感的来源，是养在玻璃水瓶中的鸢尾花。以透明度最高的薄纱作为主面料，利用褶皱与层叠的手法营造出玻璃与水的氛围，而从胸部到大腿中部，以独特的面料呈现出鸢尾花形状与颜色，整件衣服的效果，就类似于一朵巨大的鸢尾花与水波簇拥着穿着者，成品应该会很美。所以接下来你得帮我在安诺特的工厂里说说好话，我可能要借数码印花室试染无数次，才能拿到最符合自己心意的东西哦。"

沈暨惊喜地查看所有细节，记录参数："是的，鸢尾花是很独特的花朵，花瓣的鲜艳色泽与娇嫩得几乎一触即破的质感，可能非常难描摹。"

"但我会一直尝试的，不做到最好的效果不罢休。"叶深深握拳下决心。

"不过，如果你真的能成功的话，我敢保证，那一定是石破天惊的效果，所有看到的人都将为你而震撼！"沈暨放下笔，亲昵地揉揉她的头发，"有时候我真佩服，你这个小脑袋里到底有个多大的世界。"

早已习惯被他揉头发的叶深深，此时却不由得将自己的脑袋埋下来，有点局促地笑着："你又骗我了。"

"我才不会骗你，骗你的话明天就变成小狗。"沈暨严肃地说。

叶深深有点忧愁："那怎么可以？小狗可没办法帮我打版呀。"

"难道我除了打版，对你就没有一点意义了吗？"沈暨不高兴地说，"把我给你做的牛排吐出来！鸡翅还回来！我记得我煮给你喝的咖啡上还有一朵六瓣花呢，小狗会拉花吗？"

叶深深忍不住笑了："小狗不会要我把吃下去的还吐出来！"

"可小狗还会咬你呀！"他扑上去，抓起她的手背，作势要咬。

叶深深赶紧抽回来，结果已经消肿的手腕不知怎么又是一麻，她不由得捧着手腕吸了一口冷气："嘶……"

"还没痊愈吗？"沈暨忙执起她的手看着。

"嗯，看起来没事了，可里面还有点不对劲。"叶深深有点烦恼，"怎么办？我把药都扔掉了。"

"没事，我知道一个魔法可以止痛。"他无比自然地说着，将她的手拉到自己的唇边，俯头轻轻地吻了一下。

温热的柔软唇瓣，在她的手腕上轻轻落下，一阵奇异的触感令叶深深全身的神经末梢都下意识地蜷缩起来，紧张与惊愕让她连缩回手都忘了，只能呆呆地看着面前的沈暨。

而他抬起头，朝着她微微而笑，问："还疼吗？"

"不……不疼了。"她的脸唰地红了起来，迅速缩回自己的手，藏在了身后。

沈暨笑着靠近她，轻声说："我也是第一次使用，看来效果不错。"

叶深深还没回味过"第一次"是什么意思，沈暨忽然抬起头，看向对面的落地玻璃。

叶深深大惑不解地回头，顺着他的目光看向窗外。

一瞬间，她觉得自己的脑子都要炸了。

顾成殊的车正停在外面，他隔着落地窗经过，见叶深深回头看向自己，他的目光便滑过她的面容，神情冷漠地转过了头去。

不知道他是什么时候出现的，到底看到了什么。

沈暨看见她六神无主的样子，不由得笑了出来："怎么啦，深深？成殊迟到一次，你就跟见了鬼似的。"

叶深深顾不上理他了，赶紧在心里回想他们刚刚所做的一切。一想到沈暨亲在自己手腕上的那一刻可能已经全部落在顾先生的眼里，她就觉得好想现在就火山爆发，让火山灰把自己整个埋进去。

顾成殊已经走进来了，他神情如常地在他们身旁落座，给自己点了一杯咖啡，然后将叶深深的设计图拿过来看了看。

他的目光久久定在设计图上，没有移开也没有发表意见。叶深深等了好久，终于还是忍不住问："顾先生……觉得怎么样？"

顾成殊的目光从设计图上移开了一瞬，落在她紧张而充满期待的面容上。

他很想告诉她，因为那一通他本来不想接的电话，所以他抛下了一切事务，甚至推迟了回伦敦的行程，帮她去打听一些无聊的闲事。

也希望，听到她对于昨晚的解释。明明他应该是绝望的，然而心底还是存在着最后一丝侥幸。

然而，他没想到自己过来，看到的是她与别人的亲密。

那仿佛情真意切说出的期待的话，现在看来，也只是她随口敷衍甚至是戏弄自己而已。

所以他的目光又从她的身上收回，控制着自己的神情，甚至制止了自己睫毛的颤动，冷淡地继续低头看那幅设计图。

虽然，那些线条在他眼中一片扭曲，颜色渲染成斑斓杂乱，他根本不知道自己在看些什么。

见他许久没有反应，叶深深有点紧张地问："顾先生觉得……怎么样？"

"看起来不错。"他生硬地说着，终于辨认出那上面是香根鸢尾，是他曾送给过她的花朵。

所以他难以抑制自己，抬起头对她投以一瞥："为什么会想到要以鸢尾花作为设计灵感呢？"

叶深深的脸顿时红了，她低头嗫嚅着说："因为，鸢尾花让我觉得特别幸福。"

沈暨惯常的笑容还挂在唇角，但他的目光自叶深深转移到顾成殊的身上，眼中开始呈现出若有所思的情绪。

顾成殊置若罔闻，只将设计图交还给她，说："这个设计切记不能外泄。艾戈是决赛评审团的主席，他的打分对整个比赛的影响至关重要。虽然像努曼先生这样的肯定会坚持自己的意见，但跟着艾戈打分的肯定也会有好几个。到时候现场评判依旧是匿名的，但他要是提前知道了你的设计，非把你的分数压低不可。"

叶深深想到艾戈那可怕的模样，不由得打了个激灵，用力点头："嗯。"

"也要注意防范其他人，比如说你的室友之类的。毕竟，这种独特的设计，只要看过一眼，应该就没人能忘记这款设计的。她只需要在艾戈面前提起一句，也足以泄露了。"

叶深深点头，说："我有注意把设计稿收好，不过为防万一，以后制作样衣什么的，都在沈暨那里进行好了。"

沈暨点头，说："我下午帮你收拾，给你腾个空间出来。"

顾成殊听他们无比自然地谈论着，垂眼沉默，直到他们说完，叶深深殷切地转头望着他，才又说："可能在设计方面，我知道的并不如沈暨多，更不如努曼先生。所以你现在若对自己的设计没有把握的话，可以与他们多商量。"

叶深深点点头，又赶紧说："但顾先生会帮忙把握我的发展方向，对吗？"

顾成殊低低地"嗯"了一声，说："再说吧。"

他再不说什么，只沉默地喝着送上来的咖啡。叶深深和沈暨在他的旁边讨论设计的细节问题，他看着将头凑在一起的两人，心照不宣地为共同想到的点子而低声欢呼，相视而笑。

咖啡的味道越发苦涩地在口腔中弥漫开来，连那香气也令顾成殊难以忍受，不得不将它推到了一边。

叶深深似乎还顾忌着他的存在，时常抬头看一看他。

"顾先生……"叶深深有点迷惘地看着他，"你今天不舒服吗？"

脸色不太好看，又居然在发呆——她从未见过顾成殊这个样子。

而顾成殊的目光转过来，定在她身上，似乎是在凝望她，又似乎是在望着已经永远消失在自己生命里的东西。

许久，他才说："我要回伦敦了，有急事的话，你可以联系伊文。"

叶深深愕然睁大双眼："你要……走了？"

在他对她说自己要在巴黎住一段时间的时候，她还以为，他会至少陪自己度过这段艰难时刻。

沈暨见她这样，便轻拍她的肩膀，说："成殊工作的重心在伦敦，常待在巴黎也不行，总得回去看看的。不过现在海底隧道来去不过两三个小时，需要的话随时可以见面的。"

叶深深仿佛没听到一般，她茫然又不舍地抬头看顾成殊，却什么也说不出来，只眼睁睁地看着他，眼中千言万语，不知该如何说，也不知自己能不能说。

而顾成殊没有看她，他抬起手腕看了看时间，站起身说道："深深，我过来就是跟你打声招呼的，你……"

他的目光终于落在了她的身上，但也只是轻轻一瞥而已，随即便转过头去了："自己努力吧，别忘记你的梦想。"

其余，再没说什么，留下还未喝完的咖啡。

叶深深不由自主地站了起来，看着他离去的背影。

他在推开玻璃门时，看到了倒映在玻璃上的，她的身影。但模糊的玻璃之上，他看不清她的神情，所以，只犹豫了一刹那，便头也不回地离开了。

她是已经高飞的鸟，纵然他想当她翼下之风，可陪伴她比翼的已经另有其人，他托送的力量对她而言又有什么意义？

他快步走出门，在走出他们视线之后，才放慢了脚步，任由自己沉浸在低落的情绪之中。他强迫自己不去想，然而他们两人相偎入眠的场景，却如挥不去的噩梦，不可控制地一直出现在他的眼前。

他的耳边，一遍又一遍地回响着，艾戈转述的，叶深深在梦里对沈暨说出喜欢的表白。

那一定是她无比幸福的梦境，她与沈暨也会像刚刚他看见的一样，执手轻吻对方的每一寸肌肤，贴着脸颊轻轻说着只有对方才听得见的情话，听到对方的梦呓中都是自己的名字，然后一起笑得温柔而幸福。

然而他从未见过她这样的笑容，他们始终是克制而疏离的，因为她望着他的神情，常带着一丝紧张与畏惧。所以，即使那一夜在北京，他在电梯口俯下头，想要亲吻她的时候，她通红的脸颊那么可爱，但眼中的惊惧却让他的心沉沉地落往了不见底的深渊。

所以他的唇不敢落在她的唇上，只敢像一个好友一样，克制地将吻落在她的额头。

他怕一旦碰触了自己不应该触碰的地方，两个人之间好不容易产生的默契灵犀，将会就此化为灰烬。她会头也不回地从他身边逃离，将他抛弃在自以为是的困境之中。

没人知道，那一夜他在回去的路上，懊悔得恨不得重新再奔回去。若可以再来一遍，他一定会难以遏制地亲吻她的额头，亲吻她的脸颊，亲吻她的双唇，就像掠夺一样，将她身上每一寸可以触碰的和不可以触碰的地方统统占有。

然而此刻，他一点一点回溯着，却感觉到了苦涩的庆幸。

幸好，那只是一个可以掩饰为友情的，落在额头上的吻。

幸好，他没有擅自迈出那逾越雷池的一步。

幸好，整个世界都还不知道他的心。

第二十一章
特殊的朋友

日子过得真快，叶深深在挂历上将日期一天天画掉时，目光总会在三个日子上停一下。

二十一日，顾先生的生日；二十八日，青年设计师大赛总决赛；三十日，早春设计截止。

巴斯蒂安先生对她吩咐了明年早春成衣的基本概念，给她定好的主题是丹宁与洛可可。这两种相差极大的概念碰撞，能产生出什么内容，叶深深在接下要求的时候，既忐忑又期待。

其他设计师并没有接到类似的概念要求，叶深深知道巴斯蒂安先生是特地为她而设置的，她目前最缺乏的，就是这种在规矩框架之中激发自己灵感的能力。

不过有了顾成殊帮她寻找灵感的经验，叶深深也有了一定的底气。她在周末前往博物馆，将洛可可风先详细了解了一遍，希望能寻找到这种细腻繁复又艳丽的风格与粗粝狂放的丹宁结合的桥梁。

在经过街道时，她一抬头忽然发现，顾成殊带她去过的那家珠宝店就在对面。她迟疑了一下，终于走了进去。

好贵啊……好贵啊……好贵啊……

恶魔先生是骗人的，还说珍珠不贵，可以戴着玩。

她一边在心里默默流泪，一边刷卡买下了自己当时注意过的一对黑珍珠袖扣。

但是，她幻想了一下顾成殊的衬衣配上这对黑珍珠的模样时，又不由得捧着脸幸福地笑出来。

嗯，永远淡定优雅的恶魔先生和这晕彩内敛的黑珍珠真配。

一想到他身上会出现自己的痕迹，而且还是这么漂亮的点缀，叶深深又不由得豪气起来——买就买了，他砸那么多钱给她开网店，现在轮到她给他砸点钱怎么了？

辛苦赚钱不就是为了让自己开心吗？

她揣着那对袖扣回家时，果不其然看见沈暨在楼下等她。

他无比自然地将手中的大束香根鸢尾递给她，并不像顾成殊一样还要找借口，只问："听说新一季的早春设计要交了，你去寻找灵感了吗？"

叶深深倒有点不好意思，她接过他递来的花，低头看着："嗯，努曼先生希望我能从丹宁、洛可可下手，所以我去博物馆找找灵感。"

沈暨默默地看着她："巴黎所有的博物馆我都熟悉，你为什么选择一个人去？"

"因为我在网上找到攻略了呀。"叶深深略带诧异地看着他，"原来你也想去逛博物馆吗？"

沈暨简直无语："我可是巴黎活地图啊，这么好用的人你居然还记不住，难道我存在感这么低？"

"啊哈哈……"叶深深讪笑，心想要是被你发现我偷偷买生日礼物给顾先生，那多不好意思啊。

想到这儿，她又不自觉地伸手去包里摸那个装袖扣的盒子，心想，顾先生现在，不知道在干什么呢？

他走的时候对自己说，有急事就联系伊文——可是她联系伊文有什么意义呢？因为有时候，她只是很想听一听他的声音，在自己的耳边响起。

讨厌的恶魔先生啊……

当初说好了，承诺的有效期是一辈子，然而他钻了契约的空子，没说这一辈子中间，会有空档期。

见她好像心不在焉地思考着另外的问题，沈暨只能几步赶上了她，跨越他们之间的台阶，与她并肩往上走："不过我今天来找你是有正事。"

叶深深转头看他，面带询问。

"复赛结果出来了，你知道吗？"

叶深深露出幸福的微笑："真的？太好了，我可以准备决赛的礼服了。"

沈暨促狭地笑着看她："你怎么知道自己一定入围决赛了呢？"

叶深深抬头看他，开心地对他笑着说："因为如果我没入围的话，你肯定会比我还伤心，绝对不可能笑着站在我面前。"

"嗯，这倒是的。"他露出幸福的笑容，说，"你知道吗，你的《珍珠》是复赛阶段唯一一个全票通过的作品，所有评审都给予了最高评价。"

叶深深想想，忙问："艾戈知道了吗？他什么反应？"

"艾戈在复赛之前就亲自定下了签约作品，其中唯一一份亲笔签注就是《珍珠》。不过他当然不知道这是你的设计，因为是匿名评审制，而且次序也被打乱了。"他笑得异常开心，有一种大仇得报的快感，"他不但对你的作品非常满意，而且还与助理商议过把该作品的设计师也签下。我猜想，他要是发觉自己最想要签下的设计师就是自己之前想要赶走的叶深深时，一定会有非常非常精彩的反应！"

叶深深被他夸张的描述逗乐了："真的假的？"

"当然是真的！我决定待会儿给他的助理打个电话，探听一下他看见入围名单后一瞬间的反应，这么精彩的时刻绝对机不可失！"沈暨那样子，简直恨不得趴墙角偷听似的。

叶深深则比他冷静多了："但我想他可能还是会和上次看我们制作《莫奈》皮草样衣一样，铁青着脸，一言不发地走开吧。"

沈暨遗憾地叹了口气："也对……真没劲。"

叶深深无语地笑着，到屋内打开电脑，将自己的设计图打开，认真研究着："还有差不多一个月时间，可以慢慢完善再制作，做得精致一点。"

在纸质设计图上修改不方便，所以虽然一开始是在纸上画出初稿的，叶深深还是扫入了电脑，用手写板修改。

沈暨拖了一把椅子，坐在她身后看着。

右下角一直在闪动，叶深深一看图标，赶紧打开。

网店那边，传来了几个设计师的新设计。

"二十多份啊……"叶深深打开一看，各有不尽如人意的地方，有点无奈，"糟糕了，又一大堆事情涌过来了。"

"你先休息一下，把今天关于洛可可的灵感整理出来吧，我来帮你看。"沈暨把电脑接过来，熟练地下笔，"我先全部弄一遍，然后你再看，应该能省事点。"

"沈暨，你太好了！"叶深深感激涕零。

"干吗这么见外，不是说好了一起打拼吗？"沈暨抬头对她笑一笑，然后翻看着那几份设计，顿时紧皱眉头，"新人不靠谱啊，细节这么马虎……这样下去店铺的口碑要倒，怎么办？"

叶深深盘腿坐在茶几上，将自己的素描本打开。今天在博物馆中速写的那些灵感，虽然潦草，但她当时的设计构思历历在目。

她将几幅过于粗糙的草稿充实了一下，抽空抬头看了看沈暨。

他的笔在手写板上圈圈改改，飞快地滑动，动作有如行云流水。她不由得被吸引着，站起来走到他的身后看着。

这是她第一次看见沈暨绘图，速度非常快，几乎是不假思索地运笔，每一根线条都有如附带着丰沛的生命力，刀劈斧凿一般将一切冗余的部分全部扫除，异常迅疾明快。

虽然不是他自己动笔设计，但看着他笔下迅速改头换面的设计图，叶深深被震撼得无以复加。

"沈暨……"

"嗯？"

"我好想看看你以前的作品。"曾打动过巴斯蒂安先生的那些设计，被艾戈扼杀的那些才华灵思，散佚了这么久，不知道是否还存在这个世界上呢？

沈暨的手略略停了一下，然后说："别看了，反正已经无法走上这条路了，看了徒增伤感。"

"你可以从头再来呀，好多设计师在你这个年龄，都还没开始走上设计之路呢。"

沈暨微笑着转头看她，将自己修改的内容保存，站起身走到沙发边，低头端详茶几上她的新设计："有什么意义？状态消失了，就算再努力恢复，也只能是一个平庸的设计师了。"

"可我觉得你还很好呀。"叶深深睁大眼看他。

"那要看跟谁比了，是和一般人，还是和你。我如今，最好的定位是一个打版师，这个估计努力一下还能做到最好。"

看着他看似轻描淡写的笑容，叶深深也不知该说什么。只看着他在沙发上坐下，重新又将她的香根鸢尾设计图拿起来。

"等你把手头这套设计交了之后，复赛的结果一出来，就由我这个顶级纸样师替你打版吧。"沈暨说着，仔细端详着设计图，说，"还挺期待的，要做出一整朵包裹全身的立体鸢尾花，没打过这么复杂的版呢。"

"这算不算作弊啊？"叶深深吐吐舌头，"我把全世界最好的打版师拉过来给自己发大招。"

"当然不算了，其他人也都是自己设计好之后，找专业打版师和工厂制作的好吗？安诺特集团还主动提供帮助。"他雄心勃勃地说，"我们可是同盟军，要共同将压迫我们的艾戈打败，这是一场非胜不可的战役，我们都要努力！"

被他的情绪感染的叶深深，用力点头："嗯，战友加油！"

沈暨笑望着她，明亮的目光一点一点黯淡下去，但唇角的笑意还是挂着，并未消减："是啊，我们可不仅仅是朋友。"

最好的朋友兼战友，这个定位清晰地被她再次标注在他们之间，如同横亘的银河被画下，使得坐在他对面的叶深深，忽然一瞬间变得遥远起来。

复赛的结果正式宣布，叶深深毫无悬念地进入了决赛三十人中。

这么幸福的时刻，她却从这一刻起进入世界末日般的疯狂赶工。

丹宁洛可可风的早春设计她是最早完成的，风格完整的一组设计，在当月十几号的时候就上交了巴斯蒂安先生。他给了几个不太大的修改意见，让她可以先不用管，全力以赴投入比赛，等结束后再花一两天时间修改即可。

然而令叶深深和沈暨都没想到的是，《香根鸢尾》的设计很顺利，但制作并不顺利。各种面料的尝试都无法模拟出香根鸢尾那种极其娇柔的轻薄花瓣，因为在现有的面料材质之中，根本没有质感相同的东西。雪纺太软，欧根纱太硬，绸缎的光泽感太强，棉纺织品光泽又偏暗淡，绉纱支撑不起花形，网纱印染图案不够细腻……

在沈暨的帮助下，叶深深几乎将市场上所有的面料辅料全部翻了个遍，却始终没有找到合意的。

眼看着决赛时间一天天临近，叶深深简直快要被逼疯了，辗转难眠。上一次是设计图拿不出，折腾掉半条命，可这一次是设计图顺利地拿出来了，却找不到面料来实现构想。

沈暨安慰她说："别担心，找不到现成的，我们弄个差不多的来加工也可以，你觉得有比较接近的面料吗？"

"毫无概念……"叶深深痛苦地趴在沙发上，喃喃着。

沈暨算着时间："还有一个星期多点，马上就找到的话，时间还是很充裕的。只是如果这两天再找不到，那么我们很可能要退而求其次，只能借用印染颜色，而放弃布料的肌理了。"

"嗯。"叶深深不甘心地点头，"我们已经跑遍了几乎全部的市场，就连巴黎都没有这样的布料，那还能去哪儿找呢？"

"我再帮你打听一下，或许原料供应商他们那边会有什么消息。"

叶深深疲惫地点头："多谢你了，沈暨。"

"我们可是战友，需要说这样的客气话吗？"沈暨说着，又想起一件事，说，"对了，或许你可以去问问努曼先生。他的经验可比我们老到多了，就算找不到完全符合我们心意的面料，说不定也能帮你想一个妥善处理面料质感的办法。"

"对哦……之前肌理再造的办法，也是努曼先生告诉我的。"叶深深拍拍自己的头，懊恼地说，"之前跟努曼先生请假在家弄这个衣服之后，就一直没想过我还有这么强大的支持力量，真是昏了头了。"

"你是太努力了，所以根本没有任何闲暇去想自己还可以借助别人的力量。"沈暨看着她，轻叹了口气。而且，她一身孤勇，只顾着勇往直前，哪还想得到，自己其实可以停下来，借助一下别人的力量，根本可以不用这么累的。

"以香根鸢尾作为设计主题？这个想法还不错。"努曼先生在听到她的设计意图之后，点头肯定了她的想法。

"但现在遇到了一个难题。"叶深深充满期待地看着他，说，"市面上我都找遍了，可是没有能完美模拟鸢尾花瓣质感的面料。"

"是的，鸢尾花的花瓣感觉非常独特，我也未曾做过这方面的尝试。"巴斯蒂安先生说着，皱眉想了想，然后"喔"一声低呼出来，"我想起来了，七年前，我曾经为一位名流定制过一件婚纱，他夫人皮肤娇嫩，如果是太过硬质的纱和布料，会使得她的皮肤起红疹，但她又要求大摆婚纱，不挺括绝对不好看。我记得当时我是直飞意大利，为这款婚纱向Luigi Botto定制了丝毛混纺的一款布料，或许还有纯色的可以印染，你稍等。"

在叶深深无尽的欢喜中，巴斯蒂安先生叫来皮阿诺，让他帮忙查看当时的出货量。

皮阿诺先生速度非常快，不到半小时就让人从工厂仓库中Luigi Botto的专室中找到了积压七年之久的布料："还剩六十米，纯白色。"

"太感谢您了，努曼先生！"叶深深兴奋得眼泪都快掉下来了，她从椅子里跳起来，向努曼先生鞠躬致谢。就在她冲下楼的时候，皮阿诺先生在后面叫住了她："你知道工厂仓库在哪儿吗？"

"呃……我打听一下。"叶深深说。

"来吧，我送你过去。"皮阿诺先生破天荒地说。

叶深深简直受宠若惊，原本想打电话找沈暨的手也在口袋中放开了。她跟着皮阿诺先生上了他那辆亮黄色甲壳虫，有点局促地说："多谢皮阿诺先生了。"

"我只是看在努曼先生的面子上。"他看着前方，面无表情。

叶深深笑了，觉得皮阿诺先生的地中海发形都可爱起来。

前往仓库的路有点漫长，巴黎市区也不好出，两人走走停停。

叶深深坐在他身边有点尴尬，没话找话地和皮阿诺先生聊天："这辆甲壳虫真可爱。"

一直沉默的皮阿诺先生终于有了反应，骄傲地挺了挺胸膛："这可是三十二年前，努曼先生送给我的礼物。"

　　"三十二年前啊……"叶深深佩服地想，估计维修费比买新车还要高几倍了，皮阿诺先生还一直开着，真是个念旧的人。

　　"是啊，当时努曼先生卖出了第一套设计，又接了几个定制单子，他打电话给我说，快来巴黎，我给你买一辆你最喜欢的甲壳虫。"皮阿诺先生的脸上难得露出笑意，"我就这么被他从家乡骗过来了，一转眼过去快三分之一个世纪了。"

　　叶深深的脸上也露出笑容来，向往地说："但你一定过得比在家乡开心吧。"

　　"是的，尤其是刚开始的时候，他熬夜赶工，我在外面跑单子。有时候穷得连吃一星期的意大利面，连肉末都没有，有时候一大笔钱到手，觉得我们可以立即退休去买海岛。可那时候我们过得真开心，我跟在他身后，一直向最高的地方进发，觉得太累时就互相打气说，上坡的时候当然是最艰难的……"他的脸上散发出一种明亮光彩来，仿佛又看到了熠熠生辉的往昔，但他的兴奋很短暂，随即又叹了口气，"不过，Versace先生的死亡给努曼先生的打击很大，近几年他更是早就萌生退意了，也已经公开对安诺特集团提出辞呈，只是为了手头品牌的平稳交接，所以才没有公布。"

　　叶深深点点头，说："但努曼先生还是放不下自己工作了几十年的品牌的，他始终都投入了大量精力。"

　　"我想他是很孤独的，老伙计不是退了就是死了，过去辉煌的品牌，不是废弃了就是换了设计师风格大变，物是人非令人最无奈寂寞了。"皮阿诺先生说到这里，终于回头瞥了她一眼，说，"所以，有时候，我还挺喜欢你的。"

　　叶深深疑惑地看着他，不明白他这没头没脑的最后一句话是什么意思。

　　"在你来到之前，我已经很久没有看见努曼先生振作精神的模样了。我想，或许是你的到来，让他看到了当年的自己，带着简单的行李从法国乡下跑到巴黎，操着不纯正的口音，除了才华，没有任何可以依仗的东西。你跌跌撞撞又笨拙的样子，就像他的昨日重现。我得感谢你，是你让努曼先生寻找到了往昔。"

　　叶深深不好意思地低头微笑，说："不，是我得感谢上天，让我能有幸遇见努曼先生和您。"

　　皮阿诺先生严肃地点点头："这倒也是，感谢努曼先生吧，他已经十几年没有正式承认的弟子了，这个消息宣布出去之后，你这个小女孩肯定会震惊整个时尚界的。"

　　"真的吗？我也觉得自己太幸运了……"叶深深捧着脸露出幸福的笑容，又在心里想，希望消息能迟一点传出去才好呢，因为她希望自己震惊时尚界，靠的是自己的作品。

仓库到了，叶深深跳下车，跟着工人进仓库去，在层层叠叠的布匹之中，一眼就看到了被拿出来的丝毛面料。

她上手轻触布料的质感，百分之八十三的真丝，百分之十五的羊绒，织成极其柔软光泽的面料。其余的部分，是高分子纤维，将这柔软的面料撑起，使其容易定型，但又恰到好处地并未改变质感，只会在裁剪好之后，隐藏在最深处支撑出衣服完美的弧度。

"这，这简直是百分之百契合的面料……"叶深深激动得身体轻微颤抖，胸口一热，眼泪都差点掉下来。

但，随即她的心便冷了下来。

这是作为婚纱准备的面料，所以虽然是纯白色，却不是原色的纯白，而是经过印染处理的白。

换而言之，它的颜色光泽已经固定，没有办法再进行印染了。即使勉强再在布上进行印染，颜色也必定会发生偏差，完全不可能得到精确模拟的图案。

空欢喜一场，让叶深深颓然地放下面料，脱力地蹲了下来，好半天都没有动弹。

皮阿诺先生诧异地问明了情况，叹了口气，说："那也没办法了，只能再寻找其他替代面料了。"

叶深深点点头，但在极大的失望之后，却终究无力站起。

正在此时，皮阿诺先生的手机忽然响起，他接起后，简短地应了几声，然后交给叶深深："努曼先生找你。"

叶深深勉强控制住自己，尽量正常地接过电话："努曼先生……"

"我忽然想起来，那白色的面料，可能已经进行过染色处理了吧？"

叶深深点头，声音略有喑哑："是，所以可能不能用。"

巴斯蒂安先生的声音从那边传来，有点为难地告诉她："这种面料当时生产了很少，因为没有商业价值所以只出了几百米，其中还有一部分是试织时候出的废品。我刚刚已经打电话去Luigi Botto帮你询问过了，工厂中原存的样品，之前在参加一个展会的时候遗失了，所以虽然资料参数还在，但如果我们要的话，他们要现制，时间上肯定来不及。"

叶深深觉得所有的门都在朝自己一扇一扇关上，她只能绝望地说："那，我只能修改设计了。"

"不，永远都不要推翻自己最开始的构想，更不要因为现实的无奈而将自己作品中最大的亮点抹去。"巴斯蒂安先生在那边说道，"而且你还未到绝望的时刻，因为Luigi Botto的人对我提到了一件事——在七年前那场盛大婚礼之后，萨维尔街有一家定制店对这种面料很有兴趣，所以向他们提出购买，但因为Luigi Botto本身自己也就那么一点存货，所以只给了一匹白坯布料，让他们去试试看，是否会有大量需求。结果对方自此后并无音讯，估计那布料并没有引起别人的兴趣。"

叶深深的精神稍微振作了一些，问："那么，那家店的名称呢？"

"时间太久了，对方已经记不住了，但确定是萨维尔街的没错。我想，乘坐欧洲之星从巴黎到伦敦不过两三个小时，以你的速度，去各家的店铺中一看面料应该就能发现的，说不定还能赶回来吃晚饭呢。"巴斯蒂安先生戏谑地笑道。

叶深深也忍不住笑了出来，说："是，我马上过去。"

在回城区的路上，叶深深给沈暨发了个消息："沈暨，你在哪里？"

沈暨很快回复："布鲁塞尔，Scabal这里。"

他居然找到那边去了，叶深深简直又佩服又感动。不过她算了算，从布鲁塞尔回巴黎至少要一个半小时，便说："那我马上去伦敦了，我找到了一款非常合适的面料，努曼先生告诉我，萨维尔街可能有存货。"

沈暨有点迟疑："萨维尔街每家店都有两三千款面料，你准备去找吗？"

"嗯，到时候过去指定要Luigi Botto的，相信有了筛选条件之后，找起来并不难。"叶深深看看已经到了自己的公寓楼下，便说，"那我马上就走了，你等我的好消息哦！"

她飞奔上楼去，将卡和钱塞进自己钱包，转身要走的时候，目光却落在门口的挂历上。

二十日。

忙得要疯掉了，居然差点忘记了，明天就是顾先生的生日。

她愣了片刻，赶紧手忙脚乱地翻出抽屉最深处的盒子，打开看了看那对袖扣，塞进包里，然后狂奔下楼。

第二十二章

生日快乐，顾先生

欧洲之星穿越英吉利海峡，一路平稳，只是在进入海底隧道时，叶深深看到车窗外似乎有骚动，围栏外远远有人在起冲突。

身旁的英国大爷气愤地和身旁的大妈说："法国人赶紧把这些难民全部拖回去吧！千万不要让他们偷渡到英国来！"

叶深深有点诧异，不明白英法之间为什么还有人偷渡，直到用手机上网查了查才知道，法国那边难民觉得英国的难民政策比较好，所以很多都爬围墙跳卡车，企图通过海底隧道前往英国，也因此酿了好几起悲剧。

还没等她放下手机，车厢中的人忽然骚动起来，纷纷指着车窗外议论。

她转头一看，一个鲜血淋漓的难民正艰难地扒在一辆卡车上，他身上沾满了被别的车刮擦的血迹，却依旧不屈不挠地挂在车沿上，不肯放手——当然也无法放手了，因为若掉下去的话，在这样的隧道中肯定会被后面飞速驰来的车子碾压过去。

欧洲之星开得飞快，转眼赶过了卡车。就在那个难民要移出他们视线之际，他似乎再也支撑不住了，双臂脱力，从飞驰的卡车上掉了下去。

在一车厢目击者的惊呼声中，有人趴在窗玻璃上拼命往后看，却一无所见。

"死了，肯定是死了。"身旁的人这样讨论着。

叶深深茫然而难过地发了一会儿呆。毕竟物伤其类，眼睁睁看着一个人在面前死去，心口尽是淤塞的悲哀。

她强迫自己将注意力回归到自己手中的素描本上，想着那组丹宁洛可可的修改。她的笔尖无意识地擦过纸张，在上面勾画着，等她惊醒觉察的时候，发现自己已经在纸上画下了一个侧面。

在黑夜中被照亮的面容，面容与背景是异常鲜明的白与黑对比。他的侧面，是比水墨山峦还要秀美的曲线，比电光石火更为攫人的气质。

那个雨夜，顾先生的侧面。

在电光石火的那一瞬，深深刻在她的心上，让她永远也不会再遗忘的美好线条。

她怀着自己也不明白的心情，望着纸上的他许久许久，才叹了一口气，将素描本合上了。她把脸贴在上面，静静地闭着眼睛一动不动，就像贴着自己难以言说的秘密。

讨厌的顾先生啊……说走就走，将她一个人丢弃在巴黎，然后，就连一个电话、一条消息也没有。

明明他亲过她的额头，明明他们曾经在异国街头漫步一个下午，明明他给她送过花、礼服与珍珠……

所有的一切都似乎已经明朗了，最后却终于还是归于模糊。

一走了之的人，最讨厌了。

"好吧，既然这样的话……"她听着自己悠长的呼吸，在心里说，"你不来看我，那我就去找你吧。"

因为，再没办法见到顾先生，她恐怕会慌得连最后的比赛都无法进行下去吧。

她到达萨维尔街已经是两点多，春日的下午，每家店都比较安静。

街口有人在等待她，看见她这样一个孤身的女孩子过来，便碰了碰自己的帽檐向她致意："你好，是叶深深小姐吗？"

叶深深有些奇怪，因为她确定自己不认识这个满脸雀斑的高大男孩："是的，你好！"

"Flynn跟我说，他有个朋友从法国过来，要找一匹七年前Luigi Botto生产的特殊布料，看来那个神奇的女孩子就是你了？"他笑道，"我是Brady，之前和Flynn在同一家店里的，现在他离开三年多了，不知道还好吗？"

"是的，他还不错。"叶深深这才想起，当初沈暨被艾戈逼得在巴黎待不下去的时候，曾经在这里做过一段时间的打版师。

本来她还担心自己过来能不能让店员们放自己进去看面料，现在顿时放下了心。

Brady带着她去各个店里晃悠，萨维尔街就这么十几二十家店，Brady又在这边好几年了，彼此都熟悉，听说她千里迢迢过来找一匹布，店员们个个都是无语。

也有热心的男孩带她进入后面的样布间，帮她将店内所有的Luigi Botto面料都搬出来看，但最终一家一家店寻过都是徒劳无功。

有人说："七年了，我猜想可能早就已经用掉了。"

也有人说："不一定，那样的料子太过柔软细腻，恐怕不适合男装，我敢保证至今还堆在某个角落里。"

更有人说："或许因为没人选择这样的衣料，所以早已被丢弃了吧。"

找过的店越多，叶深深心中也越绝望。一直到所有的店都走完，一无所获的叶深深看看街道的尽头再没有定制服装的店面了，才黯然对Brady说："多谢你了，但看来我把一切想得太简单了。"

"我很遗憾，没能帮上你的忙。"他说着，看着她失魂落魄的样子，又向她示意，"不如到我们店里坐一会儿，休息一下再走吧？"

叶深深摇摇头，本想离开，但想想又问："你们店里，我是不是还没去过？"

Brady顿时笑了："不过我们那个老头子很固执的，我不认为他会买什么特殊的布料回来。"

虽然这样说，但他还是带着她到了当初沈暨待过的店中。

留着小胡子的店长果然很固执，一听说叶深深是沈暨的朋友，顿时吹胡子瞪眼："那个混蛋，头一天说要走第二天就不来了，这种说走就走不负责任的人，我永远忘不了！"

Brady悄悄地对她说："别听他的，昨天还在骂我们打的版稀烂，在怀念Flynn呢。"

仿佛为了验证他的话，老头儿又吼："他自己怎么不来，却叫一个小姑娘过来？"

叶深深只能艰难地安慰他："其实他前段时间还在跟我说自己在这边的事情呢，他说自己很怀念这里的一切。"

这可是真话，只不过说的是自己如何被艾戈打压到这边的事情。

老头儿总算满意了，又问："找什么布料？"

叶深深赶紧说："是Luigi Botto七年前生产的一款特殊布料，据说只有这边还留存着一匹。"

"是吗？Luigi Botto有什么了不起，生产布料居然只卖一匹？"

"是一种丝毛混合面料，百分之八十五真丝和百分之十三的羊绒，另外加百分之二的高分子纤维。"

老头儿摸摸胡子，想了想说："好像有这么个东西，当年那个混蛋George负责采购原料的时候，喜欢一个女星喜欢得神魂颠倒，后来她嫁人的时候，婚纱设计师是巴斯蒂安，据说用了特殊布料，George在意大利采购面料的时候，就弄了一匹过来。"

叶深深顿时惊喜："是吗？那面料现在还在吗？"

"他被我狠训了一顿，居然把婚纱纱子买过来！我们是做男装的，谁会选用这种料子做衬衫？放在店里总是不见人挑，所以我们就丢到仓库去了，现在估计还在那儿吧。"

"仓库？"叶深深眼睛都亮了。

老头儿面无表情地一指Brady："带她去看看，让她死了这条心。"

虽然知道每家店都有两三千种面料可供选择，但叶深深跟着Brady穿过两条街来到他们店的仓库时，还是被震撼了一下。几乎所有的料子都会在店内小库房准备一份，但长年没有人需要的，就会被丢到后面仓库区。这里面的各种面料堆叠着，保存得很好，最早的估计年纪比她还大。面料数量倒是都不多，因为一套衣服的定制时间多在十周左右，临时再去拿料子也来得及。

当初负责采购的George，现在被发配过来看仓库兼搬运工，显然这些年的生活十分苦闷。听说要找他当年带回来的耻辱布料后，他一把打开了门，一屁股坐在门口，说："快点，我晚上有约，还有十分钟就下班了，到时候我会锁门，不会等你。"

Brady拿出手机看看时间，对叶深深无可奈何地耸耸肩："要不，你明天再来？"

"放心吧，如果确实在里面的话，十分钟够了。"叶深深胸有成竹地说。

Brady瞄瞄呈"井"字形堆积在那里的几千种布料，只能呵呵笑了两声，打开了一个限时游戏，定时十分钟。

George打着电话："伙计，遇上点事，临走前有人来了。不过我只给十分钟，十分钟后你来仓库门口带我一程。"

为了防潮透气，所有的布料都以纵一排再横一排的方式，纵横交错地堆叠着。叶深深绕过堆叠的布料，直接忽略过了其他深色布料，手指尖只在一卷卷塑封好的纯白色布匹上摸过。

羊绒与羊毛呢制品较厚，直接跳过。剩下的料子大约还有两三百种，麻布是看都不需要看就被忽略的，棉布次之，从厚度上最难区分的是真丝，在外面揉捏之后，确定软硬度，她又剔除掉了过软与过厚的一部分，剩下其实不到四五十种了。

沿着塑封时留下的小小接口，她探指进去，尝试着碰触那种触感。

百分之八十五丝绸和百分之十三的羊绒，另外加百分之二的高分子纤维，丝毛混合的面料，如同鸢尾花瓣的触感。

在灯光昏暗、空气混浊的仓库内，她闭上眼睛，凭着唯一的感觉，去摸索自己所需要的东西。

外面George看着手表，嘴巴里嘟囔着："十分钟，多一秒我也不会等的……"

Brady的大拇指在手机上不停点动，嘴里说着："放心吧，我这一局游戏十分钟，一打完我就带她走，不会耽误你的时间……"

话音未落，叶深深已经走出来了，对着他们笑道："好了，我找到了。"

Brady的手一抖，错愕地抬头看她，屏幕上无数敌人逃走，他也顾不上去杀了。

而George则不可置信："你怎么找的？"

"就这样找呀。"叶深深轻松地笑道，"不过我要的料子被压在很下面了，你们能帮我抽出来吗？"

"我看看。"George这样的懒虫都震惊了，所以和Brady一起进去，将压在下面的一卷布料用力抽了出来。

一卷白色纯素的布料，直到抽出一半来，他们才看见上面Luigi Botto的标志，以及标注的成分——85%丝绸、13%羊绒、2%高分子纤维。

在他们惊愕的神情中，叶深深蹲下来抱住布料，然后再次确定成分以及未经二次处理染色之后，才幸福地笑了出来。

对于叶深深居然找到了当年料子的店长，惊叹之下直接就把布料送给了她。

叶深深再三感谢了他，庆幸着丝绸与羊绒都不太重，然后把布仔细包裹好，抱出了萨维尔街。

刚刚看过她寻找布料的所有店员，都在她的身后投以致敬眼神。

叶深深在街边打车的时候，深吸了一口气酝酿"我不紧张，一点都不"的心情，然后拨通了顾成殊的电话。

然而并没有人接。

叶深深听着那边传来机械的铃声，一遍又一遍，却始终无人应答，她才终于想到了一个自己忽略的事实——经常飞来飞去的顾先生，怎么可能刚巧就在伦敦呢？

她狠狠地捶着自己的头，简直快哭了，所以她只能给伊文打电话："伊文姐……我在伦敦，顾先生在吗？"

伊文"啊"了一声，说："可我现在在国内哦。你稍等，我帮你看看顾先生今天的行程。"

叶深深默默叹了口气，等待着她那边的消息。

不多久她就转过来了，说："顾先生可能没时间见你，你今天要回巴黎还是留在伦敦？要不要我帮你在附近订酒店？"

叶深深呆了片刻，然后慢慢地说："哦……不用了，那我回去了。"

这是第一次，顾成殊对她说没时间。

不接电话，也没时间见她。

她知道顾先生肯定是很忙很忙的，但是之前却从未察觉过，因为，只要她有需要，他永远会出现在她的身边，好像他随时随地为她预留着时间。

而现在，那专属于她的时间，已经没有了。

伊文在那边也沉默了一下，然后安慰她说："前段时间顾先生不是去巴黎陪你了吗，我想事情可能积得太多了，确实有一大堆得处理，抽不出空来也是正常的，对吧？"

叶深深点点头，又想到伊文看不到自己点头，又轻轻地"嗯"了一声。

她挂掉电话，打车前往车站。

潮湿多雾的伦敦，这个季节更是雾气迷蒙。刚刚入暮，车站外便已经是一片难以辨认的黑暗。

她在车站将布匹托运了，一个人抱着包坐在候车大厅中，茫然地望着外面。

车站的时钟显示，今天是二十日。

明天二十一日，顾先生的生日。她给他买的袖扣还在自己的包中，可是却好像没时间也没机会送出去了。

她抿住嘴唇，曲起膝盖，将自己的下巴抵在膝上，心口堵塞得厉害，却不知怎么纾解。她知道伊文话里的意思，顾成殊是在伦敦的，只是不肯见她。

为什么呢？理由是什么呢？

她拼命抑制自己心口的酸涩，却控制不住自己的手。她拿出手机，慢慢地编辑短讯，发给伊文："伊文姐，我有个东西要交给顾先生，请问你能将他的地址给我吗？"

过了半分钟左右，伊文发来了一个地址，是个私人住宅的门牌号。

车站的广播开始催促乘客，她即将乘坐的那趟车马上就要出发了。

叶深深抱着自己的包站起来，木然站在人群之中，看着一个个陌生的面容向着检票口而去。

而她终于与所有人逆行，向着外面走去。

像当初顾成殊在机场一样，她撕掉了自己手中的票，塞进了垃圾桶，大步走出了车站。

叶深深不是个固执的人，顾成殊看着手机上的来电消息，在心里这样想。

她只打了三个电话，就放弃了。

第一和第二个，在下午四点半时。第三个，在晚上六点多时。

然后，手机就再也没有响了。

其实他并不忙，事情早已在回来的时候处理完，约人见个面，边吃饭边谈项目。这个项目很有趣，对方讲的时候也很有激情，企图感染他的情绪，但他的态度显然让对方有些失望。

其实他很想告诉对方，自己心不在焉，真不是对方的错。

收下策划书，他坐在车上时，又看了一次手机。

晚上十点半，叶深深应该已经回到巴黎了，再没有打电话给他。

伊文找他确认的时候，跟他说，叶深深在伦敦。那时他的目光投向窗外的薄雾暮色之中，忽然觉得这讨厌的天气也变得不一样起来，因为，可能有一个对他而言很不一样的女生，正行走在这个城市的雾霭之中。

但他终究还是说，我没有空，让她回去吧。

他知道现在应该是她最忙碌的时刻，此时她会来伦敦，估计是有什么重要事情。

可他已经不想去关注了，随便什么吧，反正，陪在她身边的，一定会是沈暨。

这念头让他越发抑郁，将策划书丢在副驾驶座上，他不想回家，于是开车随便在郊外兜了兜风，看见一条狭窄的河流，还下车去桥上坐了一会儿。并不清澈的水面上，蒙着浓浓的雾气，潮湿厚重的气息让他感觉到，很快就要下雨了。

果然，他刚离开那座小桥，雨就淅淅沥沥下起来了。春末的雨丝，细小而密集，用无休无止的沙沙声笼罩了整个世界。

他开得很慢，甚至还故意绕了一点远路，漫无目的地转了两圈，反正对于那个每周只有人来打扫两次的空荡荡的居处，并没有任何的依恋。

所以他回到家中已经是午夜十二点。将车子停入车库之后，他隔着窗户瞥见门前似乎蜷缩着一团黑影。

估计又是流浪狗在这里避雨吧。他随意地想着，从车库上楼去了。

就在走到楼梯口时，他的脚步忽然停住了。他呆呆地站在楼梯上，忘记了自己想要上去，还是下来。

他站在柔和的灯光下，一动不动，听到自己胸口传来急剧的心跳声。无数的血从他的心脏中迅疾地流出，在全身轰鸣般地汹涌，在这样的午夜，让他几近晕眩。

他机械地，极慢极慢地转过身，又顺着楼梯慢慢走下去。

穿过大厅，他的手按在门锁上，他听到自己的呼吸，急促失控，仿佛正站在火山口，只要他一打开大门，外面便会是灼热的熔岩铺天盖地而来，将他彻底埋葬。

他的手竟轻微地颤抖起来，直到他再也无法忍耐，深吸一口气，将大门一把拉开。

在这下着细雨的午夜，叶深深蜷缩在他家门廊上，抱着自己的包，正在沉沉地睡着。

她睡得那么安静，即使黑暗笼罩了她，即使外面的雨丝已经飘进来沾湿了她的衣服，她依然无知无觉，安睡在他的门前。

顾成殊怔怔地看着她，在黑暗中俯下身，借着暗淡的光，静静地凝视着她。

她紧闭着眼睛，脸颊靠在墙上，呼吸细微得如同一只沉酣的猫。被雨丝飘湿的一两绺发丝粘在她的脸颊上、脖颈上，显得她的肌肤更加苍白，不带丝毫血色，如同雪花石膏的颜色，在黑暗中似乎在幽幽发光。

他呼吸紊乱，在这一刻所有的一切仿佛都被他抛到了脑后，他只能顺从自己的心意，迷蒙地低声轻唤她："深深，深深……"

叶深深轻轻地"唔"了一声，却没有睁开眼睛。

顾成殊轻拍她的肩膀，说："进来吧。"

叶深深抬起手，无意识地将自己肩上的这只手抓住，然后，才恍惚睁开眼睛，看着面前的人。

他的轮廓在黑暗中呈现，是她无比熟悉的顾先生。

叶深深张张嘴，却什么也说不出来，最终，只呢喃般地叫了一声："顾先生……"

她放开他的手，想站起身，然而维持坐姿睡了太久，她的双脚已经全部麻木了，刚刚站起来就再度瘫软了下去。

顾成殊终于伸手扶住她，见她一脸痛苦地按摩自己的脚，便伸臂将她抱起，走到里面，将她放到沙发上。

叶深深有点难为情地摸着自己的腿，坐在沙发上一声不吭。顾成殊打开了灯，照亮整个大厅，又将门关上，去厨房烧上了一壶热水。

"找我有什么事吗？"他在她对面坐下，已经恢复了平静。

叶深深还是低头揉捏着自己的双腿。其实腿麻已经好了，可是她觉得自己局促极了，除了这个动作，没有其他办法来掩饰自己。

他见她不说话，便也保持沉默。厨房的水壶叮的一声轻响，已经烧好了，他给她倒了一杯热水，让她捧在手中暖一下手心。

她接过水杯，可怜兮兮地抬头看他："谢谢顾先生……"

"什么时候来的？"他平淡地问。

"只来了一会儿。"她轻声说。

来了一会儿已经睡得这么熟了？但他并不戳穿她的谎言，只问："这个时候还跑到这里来，决赛有把握吗？"

叶深深赶紧解释："我、我来萨维尔街找一匹布料。"

顾成殊似乎并没有兴趣问原因，只问："找到了吗？"

"找到了……"

"那为什么不回去？"他的嗓音变得更加冷漠。

叶深深用力地控制自己的呼吸，也控制自己因为身上湿冷而难以自禁的颤抖。

她将自己的包打开，将那个盒子拿出来，深埋着头不敢看他："因为，我怕我回去了，可能就无法把生日礼物交给你了。"

她这虚弱无力的辩解声，听在顾成殊的耳中，却让他不由自主地连呼吸都停滞了片刻。

他看着面前的叶深深，她狼狈不堪地蜷缩在自己面前，却还倔强地将生日礼物捧给他，即使连他自己都忘记了，原来今天是自己的生日。

他怔愣着，刚刚那些刻意维持的冷漠，在这一刻全部都消散在无声无息的暗夜之中。心底最深处，有一根脆弱的弦，如今像是被人的指尖弹拨着，轻轻一触便久久振动，无法停息地发出轻颤的回响。

他身体僵硬，慢慢地抬起手接过她手中的盒子，打开看了看。

一对黑珍珠的袖扣，看起来，与她那颗链坠，或许刚好可以凑成一对。

这个想法让他的身体猛地灼热起来，但随即，他的眼前又幻觉一般的，闪过那些曾经亲眼目睹的画面。

她用身体挡住的沈暨的面容；她与沈暨贴着耳朵亲昵耳语；她与沈暨在灿烂的灯下缱绻相拥而眠……

如同冰水灌顶，那胸口涌起的灼热在瞬间被浇熄。

所以他看也不看她一眼，将盒子关上，随手丢在茶几上，说："谢谢。"

叶深深的笑容变得十分勉强，她看看墙角的时钟，又说："好像已经过了十二点，今天是二十一号了，祝顾先生生日快乐。"

顾成殊扭开自己的头，避开她那难看的笑容。长出了一口气，他站起身说："礼物收到了，我送你去酒店吧。明天早上早点回去，估计那边事情还很忙。"

叶深深茫然地点了点头，跟着他站了起来。

心里一片冰冷迷蒙，不知道是怎么回事。明明已经等到了顾先生，明明把礼物亲手交给了他，明明已经亲口对他说了生日快乐，可是，心里却越发抑郁难过。

跟在他的身后，叶深深一步步走下楼梯去车库。

身上的衣服半干不湿，潮潮地裹着身体，让她不自觉地打起冷战来。她看看前面顾成殊的背影，如海岸边的高崖一般坚固而冷漠，连回头看她一眼的可能性都不存在。

她恍恍惚惚地看着那峻削的线条，直到双膝一软，那气血尚未活络过来的双腿不受控制，让她直接摔倒在了楼梯上。

顾成殊听到声音，立即回头看她，却发现她跌坐在楼梯上，按着脚踝竭力抑制自己不要痛呼出声。幸好车库只比抬高的大厅高个两三级台阶，不然她若从楼梯上摔下去，必定要出事。

顾成殊走到她身边，将她的手拉开一看，脚踝处显然已经扭伤，正以肉眼可见的速度红肿起来。

他看着她痛得要命却还固执地咬着下唇不让自己示弱的倔强神情，心里也不知是什么感觉，只沉默地再度将她抱起，让她在沙发上坐好，然后到厨房拉开冰箱取了冰袋出来，敷在她的脚踝处。

叶深深低着头，一声不吭。她觉得自己的喉咙像是被扼住了，即使勉强说话，也只会发出嘶哑的悲声，还不如沉默好了。

而顾成殊帮她冰敷着伤处，在一片静默之中，忽然说："第三次了吧。"

叶深深不解其意，抬头看他。

在寂静得如同凝固的屋内，灯光太过明亮以至于照得一切失真。

顾成殊的声音轻轻在她耳边响起，也带着一丝恍惚："你总是这么随随便便地让自己受伤。"

叶深深这才明白他的意思。她抬起手掌，挡住自己的眼睛，也挡住那些会让她流泪的刺眼灯光。

第一次，是在机场。他在她不顾一切地对路微许下誓言时，将受伤的她扶起，为她的膝盖涂抹药水。那是她对恶魔先生的第一次心动，在金紫色的夕阳下，她明知道对面这个人不是自己可以喜欢的人，可是因为夕阳的魔法，她的心还是不受控制地漏跳了一拍。

第二次，是在工作室。他帮她将受伤的手背仔细包好，两个人被关在停电的小区中，在摇曳的烛光下，他们谈起彼此的童年与伤痕。昏暗恍惚的烛光仿佛拥有使人脆弱的力量，那是她第一次看见他软弱的样子，也是她第一次握住一个人的手，不想放开。

如今，这是第三次了。

她总是在他面前受伤，他总是帮她处理伤口。

其实，所有的艰难险阻，都是在他的帮助下，她才能顺利跨越，所有能伤害到她的东西，都是他在为她阻挡，让她可以一路走到这里。

所以叶深深仰望着他，压抑着自己急促的气息，用极低极低的声音，艰涩地说："没关系，反正顾先生你会帮我的。"

顾成殊看见了她眼中那些近似于哀求的光芒，他知道她在等待着自己的肯定，只要他一句话，她就能如释重负地放下一切，愉快地微笑出来。

然而他不能。

他将自己的脸转向一旁，淡淡地说："事到如今，你不应该再依靠我。"

这么冷漠的话语，从淡色的双唇中吐出，不带一丝温度。

叶深深的脸瞬间苍白，她眼中那些明亮的光一点一点地褪去，直到最后双眼连焦点都消失了。她垂下头，用睫毛掩盖住自己的眼睛。

顾先生不要她了。

无论哪个女孩子，在面对自己喜欢的人时，总是最敏锐的。何况，他给予她的，是这么明显的拒绝。

毫无理由地，突如其来地，没有征兆地，他不要她了。

他们曾许下的那个一辈子的承诺，他毁约了。

这可怕的事实，让她不敢去想，也不敢去确定，但她已经真真切切地感觉到了，她被遗弃了。

就像当初他与郁霏决绝地分离一样，就像当初他在婚礼当天毫不犹豫地离开路微一样，他如今也不要她了。

曾经侥幸地以为不会到来的事情，终于还是降临到了她的身上。

顾成殊却仿如不觉，他站起身，看看外面不肯停息的雨，说："看来你今晚只能留在这里了，二楼的客房一直有人收拾的，你可以暂住一夜。"

叶深深点点头，默默地跟着他上楼去。他在前面，而她在后面抓着扶手一步一步挪上去。她咬紧牙关一声不吭，他也始终没有回头。

第二十三章
审判

顾成殊的家和沈暨家大相径庭。

没有植物没有花朵，空空的柜子桌子上一件装饰品都没有，连假书都懒得摆一本。除了浅驼色的素色窗帘，黑与白之间唯一的色调是钴蓝花纹的米白墙纸。

和本人一样冷淡，连敷衍都懒得做。

叶深深洗了澡，将自己埋入柔软的被子中，竭力让自己陷入沉睡，什么都不要想，更不要伤心难过。

其实也没什么啊，顾先生说得对，她不能老是靠他。她得凭借自己的羽翼，奋力去往高空之上，而不能只想着借风的力量高飞。

顾先生今天心情不好吧，他太忙了吧……或者，他也有自己无法处理的难事，所以在这样的深夜才回到家，却发现了又给他惹麻烦的自己，搞得他半夜都无法休息。

她这样想着，将所有的罪责都揽到自己的头上，想尽办法替顾成殊开脱。

直到最后，她终于再也无法忍耐，狠狠地对自己说，承认吧，叶深深，你就是第三个，郁霏之后是路微，路微之后，轮到你了。

这绝望的死刑对自己判决下来，心口猛然被撕裂，但这种剧痛也很快就麻木了，安心地看到最可怕的结局，坦然接受，似乎，对于最坏的可能性也已经有了心理准备，再不是深不可测的惧怕。

她没有哭，只以自恃无畏的勇气，做好最绝望的打算，蜷缩在被窝中，在仿佛全世界仅存的温暖柔软中，沉沉睡去。

或许是长期的忙碌让她的生物钟自动自觉地减少了睡眠时间，或许是她确实睡不着，所以即使凌晨才睡，她第二天早上八点多就醒来了。

脚踝还是痛，但肿已经消了一点。她一瘸一拐地起床，走到盥洗室去看，昨晚的衣服已经被洗衣机烘干，有点皱巴巴的，但她找不到熨斗，也只能随便穿上了。

她收拾好自己，打开门下楼，准备离开。

开门出去，一下子就闻到了香味。她慢慢地下楼，厨房里的人听到了她的声音，探出头来，在清晨的阳光中朝她微笑："深深，早安。"

她顿时惊呆了，站在楼梯上一动不动。

沈暨。

她一大早在顾成殊的家中醒来，下楼后发现沈暨在做早餐。

世界上还有比这个更魔幻的事情吗？

就连萦绕了她整整一夜的噩梦，在这一刻也仿佛退却了，波动扭曲着，扩散成诡异的水波。

"别发呆啦，真的是我。"他手握着锅铲，笑着朝她招招手，"我刚刚听到你在楼上的动静，所以开始给你做早餐。脚好一些了吗？还痛不痛？"

叶深深迷茫地看着他，摇了摇头："还好。"

"成殊早上联系我的，说你昨天滞留在伦敦了，脚还受伤了。他可能有急事要出去，怕你不熟悉这边环境，所以跟我提起这件事。幸好我昨天已经到伦敦了，这才来得及过来，顺便给你做早饭。"他也有点茫然，似乎不知道为什么顾成殊会特地通知他过来。

"哦……原来如此。"叶深深慢慢扶着楼梯下来。

沈暨知道她脚扭到了，赶紧扶着她到餐厅中，给她拉开椅子坐下，才赶回厨房去照顾自己在做的东西："深深，荷包蛋要几个？"

叶深深呆呆地坐在那里看着他的背影。

憋了一夜的眼泪，在这一刻终于有了决堤的趋势。

但她用力地眨眼，将一切都湮没在未曾落下之前："一个就好了。"

他拉开冰箱，拿出两个蛋打破煎着："我的只要煎单面就好了，你的呢？"

"和你一样吧……"

"成殊的冰箱里就这么点东西，你将就点哦。"他洗了四片生菜，沥干水，又问，"你吃土司边吗？培根要多少？"

"吃的，一片就好了……"

两分钟后，沈暨将两份切好的鸡蛋培根三明治放在她的面前，给她递过温好的牛奶。

叶深深默默地喝着牛奶，捏着三明治咬了一小口。

芝士和沙拉酱融化在口中，吃到高热量食物的感觉，让人安心。

沈暨在她对面坐下，说："Brady跟我说你已经找到布料了，所以我们赶紧回去吧，尽快打版制作，把决赛的礼服制作出来。"

"嗯。"叶深深点点头，垂眼看着桌上铺的桌布。

桌布上是勾连反复的卷叶纹，洁白处被镂空出漂亮的花纹，仿佛在昭示这个世界上，有了伤害之后，才会有美丽。

叶深深沉默地吃完沈暨给自己准备的早餐，终于问："顾先生走了吗？"

"我过来的时候他就已经不在了。"沈暨说。

叶深深的目光不由自主地看向客厅的茶几。

昨晚她送给他的袖扣盒子，已经不见了。

她默默地喝完牛奶，然后自觉收拾好厨房，轻声说："那我们走吧。"

在回去的路上，两个多小时，沈暨开车，叶深深看着窗外，两个人都很沉默。

终于，沈暨耐不住长久的寂静，问她："萨维尔街好玩吗？"

叶深深点头："嗯，很好的地方。在现在这样的商业化生产中，还能坚持自己严格的定制规则的，令人敬佩。"

"工业化的生产可以让更多人穿上自己喜欢的衣服，但同时也必然缺乏精确合适的标准，所以高定才有其令人难以舍弃的魅力，因为谁都会想要拥有自己独一无二又严丝合缝的衣服。"沈暨说着，转头朝她露出一个笑容，说，"对了，有件事情还没有告诉你呢，你一定会很开心的——沐小雪对你那件黑丝绒猎豹裙非常喜欢，她已经确定会在戛纳电影节的开幕式红毯上穿。"

叶深深终于振作起精神来，惊喜地问："真的？她要去参加电影节吗？"

"当然是真的，她代言的一个品牌赞助了那个电影节，而且为了保证穿着效果，她正在努力减肥呢。"

叶深深点头："那件裙子，越瘦的人穿着越好看。"

"是啊，时尚是不会宽容任何人的，也不会宽容任何肥肉，毫无道理可讲。"沈暨笑着说。

笼罩在叶深深心上的阴影，总算扫除了一些。她问沈暨："沐小雪的造型师要给她弄什么发型与配饰呢？"

"到时候我会跟踪关注的，而且她的造型团队很强大，应该不至于太不靠谱，别担心。"

"那……会不会有人对我的设计有什么看法之类的……"比如说上个最差红毯之类的。

"放心吧，一般就算评最差红毯，矛头也指向穿的人，设计师受到的影响不会很大。"沈暨安慰她说，"何况，你这件裙子，绝对没话说。就算有人故意挑刺，可我们也会造势啊，没问题的。"

这倒也是，国内网店有水军有营销，国外也会有的。

前方灯光消渐，天光透了进来，漫长的隧道终于结束。

经过巴黎车站时，沈暨将托运的布料拿回来，两人在车上商议了一下之后，决定立即着手准备印染。

在布料上印出鸢尾花的纹路，并且要在裁剪加工后做成一朵巨大鸢尾花成品，难度非常大，也算得上是特殊印染了。

沈暨在工厂中先画好图，打出纸样来，然后根据纸样展开，在电脑上精确地做出图样，控制图像在布料上的投映。试印了足有十来次，才拿到三件可用的成功产品。

"布料也差不多没了，用得真快啊。"沈暨感叹着，将那三块成功的面料拿回来，其余的全部现场销毁。

制作礼服肯定不能在员工公寓中进行，所以叶深深与沈暨回到他家，开始裁剪缝纫。

根据现实情况，叶深深尝试着继续修改完善礼服的设计。透明薄纱层层叠叠，她想了想还是决定在薄纱上缝缀几颗水晶珠子，来强调水的意向。但为了避免唯美的元素用得太滥，将珠子用在了后面几层纱上，这样只隐约透出数点水珠折射，绝对不会喧宾夺主。

她整理着薄纱，在上面尝试对比折痕来模拟玻璃和水的折光。她举着纱，对着窗户看光线效果，加到两层，三层……

她停了下来，呆呆地看着多重薄纱的那一边，开始显得模糊的沈暨面容。

他应该是知道的吧，那他会在心里怎么看待顾成殊与她呢？

他是不是在想，面前这个女生是个白痴，从巴黎跑到伦敦，在别人家的门廊前等到半夜，就为了给一个男人送生日礼物，可对方并不在意，随随便便就应付过了她。

明明对方不想理她，可她还是硬要贴上去，直到逼得对方告诉她说，你以后得靠自己。

也就是说，别再来找我了，我不想再替你处理麻烦了。

做人到这种地步，可能，真的很失败吧。

善良的沈暨，假装什么都不清楚，一大早赶来给她做早餐，慰藉处于最低谷最凄惨境地中的她，还只字不提。

叶深深忽然觉得好想哭，她在茫然中，手指仿佛也失去了力气，手里的薄纱全部轻飘飘地委落于地。

沈暨转头看她，走过来，俯身将地上的轻纱一片片拾起，然后执起她的手，将纱放在她的掌中，问："想什么呢？掉了一地。"

叶深深默默地抓紧手中的薄纱，抬头看着他，许久，才轻轻地说："沈暨，其实你知道的，我去伦敦，是想……"她冲口而出，但话到嘴边，却又停住了。

沈暨垂下眼帘，漫不经心地捻起她手中的薄纱，说："想去祝成殊生日快乐嘛。"

他一语中的，叶深深不知如何回答，只能望着他，艰难地点了一下头。

沈暨望着她许久，松开自己的手指，任由那些纱像云朵一样飘散在自己脚上。他朝她笑了笑，说："所以，我生日的时候，你也要记得哦，无论何时何地，都要亲口跟我说生日快乐……不然，我肯定会对成殊羡慕、嫉妒的。"

所有的话，都像是被他这句话堵了回去，叶深深咬住下唇，默然点了点头。

沈暨真是个好人，所有的一切，就这样轻描淡写地掩盖了过去。

不伤害自尊，不改变任何事，就这样平平静静地埋掉一切内里的痛苦纠葛。

自从发现被自己钦点进入决赛的《珍珠》出自叶深深之手后，艾戈的心情一直糟糕透顶。

虽然之前大家都知道他很难搞，也知道他一年到头没几天心情好的，但如今却实在是低于水准线太多了，以至于他的助理、秘书纷纷猜测，是不是当初沈暨辞职时的悲剧要重演了。

"做好心理准备吧，如果和上次一样，至少今年，我们的日子是不会好过了。"唯一一个女助理，四十来岁的Callan对其他人下发了悲惨预告，告诉他们可以开始祈祷了。

最年轻的也最天真的新助理问："那么，有什么办法可以扭转这种局势呢？"

有人耸耸肩："或许让他讨厌的人彻底消失？"

"那么他讨厌的人是谁呢？"

"是我。"后面传来一个清朗的声音说。

Callan回头看见他，顿时笑了："Flynn，那你还敢在这里出现？"

"我来对抗大魔王。"沈暨指指里面拉上了百叶窗的办公室，"在吗？"

众人心情复杂地点头，没有一个敢出声。万一被里面的人听到自己承认他是大魔王，估计下场堪忧。

沈暨过去敲了两下门，在里面稍有动静时，就开门进去了。

艾戈明知道他进来了，却还看着手中文件，没有理他。沈暨也没有打招呼，扯过旁边的椅子坐下，开门见山地问："你对顾成殊说了什么？"

艾戈终于抬头看他一眼，将手中的文件丢到桌子上："朋友见面，聊些没有任何营养的话题。"

"顾成殊现在竭力躲避深深，他们之间原有的合作关系都快要破裂了，我百思不得其解，究竟你做了什么，能有这么大的力量，让顾成殊都放弃了深深。"沈暨眼睛一眨不眨地盯着他，语音凝重而缓慢，"我不得不佩服你，想要对付一个人的时候，就算顾成殊也无法阻拦你破坏一切。"

艾戈叉起双手，若有所思地望着他，问："你之前，不是不喜欢与我见面吗？甚至连看见我的车都要逃得飞快。"

沈暨冷冷地反驳："不是不喜欢，是讨厌。"

"喔……"艾戈发出了一个意义不明的音节，表示自己并不在意。但看着面前的沈暨，那种紧盯着自己的目光，他心里还是不由得生出淡淡的不适。

叶深深确实是个厉害的女生，在遇见她之前，沈暨从未用这样的眼神直视过自己。

所以他的唇边难得露出一丝笑意，说："其实我帮了你一个大忙，你应该要感谢我的。"

沈暨扬眉看着他，没有接话。

他站起身，居高临下地看着坐在那里的沈暨，唇边绽放出一丝冰冷的笑意："我告诉他，叶深深喜欢的人，是你。"

"有什么意义吗？"沈暨反问。

"没什么意义，不过是顾成殊由此察觉了自己不应该搅入你们二人的浑水之中，所以很快就返回了伦敦，并且自发自觉地与叶深深保持了距离，给你们留下了美好的二人世界——而这一切，都是我帮你获得的。"他用冰冷的目光端详着沈暨，若有所思地问，"就当是补偿我让你受伤的赔礼吧，你如今与叶深深相处得还开心吗？"

"你要在成殊放弃深深，离我们而去之后，趁着深深势单力孤之时，给予致命一击解决掉她，最后，我又会落得孤单一人，再也没有任何人能与我站在一起，对吗？"沈暨狠狠盯着艾戈，他眼中的愤恨几乎要扑出眼眶，化为有形的滔天洪水将面前的艾戈淹没，"我告诉过你，我与深深之间，什么也没有！"

艾戈没回答，那双灰绿色的眼睛毫不闪避地迎视他愤恨的目光，不置可否地勾起唇角一丝笑意："自欺欺人。"

寥寥数字，沈暨气息微滞，他瞪着面前的艾戈，许久，才悻悻说道："不管你信不信，深深确实不仅仅是我的朋友，她还是我未竟的人生，她会代替当年被你打压的我，完成我中断的梦想！"

"未竟的人生，中断的梦想……"艾戈微眯起眼睛凝视着他，见他在宣泄的怒吼之后终于稍微平静下来，便从抽屉里取出了一个纸袋，冷笑着丢在他的面前，"说到这个，我刚好有个关于叶深深的东西，可以给你看一看。"

沈暨看着他脸上诡秘的冷笑，迟疑片刻，终于还是抬手将纸袋子拿过来，然后将它打开，抽出里面的一张纸看了一眼。

一张设计图。

沈暨无比熟悉的，这几日魂牵梦萦地与叶深深一起赶工的《香根鸢尾》。

虽然笔触稍有不同，但这设计，与叶深深费尽心血终于做成的那套礼服，是一模一样的。

很明显，是有人看到了那件礼服的设计图或者成品，然后将它画了下来，送到了这边。

沈暨顿时惊得站了起来，不可置信地盯着设计图，又将目光移向好整以暇的艾戈，双手都颤抖起来。

"坐下，把它放回袋子里去。"艾戈声音平淡至极。

沈暨胸口急剧起伏，许久，终于勉力将它塞回去，重新将袋子封好。他颤抖的手按在纸袋子上，将它推还给艾戈，大脑中一片混乱。

他想起顾成殊叮嘱叶深深的话，千万不要泄露自己的设计，千万不要让艾戈看见你的作品，不然的话，决赛的时候，他肯定会带动一批评委给出极差的分数。

然而，在他们还不知道的时候，设计还是泄露了。

艾戈端详着他脸上的神情，满意地将装着设计图的纸袋拿起来，丢回了抽屉中，说："有些忠诚的职员知道，上次我在不知情的情况下，选了一个我讨厌的设计师并进行推荐，这让我十分不开心，所以，这回有人通过不知名的渠道，将叶深深决赛的设计弄到了手，并送到了我的手上。在你看过之前我并不知道真假，但现在看你的表情，我可以肯定了。"

沈暨紧咬着下唇，一瞬间将所有人在脑中都过了一遍，第一时间锁定了叶深深的室友伊莲娜。叶深深的设计，在顾成殊还未提醒她之前就已经开始，伊莲娜只要在当时有机会瞥一眼，就可以将这件拥有强烈特色的衣服记住，然后原样画出来，送到艾戈的手中。

至于是艾戈授意，还是伊莲娜主动，就不得而知了。

而艾戈带着冰冷的笑容，目光转向桌上台历，说："很遗憾，明天就是决赛了，就算你们想临时更换决赛礼服，也已经没有时间了。不管叶深深设计的成品到底怎么样，都让她做好准备吧。"

沈暨只觉得心里涌起巨大的悲恸与恐惧，他所有的挣扎，似乎永远都无法脱离艾戈的掌控。

好像总是这样。只要是艾戈想对付的人，即使付出再大的努力，即使再拼命再用心，可最终还是会在他的攻击面前溃不成军，最终在他一弹指之下，化为灰烬。

即使是握着他的手，对他说要一起抵抗艾戈的叶深深。即使那时她对他说，我会。

然而，终究一切都是梦幻泡影。

他没有办法脱离艾戈的罗网，没有办法反抗这重压而来的命运，没有办法逃脱加诸于他的一切。

沈暨不知道自己是怎么离开艾戈的，他只记得艾戈的最后一句话是——"让叶深深准备好吧，明天她会得到应得的一切。"

他走出安诺特总部，在面前林立的高楼之中，一时迷失了方向，不知自己该何去何从。他茫然地在街上站着，尖利的呼啸声在高楼的缝隙间涤荡，长风迴回，世间一切都仿佛动荡不安。

他觉得自己应该要告诉叶深深这件事，但又觉得于事无补，一切都已经是这样了，除了让她提前知道绝望的结局而难过担忧，又有什么用处？

他觉得自己该去找巴斯蒂安先生商量一下，可巴斯蒂安先生毕竟是安诺特委任的设计总监，就算他帮助叶深深，可跟随艾戈的人比比皆是，他又能挽回多少？

这个世界上，能对抗艾戈的人，还有谁？

在最终的绝望之中，沈暨拨出了顾成殊的电话。

听到那边传来的声音，沈暨才稍稍地安定了一些。

他站在巴黎街头，抬头望着天空的阴霾，问电话的那一头："如果艾戈有弱点的话，那会是什么？"

顾成殊在那边沉默片刻，然后说："没有。"

"可我必须找到，不然的话……"他将后面的话语，全部硬生生地吞入口中——不然的话，他将无法拯救叶深深。

顾成殊却仿佛察觉到了他后面要说的事情，沈暨听到他走出房间的声音，在外面的风声中，问："不然，他会怎么对付叶深深？"

沈暨默然抿唇，许久，才轻声说："他拿到了深深的决赛作品设计图。"

顾成殊在那边"嗯"了一声，没有发表任何意见。

但沈暨知道他是知晓所有后果的，所以他继续说了一遍："所以，我不能让这一切发生。"

顾成殊没有说话，在电话那一端，传来的尽是呼啸风声，与巴黎的风一样大，与此时在沈暨头顶流动的云朵一样急促的频率。

"我知道是什么，但我不会告诉任何人，尤其是你。"

等了很久，那边终于传来顾成殊的声音，却是拒绝。

沈暨一时竟不知自己该如何逼问，他张口想要说什么，然而呼啸的风擦过他的双唇，如同利刃，他一时之间竟不知该如何出声，只能茫然地站在阴霾之下，看着天色越发晦暗。

所有一切的冰冷黑暗，似乎都笼罩在了他身上，逼得他不得不屈膝低头。

无法呼吸，不能言语。

仿佛在一瞬间，窥见了这个世界最可怕的恶意。

唯有顾成殊最后的话，清清楚楚地在他耳边回响："一切该来则来，无处可逃。我们无法强求。"

第二十四章
夜半

明天下午两点就要进行最终的决赛。

制作完成的礼服，挂在衣架上，叶深深一寸一寸地进行最后的审视。

香根鸢尾，六片蓝紫色的花瓣，三片花瓣向上聚拢，优雅地托举遮掩着上半身，三片花瓣向下卷拢，包裹住下半身。在上下花瓣的相接处，是弧度自然纤削下来的腰身，恰到好处地被细细箍住。因为全身包裹在六片立体的花瓣之中，在行走之间，会似有若无的走光现象，但七层薄纱掩盖了所有的秘密，只能在偶尔的闪烁之间，窥见薄纱后点缀的水晶，仿佛水波偶尔的轻微激荡。

从整体到局部，从走线到颜色，两三层轻纱后的水晶珠与胸口似有若无的水波薄纱，全都一一检查过，确定无误之后，叶深深才松了一口气，将它小心地挂回衣架上，带着激动又兴奋的心情，再次端详着。

身后传来沈暨的声音，问："弄好了吗？"

"好了。"她回头对沈暨笑一笑，说："就等着明天大放光彩，让所有人为我惊叹了。"

"嗯，这确实是一件足以让全场屏息静气的礼服。"沈暨抬手轻抚着礼服，端详着这娇嫩柔软的布料、细致入微的染色，"精确异常的细节掌控，游刃有余的全局把握，引人入胜的意境传达……"

他说到这里，将手轻轻地拂过整件衣服，转头认真地看着她，声音低沉而坚定：

"深深，这将会是你的一件里程碑式的作品。在将来，你可以将它扩充成为一系列的水中花设计，就算是以后你有了再多再美的衣服，我相信，盘点你最好的作品时，这也将会是其中无法忽略的一件。"

"真的吗？"叶深深欣喜又羞怯，她也知道，虽然沈暨从不掩饰自己对别人的欣赏，但他所说的话，绝对都是发自内心的，从不虚伪。

沈暨看着她的笑容，心里那种恐惧与悲哀又慢慢泛了上来。

原本，深深可以在这边过得非常好，她会得到所有人的欣赏，会顺利成为巴斯蒂安工作室的一员，会按部就班地在安诺特集团成长为顶级的设计师，功成名就，万众艳羡……

然而，他把一切都毁掉了。

如今面带幸福笑容的她，并不知道面临着她的，将会是怎样的明天。

他不敢想象，在发现自己如此完美的作品却遭遇了恶意低分的时候，她会是什么样的表情。

在上一次，方圣杰工作室进行终审的时候，她也在不知情的情况下坠入深渊。她当时的神情，让他现在想来，还觉得心痛不已。而这一次的绝望处境，又有谁能够在最后时刻弥补给她一份惊喜呢？

他黯淡的神情让叶深深诧异不已："沈暨，怎么了，不舒服吗？"

他听她这样说，才发觉脸上冰冷，他抬起手发现自己满额都是冷汗，想说什么却又喉口噎住，只能迅速转身进了洗手间，关上了门。

他开大水龙头，将冷水泼到自己脸上，强迫自己镇定下来。

而叶深深担忧地站在外面，轻声问："沈暨，你没事吧？"

她关切的声音，让他胸口翻涌的恐惧，渐渐地平息下来。

没有什么……并没有什么。他告诫着自己，然后将门拉开，不顾自己头发上还在滴水，只按着额头，轻轻地说："没事，我好像有点难受。"

叶深深看着水珠从他的脸颊滑落，顺着手掌一直流向手肘。他的袖子已经沾湿，然而他似乎毫无感觉，只是捂着眼睛，不泄露自己任何的情绪。

叶深深定定地看着他，许久，才问："出什么事了吗？"

沈暨摇摇头，低声说："最近有点累，我可能感冒了，得赶紧吃点药休息一下。"

叶深深有点迟疑："有药吗？"

"有的，别担心。"沈暨的脸上终于挤出一个艰难的笑容，"这几天你也累坏了，赶紧回去好好休息吧。明天十一点我去接你，记得准备好。"

叶深深点点头，看着他不说话。她的眼中满是疑惑与担忧。

"放心吧，深深……"他慢慢地，就像发誓一般地说，"明天一切都会没事的。"

叶深深走出沈暨住处，看着外面的夜色，静静地站了一会儿，然后沿着街道前往地铁站。

在等车的时候，她拿着手机，看着上面那个号码很久很久。

要打给他，还是不打给他呢？

她抬头看向正在徐徐进站的地铁，在心里说，待会儿第一个下车的人，若是女的，那就打给他，若是男的，那就不打了。

地铁车厢停稳，门缓缓打开，第一个下来的是个大腹便便的男人。

她叹了一口气，拿着手机上了车，靠在车厢壁上，继续盯着自己的手机。

待会儿地铁门开了，上来的第一个乘客，若是女的，那就打给他，若是男的，那就不打了。

似乎上天压根儿就不赞成她联系顾成殊，下一个进来的，又是个男人。

她握着手机，站在微微起伏的地铁上，静立了许久，然后再也不看上下的人，将指尖点在那个号码上，拨了出去。

果然，响了好久好久，没有人接。

她在心里暗暗叹了口气，正等着那句冰冷的电子拒绝声响起，谁知就在此时，电话被接了起来，顾成殊略带冰冷质感的声音自那边传来："叶深深？"

她呆了呆，一是因为他居然接起了电话，二是因为他对自己的称呼，又回到了叶深深。

短暂的沉默之后，他的声音再度传来："有事？"

叶深深这才醒悟过来，赶紧说："明天下午两点，就是青年设计师大赛的总决赛了，到时候，顾先生会来现场观看吗？"

顾成殊毫不犹豫地说："不，明天我没时间。"

被回绝得如此干脆，而且连个理由都不需要，叶深深一时间呼吸都停滞了一下，然后才狼狈地说："对不起，是我打扰您了……"

他没有理会她的道歉，只问："还有其他吗？"

"还有……"叶深深只能拼命地寻找着理由，寻找能与他再多说几句话的借口，"顾先生，没有你在身边，我很担心也很害怕，我怕明天的比赛，我……我又会出什么事……"

因为，沈暨看起来就有点怪怪的……

"有什么好担心的？"他的语调依旧拒人于千里之外，"如果你获得了优胜名次，实力受到了众人的肯定，那么你以后就能顺理成章地在巴斯蒂安工作室和安诺特集团工作下去了，以后光辉坦途正等着你。"

叶深深迟疑地问："那，如果我失败了呢？"

他的声音不带任何波动，平淡至极地说："那就说明我以前是高估了你，而你也不值得我再付出什么，可以直接回去开你的网店了。"

听着他如此冰冷的话语，叶深深只觉得那些冷言冷语也一点一点地渗入了自己的心口，让她的胸口洇出大片的冰凉。她握着手机，在不断前行的车厢内，看着窗外飞逝的黑暗，用轻微颤抖的声音说："顾先生，我还以为，你是觉得我和别人不一样，才会带我到这里的。"

他停顿了三四秒时间，然后竭力轻描淡写地说："不，你误会了，我只是在寻找一项值得的投资。"

"那么，既然已经为我投入这么多了，顾先生连我这次比赛的新设计，都不愿意看一眼吗？"

她轻颤的声音在顾成殊的耳边响起，跟着几百公里的距离，却依然拥有令他无法抵抗的杀伤力，让他在瞬间差点因为她哀求的口气而屈服，只想着立即飞奔到她的身边，不管不顾地将她紧紧拥入怀中，再也不要让他们的躯体之间出现丝毫的空隙。

然而，他咬紧牙关，以绷紧的下巴弧线，克制住了自己那几乎要决堤的情绪，最后吐出来的，却是僵硬的一句："有沈暨帮你，我相信你会做得和设计图上一样完美。"

叶深深再也说不出任何话。

她所有的借口都已经被顾成殊击溃，再也没有求他的理由，甚至连听他说话的机会都已经没有。

她再说不出话来，而他却没有立即挂掉，他的呼吸声在电话那端持续轻微地响着。

叶深深也没有将电话按掉，她将手机竭力贴近耳朵，想更清晰地听到他的声息。

而他久久地沉默着，到最后，终于模糊地说了两个字："深深……"

叶深深愕然睁大眼睛，几乎要下意识地应答时，耳畔却只传来忙音，他已经把电话挂断了。

地铁还在向前疾驰，前方漫漫的黑暗似乎无休无止。

叶深深茫然地凝望着窗外不太均匀的黑色，安静的车厢内，她的耳边仿佛还在回响着刚刚顾成殊那最后的一声"深深"。

那么温柔，那么缱绻，那么依恋，怎么就这么消失了？

这不是她的幻觉，他是真的不像表面对她这样冷漠。

那么，是从什么时候开始呢？

为什么一夜之间，顾先生对她的态度就完全变了呢？

明明前一次见面时，他还带她去看珍珠，并温柔地哄她至少要买一颗戴着玩，然而下一次见面的时候，他已经态度生硬而决绝地表示，自己要回去，不给她任何机会。

这里面发生了什么？

发生了……沈暨车祸，艾戈戳穿自己当初暗恋沈暨的事情，而艾戈与顾成殊那么熟悉，他们之间，是不是也曾经有过什么交流？

交流什么呢？叶深深茫然地想着，手中的手机滑落在地，掉在车厢地面，一声重响。

关于她喜欢沈暨的事情，关于她与沈暨在暗夜的河道边相拥的事情，关于她去沈暨家中照顾他并且两个人一起睡在客厅的事情……

所以即使她追到伦敦，顾先生还是一言不发地离开了她，却叫来沈暨帮忙照顾她。

她呼吸急促，后背一层薄薄的汗迅速地渗了出来，简直让她连站都站不住了。

她蹲下来，捡起自己的手机，用颤抖的手重拨着那个号码。

然而对方已经关机了——不，他不会关机的，他只可能是将她的号码屏蔽了。

他再也不会联系她了。

她蹲在地铁的车厢内，死死地握着手机，在暗夜的地铁上，仓皇颤抖。

地铁一直在茫茫黑暗中前进，一刻不停地向前行驶，可她在忽然之间，竟然不知道自己身在何处，不知道自己从哪里来，又要往哪里去。

伦敦的夜与巴黎的夜似乎并没有什么不同。

虽然多了一些潮湿的雾气，少了一些月光的明亮，但夜晚就是夜晚，万籁俱寂，无声无息。

顾成殊将叶深深的号码屏蔽后，默然停了许久，终于手指一松，尘埃落定。

再也不愿意去想，他将手机丢在茶几上，靠在沙发上盯着它，仿佛那不是一部手机，而是被自己彻底拖入监牢的所有过往。

一动不动地坐着，也不知多久，他终于自嘲地笑笑，起身走到楼上去。他的脚步镇定无比，动作也毫无凝滞。过去的都已经过去，该断绝的也已经断绝，他觉得不可能会影响到自己一分一毫。

安安静静地靠在床头，翻了几页《Sky&Telescope》杂志。天文杂志有时候就是这么利于催眠，他恍惚在广袤的宇宙之中，看到微不足道的一个星系之中微不足道的自己与叶深深，他们之间发生了一些微不足道的事情。

是，这个世界上，哪有什么光芒万丈的永恒之星？过去，现在，未来，他们都是茫茫人海之中的一粒尘埃而已。

他终于觉得困倦，在一片安静之中沉沉睡去。

沉睡之中他看见茫茫的惨白灯光，笼罩在周身。周围一片刺目的白，令人觉得全身寒冷得如浸冰水。

他站在走廊之外，听到母亲的声音，轻微而虚弱，却带着隐隐的回响，在他的耳畔，贯穿了他二十多年骄傲的人生，将一切美好的假象击得粉碎。

她说，成殊与我一样，都只是微不足道的尘埃。这样的人，来这个世界或者不来，又有什么区别？

母亲去世的那一日，是天气阴沉的春日，树梢的绿色浓重得几乎要滴落下来。照顾过她的护士遇到了他，用不解的神态告诉他，死者生前最后留下的话，是希望他与叶子的主人结婚。

其实他认识叶子的主人。母亲选择自杀是因何而起他非常清楚，所以他在看见那个获得国际小奖项的设计图时，立即注意到了那上面的叶子签名。他早已去找过对方，那时候，如果他不是因为母亲的变故而心烦意乱，他早就应该察觉到，路微甚至没注意到自己设计图上的叶子签名——因为它用朱红色笔签在艳红色衣角，又那么简洁，如果不是他早见过那签名，他也会认为那只是衣服的纹路。

他希望她能在母亲恢复之后，过去相见，路微答应了。然而母亲终究没有好起来。几日后，身体机能衰竭的她终究离去，他被摒弃在急救室之外。

他想，或许是因为知道他已经找到叶子的主人，所以母亲才会突然清醒或者糊涂了那么一瞬间，让他和对方结婚吧。

那是他人生的最低谷，他面对着母亲的伤心失望，还有郁霏的幡然背叛。于是他迅速地准备好了一切，准备闪婚。即使得不到家族承认，即使没有一个人理解，他也一意孤行。

直到，她突如其来地冲到他面前，轰然摔倒在大堆的花瓣之中。

那些花瓣如同冰刃一样向他袭来，硬生生地刺入他的肌肤，避无可避，切肤之痛。

顾成殊再也忍耐不住，猛然睁开眼睛，扶着自己的头坐了起来。

死寂的夜，暗沉的黑，凝固的空气。

难以忍受的他终于下了床，走到窗前，将窗一把推开。

潮湿的雾气，带着草叶尖上弥漫的苦涩气息，向着他扑面而来。他无法睁开眼睛，揾着自己的额抵在窗上，低垂的头埋在双肩之中，无法抑制地微微颤抖。

许久，他光着脚，在黑暗中下了楼，将丢在茶几上的手机打开。

午夜两点，屏幕上幽暗的光让他眼睛略有酸痛。被屏蔽的号码还安安静静待在里面，却不再显示对方的名字。

叶深深。

他竭力想要抹除的这个名字，却在他的脑海之中，声嘶力竭地响起来。

她的眼睛，在看向自己的时候总是亮起来。她唇角微弯，叫他顾先生的时候，有时候惶惑，有时候欢喜。她微笑或者哭泣的时候，鼻子轻轻地皱起来，如同一个无措的孩子。

他说，叶深深，这个承诺的有效期，是一辈子。

她点头说，好。

没想到最终，是他背弃了。

他茫然地抬手将叶深深的号码从屏蔽之中重新拖出来，盯着看了许久，终究还是将手机关上了。他在地毯上坐下，拉开茶几的抽屉，将里面的小盒子取出来，打开看了看。

光华内敛的一对黑珍珠袖扣，对他而言并不算贵重的东西。然而，却是她深夜在门口苦苦等候着他，亲手捧到他面前的东西。

如果他们就此再也没有瓜葛的话，也可能，是她留给他唯一的东西。

这个念头让他全身所有的神经都绷紧了，一种类似于恐慌的寒气，从他赤裸的脚底升起，一直蔓延到头顶，让他全身都僵硬了。

他就这么一动不动，坐在黑暗之中，仿佛失去了所有的力量，再也无法对这个世界有任何反应。

回到自己九岁时待过的地方，沈暨却一点回忆的感动都没有。

当年的两个孩子都已长大，再度坐在曾经的露台上，俯瞰下面的玫瑰园，浓郁的花香被夜风远远送来，令人迷醉。

艾戈转头端详着沈暨平淡的面容，问："你还记得，当初和我在这里共同生活的那两个月吗？"

沈暨说："我对于不愉快的事情，向来忘记得很快。"

"而我则恰恰相反，没有多少人能让我不愉快，但如果有，我一定会用尽各种手段反击他，直到他再也没有这种能力。"

沈暨默不作声，只隔着栏杆看着那些黑暗中的玫瑰花丛。被暗暗的灯光镀上一层金色的花朵，泛着丝绒般的的光泽，美得毫无生机。

他想象着自己母亲在这些玫瑰中徘徊的情景，但终究失败了。他十几年来与继母的感情很好，生母则与他在九岁后就很少见面，一见面又总是抱怨他不够爱她。他在巴黎寥寥数年，她又华年早逝，到现在在他的心中印象难免模糊，只剩下一些照片，他经常看一看，免得忘记她的样子。像她这样需要很多很多爱的人，要是知道自己的儿子已经对她的印象不太深刻，在地下也肯定会难过的。

所以他开口问艾戈："我妈妈喜欢这座玫瑰园吗？"

艾戈顿了一下，然后说："不，她更喜欢交际。"

"这一点，我们很相像。"沈暨说着，略带伤感地低下头，看着自己杯中的红茶，又说，"真奇怪，之前我做你的助理两年半，可我们却从未触及过这个话题。"

仿佛他们都在竭尽全力避开，尽量不去想起那些，而此时在他的家中，话题似乎脱离了应有的范畴。

"两年半……"艾戈思忖着，然后缓缓说，"其实你是个不错的助理，至少，在那两年半中，我对上班没有太过厌倦。"

沈暨瞄了他一眼，心想，我还以为你对工作犹如盛夏般热爱呢，一年三百六十天加班的可怕人物，害得我也从来没有按时下班过。

艾戈似乎很愉快，他交叠双腿，以一种最轻松的姿势靠在椅子上，脸上也呈现出一种似笑非笑的神情："我可敬的前助理、差点共处同一屋檐下的弟弟，我知道你是为什么而来。但你将这件事看得这么重，甚至第一次找到我家中来，还是在这样的深夜，倒让我有一种错觉，觉得你愿意付出一切来换取你想要的，对吗？"

沈暨皱眉说："别故意讲些让我郁闷的话了，你明知道就算我坐在家里不动，你也对这件事情的影响力有万分的把握。"

艾戈的脸上露出了难得的愉快表情："这么说，我可以随意开价了？"

沈暨抿紧双唇，点了一点头。

在这样的时刻，他竟然什么都没想，大脑一片清明。或许是，他来找他之前，就已经做好了最坏的打算，所以无论发生什么，都已经不重要了。

重要的是，深深。他一定要帮她挡住这冲他而来的焚天怒火，让她独善其身。

"其实两年半是个很不错的时间，不长不短，刚好够我们相看两厌，闹翻后一拍两散。"他听到艾戈的声音从容不迫，游刃有余，既不逼得太紧，也不给他还价余地，似乎是相当合理的价码，"再当我两年半的助理，怎么样？"

他端起茶杯轻啜一口，看着沈暨，等待答案。以这慢条斯理又温文尔雅的态度，表示给沈暨充分的思考空间。

然而沈暨知道，他并没有给自己任何空间。叶深深在安诺特的发展，大约也是两三年，而他在这边为艾戈工作的时间，换来叶深深在巴斯蒂安工作室学习的时间，也算是等价交换，公平合理——非常合适的时间，几乎可以算等价交换。

对方没有坐地起价，他也坦然接受，说："好啊，我失业这么久，终于再度得到一份工作了，非常感谢。"

居然答应得这么快，让艾戈不由得闪过一个念头：应该开价二十五年试试。

"事先说明，我的交换条件是，我不干涉比赛的任何内容，不动任何手脚，而并不是承诺让叶深深获得荣誉。"

说到叶深深，沈暨眼中顿时有了光彩，甚至脸上也出现了笑容："没关系，只要没人干涉，那么最后惊艳所有人的，必然是深深。"

"你对那个小丫头，很有信心的样子。"艾戈说着，眯起眼睛，审视着他的表情，"还有其他条件吗？"

"有。"沈暨想了想，端着茶杯的手慢慢地放下，将自己白皙修长的五指摊在他的面前，说，"不许再用东西砸我的手，那很疼。"

第二十五章
相拥

比赛从下午两点开始。

中午十一点，沈暨如约来接叶深深。

本次比赛的会场设在安诺特总部附近的一个酒店中，辟了一个并不大的秀场，但请的模特都是专业的。他们可以在酒店里面吃过午饭之后，去后台将自己的作品最后打理一遍。

"紧张吗？"沈暨靠在门上，看着在里面收拾东西的叶深深。

她点点头，抬手按在胸口，然后低声说："一点点。"

因为，最能让她安心的人，不在这里。在她最紧张最无助的时候，他不能给她投以最坚定的目光，不能握住她的手，不能像上次一样，给她一个吻——哪怕是在额头上。

沈暨转头看向正在里面的伊莲娜，口气淡淡地和她打了个招呼："去上班啦？"

伊莲娜点点头，自然地拎起自己的包，然后对叶深深说："抱歉，我可能无法去现场替你加油了，祝你成功哦。"

"谢谢。"叶深深挤出一丝笑容，朝她点头。

伊莲娜走过沈暨身边，侧头朝她微微一笑。

而沈暨则以轻松的口吻说："安诺特先生让我替他感谢你。"

伊莲娜呆了呆，然后不自觉地转头看向叶深深。

叶深深不解其意，依旧在收拾自己的包，特地带上了充电宝。

伊莲娜回过头，朝着沈暨微微一笑："这是我应该做的。"

沈暨再没说什么，目送她袅袅婷婷地下楼。

叶深深一边拎着包锁门，一边问沈暨："怎么啦，什么是她应该做的？"

沈暨跟着她下楼，随口说："她把艾戈想要的东西交给了他。"

"哦……"叶深深说着，慢慢地走下楼梯。在上车之后，她才若有所思地问："是我的礼服设计图吗？"

沈暨错愕地回过头看她，原来她早已知道此事。

"因为，我看见了你昨天那样的神情……而我的设计和成品是没有任何问题的，所以我想，很可能是艾戈找到了可乘之机。"见沈暨眼中肯定的目光，叶深深心中最可怕的预想被说中，她的脸色苍白，连身体也仿佛支撑不住，无力地靠在椅背上，"我也打电话给顾先生了，但是他……他似乎没有兴趣再过问我的事情了。"

沈暨看着她，知道自己再不需要说什么了，所有将会发生的一切，她都已经了解了。

她预想自己将会在比赛中一无所获，她将无法兑现与艾戈的赌赛而最终被迫离开，而且，她很可能会受到打压，从此再也无法接触高端设计，只能混在底层之中。

所有的一切，都将被毫不留情地剥夺，再没有其他可能。

沈暨笑了笑，目光落在后座的纸箱上，低声安慰她说："其实，也并没什么大不了。我们可以回国内去继续开我们的网店，现在电子商务发展得这么快，说不定我们也能有扳倒传统品牌的一天……"

叶深深沉默良久，用喑哑的声音回答："是，专心去开的话，或许能赚很多很多钱，开实体店，成为一个牌子……"

然后呢？永远只是一个街牌，和青鸟同等档次的东西，甚至和她待过的那些服装工厂一样，永远跟着别人创造的流行亦步亦趋，永远没有自己能创造的东西，即使卖得再多，依然没有意义。

只比被顾成殊撕掉的爆款，多那么一点点自尊。

顾成殊，想到这个名字，叶深深就像抓住了唯一的救命稻草，她望着沈暨，喃喃地问："或许，顾先生不会就此放弃我的。"

沈暨当然明白她的意思。他摇了摇头，轻声说："不，我猜想，他可能不会回来了。"

"为什么？因为顾忌艾戈吗？"

"不，是顾忌我。"他艰难地说，"艾戈误导了他，成殊不会帮助你了。"

叶深深望着他，她自己也在奇怪，昨晚自己所有的猜测都成真之时，她心里居然一片沉沉死寂，并没有掀起太大的波澜。

"我知道……他已经不接我的电话了，连过来看我比赛的打算都没有。"叶深深低下头，慢慢地说，"等比赛结束后，我会去伦敦找顾先生。"

她会在他家门口再等上那么长时间，或者更长。

她要告诉顾先生，自己的心。

沈暨紧抿双唇，努力使自己的语气平静一点："不过，情况应该也并不会这么糟糕，等这次决赛过后，应该就好了。"

前方红灯闪烁，沈暨停了下来。他的手按在方向盘上，转过头望着她，眼中，全都是深深的幽暗与静默。他缓缓地说："别担心，深深，无论如何，我始终都站在你身后。"

即使在这样的低落抑郁之中，叶深深也深刻感觉到了他话中的慰藉与安抚。无论比赛的结果如何，无论顾先生会不会背弃她，至少在这个世界上，他会做她的同盟，永不背离。

"谢谢你，沈暨。"叶深深望着面前车水马龙的街道，因为涌上心头的万千感触，眼中蒙上了一层氤氲，但她却用力地闭上眼睛，不让自己的脆弱弥漫，"不过，我相信我不会失去顾先生的。"

沈暨静静地看着她，没说话。

绿灯亮起，沈暨带她驶过十字路口。叶深深的手机忽然响起，急促地打破他们之间的沉默。

叶深深拿出手机看了看，发现是伊文，便立即接起来，问："伊文姐？"

"深深，你见到顾先生了吗？"猝不及防地，她那边传来急切的问话。

叶深深呆了呆，然后下意识地说："可我在巴黎呢……"

"他早上出发去巴黎了，没有跟你说吗？"伊文焦急地问。

"他……过来了？"

伊文咬牙切齿，那怨念几乎可以从电话那头爬过来："废话！我昨天刚赶回欧洲，时差都没倒过来，结果他凌晨两点多打电话给我，让我帮他推掉今天的所有工作，说他必须要来巴黎！"

叶深深低声说："可我不知道啊，他好像屏蔽我电话了。"

"不可能吧！我问他的巴黎行程，他说，要替你做最后一件事。"伊文反问，"你觉得他既然能在凌晨两点下了决心，还能继续把你关在小黑屋中吗？"

叶深深觉得心口涌过也不知是欢喜还是难过的血潮，这感觉让她有点晕眩，握着手机竟不知如何说才好。

伊文那边又问："不说这个了，你还没见到顾先生？"

"是啊，他没有联系我。"

"我的天啊，急死我了！我也联系不上他，电话一直没人接。算算时间，他现在应该在海底隧道中——你还不知道吧？隧道出事了！"

叶深深的心猛地一跳，问："出什么事了？"

"被压制了这么久，难民潮终于赶在今天冲击英法隧道了，你居然不知道？"伊文都快疯了，"连环车祸！如今正在统计死者数量呢！"

叶深深的心猛地一跳，随即便仿佛停止了跳动。

她的眼前，忽然有幻影一闪而过。那是她在乘坐欧洲之星时，看见的那个难民。他血肉模糊地挂在卡车上，然后，一松手便掉了下去，从此，可能再也不存在于这个世界。

伊文的声音太响，在车内的沈暨听到了只字片语，便立即打开了电台。

果然，连环车祸正在报道中。因为两国政府在商议遣返难民的事情，所以难民营中数百名难民选在今日集体冲击英法隧道，有人剪开了防护网，有人爬上了隧道口上方，有人攀爬并翻越桥梁护栏，争先恐后地爬车、跳车前往英国。在一片混乱之中，海底隧道车辆为了避让难民，发生了连环追尾事故。如今几百辆车堵在隧道之中，许多人报警称有受伤者，甚至还有人可能有生命危险，但因为救援车辆无法进入，所以目前一切情况尚未清晰，只能等待搜救工作的开展。

叶深深脸色惨白，立即给顾成殊打电话。

电话通了，他果然将她从屏蔽中拖出来了。

但是没有人接，和伊文的情况一样，无人接听的铃声一遍遍响起，机械得让人无法忍受。

电台里还在继续播报，目前搜救人员已经进入车辆密集区，第一名伤者已经上了担架，正在运送出来。现场有更多伤者急需救助，请车辆不要再进入该区，尽量避免影响救助工作……

就在电台现场播报的嘈杂声中，叶深深耳边那机械的响铃音忽然停止，电话接通了。

那边传来的，是隐约的，但确实与电台一模一样的吵闹喧哗声，但没有顾成殊的声音。

叶深深急切地叫出来："顾先生！你在哪里？"

沈暨关了电台，将车子靠边停下，转头静听她这边的动静。

然而那边只有嘈杂的声音，甚至那声音是扭曲的，不像是正常的声音，令人觉得诡异而毛骨悚然。然而，就像是隔了很远很远的地方，顾成殊的声音终于微弱地传了过来："深深——"

他这一声呼唤，非常远，像是竭尽了全力才发出的，甚至有些沙哑与凝滞。但在后面的喧闹背景中，却让叶深深一下子分辨了出来，那高悬在喉口的心重重跳动，她的眼泪差点涌出来："顾先生，是我，你那边……还好吗？"

然而，咚的一声轻响之后，一切又归于遥远的杂乱声响，顾成殊的声音再也没有出现。

叶深深徒劳地抓着手机，一声一声不肯放弃地叫着"顾先生"，然而再也没有任何的回应。

她不肯关掉手机，只惶急地抬头看沈暨。

沈暨抬手揉了揉她的头发，他的手也在微微颤抖，但还是勉强开口说："放心，应该没事的。"

说着，他火速拐了一个弯，开车向着海底隧道那边直冲而去。

叶深深握着手机，为了更清楚地听到那边的动静，她开了外放，紧紧地攥着它，隔几秒钟叫一声"顾先生"，然而始终是绝望的，那边再没有传来任何声音。

在海底隧道入口外三公里处，他们的车子被拦了下来。交警告诉他们，入口已经封闭，里面所有的车都在艰难撤离中，不可能再放车子进去了。

"可我们有朋友在里面出事了，可以允许我们开到入口处，进去寻找他吗？"沈暨问。

"对不起，很多人的朋友都被困在里面，而且为了你的朋友好，你不可以进去堵塞入口，阻碍运送伤员的工作。"

沈暨咬牙握紧了方向盘，看看时间，只能无奈转头看叶深深，说："比赛快要开始了，我们得赶紧到达现场。"

时间已经快到下午一点，即使现在立即回去，也需要一路狂奔才能赶上。

叶深深扭头看着后座盛放礼服的箱子，再看看前方的道路。被封住的道路尽头，是依然堵在那里的车辆长龙，在浮着一层灰雾的天空下，漫长得令人绝望。

叶深深的手，依然紧握着手机。长时间地维持这个动作，又抓得太紧，她的手有点痉挛，但她依然舍不得松开哪怕一点点。

她的胸口急剧起伏，眼中的神情又是绝望，又是悲恸。

她的未来，她的人生。

她展翅高飞的梦想，她无法舍弃的荣耀。

还有，对她说出，承诺的有效期是一辈子的，顾先生。

像是被巨大的利刃贯穿胸口，她的目光盯着前方天边处，茫然而绝望地，对着手机又喃喃地唤了一声："顾先生……"

静默之中，两三秒之后，电话断了。

只剩下急促回响的忙音，不停地响起，机械冰冷，却在这一刻，比任何东西都更为可怕。

叶深深终于再也忍耐不住，眼泪夺眶而出。

她紧握住手机，抬头看着沈暨，说："我得去找顾先生。"

她推开车门，就要从车上跳下去。

沈暨一把抓住她的手臂，抓得那么紧，那里面，尽是绝望的力度。

他说："深深，我们说好的梦想呢？"

叶深深回头看他，满是眼泪的面容上，却没有一丝犹疑。

她哽咽地，用力挤出喉口的话，说："可是沈暨，我们的梦想并不只有这一条路，而顾先生……这个世界上，只有一个。"

"你去了又做不了什么！可你如果不去比赛，你所有的前途、未来、梦想就全都没有了！"沈暨固执地紧握着她的手，低低地说，"你不知道我为你这场比赛，付出了什么，但请你不要将我的心意这样践踏掉……"

叶深深的目光，顺着他紧握自己的手，一点一点地上移，望着他的面容。

而他黯淡地苦笑着，轻声说："我和艾戈做了交易，我会重新回去做他的助理，换来他不对这次比赛结果动手脚的承诺。"

叶深深晕眩地透过眼前的泪光看着他，颤声叫他："沈暨……"

"走吧，去参加比赛吧。"沈暨拉着她，几乎哀求般地看着她，"这边现场这么混乱，你根本无能为力的，甚至可能在骚乱中受伤。而且我想，成殊肯定也不会愿意看到，你放弃了这场足以决定未来的比赛。"

叶深深低垂着头，因为惶惑而凌乱的头发，被她的泪水与薄汗粘在脸颊上，让她看起来狼狈至极。

然而，她抬起头，蒙着泪水的目光，却是如此坚定而又平静。

她说："对，我知道他不会愿意……但这回，我不听他的。"

沈暨悲切地望着她，一动不动。而她从他的手中，慢慢地抽回了自己的手，准备下车。

她听到沈暨用呢喃般模糊的声音说："深深，你真的这么喜欢成殊？"

叶深深的手抵在车门上，迟疑了两秒，然后轻轻地说："不，我爱他。"

爱着那一路来风雨兼程，并肩携行，永远遥遥在望的那条身影。

她这决绝的语调与姿态，让沈暨笑了出来，那笑声略带颤抖，就像是努力从胸口挤压出来的一样。

"放心去吧，深深，其他事情，我帮你搞定。"

混乱的车流，喧嚣的人群，杂乱的场面。

叶深深沿着排成长龙的车子，一直往前方跑去。

为了最终的比赛，她穿的是七厘米高跟鞋，在鞋跟卡进了排水沟之后，她毫不犹豫便放弃了它，光脚踩上了道路，忍着脚下的硌痛，向前方奔去。

仿佛无穷无尽的车流，仿佛望不到边的人群。

她徒劳地，却依然竭力地向前跑去。

在纷纷向外撤退的人群中，只有她一个人是向里面走的。她在逆行的途中，双手紧握着手机，不停地拨打着那个号码。

关机，关机，一直在关机。

但是，或许又开了呢？

她明知道不可能，却还存着这绝望的妄想，在向着隧道口走去时，一直这样固执地想着。

一具担架正从隧道口被抬出来，上面的人浑身是血，奄奄一息。

旁边的人看着这情景，全都露出心惊肉跳的表情。

叶深深却顾不上害怕，抓住一个从里面出来的女孩子问："请问，里面还有人吗？"

女孩点头："还有很多，有重伤的，也有已经没有意识的，天啊！太可怕了……"

她放开了那个女孩，堵塞了胸口的紧张与担忧让她全身冷汗都冒了出来，原本痛累不堪的脚又注满了力量，她迅速往里面挤去，进入隧道。

幽深的隧道内，无数的人正撤出来。长达五十公里的隧道，中间的人就算走出来也需要好久，闹哄哄的声音在里面回荡，形成一种奇异的扭曲效果，与她在手机中听到的一模一样。

叶深深又拨打了一遍顾成殊的电话，依然还是关机。

她抬头，四下看着从隧道出来的那些人。他们有的捂着脸上的伤口，有的一瘸一拐，更有哇哇哭闹的孩子，还有失魂落魄的老人。

正在此时，脚下传来一阵尖锐的剧痛。她低头一看，有辆载满货的大客车停在自己身边，车上被震碎的玻璃撒了一地。而她光着的脚正踩在碎玻璃碴儿之上，无数锐利的玻璃已经刺入了她的脚底。

她这才感觉到歇斯底里的痛。疼痛让她重心不稳地靠在身旁的车上，手拼命地按着车顶，才让自己的身体站直，不至于倒下。

她踮着脚尖，想要找一个可以倚靠的地方，可身旁全都是车子，来往的人流在拥挤中完全不顾她的困境，将无法站立的她挤得东倒西歪。

就在她拼命扒着身后的车子要站稳时，后面一个肥胖的男人从她的身边粗暴地挤过，将她狠狠撞向了地面。

叶深深一声短促惊呼，在混乱中身不由己地倒向地面。

眼看她的脸就要重重砸在地面之时，有一只手忽然从后面伸过来，将她紧紧拉住，然后，另一只手伸向她的膝弯，她只觉得整个身体一轻，已经被横抱了起来。

她看见抱住自己的那个人的面容，在幽暗的隧道之中，苍白而强烈的灯光照得他面容轮廓更加明晰立体，那双幽深的眼睛从浓长的睫毛下一眨不眨地望着她，那里面尽是她不曾见过的迟疑与错愕，让她第一次发现，原来这个人在面对自己的时候，也会露出不可置信的表情。

"顾先生……"她轻轻地，几乎是呓语般地轻声叫他。

他的头发乱了，领带歪了，外套甚至还有点扯破的地方，但他的怀抱还是那么稳定，他没有受伤，也没有出事，真好。

就像第一次见面时一样，他把她抱在怀中，即使在那么狼狈慌乱的情况下，他的怀抱依旧那么稳当，仿佛可以遮蔽所有风雨。

而他低头望着怀里的她，低声问："你怎么会在这里？"

"我……我听伊文姐说，你在隧道这边出事了，然后我打电话给你又不接，所以我就……"

"我的电话掉在车座夹缝里了，车门又被撞坏打不开，手指触到了一点点，接通了，但拿不回来。"他凝望着她，抱着她的双手收紧，呼吸也变得急促起来，"深深……我那时，听到你的声音了。"

叶深深竭力想对他笑一笑，但最终出现在脸颊上的却是温热的泪。她轻轻抓着他的衣袖，轻声说："后来你就再也没说话了，我好担心。"

"嗯，因为我听到你的声音后，急切地想要将它拿出来，结果，却反而滑落到了更深的地方。所以我放弃了它，开始往外走了。我想，我要去找你。"

而叶深深捧着那接通的电话，一直守候到它没电为止。

他的声音近在咫尺，真真切切，再不是电话那头传来的虚幻声音，更不是以往那冰凉的嗓音。

叶深深沉浸在他那不由自主泄露出的温柔眷恋之中，呢喃般地重复他的话："是，我也要来找你。"

"为什么呢？"他静静望着她问。

为什么？

四目相望，那中间许许多多无法说出的话，都在叶深深的喉咙之中。

因为你是与我彼此承诺过一辈子的人，因为你是我走到现在的支撑，因为没有你的话，我不知道以后的路怎么走下去。

然而，最终所有的一切都似乎没有意义，叶深深闭上眼睛，只低低地说："因为我们说好要并肩前进的，一辈子。"

她听到他轻轻的笑声，仿佛怕她看见自己的笑，他低头将自己的脸埋在了她的发间，但那愉快的笑却搅起了轻微的气旋，在她的耳边撩起几缕发丝，在她的脸颊上轻微地触碰，令她心口激荡出无可遏制的波动。

他将她放在旁边一辆车子的前盖上，捧起她的脚检查了一下脚底板。

叶深深顿时脸红了，因为现在她的脚好脏，全都是泥巴，还被几块玻璃扎着，真是一塌糊涂，惨不忍睹。

"别动，我先帮你把玻璃弄掉。"顾成殊却一点都没有嫌弃的样子，捧着她的脚，俯头极其小心地将那几块玻璃轻轻拔出来。

幸好叶深深没有走到玻璃密集处，而且刺进去之后也没再踩在地上，所以都只扎在表皮而已，流的血也已经停止。

他脱掉自己的西装外套，用那柔软的薄羊毛料子轻轻擦拭她的双足，问："还有玻璃在里面吗？"

叶深深摇摇头，说："没有了。"只是伤口还有点疼。

"那我们走吧。"他望着她微蹙眉尖的样子，丢掉外套后再度抱起她，"现在是下午两点半，你的比赛估计已经开始了。"

她才如梦初醒，点了点头，怅然若失地说："是啊，我失去比赛资格了。"

他却问："沈暨没有陪你来吗？"

叶深深点点头："有，但他可能对我放弃比赛而来找你有点失望，就先走了。"

顾成殊低低地"嗯"了一声，并没说什么。叶深深看着他暗沉的目光，立即抓住他的手，说："沈暨和我，是决定一起实现梦想的好友，一起对抗艾戈的战友，所以艾戈拼命在我们面前分化你！"

顾成殊听她一下子说中自己的心事，略有点不自然地别开了脸："我知道。"

叶深深揪住他的衣袖，在心里暗暗地想，哪儿知道啊，顾先生你这么冷静淡定、睿智从容的人，为什么会中计啊！

不过，这是不是也说明，她在他心中，是属于非常特殊的那种，所以他才会这样失常呢？

叶深深有点开心又有点羞愧自己这种自得的想法，不自觉地将自己微红的脸埋在了顾成殊的胸前。

顾成殊却完全不知道叶深深心里从怨念、疑惑到喜悦、骄傲、羞怯走了那么大一圈了，他抱着她一边往外走，一边低声问："你知道沈暨为了你，<u>重新回到艾戈身边做助理了吗？</u>"

"嗯……我知道。"叶深深低低地说。

"那么，他应该会回去帮你处理这件事的，至少，能为你拖延时间。"顾成殊毫不怀疑地说。

叶深深顿时睁大眼睛："真的吗？"

"猜的。"

她顿时无语，只能轻轻将自己的头靠在他的臂弯上。

前路很长，但他的怀抱很稳，对得起他常年自制的锻炼。

他抱着她走在被苍白灯光照亮的隧道中。周围全都是哄闹喧哗，但他们两人却在这样忙乱的时刻，四目相对，不觉忘却周围的混乱。

叶深深得理不饶人，问："顾先生昨晚不是对我说，不会来巴黎看我的吗？"

顾成殊略有些狼狈，声音也有些不自然："我做了个梦，后来失眠了……"

叶深深心想，失眠了和来巴黎有什么关系呢？

"我想了很久你在电话中说的那些话，一直睡不着。我觉得，我可能是被艾戈算计了。"他说着，垂眼看着怀中的她，轻声说，"就算不是被算计，我至少也不应该处于劣势。"

叶深深眨眨眼看着他，假装听不懂他在说什么。

而顾成殊则将抱着她的手收紧了一些，让她贴近自己的胸膛。

他没有说出自己夤夜不眠，辗转反侧想过的那些事情，也没有说出自己一想到以后不能与她再在一起时，心里的那些绝望与痛苦。

那时他赌气地想，虽然她与沈暨有那么多的亲密过往，可他又不是没有。至少，他有那个平安夜与她通宵共守的记忆；他有电梯口那一个吻落在她的额上；他还有她守候了半夜送来的珍珠和那一句"生日快乐"。

还有，她对他说出"一辈子"的时候，那坚定而明亮的笑容。

隧道出口已经在他们面前，暮春的日光从外面炽烈地投入，照到他们身上时，让叶深深不由自主地微眯了一下眼。

丢弃了外套之后的顾成殊，衬衫袖子上闪烁的一点黑珍珠的奇妙晕彩，让她的唇角微微扬起，心中充满愉快的心情。

她说："顾先生，袖扣很好看。"

顾成殊的目光落在她的锁骨上，看见了那颗落在她脖颈上的珍珠。

他说："项链也不错。"

她开心地拈住那颗珍珠，在唇边轻轻碰了一下，说："本来我在想，送它给我的人不肯来的话，或许它能给我勇气，陪我安心度过最难熬最忐忑的比赛，又或许，它能代替那个人，看见我幸福的那一刻。"

她含笑仰起头，在他的怀中望着他，问："你呢？"

"我是被迫无奈。"他低头望着怀中的她，声音喑哑而艰涩，"这对袖扣的主人对我下了咒语，让我心力交瘁，整晚整晚地睡不着。我曾经发狠把她的号码屏蔽，也曾经发誓永远不再理会她的事情。可昨天我半夜惊醒，终于认命地承认，我没办法对抗她，就像我没办法抗拒命运将我们的人生紧紧编织在一起。"

叶深深默然偎依在他的怀中，听着自己的呼吸和心跳，如此急促。

"本来我想，这是最后一次了。我过来找艾戈，就是准备不管用什么办法，都要让她的人生顺利踏上辉煌的起点。"他的语调有点不稳定，可他没办法抑制，谁叫他的呼吸不由自主地跟着怀中的她一起紊乱了呢？"可如今，知道了她也喜欢我，所以无论如何，我得把她抢过来，不管对手是谁，不管别人心里怎么想的，不管道德不道德，既然曾经抱在我怀里，我就绝对不能放下。"

叶深深默然无声。她将自己的脸贴在他的胸口，这样，她那些未曾落下的泪，会立即被他柔软的衣料全部吸走，这世上除了他，谁也不会察觉到，她的软弱与幸福。

前方是交通封锁线，他抱着她走过了最后一段路。

暮春的路旁有些荒芜，杂乱而细小的花开在草丛之中，远处午后的流云低得几乎触手可及。

无数的车辆在等待，无数的人站在外面翘首守候。

许多人相拥在一起，庆祝亲友平安归来。激动的泪水与惊惶的笑容上演在他们的周围，有人在等待，有人在期盼，有人在牵挂，有人在相拥。

在这般混乱而温馨的场面，嘈杂而幸福的氛围中，顾成殊将怀中的叶深深托高了一点，低下头，亲吻在她的唇上。

周围人声鼎沸，他们淹没在人群之中，没有人知道他的过往，也没有人知道她一路走来，从摆地摊到开网店，磕磕绊绊地经历过多少艰难险阻，才终于以流血的双足走到这里，与他相映生辉，珍惜地交换这一个吻。

这世间无数的生离死别，悲欢离合，成全她与他并肩而立，准备好以一辈子的力量去高飞天际。

即使前方迎接她的，是无法想象的风雨雷电。

第二十六章
上帝之手

Mortensen最新季男装的拍摄现场，摄影棚内被上百盏炽热的灯照耀着，亮得简直刺目。

叶深深透过虚掩的门看向里面，难免对他家新一季的设计有点好奇，更对他家新拍的大片好奇。

莫滕森全无形象地靠在门上，还是头发蓬松、一脸睡不醒的样子，笑嘻嘻地问："叶，过来找我吗？"

"是的，知道我要来伦敦，努曼先生托我把新一季的挂件送一份给您，他说您喜欢收集这些。"叶深深将手中的挂件盒子递给他。

"唔……辛苦你了。"他接过来看了看，就挂在自己包上了，也不嫌色彩斑斓的独眼怪物挂在自己包上是不是太少女，兴奋地端详了许久，他才看着她笑嘻嘻地说，"对了，还没有恭喜你呢，青年设计师大赛有史以来第一个夺得冠军的女设计师，也是第一个亚洲人。"

"多谢。"她抿嘴对他笑一笑，目光还是忍不住往里面看。

他挑眉问："有考虑过我上次的提议吗？"

她委婉地说："有啊……但还是想先在努曼先生手下学习几年再说呢。"

"嘁，鬼话，口不对心。"莫滕森说着，又抬起下巴示意里面，"要进去看吗？我终于把沈暨拖过来拍这季大片了，对付艾戈都费了好一番工夫。"

"可以看吗？"叶深深顿时露出幸福的笑容。

"随便看，如果你感兴趣的话。"莫滕森嘴角一扯，露出个邪恶的笑容。

叶深深觉得有点不对劲，但还是推开门一脚迈进去了。

一秒钟后，还没看清面前的情景，她已像被踩了尾巴的猫一样，跳着就逃了出来，脸红得跟番茄似的："这就是你们新一季的大片？"

她真没见过哪家的服装大片是找裸男坐在那里拍照的——而且不是一个两个，是一大堆。

"是呀，我原来的创意，是拍一组虚化重要部位的集体硬照，宣传语是'比不穿更性感'。"莫滕森心有不甘地说，"但是艾戈不允许自己有一个裸体出镜的助理，我又舍不得放弃沈暨，所以只好修改了创意，违背初衷给他穿了件衣服，好痛苦。"

叶深深不想再听下去了，她捂住自己的额头，狼狈不堪地说："我……我先走了。"

"再坐一会儿嘛，你不想看看出来的效果吗？"莫滕森拖过一把椅子，示意她坐下，"顺便，我能打听一个人吗？"

叶深深忐忑地坐下，抬头看他。

"因为挖你没成功，所以我最近有点沮丧。我的助理向我推荐了一个人，他说这个设计师的背景和风格和你都有相似之处，相信我一定会满意的。"他亲自给她斟茶，把点心碟子递到她面前，并端详着她的表情，"她的名字，叫郁霏。"

叶深深捧着茶抬头看他，目光诧异。

"和你一样来自中国，和你一样是漂亮的女设计师，甚至……曾经和你一样，男友是顾成殊。"莫滕森笑道，"虽然我与那个传说中的顾成殊不认识，但看过郁霏的资料之后，觉得他真的很有眼光——至少，在找女友上。"

叶深深默然握紧了手中的茶杯，许久，才说："看来，莫滕森先生已经向郁霏发起邀约了？"

"是啊，希望她能与你一样，令我满意。"

一想到郁霏之前挑拨自己的妈妈来打压的手段，再想想顾成殊和她之前的那段感情，叶深深就觉得自己胸膛升起一阵烦闷，但既然郁霏进入Mortensen已经是定局，所以她也只能说："郁霏在设计上还是不错的，她走柔美风格，线条简洁的作品也有，与你们会相处得不错的。"

莫滕森笑嘻嘻地看着她，喝着咖啡若有所思。里面传来喧哗声，他便站起身，说："看来已经完成了，我们看看初稿吧。"

粗略打印出来的照片已经送了过来，沈暨也很快出来了，第一件事情就是先把自己的外套脱掉，衬衫的扣子扯掉两个，恨不得把长裤都脱了掼到莫滕森面前："太不公平了！这么热的天气，这么热的灯照着，里面温度四十多度，结果别人都可以光着，就我一个人穿三件套！莫滕森，你是不是伺机报复？"

莫滕森盯着初成品看着，头也不抬："找艾戈去，是他逼你穿着衣服上广告的。"

说着，他又开心地笑了笑，将画面转给叶深深看："叶，难道你不喜欢这个创意吗？"

叶深深艰难地抬眼端详着，四五十个男模或立或坐或卧，重点部位虽然都"恰巧"被别人的手臂或者腿遮住，但个个都没穿衣服这点绝对没错。在强光之下，年轻鲜活的肉体之内，只有沈暨一丝不苟，穿着无比端庄正式的黑色三件套，坐在右侧三分之一处，与平时迥异的冷峻面貌，微微眯起的眼睛盯着镜头前的人，全身上下扣得一丝不苟、严严实实，充满禁欲感，让叶深深简直觉得他比其他没穿衣服的人还要令她难以自制，心跳都紊乱了片刻。

沈暨一见叶深深在，摆出更加委屈的神情，直接趴在桌上望着她："深深，我这么可怜，摆个同情的面容给我看看？"

叶深深无动于衷地将初稿交回莫滕森手中："很好看，很有味道，很有感染力。"

"听到没有？完美诠释了'比不穿更性感'这个理念，是不是？"莫滕森得意地和摄影师商讨细节去了，对沈暨挥挥手，"有任何不满请找艾戈，我这边事情忙着呢。"

"卑鄙，无耻，太可怕了……"

莫滕森走后，沈暨趴在叶深深面前，用无比幽怨的眼神盯着她，一脸"快点听我倾诉"的表情。

叶深深看看时间，对满脸哀怨的沈暨说："我和顾先生约好十一点半吃饭……"

沈暨托着下巴，可怜兮兮地说："我都这么可怜了，你和我同仇敌忾骂几句boss会怎么样？"

"会很惨。"叶深深掰着手指给他数，"我现在才知道，在正式成为工作室员工之后，艾戈依旧有无数种办法可以打压我，从扣工资，到给我加工作量，我敢保证他有一万种我们不曾预料的'惊喜'。"

"别跟我提惊喜，我恨他。"沈暨咬牙切齿道。

叶深深了然地微笑。

她真的十分理解沈暨的心情。在他豁出一切接受了艾戈的条件之后，青年设计师大赛落幕的当天晚上，开庆祝酒会时，艾戈将那个纸袋子丢还到他们的面前，说："告诉你一个事实，其实我根本没看过里面的设计图。"

沈暨当时手中的杯子都落地了，这是她第一次看见沈暨这么错愕的表情。

"比赛现场的礼服，是我第一次看见叶深深的这件设计。"艾戈以极其惹人恨的居高临下的态度说，"我从没打算要干涉比赛，何况还是别人偷取的设计图，我连看一眼都嫌肮脏。"

沈暨失控地吼了出来："那你还骗我约定交换条件？！"

"不，非要跑来与我谈条件的人是你，我从未主动提起。只是既然你这么迫切，我就顺水推舟满足了你的愿望。"艾戈从旁边经过的侍者托盘中又取了一杯酒给沈暨，并泰然自若地举起手中香槟与他轻碰，口吻中还带着一丝遗憾，"对于你的误会我很遗憾，我从不知道自己在你心中是这样的形象。"

叶深深看着痛苦不堪的沈暨，轻轻碰了碰身边的顾成殊，示意他帮帮沈暨。

然而艾戈止住顾成殊，又说："你应该庆幸，沈暨。要不是你仗着自己是我的助理，将叶深深出场的次序从第一个硬生生挪到了最后一个，她怎么可能赶得上比赛，在性命攸关的最后一分钟冲到后台签到确认礼服，避免了自己弃赛的命运呢？"

沈暨看看叶深深，将自己的脸悲哀地转向一边。

谁能体会他的痛？

顾成殊愉快地说："放心吧，把你签的入职合同给我看看，我保证能帮你早日脱离苦海。"

艾戈转头对着他，目光却落在叶深深的身上："还有，别以为获得了大赛的冠军，就能保证她在安诺特集团安安稳稳地待下去。"

顾成殊只能给沈暨一个同情的目光，然后悄悄附耳对他说："我敢保证，像艾戈这样的人绝对不可能以条款束缚自己，所以合同上只会有你的聘任年限，规定你不能提前离职，但是，绝不会有他不得做的事情，比如——解雇你的条款。"

沈暨眼睛顿时一亮，憋着胸中一口恶气，说："好的，我会折腾死他。"

如果艾戈受不了他的折腾，会绝望地解雇他的。

然而，最终快被折腾死的人，是沈暨。

叶深深同情地望着面前的沈暨，心想，你这样温柔纯良的人，拿什么跟他斗啊，简直是太高估自己了。

毕竟朋友一场，叶深深安慰他说："不过看起来，也没你自己说得这么惨嘛，工作时间还能被莫滕森借到这边晃荡呢。"

"当然没你这么忙了，我真没见过像你这么疯狂的人，法语稍微熟练了一点，居然就开始看这么厚的专业书了！"沈暨的目光落在她手边那本《关于服装的一切》上，啧啧称奇，"你随身带着这么厚的书干吗？不会想看完吧？"

"我打算背下来。"她平淡地说，"特别好，特别有用，而且努曼先生当年也是差不多背下来的。你知道我以前在学校里的基础不扎实，没汲取过这么专业的知识。"

沈暨简直被她吓傻了，目光在这厚厚的一大本法文原版典籍上盯了足有五秒钟才回过神："深深，你太可怕了，难怪十几年不收弟子的努曼先生肯收你。"

叶深深笑道："因为我真觉得很有用，让我看见了一个之前从未接触过的时装世界。"

"好吧……"沈暨还在震撼之中没回过神。

"我要走了哦，顾先生在等我。"她抱起自己的书站起身，"助理先生今天要回巴黎吗？"

"当然回去，还有正事等着我。"沈暨神秘兮兮地说，"你等我一下，我送你去成殊那儿，顺便卖你一个八卦。"

叶深深简直无语了："我对八卦没兴趣……"

"不，这个八卦你绝对有兴趣！"沈暨带着她上车，然后将手边一个档案袋丢给她，得意地说，"我一看就觉得，你绝对不可错过这个消息。"

叶深深半信半疑地打开档案袋，把里面的资料抽出来一看，顿时怔了一下。

路微。

她的资料清楚明白地出现在Element.C的新任设计师名单上。

"Element.C的亚洲区负责人卢思侠推荐的。一开始有争议，但最终还是通过了，是编外的，即实习性质，考察期一年。因为Element.C并不是安诺特集团独资的，自主性较大，所以一个实习设计师的就任，并未获得太大关注。不出意外的话，她很快就要来巴黎，担任设计师了。"

叶深深的目光落在路微那张春风得意的证件照上，想到进入莫滕森的郁霏，慢慢将资料袋又重新封好："哦，恭喜她。"

"不担心吗？"沈暨反问。

"担心什么？"

沈暨若有所思地望着她："如果没出意外的话，成殊和她已经结婚了。"

"那还有一个求婚当天抛弃了他的郁霏呢。"叶深深咬咬牙说，"渣男。"

"就是啊，这么渣。"沈暨端详着她的神情，用尽量轻快的口吻说，"不过还有一个让你安心的消息，你知道路微在闹了那么大的一桩丑闻之后，为什么还能东山再起，成为Element.C的设计师——虽然是编外的吗？"

叶深深眨眨眼，求解地看着他。

"因为，她即将结婚了，而她的未婚夫，是意大利华裔，家中从制革业开始，近年来收购了两家濒临倒闭的意大利服装牌子连同工厂，现在在欧洲市场做得还不错，和

Element.C也有亲密合作。"

叶深深诧异地问："她要结婚了？"

沈暨点头："对，马上，越快越好，对方家里等着抱孙子呢。"

叶深深简直无语了："那也太快了吧，有没有三个月？"

"因为，青鸟也等不了了。"沈暨叹了口气，微微皱眉说，"青鸟之前签了对赌协议，企图上市，如今上市失败了，存亡都是问题。而男方在关键时刻拉了她家一把，从感恩的角度来说，路微也得嫁过去。"

叶深深默然无语，许久，才迟疑地问："路家签的那个对赌协议……跟顾先生有关系吗？"

"谁知道呢？我只知道之前成殊在弄青鸟上市的事情，和婚礼一起中断之后，他好像就没再管了。但联想到当初郁霏和他分手后也很惨的样子，又让人觉得怕怕的。"他朝她笑一笑，眨眨眼，"后悔了吧？不知道顾先生是怎么可怕的人吧？"

是挺可怕的，总感觉接下来要面临的，会是很复杂的局面。

但叶深深撑着头想了想，说："可又能怎么办？我是个守信用的人，许过了承诺，就只能遵守了。"

"切，你说话最不算数了，转头就把自己说过的话丢到一边去了。"脱口而出的这句话，又让他似乎有点懊悔，局面陷入尴尬沉默之中，他抿唇专心开车，再不说话。

叶深深默然用余光看着他的侧面，心想，你又怎么知道，当我丢开曾经说过的话，把心上那些东西一点一点剥离，让记忆一点一点被磨灭时，忍受着多么巨大的痛苦呢？

但事到如今，一切都已平息，他们也只能用沉默埋葬了过往。

人生就是这么阴差阳错，擦肩而过。

这就是命运之手，无法抗拒，无可避免。

沈暨将叶深深送到金融城后，三个人就近吃了饭，他就离开了。

"没时间跟你们出去玩啦，我现在不是当初那个闲人了。"沈暨表情真挚字字血泪，但叶深深与顾成殊却都知道他的用意。沈暨永远都是那个善解人意并且不愿给任何人带来麻烦难堪的沈暨。

两人牵着手走过高楼林立的街道，难得午后阳光灿烂，照在他们身上，一派春日气息。

顾成殊带她去郊区，在苍郁的山林之间，教堂旁边有大片墓区。

"我母亲的墓地在附近，我想带你去见见她。"顾成殊缓缓地说，"她见到你，一定会欣慰的。"

叶深深郑重点头，去买了大捧的百合花，跟着他前往。

　　山坡之上，绿树之间的平坦空地上，竖立着容虞的墓碑。墓旁栽种着石竹花，打理得非常茂盛，在这样的初夏季节之中，盛开得密密匝匝，几乎看不见底下的绿叶。

　　她蹲下来，将百合花放在墓碑前，抬头看见墓碑上的照片。他的母亲在照片上年轻漂亮，看起来不过四十出头的模样，有一种沉静幽远的美。她是自杀的，照片上也反映出，她长久抑郁，精神一直不太好，唇角虽然在对着镜头时微微上扬，但眉目间却始终含着忧郁。

　　叶深深心中的怜惜还未退去，在看清她面容时脑海中久远的一点火花迸射出来。她愕然睁大眼睛，转头看顾成殊："她……她是你的母亲？"

　　顾成殊点了一下头，说："你认识她的。"

　　"是……我签名的那片叶子，是她为我设计的。"叶深深茫然地望着他，"她对我说，我能成为一个很好的设计师，所以我后来一直在努力，也一直想要再见到她，虽然我连她的名字都不知道……"

　　她从小就在母亲身边，陪伴着缝纫机长大，所以，熟知服装工艺，也喜欢画一些服装设计图。有一次暑假去美术馆看展览时，正赶上一个服装设计师的特展。喜欢这个的人并不多，偌大的场馆内冷气森森，只有她和另一个女子隔了不远不近的距离在看着。

　　叶深深的目光偶尔落在女子的身上，便再也移不开了。虽然对方看起来年纪已有四十来岁，但那种幽远而宁静的气质，让她的美简直如水墨一般渐渐渗透到周身的空气之中，让旁边的人都会在无声中感知到她的魅力。

　　而她回头朝叶深深微微一笑，问："为什么要皱眉呢？你觉得这些设计不好吗？"

　　叶深深那时候单纯无知，更因为她迷人的模样，而想多与她说说话，所以她跑到女子的身边，与她讨论起那些设计来。

　　"都很好呀，只是我觉得，有些地方还缺了些什么。"她指着女子对面的那幅设计图，说，"比如这件裙子，极简的剪裁走简洁风就很完美了，为什么腰间还要弄一个蝴蝶结呢？反倒显得累赘了。"

　　"可是不用的话，整件衣服会显得缺乏亮点。"她微微笑道。

　　"嗯……这倒也是，不过如果是我的话……"叶深深盯着衣服看，自言自语。

　　"如果是你，你会怎么设计呢？"她问。

　　叶深深掏出包中常带的小本子，唰唰几下就画出了整件衣服基本的轮廓，然后展示在她的面前："如果非要蝴蝶结的话，我会将它尽量弄到最大，作为整件衣服的亮点，以同色布料定型在腰身左侧，俏皮夸张又不再这样挑剔身材，你觉得呢？"

　　女子将她的设计图接过来，端详了许久之后，然后又把她的本子翻过来，将她之前画的一些凌乱的图都翻了一遍。

叶深深觉得有点不好意思，因为那上面有她随手画的宋宋、孔雀，也有她臆想的童话，更多的当然是她不成熟的服装设计图。

"你是设计学院的学生吗？"她仔细把叶深深的设计图都挑出来看了一遍，抬头问她。

她声音轻轻的，温柔得在空荡的场馆内隐约回响，如同水波涟漪般迷人。

叶深深摇摇头，坐在她旁边托着下巴，说："我在读高中……而且，也不知道自己将来是否要学服装设计，因为我妈妈觉得，这个行业不好，她希望我不要像她一样入这行。"

"不要浪费才华。不要让这个世界，失去可能会出现的天才。"她轻轻地劝解她，语气哀婉如恳求。她指着墙上那幅设计图说："那是我的作品，我家人不允许我将心思放在这个上面，所以我是偷偷瞒着他们到国内来，偷偷与几个设计师一起开这个展览的。虽然没有多少人来看，但我觉得，也算是偿了我的夙愿——而最大的收获，是遇见了你。"

叶深深顿时惊愕地跳了起来："您是设计师！"

"不，并不是，我只是一直坚持不懈地爱着这一行，爱了四十年。"她说着，含笑的唇角变得哀伤，"如今我已经知道，自己是痴心妄想。我四十年的追寻，也抵不过你一瞬间的灵感。"

叶深深不知该如何安慰她，只能结结巴巴说："其实我……我是随便说说的……我不知道那是您的作品……"

"没事，今天展览就要结束，我也要回去了。"她疲倦无比地靠在走廊长椅上，闭了一会儿眼，那浓长睫毛微微颤抖，掩住了她的眼睛，却无法掩住她哀戚茫然的神情。

告别的时候，她对叶深深说："希望以后还能看到你的作品，要是你真的当了设计师，你可得有自己的标志性签名，这样，我无论在哪里，都能认出你来。"

叶深深想了想，说："我准备签一片叶子，在我所有的作品上面。"

女子随手拿过笔，在叶深深的本子上一笔画成一片叶子的形状，问："类似这样吗？"

叶深深惊喜地点点头："就是这样，我可以用这个标记吗？"

她微微而笑，将本子郑重地递给她，说："我会认出你的。"

那一笔画的叶子，从此出现在她所有的作品之上，与她所有的设计融为一体，难以察觉却永远都在。

她说服了母亲，考了服装设计系，终于还是走上了这条路。

或许是因为她一贯以来的梦想，或许是因为那一刻那个女子眼中的希冀，让她不愿意自己在四十岁的时候，也那么遗憾。

顾成殊与她一起在石竹花丛边坐下，他们望着遥远的地平线相接处，沉默了许久。

叶深深终于艰难地开口问："你母亲的死，与我有关，对吗？"

顾成殊错愕地转头看她，声音带上明显的波动："谁说的？"

她避而不答，只问："是吗？"

"不关你的事。"顾成殊毫不犹豫地答，"你只是一个与她有一面之缘的女生，怎么可能承担这么大的责任。"

她默然垂下头，咬住自己的下唇，不知如何是好。

而顾成殊叹了一口气，轻轻拉住她的手，柔声说："深深，若我母亲的死需要你承担责任的话，她又怎么会在临去之时留下遗言，希望我能与你结婚呢？"

叶深深猛然听他提起这件事，顿时错愕不已，惶惑地抬头看他。

"你还记得我曾对你说过的，路微冒名顶替我妈妈遗言的事情吗？她当时，拿着你的设计获得了奖项，我妈妈看到了她设计图上的标记，于是认为她就是你。她弥留之际让我去找她，我找到了，才发现路微认识我，甚至对于我和郁霏的过往都清楚。我请她在我母亲痊愈之后与我母亲见面，她答应了，我也将这个好消息告诉我妈妈了……谁知道，我母亲还是器官衰竭去世了，只对临终护士留下了遗言，让我和叶子的主人结婚……"

"所以……"叶深深只觉得大脑一片空白，整个人恍惚不已。

顾成殊执起她的手，低头轻吻她的手背，说："所以在发现你才是我妈妈遗言中真正的人时，路微曾经质问我，是否要和你结婚。那时候你就在她家屋外，不知道有没有听到。"

"没有……"其实她当时疲惫不堪地蹲在路家别墅外，被太阳晒得昏了头，真的什么都没听到。

而顾成殊看着她的面容，笑了出来："那个时候，知道你才是我母亲想让我娶的女孩子，又看到你受伤后鼻青脸肿、不堪入目的样子，我还真有点绝望……"

在他的凝望下，叶深深不由自主地抬手捂住了脸，羞愧地笑出来。

而他拉下她的双手，目光温柔而缓慢地扫过她每一寸面容，轻声说："其实，就算你真的是长成那样也没关系。命运既然推动我们一步步走到了这里，我会遵守母亲的遗愿，以后，与你并肩携手，一起开创我们的世纪。"

在石竹花前，远处的风温柔地舔舐着云朵，天地之间颜色明亮，暮春初夏的完美天气。

然而就在这样温馨的时刻，却有一声冷笑从他们身边传来。

抱着白玫瑰出现的人，竟然是路微。

顾成殊微微皱眉："你来干什么？"

路微的目光瞟过他们紧握的双手，将手中的花轻轻放在墓碑之前，说："看看差点改变了我一辈子的人，不可以吗？"

　　顾成殊不再说话，只退了两步，说："我想，我母亲并不欢迎冒名顶替自己遗言的人出现。"

　　路微站起身，回头朝他笑了笑，那笑容中竟满是嘲讽："不，你错了，我才没有冒名顶替。"

　　顾成殊冷冷看着她，懒得再驳斥她。

　　"反正事到如今，我已经快要结婚了，也不在乎被你知道了。"路微抬起下巴，向叶深深示意，"你以为，你妈妈真的会留下遗言，让你娶一个自己只见过一面的女生吗？"

　　顾成殊脸色略变，目光转向叶深深。

　　叶深深也是愕然，不知她为什么忽然这样说。

　　"那个临终护士，名叫Elena，今年二十七岁，未婚。在你母亲去世后她发了一笔小财，买了一辆不错的车。"路微慢悠悠地转过身，向着他们挥了一下手，"为什么我会知道得这么清楚呢？因为买车那笔钱是我出的。"

　　顾成殊的脸色，顿时苍白。

　　那个遗言。

　　由临终护士传过来的遗言。

　　遗言是假的。

　　Elena只是个贪财的护士，被三两下逼问就赶紧把一切从实招来。早就关注着顾成殊的路微，在顾成殊找上她之后，明白自己完全有可能走上郁霏那样辉煌的道路。她去医院打听顾母的消息，却发现她刚刚离世。眼看自己的未来无法着落在顾成殊的身上，她试着寻找了临终护士，让她帮自己虚构一句遗言，转达死者最后的希望。

　　刚刚在郁霏那里受到巨大背叛的顾成殊，决定完成母亲的遗愿。婚礼很快被提上日程，一切都飞速推进向前，如果，没有那个突然冒出来的意外——叶深深。

　　顾成殊将报告丢在桌上，那一刻忽然觉得疲惫至极。

　　他原本，一直是深信不疑的。

　　在母亲对好友说出希望自己的孩子不是他后，他曾经对母亲口中的女孩子，充满了妒恨的同时，也充满了期待。

　　他帮母亲找到了将叶深深作品据为己有的路微，却发现她离自己的想象并不接近。但他赌气地想，就这样吧，反正我只是一粒微尘，就如你所愿好了。

于是他抛开家族的反对，执意来到中国结婚；于是路微让叶深深帮她修补扯破的婚纱绢花；于是婚礼那一天，急着送绢花的叶深深被他的婚车不偏不倚地撞上……

这世间种种，偶然与巧合之中，仿佛有一只手在背后推动着。无论多少坎坷，无论多少差错，无论多少磕磕绊绊、阴差阳错、纷争分歧，最终，让他们走到这里，紧紧牵住对方的手。

他原本真的很开心，母亲吩咐自己的和自己喜欢的，是同一个女孩子。

然而，这一切的基石，如今轰然倒塌了。

叶深深，只是母亲欣赏的一个设计师，并不是她托付给自己的女孩子。

他们之间的牵绊，全都是虚假的。

顾成殊不知道自己要如何面对真相。他只是一动不动地坐在沙发上，盯着面前Elena所说的真相记录。

他的母亲临终的时候，留下的只是两声仓促的"成殊"，再无其他。

他的人生，并没有他以为的那么残破不堪。

这是他人生中最好的真相之一，但相应地，他也得接受另一件无法对抗的真相。

手机轻微响了一声，是叶深深的消息，她说，顾先生，我回巴黎了。

她没有说其他的任何话，所以他也不知道自己该如何回复。

呆了很久，他慢慢拿起手机，想要回复一个"一路顺风"，或者至少让她知道一下自己已经收到讯息，他不想让她对他说的话落空。

然而，就在他的手指按在键盘上时，来电打断了他的动作。

是很久未曾联系的，向来都能对局势掌控得无比精确的，他的父亲。

父亲的声音从那边传来，加勒比海艳阳下，带着一种轻微上扬的语调，显然心情非常好。

"没想到我儿子也有折在女人手中的一天，而且还是这么随随便便臆造的一个谎言。"他笑着，随口问，"准备如何处置？"

顾成殊淡淡说："我自己知道。"

"喔。"他不以为意地换了话题，"我看了一些你找到的那个设计师的资料。一个二十出头的女孩子能获得国际设计大赛冠军，又能在巴斯蒂安工作室任职，被巴斯蒂安先生承认为弟子，看来确实是个人才，你眼光很不错。"

顾成殊迟疑着，低声说："她是个很好的女孩子……或许您回来的时候，可以一起见面吃个饭？"

然而他的父亲毫不犹豫地说："没有这个必要，一个设计师而已，你自己知道怎么定位。"

他的话几乎已经等于拒绝，但顾成殊还是试探着低声发问："或许，可以不只是我们找的设计师？"

"当初你要与路微结婚的时候，即使她有那个伪造的遗言，家族里也没一个人愿意过去。现在这个女孩，又有什么？凭什么能让我们接纳她？"他的声音变得冷淡，"世上有才华的设计师成千上万，一个一个地见，我忙得过来吗？"

顾成殊的声音也不由得稍微冷硬起来："可她不一样。"

"确实不一样，因为她还要对你母亲的死负责任。她的抑郁症本来在慢慢好转中，若不是看到叶深深的作品获奖而刺激了她，她会吃下那两瓶安眠药？"

顾成殊默然抬头，一言不发。

窗外的暮春初夏之中，阳光成了明亮斑点，在各种颜色上跳跃。深绿浅绿，浓绿淡绿，嫩绿棕绿，葱绿豆绿，这些斑斓繁杂的颜色让他想起叶深深设计的那组深冬服饰，莫奈的油画笔触在上面延展铺设，直到他目光难及之处，与天空融为一体。

杂乱而令人迷醉的，斑斓而令人着迷的，属于叶深深的颜色。

"你在感情方面，一直跌跌撞撞，令人担忧。看看你之前的两个女友就知道。所以这一次你得慎重，至少，我不想再看到间接害死了你母亲的人，出现在你的身边。"发觉他的沉默，父亲也放软了口气，说，"我的建议，你可以给她钱，帮助她事业，甚至扶持她获得成功，这些都没有问题。但最终，她是无法陪伴你到最后的，她缺乏这个可能性。"

顾成殊向来神情淡漠，听到他这样的话，唇角反倒出现了一丝笑意。他含着笑冷淡地反问："如果有这个可能性呢？"

"或许有，但我敢肯定，叶深深也绝对会后悔的。"

谈话终究进展到无法挽回的地步，电话被双方挂断。明明是彼此心平气和的话语，却让顾成殊呆坐了片刻，脸上也露出无法抑制的伤感与微惧。

他拿起手机，看着上面叶深深的话，想试着给她发一个确定的回复。

然而，他的手指忽然不听使唤地微微颤抖起来。

从手臂，到肩膀，胸口透出的凉意让他无法控制自己，连一个字母也拼不出来。

滑落在脚边地毯上的手机，发出轻微的声响。

叶深深终究没有等到他的回应。